星汉灿烂，
幸甚至哉
❷

关心则乱 著

江苏凤凰文艺出版社

图书在版编目（CIP）数据

星汉灿烂，幸甚至哉 . 2 / 关心则乱著 . —— 南京：
江苏凤凰文艺出版社，2022.6（2022.10 重印）
ISBN 978-7-5594-6443-9

Ⅰ.①星… Ⅱ.①关… Ⅲ.①言情小说 – 中国 – 当代
Ⅳ.① I247.5

中国版本图书馆 CIP 数据核字（2021）第 265463 号

星汉灿烂，幸甚至哉 . 2

关心则乱 著

责任编辑	张　倩
特约编辑	文　茵　曹　岩　杨雨娴
封面设计	商块三
出版发行	江苏凤凰文艺出版社
	南京市中央路 165 号，邮编：210009
网　　址	http://www.jswenyi.com
印　　刷	三河市冀华印务有限公司
开　　本	700mm×980mm　1/16
印　　张	21.25
字　　数	350 千字
版　　次	2022 年 6 月第 1 版
印　　次	2022 年 10 月第 4 次印刷
书　　号	ISBN 978-7-5594-6443-9
定　　价	52.00 元

江苏凤凰文艺版图书凡印刷、装订错误，可向出版社调换，联系电话 025-83280257

目录

卷二

·

青青陵上柏，磊磊涧中石

汉烂
星灿
幸甚
至哉

第十五回	第十六回	第十七回	第十八回
返都备婚	花墙雁塔	婚事变故	退婚定亲
/	/	/	/
002	029	058	084

目录

汉灿烂

甚哉

星

幸至

卷三

涉江采芙蓉，兰泽多芳草

第十九回 辞婚失败 / 112

第二十回 楼何亲礼 / 137

第二十一回 进宫面圣 / 163

第二十二回 宫闱见闻 / 187

第二十三回	第二十四回	第二十五回	第二十六回	第二十七回
温情相待	拜见婆母	婚约战争	偃旗息鼓	皇后寿宴
/	/	/	/	/
218	236	265	286	307

汉烂星灿

甚哉幸至

关心则乱 作品

卷二

青青陵上柏，
磊磊涧中石

若是满眼繁华，你去干甚，多开几间锦缎铺子吗？呃，不过这倒也不是不好。

第十五回 返都备婚

回程路上无惊无险,风调雨顺。

前有假公济私的程老爹领大军开路,后有萧夫人手下那饱经战火洗礼的卫队保驾护航——据说这支卫队素日只听她一人号令,连程始都得居次,号称同等人数下还从未被攻破过防线。

但越临近都城,少商和楼垚就越发委屈。

在外州、外郡还好,一进入司隶境内,萧夫人就直接按照和亲公主的规矩来约束女儿。

别说游山玩水了,连马都不让多骑。那辆崭新的金红色小轺车被可怜兮兮地挂在车后,少商都能听见它嘤嘤嘤的哭泣声。置身于精致安稳的辎车中,谨守淑女的各种礼仪,她闷得都快发芽了。这几个月刚得来的温润舒适的浅蜜色皮肤,因这一路憋在马车里又迅速变回了饥荒式的苍白。

萧夫人其实不反对女儿骑马,她自己文武双全,本就十分赞成女孩该学些弓马本事,只不过一旦放女儿到马上,她必然又会和楼家小子齐头并肩,言笑无忌。已经临近都城了,官道上来往的人流越发密集,虽说时人风气开放,但谨慎点儿总没错。

少商本想找程老爹求求情,谁知因之前过分护着未婚夫而惹恼了亲爹,这会儿程始举双手双脚赞成让小两口"规矩"些——他自己成婚前连萧夫人的手都没摸过,姓楼的竖子还想怎的?!

车帘掀开一角,塞进来一个束有锦绳的精致木盒,少商连忙解绳开盒,扯开其下的油布,里面一片金灿柔润,竟是甜香四溢的桃果干。

少商用竹签插了尝着，朝车外随行的马上少年笑道："阿垚，你说得没错，果然比都城里的那两家铺子做得好吃！"

楼垚适才长途驰马一个多时辰，此时正是满头大汗，可看见未婚妻比桃果干还甜的笑容，竟是疲累全消。他笑得宛如一个熟透裂口的大蜜桃，道："这里离都城也不远，你若喜欢，以后我常叫人买给你！"

少商扬起小鸟翎翅般秀丽精致的眉毛，故意薄怒道："你也是，叫家丁去买不成吗？还亲自跑一趟，可累坏了吧！我看看，哎哟，鬓角都汗湿了呢！来，我擦擦！"

然后楼小公子就乖乖地将头伸过去，让未婚妻从车中伸出手来擦拭汗水。望着少商美妍清澈的笑靥，他乐呵呵地险些一头撞上车顶。

"哎呀，这可不成。你脸上这么多汗，身上还不一定出多少汗呢！快回你自己的车里，换身里衣再出来！"少商一脸忧色。

楼垚连声不用，女孩便瞪起漂亮的大眼睛，嘟着红艳艳的小嘴，轻轻发起嗔来："你不听我的话了吗？那我以后都不跟你说话啦！你若是因此受了风寒得了病，我这辈子都不吃桃果干啦！"说着便作势要将那果干盒子丢出车外。

楼垚哪敢不听话，立刻要回头去更衣。

"欸欸，等一下，来，你也尝一片……来来，张嘴，欸，很甜吧？"女孩用竹签挑着果干伸出车外，楼垚一口叼了去，乐颠颠地打马而走，晕头转向之际径直骑过了自家辎车，回过神后又讪讪地返骑四五丈。

策马侧骑在旁的萧大人看到这一幕，暗自摇头叹息。

在她眼里，侄女程婞性情温厚，顾全大局，不尖锐、不使性，和善可亲，可这些贵重的品性与女儿身上的那股子鲜活灵妩相比，全都黯然失色。

她也是过来人，如何不知道在一个血气方刚的少年眼里，程婞不过是一张安实可靠的案几，牢固结实耐用；而少商却是皎洁的月儿，醉人的春风，动人心魄的云海雾涯。

更何况，如今她已知女儿并非只会作娇而不通庶务。

与侄女相比，女儿所欠缺的不过是常识和章程，机变干练犹有过之。她费去许多力气才让程婞知道如何对下恩威并济，结果少商却无师自通，将整座医庐打理得井井有条，促使那里许多医者学徒和仆从奋力劳作。

灾后重建处处需钱，少商自不能悬之以利，只能诱之以名。每位从头干到尾的医者，离去前都能得到程止亲写的白绢文书一卷，上面叙述了其人如何医心仁厚，如何勤于任事毫不推脱，末了还加盖县令官印，以示嘉奖。

甚至女儿还用那口钱箱里剩下的钱买通了巫祝，时不时来医庐设乩坛占卜一番——今日算到这位仁兄日夜不分地救死扶伤，来世必得福报，会大富大贵、儿孙满堂；后日算到那位伤者无辜受戕害，天道为之不忿，这辈子没享完的福气来世必会加倍补上……既振奋了众人斗志，又安抚了哀恸情绪，一举两得。

萧夫人又叹了口气……

再说了，楼垚又非长子。长子宗妇需要稳重得体，幺儿新妇活泼爱闹些又有甚妨碍？何况她算账管事样样来得，和儿子感情又好。她想象，倘若程筑想娶这样一个新妇，大约她也会答应的。

真论起来，这桩婚事基本上是女儿自己挣来的，自己和丈夫没费半分力气就攀到了世家大族的亲家。按照巫士的说法，这样的女儿简直是投胎来还债的，父母之前不曾抚养，之后自行解决婚嫁大事，一点都不用操心。

萧夫人苦笑着摇摇头。她自小不爱求神问卜，如今竟开始信这个了。

车里的少商得意扬扬地吃着零食。其实她以前就隐隐觉得自己很有做戏的天赋。

在老家犟头犟脑那是没办法，进了大学后，她心知一流学府里必然藏龙卧虎，学霸云集，水深莫测，于是赶紧修身养性，低眉顺眼地扮作个江南水乡来的清秀小妹，成日里装得文静可爱又上进。成果嘛，一位品学兼优、家境优越的咸鱼社长以及系里男同学数位！

想到这里，少商又是一阵锥心疼痛，这么个高品质男同胞她都没享受一下就挂掉了，这叫什么衰运呀？明明点个头就可以，美滋滋得不行，她居然扭捏了两三年？现在想来她都恨不得抽自己一顿！

少商暗忖，拿住楼小公子应该问题不大了，接下来搞定未来君姑楼二夫人，那就稳了。

此时天色渐暗，之前半日程始已提前将大军送入都城郊外的磐磐大营，然后带着家将侍卫赶来和妻女会合，打算一起进城回家。距都城不过十里地时，程始便要和未来郎婿道别。

回程家府邸走都城南门较近，而回楼家府邸走北门更顺，如果楼垚硬陪着程家从都城南门进去，那就要穿过大半座都城才能回到家，到那时都要宵禁了。笔直的官道从西插至都城西侧城墙，两家在这里分别，刚好能各走南北大门。

楼垚心知这回无法推托了，只好跟在自家车队后面几步一回头地策马离去。

程始看着楼垚那副恋恋不舍的样子就浑身不痛快，再回头看见自家女儿扒着车窗含泪挥帕，更加气不打一处来。他忍不住酸道："嫋嫋把头收回去！这才认识几天呀，弄得跟生离死别似的，为父去青州招安怎么不见你这么舍不得？！"

少商用绢帕摁着眼角，嘟囔道："阿父说什么呢？您去青州时我都快出司隶了。难道您和阿母成婚前就没有难分难舍的时候？难道外大父就不曾为难过您？就不能将心比心吗？！"

程始咳嗽数声，心道：还真没有。

他从对萧家女公子不甚熟悉的仰慕者直接晋级为丈夫，费时总共不到五天时间，其中还有三天是帮着安葬未来岳父萧太公的，夫妻情意全是婚后相处出来的。

程始瞟了眼远在车队前方的妻子，板着脸道："把头缩回去，在里头老实待着！"将什么心，比什么心？！最讨厌婚前卿卿我我的小情侣了！他那会儿在萧氏跟前战战兢兢的，生怕她什么时候明白过来要悔婚呢。

又行了近一个时辰，都城南面的开阳门就在眼前，城楼上四座高耸巨大的塔楼，在暗沉的天色下，黑簇簇犹如四头张牙舞爪的猛兽俯视着城下。

程始和萧夫人本要上前向守城小将交付通城行令，却见高大的朱红铜钉大门紧紧关闭，城头后影影绰绰的锋锐箭镞，城墙上各垛口皆燃起了巨大的火盆。

萧夫人道："情形不对！"

程始叫家丁上前叫门，城门依旧不开，只从城门上传来一个轻飘飘的散漫声音，道："哦，原来是程将军啊，然如今城门戒严，进出皆不允；小人斗胆请程将军在郊外别庄暂歇，待到明日便都好了。"

程始心头有气，大声道："究竟有何事？我奉旨回都城，难道也不能进？！"

城头后的那个声音继续道："将军莫要为难小人，上峰严令如此！"

程始握着拳头，怒捶一下马上的鞍座，低声对妻子道："自来城门戒严多为拿人，那是许进不许出的。何况我们统共才这几个人，进了城又能如何？！难道当我们是细作混进去？又不是两军开战！哼，不过是看我寒门出身，官位不高，轻慢也无妨。若是换作万家兄长在此，看他们开不开城门！"

萧夫人策马过去，轻轻抚摩丈夫宽厚的背部，干脆道："犯不着置这个气，我们去别庄歇息好了。"程始点点头。生气归生气，强闯城门这种事他是不会做的。

夫妻随即勒令车队掉头，朝郊外别庄而去。少商知道后也是闷闷的，心里想是不是所有城门都戒严了，楼垚有没有进城。谁知车队还没走出几步，只听身后巨大的城门一阵响，城门竟是开了。

然后从黑漆漆犹如兽穴般的门洞中急驰出一队轻甲骑兵，各个人高马大，甲胄锃亮，奔马之声如虎狼咆哮而来。

这支数百人的轻骑如同利剑出鞘，倏然划破静谧的城门，迅速擦过程家车队。

这时似乎骑兵中谁喊了一声"仿佛是程校尉家的车队"，骑在最前头被左右骑行侍卫簇拥着的一名将领忽地一个勒马，转身回头骑向程家车队，他身后的数百轻骑也如流水般跟着主帅回向而骑。

本来还在郁闷的程始夫妇见此情形，吓了一跳。夫妇俩面面相觑，不知发生了何事。

顷刻间，这名身披银丝灰羽大氅的青年将领已骑至跟前，程始看清来人面目，呆呆地拱手道："凌……大人……"这人虽年轻，但身上领职甚多，他一时也不知该称呼哪个官职。

凌不疑拱手回道："程校尉！"

程始语结。

他和凌不疑属于见过面，但从未说过话，也没有交情的，正打算先寒暄两句就算过去了，却见凌不疑径直向自己身后的辎车骑去。他和萧夫人愣了下，赶忙跟了上去。

凌不疑一眼就看见那辆醒目的金红色小轺车，骑至辎车旁，他轻声呼唤："少商，少商，你在里面吗？"

少商正在车中憋闷，听见耳熟的声音，连忙移开车窗的格栅，伸头仰望，只见年轻俊美的将军骑在高大的骏马上，面如坚玉白皙，目如琥珀明澈。

"凌大人，您怎么也在这里？！"她惊喜道，又望见围绕着程家车队的数百轻骑，皱起纤细的眉头，"您又要去捉拿人犯了吗？肩上的伤可好了？"

凌不疑俯视女孩，笑意柔软，道："全都好了，还得谢谢你拔箭。"

这时，程始夫妇已骑马赶至。

"嫋……少商，你认识凌大人呀？"老程同志也不知道为什么自己的笑声这样干，再看看妻子的脸色，觉得还不如自己的干笑呢。

他的傻女儿笑得天真又无知："阿父，你不知道，凌大人对我和叔母可有救命之恩呢！还有凌大人和楼家也相交甚厚，阿垚当他如亲兄长一样呢！"

凌不疑的笑容淡了几分，道："你脸色不好看，是不是又生病了？"暗淡的天光下，女孩面色苍白，精神略有些萎靡，好似垂在枝头的小小花苞，无精打采。

一旁的程始很想说，其实女儿天生这副模样，只要不去刻意张牙舞爪，稍微安静些待着，就会显得十分荏弱可怜。

少商知道凌不疑位高权重，但她不想麻烦人家，毕竟对方又帮又救都好几回了，以后得备多少谢礼呀，便笑道："无妨无妨，我就是看着没什么力气，其实好着呢。"

凌不疑看女孩迟疑片刻，又装出十分振奋的模样，笑得异常温柔，道："你还有力气担心我，看来是没什么了。"说着，便轻声吩咐身旁的侍卫两句。

少商：呃，我担心他什么了？

不及细想，定睛看去，她认出那侍卫，呵呵，这不是许久未见的张偏将嘛。

张擅沉默地朝凌不疑一抱拳，然后急速朝城门骑马而去。

凌不疑又对程始温言道："程校尉进城后不要走中直道，取榆阳里偏道回府即可。至于究竟出了什么事，校尉明日询问万将军便知，今晚就不要出来走动了。"

程始正张嘴发愣，闻言忙不迭地抱拳致谢。

凌不疑也十分礼貌地拱手回礼，目光和煦，融融如旭阳。

不知为什么，这目光看得老程同志既心虚又发慌，他好想大吼一声"您知道我家傻女儿和楼家幺儿定亲了吧"……但始终没能鼓起勇气。

凌不疑将一只修长有力的手扶在车框上，弯下白皙优美的颈项，对车内轻声道："你好好歇息，日后我去看你。"

少商连忙接上："哪能呢？应该是等兄长您得了空暇，我和阿垚去看您才是！"

凌不疑沉下目色，不再说话，转头和程始夫妇简单道别后，随即再度往前奔驰而去。聚拢在车队周围的轻骑随即跟上，片刻间犹如风卷残云，数百骑人马跑了个十净。

这时，从开启的城门里跑出一名"哎呀"满嘴的城门守将，听声音正是适才那轻飘飘发话之人。此时他笑容满面，连声道罪，躬身弯腰地将程家车队迎进城门。

眼看终于能回家了，少商喜气洋洋，却见车旁的程老爹的嘴巴开开合合，始终没说出什么来，便好奇道："阿父，您怎么了？"

程始叹气道："没什么，先回家吧。"

回去后，他要做三件事。

首先，详详细细询问女儿这几个月都见了什么人、做了什么事，一点都不能放过。

其次，他要写信去痛骂幼弟程止一顿——他是怎么看侄女的？！更可恨的是这两口子什么都没对自己和元漪说！

最后，桑氏娣妇说得没错，自家的傻女儿自负聪明能干厉害得不行，却对这天地间最市侩现实之事，迟钝无知。

少商察觉出程老爹的欲言又止，追问道："您究竟要说什么呀？"

程始无奈地摆摆手，萧夫人忽然开口道："嫋嫋，你回头看看。"

少商虽觉奇怪，依旧照做了，只见身后的那两扇巨大的朱红城门再度缓缓合拢。

"你看见了什么？"萧夫人问道。

少商觉得莫名其妙，道："城门又关上了呀。"

萧夫人勉强一笑，什么都没说，独自打马到车队前方去了。

——不，你应该看见的是权势，无所不在的权势。而你今日只是窥见了这无边无际的权势脉络中的微末一角。

回到程府时天色已全黑了，大哥程咏领着满府仆从和弟妹们在门口擎灯以待。

初春刚入夜时墨蓝色的天宇，夹杂着温暖的点点灯火，仿佛用深蓝色蜡纸剪裁出来的儿童画，朦胧而温馨。少商坐在后面车中举着车帘看去，入目的是几位兄长满面的笑容，她弯起了嘴角。

数月未见，程府众人的确都有不小的变化。

青苡夫人白了，三位兄长和程姎都高了，两个弟弟从胖不触骨晋级为荷叶糯米排骨。变化最大的要数程母，不但气色好了许多，原本满脸横肉衬着眼细如缝，看人时透着一股郁结不散的戾气，感觉时时要找人碴儿似的，如今却因数月劳作，肉身结实紧致，连带面庞都小了一圈，笑起来居然很是慈祥——充分说明了运动使人快乐。

程始跪倒在程母膝前，满嘴宽慰之言，程母也照例将儿子从头到脚摸了一通，判断的确无伤无痛这才宣布开饭。罢席后，众人团坐一处闲聊。程母记挂幺儿程止的近况，有心要问少商，可碍于颜面一直忍着；程少宫连连向孪生妹妹使眼色，少商全当看不见。

程咏忍不住道："不知三叔父和叔母这阵子可好，嫋嫋你倒是说说呀。"

少商恭敬道："禀兄长，我早知大母惦念叔父叔母，是以带了一名口舌灵便的仆妇。这几个月她一直服侍在叔父叔母身边，听到看到不比我少。从明日起，就让她巨细靡遗地说与大母听，不是更好？"

程母虽然不满意少商的态度，但想想若非让这死丫头说不可，必然不甘不愿地说不上几句，于是她便扯了扯嘴角，勉强点头。

程始扭头用力地瞪了女儿一眼，用眼神责骂这倔强不省心的小祖宗！

少商却笑嘻嘻道："阿父，我吹首曲子给大家听吧……堂姊、兄长，你们不知道，我学会吹横笛啦，连阿母都说不坏呢！"

——说她倔强也好，说她牛心左性也罢，但这世上总还需有一人记得那个无辜病逝在乡野的小女孩。那个女孩的死有直接和间接的原因，可程母绝对罪责难逃。十年间，程始夫妇曾多次派人来接女儿，都被葛氏和这老太婆挡了回去。

这老太婆比萧夫人更不堪，萧夫人好歹还占了个大义名分，是为了家族奋斗云云，可程母是纯然出于自私自利，哪怕孙女从乡野久病后回来也不见她半分歉意。凭什么她稍微摆个低姿态，露些示好之意，少商就要颠颠地去和好？！

年纪大了不起吗？只要不死，谁都会老的！所以她不会原谅，绝不原谅！

……悠回清亮的笛声响起，如同蝶儿在春日的枝头上颤颤一动，带落花瓣几片，旋即拍着脆弱妩媚的翅飞入花海，徒留绚烂丽影，芬芳一地。

程始闭眼倾听，脸上总算露出笑容。说来可怜，作为长子，他非但没继承到亲爹一丁点儿的美貌，连艺术细胞都没染到几毫。

曲至一半，程咏已叫僮儿搬出心爱的长琴，程少宫从腰间取下一枚精致的黑陶圆埙，前者拨弦，后者按住埙孔吹起，双双合到少商的笛声中。

程颂不会乐器，但有一副能让声乐系教授抢破头的好嗓子。他略·试音，少商就被惊艳了。程颂的音域极广，更兼之声域清亮宏伟，余韵悠长。

兄妹四人起初不甚合拍，然而不过片刻就能凑成调子，端雅的琴声，古朴的陶埙，清亮的横笛，加上响彻屋宇的嘹亮歌声，旋即汇合成一曲英迈慷慨的《载驰》——载驰载驱，归唁卫侯。驱马悠悠，言至于漕。大夫跋涉，我心则忧……

程始摇头而笑，再也生不起气来了。

程姎坐在一旁轻轻击节，面露艳羡之色。其实她也学过琴与瑟，但弹得不大好，时有凝涩之态，哪敢像堂兄妹这样在人前大方地献技？

萧夫人凝视厅堂中央的四个儿女，男孩挺拔刚健，女孩雪肤花貌，都那么聪慧健康，灵气洋溢。她忽起了个念头，如果当年她哪怕撕破脸也要将女儿一起带走，是不是许多年前就能看到这一幕了。

一曲终了，程母淌下眼泪来，悲伤不已，喃喃着："……若你们大父还在就好了，他没生在好时候，一辈子没能有个知音，就那么孤孤单单地去了。若能看见你们今日这样，他怕是能多活几年……"

堂内众人俱是默然，程始上前轻声劝慰老母。

少商撇撇嘴，不以为然。听闻过世的程太公对程母冷暴力了几十年，直到过世都没给老妻一个好脸色，没想程母却依旧对他情深一片。"我爱你，与你无关"，听起来很高尚感人，少商觉得自己是绝对做不到的。

重逢小聚结束，侍婢们服侍着各自主家回到居寝，少商打着哈欠跟在程始夫妇身后——谁叫她的闺阁小院和爹妈屋子离得这么近！

眼看要分道而走，程始忽回过头来，对女儿沉沉地道："嫋嫋先别回去，到我们屋里来。"

少商心里咯噔一下，她又闯什么祸了？在刚才这么感人的艺术熏陶后还惦记着训斥孩子这种煞风景的事，老爹果然是个没天分的！

"阿父，今日城门戒严，难道您和阿母不用好好商讨一番吗？"

进城后气氛也明显不对，哪怕走的偏道也过分冷清了。此时天气已渐渐转暖，平日里充盈在榆阳里的商贩叫卖声和点心铺子的香气全然不见了，只余下光秃秃的石板街道。

谁知老程同志阴阳怪气道："你急什么？人家凌大人都没提点半句，显见与我们家无干的。"说完这句，他就拉着萧夫人率先往前去了。

少商无奈地跟上。当小孩就是没人权！

程始夫妇居处的内堂，青苡已备好高烛和醒酒润肠的清汤，然后清退侍婢，自己守在紧闭的门旁，膝上摆着一个小小的竹编小篮，心不在焉地做着针线。程始夫妇一左一右跪坐在上首，女孩独坐下方正中。

"你先给我说说这几个月都做了什么，见了什么人，不许漏下一丁点儿！"程老爹一口饮尽清汤，将碗盏用力顿在案几上，先把气势做足再说！

"全都要说吗？这可有好几个月呢！"少商吃惊地说。

程始哑然，又大声道："别的以后再说！先说凌不疑，你和他究竟怎么相识的，见过几次面？！都说了什么，做了什么？！"

"我当是什么呢，原来是这个呀。"少商丝毫没被吓到，还闲闲地道，"这些叔父和叔母都知道呀。咦，他们没告诉您吗？阿父呀，不是做女儿的说您，您一定是见面就忙着训斥叔父。好了，人家什么都不说啦。所谓恩威并施，恩在前威在后，叔父也老大一个人了，你要用春风化雨般的手足之情感化……"

"好了！"萧夫人听不下去了，用力拍在案几上，"好好说话！"

少商呵呵笑着："阿父、阿母，我保证什么都说。不过有些事嘛，听着不大入耳，你们要是怒起来，又要打我怎么办？"

程始叹气道："行，你但言无妨，绝不打你！"

"也不能罚我！我和阿垚约好了要做许多事呢，可不能天天关在家里罚抄书简！"

老程同志顿觉前有狼后有虎，险情处处救之不及。他恨恨地吸气吐气两个回合，深觉比当年有人抢他军功还可恨，却只能艰难地点点头。

见谈妥条件，少商便不再拿乔，简明扼要地将猎屋遇险，驻跸别院夜谈，以及赠马等事娓娓道来——至于万家初遇为什么没提呢？因为精明的程老爹、萧主任瞬间就会联想到凌不疑应该也知道自己拆桥害人之事，上回已为这事挨了一顿暴打了，她可不想旧事重提。

"就这么简单？"程始听罢，一脸犹疑。

少商无奈道："本来就这么简单。每回见面，都是众目睽睽，连阿垚都在，能有什么呀？"仔细想想，除了那次万家初遇，她还真没和凌不疑单独相处过，简直比消毒液还干净。

程始起身，在堂内绕着圈子踱步，心中十分为难，也不知该如何措辞。

萧夫人忽道："你可知……"她也觉得很难措辞，"你可知那凌不疑是何人？"

少商想了一下，迟疑道："婆婆阿姊跟我说过，凌大人有很多官职，但我背不全。阿垚还告诉我，他是皇帝的养子……仿佛就这些。"

"凌不疑虽然端庄和气，但素来沉默寡言。嫋嫋，老实跟你说，为父见过凌不疑不下七八次了，非但一句话都没说上，也从没见过他像今日这么……这么……"老程同志又陷于辞藻匮乏的问题，最后老着脸皮大声道，"这么殷勤！"

少商不喜欢这个词，皱眉道："什么殷勤？阿父说话真难听！人家和阿垚犹如兄弟，大约是看在楼家的面子上照顾我们的吧。"

"胡说八道！我从没听说过凌不疑和楼家有什么了不得的交情！顶多是延请五六回，凌不疑赴宴一次！"老程也是耳聪目明之人，不然能混到今日这地步？

"那是阿父孤陋寡闻。人家有交情还要绕世界大喊吗？"

"好了！"萧夫人看这对父女又要歪楼，闭眼忍气道，"不要绕圈子了，嬿嬿，你难道不觉得凌不疑这人……这人对你有……意图？"

"阿母这话说得更难听了，什么叫意图？"少商扭头不悦。

"意思！意思好了吧！"老程喷着胡须，好像一只触须张扬的大章鱼，"你不觉得那凌不疑对你有意思吗？！"

夫妇俩还以为问得这样直白，女孩会有几分羞赧扭捏，谁知只见女儿目色清明，只是稍露困扰之色，道："这话吧，叔母也说过，不过……您看，阿垚喜欢我，二话不说立刻求父母来提亲，是以我知道他喜欢我。可凌不疑又没来提亲，他心里怎么想，谁知道呀？"

程始一噎，心想这话也对。

萧夫人闭了闭眼睛，道："按照你的说法，你们猎屋别过后，凌不疑不是在剿匪清贼，就是重伤昏迷在休养。便是他想做什么，那也来不及呀。"

"是呀，这我也想过。不过事已至此，大约我们永远不会知道，倘若凌不疑得了空，是不是会来向我提亲。"少商点点头，末了还颇幽默了一把，"说来，这岂不是天意？"

简单来说，凌不疑对自己的意思属于条件从句，条件设置部分要用一般现在时。不能用过去时，因为人家还没提亲；也不能用将来时，因为人家未必来提亲。

或者，也可以将之看作薛定谔的猫，没开盖前谁也不知道猫是否活着。可惜，现在已经没有机会掀盖了。

程始无语，无措地去看妻子。

萧夫人定定地看着丝毫不着急的女儿，过了片刻，才恍然大悟道："其实，你就是不愿放过楼家这门亲事。"

少商淡淡道:"没错。过了这村,就没这店了。我不愿放掉这门亲事。"

程始又呆呆地坐到妻子身旁。

萧夫人问道:"嫋嫋,我来问你,你对阿垚可有情意?"

这个问题犹如一枚细细的针,扎得少商浑身不适,她立刻回以锋锐的反击,讥诮道:"阿母虽没怎么教养过女儿,不过对女儿期盼却十分高呢!我也来问阿母,这些日子您替堂姊张罗亲事,难道打算让堂姊在婚前便与哪家少年郎谈情说爱,然后问她是否有情意再决定婚事?还不是父母之命,媒妁之言?那和我如今有甚区别?如今都城里的夫妻大多是这样,人家不都好好过着吗?"

程始皱眉,觉得女儿这话颇是无礼。

谁知萧夫人却半点没生气,反而冷静道:"你不用来气我。你和姎姎是不一样的。她和未来的郎婿不论有无情意,只要两人待之以礼,互敬互重,一样可以相守白头,谈不上谁亏欠谁。这都城里许多和睦夫妻都是这样的!你不要避开我的问题,你是否喜爱阿垚,像他喜爱你那样?"

少商闷了半晌,愤愤道:"没错。我喜爱阿垚,但和他喜爱我是不一样的。可那又如何?"

"那你就亏欠了他!"萧夫人静静地道。

"我不赞成阿母的说法!"少商重重地拍了一掌在地板上,大声道,"这世上的情意有许多种,不一定非要两情缱绻。难道成婚前阿母就对阿父情意深重?女儿以为,这世上最好的婚姻都是各取所需。只要二叔父能给二叔母荣华富贵,风光气派,哪怕他对新妇并不体贴,二叔母也能忍着过下去。"

"我会做好阿垚的妻子。不用那么喜爱他也能做好他的妻子!我会好好照料他,嘘寒问暖,体贴备至。我为他筹算仕途,经营庄园,革新规制。他失落时我会称赞他,他骄傲时我会劝诫他。我会帮助他成为更有本领、更有成就的堂堂男子汉!我会让所有人都说楼家讨了我这个新妇真是讨对了!"少商用力地喘气,几乎是喊出声来。

过了半晌,程始才轻轻道:"嫋嫋,不是这样的。为父知道,如果不是天下大乱致使萧家蒙难,我是一辈子也娶不到你阿母的。可我今日还是要说一句,让我再来一回,哪怕此生和你阿母无缘无分,我也宁愿她阖家美满,父兄健在,仍旧是那个骄傲如烈阳般的萧家女公子!我彼时就知你阿母对我无甚情意,我愿意慢慢等她,可阿垚知道吗?"

少商怔怔地落下泪来，一颗颗泪珠重重地砸在地板上，发出沉沉的声音。

女孩的声音仿佛从遥远的地方飘来："可是……我没那么好的运气怎么办？

"阿父能替阿母重振家业，阿母就嫁了；叔母想逃脱亲朋好友的怜悯目光和念叨，就从可靠人选中挑了一个最顺眼的。阿母怎知我不能像您和叔母一样，成婚后慢慢对阿垚生出深厚的情意来？

"阿父阿母，还有三叔父三叔母，你们都是神仙眷侣。这世上总有神仙眷侣，可我没有那么好的运气遇上，那怎么办？"

滴答而落的泪水已经沾湿了衣襟，女孩直挺挺地跪坐在当中，气得浑身发抖，神气中夹杂着倔强和茫然。

她从小运气就不好，从来不曾有过从天而降的好事，要获得什么总要付出加倍的努力。

只要努力读书，成绩总会好的；只要努力经营，她也会有知己和闺密的；甚至情感，只要努力，也一定能爱上那个自己"想要"爱上的人。

虽然是刻意为之，可她的"努力"也很真诚呀！

为什么程老爹和萧主任非要指责她呢？！

既然有一条顺畅好走的路，为什么一定要爬荆棘山岭呢？！

就听老天爷的意思不成吗？老天将阿垚送到她面前，她抓住了，有什么不对？！

听完这番话，程始整个人都惊呆了。

他其实也不是要女儿去做神仙眷侣，姻缘乃缘分，可遇不可求；更不是让女儿去巴着凌不疑，行那攀龙附凤之举。其实话说到这里，已经和楼垚、凌不疑都没什么关系了，而是女儿的这番冷静到消极的念头实在太让人吃惊了。

头昏脑涨之际，程始习惯性地去摸索妻子的手，摸到抓住后才发现妻子的手冰冷得吓人，仿佛死人一般。

"行，你就好好和阿垚过吧，我和你阿父什么都不说了。"萧夫人面色惨白，气息颤抖，语调却十分温柔，"盼着你们能恩爱一生，没有波折。"

最后一句话，仿佛祈祷一般。

次日清晨，少商犹在被窝里迷糊，就听阿苎来报萧夫人病倒了。她心头一颤，暗想莫非是被自己气病的。她不敢耽搁，赶紧起身洗漱，穿戴整齐后三步并作两步奔去主居处。

进入程始夫妇的内屋后，却见萧夫人正发着烧，面色潮红，唇瓣干燥微裂，喘气粗重且不规则。少商还没说上几句，三位兄长和程娆都来了。

萧夫人手足酸软，人却还清醒，口齿清楚地向大家解释说是因为最近旅途劳顿。

程始满面忧色，嘴上却道："说起来你都多久没病了。医士说了，小病是福！这么多年你鞍上马下的，也不知积了多少病累，趁这个机会好好养一养。"

少商看了这对夫妻一会儿，心知他们是在替自己开脱，也默不作声，只迅速地与程娆商议，继续由程娆料理府内事务，自己则从青苁夫人手中分担一部分护理工作。程娆心中甚是敬慕萧夫人，但总不好跟人家亲女儿抢着照料，只好点头答应。

青苁夫人本想少商才多大，之前几个月只见她吵架撑人的本事，想她哪里会服侍病人，让她捧着药碗尝尝汤药就算尽孝了，外面说起来名声也好。谁知半日下来，少商竟出乎她意料地能干——殊不知没爹娘照顾的孩子，大多都晓得自病自医。

少商首先清退探病众人，保持室内温暖的同时又时不时引入新鲜空气，每隔两刻钟用温水擦拭萧夫人的手足和胸背，不断地让萧夫人喝温水——上午还没过去一半，萧夫人已被扶着上了六次恭房了，剩下的时间都让病人平躺着睡觉。

合理的护理加上萧夫人本就体魄强健，医士的第二服药汤还没熬好，萧夫人的烧已退下不少了。少商便端坐在门廊下，静静地守着一尊药炉和一个粥煲，轻轻挥动手中的蒲扇，四下里屋宇宁静，岁月荏苒。

程始自吴大将军处述职回家，看见的便是这么一副情形——老程同志心头惘然，觉得女儿仿佛一夜之间长大了许多。

跟在他身后的万松柏看了，回头道："姜姜，你看看人家嫡嫡，多孝顺、多乖巧。我上回生病你是怎么尽孝的？居然去外头跟人打了一架！"

万姜姜瞪了亲爹一眼，大声道："阿父到底会不会说话？你这样赞一个贬一个，是盼着我和妹妹生嫌隙吗？不过看在你夸的是我自家姊妹的分儿上，这回我就不与你计较了啊！"

万松柏也瞪女儿："你这没大没小的……"

"大人！"万夫人摸着脑门，无力道，"我们是来看望元漪的！"

众人进内屋时，萧夫人刚睡醒一觉，此时精神好了许多，谈笑兴然。说着说着，话题就要转入成人方向，两对夫妻便叫少商和蒌蒌自己去玩耍。

两个女孩手挽手，说笑着走向少商的小院。今日阳光正好，万蒌蒌身着一件金丝织锦浅粉色三绕曲裾，在日头下尤其鲜艳明媚。两个人坐定后，她就迫不及待道："喂喂，今日一早，阿母就告诉我你定亲啦！听说是楼太仆的侄儿，叫什么楼垚的，是真的吗？"

少商大大方方地点头承认。

万蒌蒌满脸放光，上上下下打量着对方，嘴里啧啧有声："看不出呀，你个小小姑子挺能耐的呀，出了一趟门，长高了也好看了，顺手拐了个郎婿回来！你年纪比我小，定亲却要在我前头了……啧啧……"

她不提还好，提起这事少商忍不住叹起气来，道："唉，我也不知道这么快定下亲事，是对还是不对。"昨夜和父母的争吵犹在耳边，她明明吵赢了，心中却没半分高兴。

万蒌蒌奇道："你这话好生奇怪。亲事哪有快慢之分？只有愿意和不愿意的。我们投的好胎，都是父母疼爱。像有些不将儿女当回事的长辈，外面饮一顿酒的工夫，说不得就将儿女的亲事定下了，哪容得你置喙！程叔父那么疼你，定下这亲事前必问过你的吧？"

少商一怔，忽想明白了昨夜父母脸上的震惊和诧异。

程老爹和萧主任都是典型的直男思维——女儿你喜欢就答应，不喜欢就别答应好嘛，多么简单！当征求她的意见并得到肯定回复时，夫妻二人自然而然地以为少商对楼垚是互有情意。谁知昨夜一问，不但实情与原先料想的大相径庭，还发觉女儿的思维异常诡异。

少商反思昨夜自己说的话，发觉简直槽多无口，果然激动时不宜多开口。她当时就该一口咬定对楼垚简直情深似海海阔天空空穴来风风韵犹存……程老爹和萧主任还能给她安个测谎仪呀？！

"……蒌蒌阿姊，那你呢？将来伯父伯母若是叫你招赘，你怎么办？"

万蒌蒌自信道："我不管，我是一定要嫁自己心爱之人的！倘若阿父阿母阻挠我，我就告诉大母去！"

少商默然。心想，这才真正是十几岁少女该有的想法。

其实程老爹已是难得的好爹了，若是按照现实的想法，楼家这么好的门第，前来提亲就该迫不及待地答应，可是他还是让女儿自己拿主意。可她是怎么回报程老爹的？

萧主任和桑氏下嫁程家两兄弟，是因为家族或本身遇到了巨大困境，几乎山穷水尽，要找个救命索或逃生通道。可她如今无论怎么看，都是韶光正好，阖家美满，该当意气风发才是，结果她在择偶心态上居然和走投无路之人无甚差别，程老爹和萧主任可不得抑郁了吗？

小姊妹俩久别重逢，本有说不完的话，谁知还没说得两句，万萋萋忽然想起了什么，状似不在意地表示，她新得了一捆上好的鹿筋，要送给程颂做弓弦。

少商想笑，脸上装出怀疑之色："你今日不会是特意来给次兄送东西，然后顺便来和我聊天的吧？"

万萋萋立刻一脸刚烈地矢口否认，还转文什么"夏治筋则不烦，此时入夏不远了，正要提早准备起来"，甚至要拉着少商一起去找程颂，以示清白。

少商连忙表示自己伺候汤药多半日，此时累得很了，请万家女公子费力自行前去，她绝不敢再行怀疑了。万萋萋这才摇头摆尾地踏出廊外。

少商在后面大摇其头，笑着心道：拉倒吧，当我是瞎的不成，看不出你个粉红绣花猪想拱我家二白菜呀！不过嘛，二白菜本人也哭着喊着乐意被你拱就是了。

少商凭几假寐约莫半个时辰，万萋萋就回来了，不但自己回来了，还挽着一名衣饰华贵的端庄少女。少商定睛一看，竟是尹姁娥。

万萋萋扯着嘴角，皮笑肉不笑："我坐下没多久，姁娥阿姊就来了。嗯，是来找长兄的，说是送马鬃给长兄制琴弦的……"她深深地觉得自己的创意被尹姁娥剽窃了，她送弓弦，尹姁娥就送琴弦，就不能送把九环大砍刀吗？！

尹姁娥神色扭捏地扒着袖子，斯文道："……家母与程家叔母相交甚厚，若得知叔母病了，必然要来探望的。"

少商：……

她就算原本没多想，但看尹姁娥这副脸红扭捏的样子，还有什么不清楚的？好极好极，这下大白菜也差不多可以卖出去了，就是不知道三白菜还能留多久。

心上人就在外面，尹、万二女如何肯让少商继续躲在屋里？当下难得齐心合力地将人拖了出去，一室少男少女齐聚在三兄弟居处的外堂。没过多久，新鲜上任的程家未来郎婿也颠颠地赶来了，知道萧夫人生病后楼垚呆了半晌，又急匆匆地一头撞出门去，足足等到午膳时分才急急赶回来，还带来了半车药材补品和楼家的府医。

万氏夫妇得知此事，拍着手掌又笑又叹。万松柏险些将义弟的肩都拍下来了，大声嚷嚷着："我十几个郎婿都没一个这么殷勤的！"万夫人挨着萧夫人轻声取笑："妹妹就是命好，儿女孝顺，如今这郎婿也孝顺。"程氏夫妇能说什么？只能苦笑摇头。

萧夫人又吩咐程妷，让她置办一份妥帖的席面，让他们少年人自行用膳，不用来长辈跟前服侍。席间程家兄妹四人不免被客人吆喝着再度合奏。尹妁娥瞥了程咏一眼，笑着让侍婢们去自家马车上扛来一张镶玉裹锦的五十弦瑟，一道加入合奏。万萋萋不肯落于人后，当下起身取剑，随着程颂的歌声舞剑助兴。

此时天色明亮，年少热血，众人尽兴。少商侧头去看楼垚，只见他被居心叵测的三个大舅子灌了不少酒浆，此时面红耳赤，神色迷离，只知道冲着未婚妻呆笑。

少商定定地看了他许久，只见初见峥嵘的英武少年，此时笑得好像一颗呆头呆脑的大倭瓜，她忽地莞尔一笑，转头吩咐僮儿服侍他歇到程少宫屋里。

——这样很好，在未来的许多年，他们还会无数次地像今日这样齐聚畅饮，手足亲厚，挚友相伴，琴瑟笛埙合奏，随以吟唱舞剑，还有比这更好的青春年华吗？

第二日，少商继续服侍萧夫人饮药梳洗。母女俩似乎形成了一种奇特的默契，每当两个人争执过后，便仿佛双双忘记前事，绝口不再提起。默默地收拾完毕，母女俩也没什么话要说，少商便照例端坐到廊下，看守药炉。

谁知没过多久，只见程妷引着楼垚和一名中年华服妇人款款行来。少商瞥见这妇人左边眉首处有颗圆鼓鼓的痣，立刻知道这是楼垚的母亲，河东楼氏主支的二夫人。

楼二夫人错眼一看，只见廊下端坐的少女肤色如雪，身着半旧的翠色曲裾宽袄，既不张扬也不颓萎，犹带着稚气的面庞上神情温柔静妍。面前一尊红泥小炉中火光闪动，汤煲中散着氤氲水汽，映得女孩越发如烟如雾，容色姝丽。

人皆爱美，她一见之下先喜欢了三四分，又转头白了儿子一眼：在家里吹未婚妻吹了三百八十回，什么性子好、脾气好、活泼开朗，却偏偏没说人家小女娘生得这样好看。

楼二夫人自是来探望萧夫人的。少商不敢大意，赶紧拿出桑氏数月的培训成果，蛾首低垂，麻利地服侍萧夫人从床榻上半坐起。楼二夫人看她举止恭顺、安静，便又喜欢了三四分。

"哎哟哟，你起来做什么，我是惦记你才来的，要是累着你了我还不如不来呢！"楼二夫人年纪比萧夫人大了好几岁，但皮肤白嫩，神情开朗，言行间居然还带着几分孩子气。

萧夫人靠在隐囊上，气息犹自不足："原本我们也该商议两个孩儿的大事了，可看我这身子，真是病得不巧了……"自从双双收到丈夫定下亲事的家书，她与楼二夫人便已接洽过几次了，算得上相交甚悦。

"你慢慢养着。"楼二夫人笑盈盈道，"你别急，我也不急。"又调皮地转向自己儿子，"我儿可急？"

楼垚恨不能捂住亲娘的嘴："阿母！"

"我也不急的。"少商连忙笑着撇清。

"少商！"楼垚顿觉四面楚歌。

楼二夫人见儿子满脸窘迫，当下朗声而笑。萧夫人有些勉强地也跟着笑。

"听闻程大人此回招安的差事办得十分圆满，陛下已下令程大人升任卫尉左丞了？"楼二夫人笑道，"今日我一来探病，二来恭贺。"

此等交际场面萧夫人应付得圆熟，当下也调侃道："探病就罢了，昨日我已收了阿垚许多东西。恭贺的话，难道你空着手来的？"

楼二夫人立刻将坐在自己身旁的儿子往前一推，正色道："谁说我空手的？这不将这竖子双手奉上了吗？！你说，你要是不要？"

萧夫人指着楼二夫人的手指，无奈摇头，屋内众人一起大笑。

少商也在笑。程老爹升至官秩千石了，真是大大的好事；更好的是，她今日所见，这楼二夫人果然如楼垚所言，天真爽直。

楼二夫人可谓乱世中少有的幸运女子，出身殷实的地方世族，自小父母疼爱，既不曾遭遇萧夫人那样的兵乱匪祸，也不如桑氏那样有过一场几乎倾尽心血的情殇。到了花信之期，由家中安排着嫁了门当户对的楼氏主支次子，长兄长嫂都是精明能干之人，她嫁过去后凡事不管，除了生儿育女，她每日只需调花弄酒，安享尊荣即可。

"不过，我家姒妇说，这两日我们避避也好，外头不知多少人头落地了呢。"楼二夫人忽忧道。

萧夫人神色不动，微笑道："都是那几个不长眼的东西，误了这大好春光，竟敢诬告太子殿下与此次兖州樊逆谋反之事有牵涉，欲趁御驾东巡之际弑君,好提早登基继位。亏得陛下圣明,我看很快就会好了。"

"这都几日了,城门还在戒严呢!此时春光这样好,往年每到这时候,我们都要去城外踏青游玩的!"楼二夫人心性单纯,哪懂什么朝堂大事?

"每年都去踏青,城外就那么几处地方,你也不嫌腻。"萧夫人笑道,"我听说弘农郡内有座小县,每年春末夏初都要大祭百傀灵,待这阵风头过了,我领卫队护着你去玩耍两天。"

这番话简直"男友力"爆棚,楼二夫人高兴得不住地点头,越发觉得未来的亲家母坦率热忱,是可交之人,爱屋及乌,看少商也越发顺眼。

见楼垚的母亲被哄得心花怒放,少商脸上做着乖巧状,心里却清楚这是萧夫人在刻意交好笼络,好让未来君姑多喜爱自己一些。

以后就得靠自己了。

四五日后,萧夫人终于病愈,彻底恢复健康,便按邀约携女上楼家做客,顺便让楼家众女眷也看看少商,尤其是楼氏目前的宗妇,楼大夫人——总不能楼垚一天往程家跑三回,酒也灌醉过,食药府医都送过,楼家人却还不知少商长得是圆是扁吧。

楼府占地与程府差不多大,可位置离宫城仅一巷之隔,府内人丁繁盛程度与尹家有一拼。然而,楼大夫人治家之严远甚于尹妡娥的母亲。少商一路过来,只见侍婢仆从来来往往,低头恭敬,却听不见半句言语。等到正式拜见,她原以为会见到一位严肃瘦削的厉害主母,见面后才发觉楼大夫人面如满月,慈乐和祥,看着倒像个好脾气的宿管阿姨。

楼大夫人拉着少商的手细细地端详了一遍,眼中流露出一股难以言明的情绪,转头对楼二夫人笑道:"娣妇,你这新妇挑得真好!"

楼二夫人得意扬扬:"那是!我也是一见了就喜欢,把我们全家的新妇女儿都比下去了!难得的是孝顺又和气,对阿垚又关怀备至,再好也不过了!"

坐在楼大夫人身边的楼大少夫人掩袖轻笑,神色恭顺,楼大夫人笑道:"你和阿垚都喜欢,我就放心了。"

楼二夫人喜道:"姒妇,那您是答应了?"

此言一出,坐在一旁的萧夫人和少商一齐皱了皱眉头,互看了一眼。可楼家那对妯娌浑然未觉,楼大夫人笑道:"我若是不答应,阿垚怕是再也不肯理我了。明日我就找巫祝来占卜吉日下定!"

萧夫人哪是肯吃亏的角色，也笑道："这也不着急，慢慢来吧。我家大人和阿垚的父亲都是一诺千金之人，月前就互换了信物。我临离兖州前，听闻东郡和山阳郡已有不少人向楼、程两家行贺喜之仪了，这下不下定的都是虚礼。"

听闻此言，楼大夫人神色微变，楼大少夫人似是不解自家君姑为何脸色有异。

楼二夫人却笑得天真："我知道，阿垚的父亲用来下定的那枚玉珏还是我成婚时的陪嫁呢，如今给了少商真是再好不过了！"

楼大夫人微笑道："那枚玉珏二弟随身佩戴多年，如今一朝给了程家做信物，当心我告诉老二新妇，说你厚此薄彼。"

楼二夫人忙道："姒妇，您别说出去，是我多嘴了……"着急忙慌的样子，似是十分害怕自己新妇心生不满。

楼大夫人笑着抚娣妇的背，宽慰道："好了，叫你急。这种挑拨之言，我和老大新妇什么时候说过？你别急，别急啊。"口吻仿佛在哄一个孩子。

楼二夫人这才放下心来。

萧夫人微微地皱眉。

这种恩威并施之术是她自己在外面笼络人手时惯用的，没想到今日在楼家也见了这么一幕。她既放心楼垚母亲的直白好欺，又担忧楼大夫人不好对付。

何况，这厅堂里除了侍婢就只有她们五人在饮食闲聊，将来楼二公子的新妇若为此事不悦，岂不是要牵连到自己母女头上了？她心头不快，可仅为此事就拂袖而去未免小题大做，有心口头回击，可这种弯弯绕的口舌之争，她素是最不擅长的，一时竟默然无语。

少商忽道："伯母，您别忧心，我跟您打赌，二少夫人定然不会计较那枚玉珏的。"

楼二夫人呆了一下，不甚相信地说道："少商，你说真的吗？"

楼大少夫人讶然地看过来。

少商装出一副笑容可掬的样子："阿垚跟我说过，二少夫人是二公子在胶东游历时结识的，乃当地宿著的掌上明珠。当时二公子出门在外，虽有楼伯父允婚的手书，却身无长物，便亲手打磨了一面银镜为定，寓意'此心如明镜，白首互不疑'。我怕是天底下所有的玉珏加起来，在二少夫人心中，都比不上这面镜子的。"

楼二夫人又惊又喜："……你说得对，说得对！我都忘了这事了。"

楼大少夫人面露几分羡慕之色，怕被君姑看见，连忙起身招呼侍婢来续果浆和点心。

少商笑着低下头去——废话，跟楼垚朝夕相对数月，难不成都用来风花雪月了？哪有那么多人生理想、星星月亮可以谈的？自然要将楼家的人际关系乃至一草一木都盘问清楚了！

对女儿这番柔和却坚定的回击，萧夫人心中满意，又暗想：也就是说，楼二夫人所出二子的亲事都是越过了这楼氏宗妇，由楼济亲自定下的。

楼大夫人也微微地笑着，似乎没有半点不悦，随即吩咐侍婢将外面的楼垚叫了进来。

楼垚一直等在廊外庭中，此时乐颠颠地踏进堂内，险些连靴子都忘了脱。

楼大夫人笑着看侄儿手忙脚乱地整装跪坐，道："阿垚，你寻的这新妇可是好生厉害呀，适才……"她话还未说完，少年就一脸花痴道："是呀，大伯母，您真好眼力。少商她可聪明了，既聪明又能干，什么都知道！阿父也夸过她好几遍呢！"

楼大夫人神色一滞。

少商故作不悦，轻声细语道："阿垚，你怎么这样？大夫人还没说完呢。你再这样，回头我告诉我家长兄，让他也捉你去读书写字！大伯母，您接着说，别理阿垚……"说着又转头笑道，"伯母，您别怪阿垚，他平日是很有礼数的。他心里是没拿大伯母当外人呢！"

楼二夫人喜笑颜开，道："你说得是，我们阿垚很懂礼数的，不过自家孩儿对长辈总不如在外面拘谨嘛。"

楼垚挠头傻笑。他觉得未婚妻哪怕在责怪自己时，都显得温柔可爱，纯是出自关怀之意。

少商脸上笑得可亲，心里却对楼大夫人不屑——切，还不如萧主任呢，人家至少有真刀真枪拼出来的实绩，真逼急了还可以一力降十会，眼前这个只会暗暗下眼药！

楼大夫人默然片刻，又笑道："也没什么可说的了。阿垚，你赶紧去将你大伯父寻回来，定亲不是小事，许多事还要他来办呢。"

楼垚眼睛都亮了，笑呵呵地看了未婚妻一眼，然后拱手作揖，迅速退了出去。

又说过几句，楼大夫人便让身边的长媳带少商到侧堂去，她们妯娌要和萧夫人开始商量定亲事宜了。少商缓缓地起身，得益于之前桑氏的紧急培训，姿势倒也说得上柔顺优雅，楼二夫人看得满意，笑得几乎合不拢嘴。

隔过半条内廊，移门进入，只见侧堂里女眷济济一堂，有做少妇打扮的，也有闺阁梳妆的，俱是楼家的新妇和未嫁的小女娘。楼家两房的子嗣十分平均，俱是四男四女，嫡庶各半，总排行最小的正是二房的楼垚和长房的楼缡。

少商随着楼大少夫人的介绍，一一见过众人，举止合宜，言语谦和。轮到最后一个楼缡时，她却瞪了少商半天，气鼓鼓地扭过头去，不肯和少商见礼。楼大少夫人尴尬，呵呵笑着略过，然后让少商坐下，众人说起闲话来。

在座的众女言谈温和，哪怕心里有事也绝不会露出来，大家你一言我一语，或打趣或八卦，说得倒十分投机。少商注意到坐在右侧上首一名少妇，观其眉目细长，神色端穆，正是楼家次媳，二房的长媳，适才银镜故事的女主角。

少商甫见她时，还暗觉奇怪，心想这个不苟言笑的少妇才该是楼大夫人的新妇，而这个和颜悦色甚至带了几分怯色的长媳反该是楼二夫人房里的才对。

楼缡忍了半天，听到女眷们第十八次夸奖少商貌美娴静时，终于忍不住酸溜溜地道："我可真想不到呀，程娘子那日在万家对王姈阿姊那么凶巴巴的，今日倒扮得一本正经了。"

"阿缡！"楼大少夫人惊呼，眼睛都瞪大了。

堂内众女或轻声喝止楼缡，或默不作声，静观事态。

"是呀，我也没想到。"少商眼皮子都没抬一下，跟个初一小女生斗什么气？

楼缡见少商没有反应，继续道："你能嫁进我们家，那是天大的运气。若非昭君阿姊另嫁了，哪里轮得到你？你不知道吧，我阿母可喜爱昭君阿姊啦……"

"阿缡！你再说一句，我就叫伯母过来收拾你！"楼垚的胞姊勃然大怒，作势起身。

楼缡也大怒："堂姊，你居然帮着她骂我！"因为她年纪最小，平日兄姊姒妇们都十分忍让她的，尤其这位正在待嫁的堂姊，平日尤其疼爱。

少商微微一笑，目光朝那楼氏示意无妨，转头道："阿缡适才说什么？你阿母极其喜爱何昭君？那我就不懂了，你同胞兄长七公子不过比阿垚大了两岁，比何昭君大了三岁，为何当初不让他俩定亲？"

此言一出，堂内左侧一名穿浅绯色曲裾的少妇面色发红，其余众人也是神色各异。那楼氏却眼睛一亮，似乎并不讨厌有个言辞厉害的娣妇。

楼缡被噎得半死，大声道："那，那是因为……因为……"她小小年纪如何知道个中缘由，自她懂事起何昭君就与小堂兄定亲了，"因为叔母更喜爱昭君阿姊！"

"哦，是吗？原——来——如——此——呀。"少商拉长了声音，一副受教的模样，似笑非笑。

楼缡面红过耳，说这话她自己都觉得亏心。别说楼家内部，就是外面都有不少人知道楼家二夫人不满何将军那位嚣张蛮横的独女。不过话说回来，哪家婆母会喜欢对自己儿子呼呼喝喝的新妇，还动不动仗势欺侮未婚夫？

"好了！"楼大少夫人拍案喝止道，"阿缡，你闭嘴！赶紧给少商道歉！"

"我才不！"楼缡整张脸都涨红了，高叫道，"姒妇，你不知道，这个程少商的为人何其可恶，王姈阿姊都跟我说了……"

"你们在说什么？！"随着一声厉呵，楼大夫人领着众多侍婢大步走进侧堂，身后跟着楼二夫人和萧夫人。

楼大夫人严厉的目光一一扫过每个人的脸，经过幺女楼缡时，略略停留了片刻。众女见她发怒，纷纷躬身跪坐，楼大少夫人嗫嚅着不敢说话。

只有楼二少夫人悠悠站起身来，道："大伯母，您来得正好，阿缡适才正说到程娘子那日与王家的姈娘子争执之事，刚刚阿缡还说少商为人可恶呢。"

这下萧夫人和楼二夫人的脸色都难看起来，楼大夫人眼尖，瞥见萧夫人嘴唇一动，连忙上前几步，"啪"的一声，伸手就给了女儿一个耳光。

楼缡捂着脸，不敢置信道："阿母，你……居然……"母亲虽为人严厉，但对自己这个老来女颇是宽纵，此时竟在众目睽睽之下打了自己！她越想越伤心，泪水顿时涌出眼眶。

楼大夫人断事果决，沉声道："阿垚与少商已然定亲，今日是她头一次来楼家，你却这样羞辱于她！你以后还有脸见你堂兄吗？枉阿垚素日待你亲厚！"

听母亲说话斩钉截铁，竟隐隐有几分雷厉风行之势，楼缡这才生出几分害怕来。她不敢说话，可心中犹自不服，只能用恨恨的眼神去看少商。

楼缡的不服之意，众人皆看得出来。

楼二少夫人轻轻一笑，缓缓走上前几步，躬身道："萧夫人见谅，你可别因为阿缡就心疼令爱不让她嫁过来呀。再说了，阿缡早晚是嫁出去的，令爱以后少见她就是了。"

这话既大胆又露骨，楼大夫人神色一凛，楼大少夫人连忙急道："阿延，你怎么这么说？！阿绮年纪小，说话不当心，全是……"

"姒妇不会要说'阿绮全是无心之失'吧？！"楼二少夫人目露讥诮。

楼大少夫人语塞，憋得脸都发红了。

楼二少夫人冷淡地笑了下，道："大伯母见谅。适才阿绮还跟程娘子说伯母如何喜爱昭君妹妹呢。伯母疼爱晚辈我是知道的，却不知您竟那么喜爱昭君妹妹。早知如此，就不让阿垚掠美了，不如早两年就让七弟娶了昭君呢。"

跪在后面的七少夫人神情窘迫，气得浑身发抖。楼二夫人尴尬得不行，萧夫人脸色冰冷，直接越过去看楼大夫人，眼神明明白白想要说法。

楼大夫人强忍怒气："这是什么话！阿绮，看来这三个月你还没关够，还在满口胡言乱语，那你就接着面壁思过吧！"

楼绮哭哭啼啼地刚要说话，就被四名侍婢推搡着捉了出去。

楼大夫人转过头来，连连朝萧夫人和少商致歉，反复保证会好好管教楼绮云云。

趁长辈说话之际，楼二少夫人忽拐到少商身边，和悦道："我不爱叫什么姒妇娣妇的，以后我就叫你少商，可好？"

少商回看过去，四目相接，虽是初次见面，但聪明人不用多说话就彼此明白心意。她嫣然而笑："诺，那我也叫你延阿姊吧。"

楼二少夫人笑着握住少商的手摇了摇。不知何时，二房另两名庶子的新妇也不声不响地聚拢过来，静静地站在她们两个人身旁，恰形成四方呼应之势。

楼大夫人见此情形，再看自家温和柔善的长媳，心中一阵烦躁。

回程府的马车上，萧夫人屏退仆妇，只留母女二人在车厢内，肃色问："你早知楼家的这些破事了，那你还答应亲事这么痛快？"

"有破事怎么了？这年头哪有大圣大贤、没有半点眉眼官司的人家？天庭里还有父子兄弟斗法的呢。"

"你这说的什么话？！"萧夫人气急败坏。

少商正色道："阿母，人生在世，波折磨难那是常有的。姜姜和我说起过万伯父为十几个女儿择婚的故事。家世好的，为人浅薄风流；人品出挑的，家里累赘太多；家世好为人又好的，多是没什么才干雄心，要一辈子在家族荫庇之下闲适度日了。阿母，您看阿垚多好。门第好吧，为人又忠厚诚实，绝无那浪荡子弟的习性，虽才干目前不显，可他有上进心，愿意吃苦拼搏。阿母，您说说，这门亲事是不是很好？"

萧夫人心想：你直接说楼垚既听话又肯干家境还好不就得了？

"吾家几位兄长您都教导得很好，您不知道吧，外面实在有不少女娘的人家都在暗暗惦记我的兄长们呢。"少商笑着扑腾几下袖子，好像小小鸟儿在拍翅膀。

萧夫人哪会不知道？她摆摆手，对女儿的奇思妙想已经麻木了："……说你的事，别东拉西扯。"

少商沉默片刻，笑道："其实叔母早就问过，像我这样不耐烦繁文缛节的人，嫁去楼家后对着一屋子妯娌兄妹岂不要烦死了，等阿垚谋得外官得猴年马月呀。我说，不用很久。到时天高海阔，哪怕不如在都城里舒服精致，但自在多了。"

"你怎么能如此断言？"萧夫人暗自佩服桑氏对大户人家的考虑果然比自己细微多了。

"犹记那日我病愈，阿垚来看我，他说将来要为一方父母官。我起初当他随口说的，可后来相处日久，我发觉若按他自己的性子，他更愿意到阿父的部曲中领一小队人马。那么，'为一方父母官'这话是谁教他的？"少商调皮地笑了笑，"阿垚的母亲您已经看到了，这话绝不会是她说的。我猜，这话当是楼郡丞对儿子说的。"

萧夫人定定地看了会儿女儿，缓缓道："当年何将军舍命救下了楼太公，楼太公膝下有二子——楼经和楼济。后来何将军提出结成儿女亲家，我还以为楼家长房仁厚，特意将何家这样有力的姻亲让给次房，可后来听闻何昭君种种狂妄蛮横，我也怀疑过……"

"只要两房不分家，就是阿垚娶了何昭君，长房也能得到何将军的助力。"少商嘴角露出一抹嘲讽，"叔母曾和我说过，自前朝庚帝篡位起，同家族之人居庙堂之高便成了个大大的忌讳。连虞侯一族那么大的功劳，除了虞侯本人外的其余人，陛下都只予富贵，不许重权。而且，当初为陛下立下汗马功劳的并不是楼太仆，是过世的楼太公。楼太公早逝后，楼太仆袭了爵位并得了陛下的提拔，阿垚的父亲不愿在都城做个小吏，才去的外州为官。"

萧夫人叹口气，道："你叔母倒是什么都和你说。"

少商接着道："外人都说楼太仆能干，可叔父说，实则阿垚的父亲丝毫不逊于其兄，只是看着温和不争罢了，过几年都快升郡太守了吧。唉，可这事呀，坏就坏在两兄弟势均力敌,庙堂之高,天子重臣,凭什么你做得,我做不得?"

"还有更坏的。"萧夫人点点头,让自己尽量习惯"和女儿谈论政事"这种看起来很诡异的状况,"楼太仆兄弟虽说势均力敌,可还能互为助力,彼此谦让。可到了儿子辈上,长房弱势再遮掩不住了。阿垚的胞兄,那可是楼家这辈的头一号人物,称得上文武兼济。还有阿垚的两个庶兄,在太学都已有了些名声。"

少商点点头:"阿垚跟我吹过……啊不是,夸过他胞兄。这样一个厉害的人,却不曾入仕。"

萧夫人道:"楼二公子有雄心壮志,不愿在地方为官,不止一次放言要入主中枢,如今正游历天下呢。他人虽远离朝堂,可他写的各地见闻、风土人情、屯兵积粮甚至施政之策,陛下常能读到。"

"难道楼太仆会打压侄儿不成?阿垚跟我说,他伯父待侄儿们如亲子一般。"

萧夫人摇头道:"楼太仆倒没这个心思。都是楼氏子弟,同族子弟自是越出息越好。是楼大夫人,那年楼二公子原本能进尚书台的,可她逼着楼太仆非要给自己两个儿子举官。可哪有一家数子全都举官的?楼二公子受不得这个气,便出门游历去了。"

"长兄帮我打听过,楼太仆的几个儿子的确有'文慧'之名。可其中两个,连太学都没进去,说是要跟外面的名师读书。另两个,倒是真会读书,可惜迂腐老实,不知变通,只配在著书台里做个校对,皇帝不愿让这种人当地方官。接着嘛……"

少商笑着拍手道:"我来猜猜看,楼大夫人一定是这样说的:'侄儿呀,你这么有本事,将来一定能靠自己当官的,可你的堂兄弟只能靠举官了,你就让让他们吧!'不过最后,这官也没举成吗?"

萧夫人想笑,忍着道:"我听说楼太仆正不断催促侄儿回来呢。"

少商不赞同道:"阿垚的胞兄也倨傲了些。俗话说,'太刚易折'。大伯母不高兴就让她不高兴呗。家族兴盛大事,哪能容无知妇人作怪?!啊,阿母,我不是说你呀,你是程家兴盛的大功臣!"

萧夫人皱眉,直觉上想训斥女儿怎能对长辈无礼,可理智上又觉得女儿说得对,只好道:"楼大夫人以前不是这样的。当年楼家风雨飘摇,甚为艰难。阿垚的母亲是一点也靠不上,为了撑住楼家,大夫人左右周旋,殚精竭虑,是个极为能干睿智之人。"

少商若有所思，忽道："是以阿母就吸取教训，引以为戒。身为大家宗妇，绝不能偏心己出儿女，要顾全大局，选拔族中最优秀的子弟为家族拼搏？"

萧夫人一震，怔怔地看着女儿。

少商见她目光射来，连忙轻咳两声，回到正题："所以，您瞧，大夫人的儿子们想举官但举不上，可大夫人还没死心，还盼着哪天儿子开窍了好入仕。阿垚的胞兄碍着长房的面子避了出去。那可不是我们的时机吗？"

萧夫人点点头："的确是好时机。其一，阿垚又不打算入朝，不过是在地方上谋个差使。其二，楼太仆心中有愧，必然大力举荐，楼郡丞更是高兴还来不及。"

少商赶紧赞道："阿母料事如神，佩服佩服。"

萧夫人看着女儿，定定地道："这些都是你自己想出来的？"

少商道："是呀。"

萧夫人心潮起伏，又问："那你觉得楼家将来会如何？"

少商神色一肃，沉声道："得快！楼太仆已过天命之年，就算他想再等等提拔自己儿子，楼氏宗族也不会答应。如数年前过世的良侯，子嗣无能，族中也无可造之才。纵有爵位，家族也只能退居地方了。要是楼大夫人再从中作梗，楼家的族老们怕是要发作了。楼二公子也不会一直忍下去的。是以，阿垚要赶在破局之前，赶紧受封举官。"

萧夫人道："你就这么有信心，阿垚会如大夫人的二子一般，受陛下召见应对时被驳了回来？"

"我有信心。"少商背脊笔挺，目光坚定，"我已打听过了，虽然陛下喜爱论经饱学之士，可也重视实干之人。阿垚学问不好，可是武艺不差，而且我会告诉他如何挖沟渠、垒深壁、蓄水分洪……阿垚很聪明，我说过的话他不但能记住，还能添上自己的所见所感。他又为人实诚真挚，我觉得陛下会喜欢他的，会愿意给阿垚一个机会的！"

"你，什么都想好了。"萧夫人心中又是骄傲，又是苦涩。

少商沉默片刻，道："我一直都是自己想事情的。"

混社会还是读书，选择文科还是理科，怎样分配学习时间，怎么填写志愿……她一直都是自己计划人生的。

第十六回 花墙雁塔

不论内宅妇人如何肚里乾坤，于外头的男人而言，两家既然定亲就该好好办。楼太仆是个利索人，不几日就趁单独奏事之际向皇帝说明此事，满口都是程氏女子的好话，欲求一份恩旨，给这门亲事添些光彩。皇帝素性宽和，程始近来办事又得他的意，便欣然允诺，次日就遣身边侍候笔墨的黄门从官前往程府宣旨。

此时接旨没后世那么多花样，不用摆放香案花烛，只需受宣之人整齐恭敬地跪好就行了。圣旨中将程氏全家都夸了一遍，从"仁心抚弱，善战却不好战"的程爱卿，到"女中丈夫气霄汉"的萧夫人，一直夸到"勤慎贤淑"的程少商本人——少商有些脸红，话说，当年她的中学校长也只夸过她成绩好、有毅力，从没夸过她品行温良之类的。

宣旨完毕，萧夫人满脸挂笑地塞了好些金珠给那姓滕的黄门从官，并扯着犹自嘀咕"我面圣述职时陛下都没夸我这么厉害"的程始亲自将人送出门去。

九雏堂内余下的众人脸色各异。程姎是满面敬羡，从头到脚地艳羡。程母撇嘴不言，甩甩袖子拉着胡媪回屋去了。

程少宫叹道："没想我们手足中，最早得到陛下嘉奖的居然是嫋嫋！"

程颂捶了他一下，笑道："你日日看谶书，可有算出这一卦？"

程少宫道："没有。只说我们家这些年不宜嫁女，只该娶妇。"

"胡说八道！赶紧扔了那些乱七八糟的。"程咏看了眼一旁的程姎，又对少商道，"观楼太仆行事，可知楼家对这桩婚事的诚意。你以后待阿垚好些，别老使唤他！"

少商笑嘻嘻道："阿垚说他最爱听我使唤了，我一日不叫他做点什么，他就连饭都吃不下了！"

"你也胡说八道！"程咏板着脸，深觉当初母亲怀这对双胞胎时，定是撞了什么不妥当的东西。

事情过了明路，欢天喜地的楼垚开始了日日来程家报到的日子，还回回手上不落空——昨日是楼氏庄园送来的鲜果猎获，今日就是楼府工匠新织造出来的锦缎细布，后日还有一坛楼家府库里储藏的陈年好酒。

吃人嘴软，拿人手短，程家阖府上下都对这位未来郎婿赞不绝口，连素日对少商阴阳怪气的程母摸着身上精美的新衣也缓了语气，私底下对胡媪道："结亲就该像嫋嫋一样，像阿息这个不争气的东西，嫁一回我贴一回嫁妆，真是跟我讨债来的！"

少商也在跟萧夫人念叨着："这么好看的锦缎，这么绵软的细布，给叔母送些去呗！阿垚说了，这是他们累世家养的工匠的独门手艺，外面买都买不到。"

萧夫人默不作声地看她一眼："……你倒惦记你叔母。分完你和姎姎的，就没剩多少了。"

"那就将我的那份给叔母好啦！"少商嘴快，看到萧夫人神色不悦，连忙道，"不是不是。我的意思呀，这长相平平的才要穿得好呢，像我和阿母这样的相貌，套口麻袋也是美人啊！不信，您问问阿父去！"

萧夫人失笑道："你居然敢这样编派你叔母，当心我告诉她去。"难得她不想训斥女儿没规矩。

少商无奈地叹了口气："我早就打趣过啦，叔母一点不往心里去，还撑我呢，说我相貌比她好有什么用，她每日对着用膳的人比我将来要对着吃几十年饭的人好看多啦！"

萧夫人扑哧一声："这的确是她会说的话！"心里却想凌不疑可比程止美貌许多了，若是你能把那人弄到手，别说程家，就是都城里也任你横着走了。

人心真是世上最奇怪之事，若是之前什么都不知，萧夫人那是想也不会去想的，如今她却忍不住想上一想。不过她究竟是果决之人，无益之事想过便撩开手去，再瞧女儿一副志得意满的样子，叹过一口气后，便加倍用心地筹划婚事。

按着此时的习俗，定亲之后两家便要各自设宴，宴请各家的亲朋来聚，顺带将未来的郎婿或新妇拿出来亮亮——按照少商的理解，这年代没有灵便的通信手段告之天下，从定亲到成亲又要间隔不短的一段时间，万一有人不知道（或者装作不知），半道截和呢。

程家在都城亲友不多，连同僚带上司外加万松柏拖来的添头，另几个心腹部曲及其家眷，也不过凑了台四五十人的中等筵席，连楼太仆都没能灌醉。待楼家设宴那日，看到楼府门前车舆比肩、顶盖如云的繁盛景象，程始忍不住叹口气："瞧人家这气派，这声势！"

谁知一旁的万松柏大声叹了口气："都是为兄的不好！"

啊？！人家家族兴旺，跟您老有什么关系？——万、程两家人齐齐去看他，只听大腹便便的万大将军面色沉痛，道："早知今日，为兄就不把那十几个女儿东嫁一个西嫁一个，若是都嫁在都城周围，此刻将郎婿们凑起来，前日也能替贤弟家壮壮声势！看不灌死那姓楼的。"

众人一呆，片刻后尽皆大笑起来！

萧夫人擦着眼角笑出来的泪水，转头低声对少商道："真正能守望相助的挚友何其难得，如你万伯父这样的，有一个足矣。"

少商点点头。

楼府前院有两列极为宽敞的排房，相对而建，中间由茂盛繁密的花木分隔，并有一条细长的直廊连接两边，俯视便如一个斜斜的 H 形。女宾在左列排房，男宾在右侧。

楼大夫人便如忘记了那日的争执般，热情地拉着少商母女满屋转悠，一会儿引见几个本家的亲戚，一会儿见见几位德高望重的老妇。少商岁数和辈分都小，几乎见人就拜，躬身弯腰到头晕眼花。总算前头来了一个八十余岁的白发老翁，楼大夫人忙带着少商走到廊上去叩拜，嘴里呼着"老舅公安好"。

这位颤颤巍巍的班老侯爷与楼垚过世的祖母是兄妹，恐怕也是整座都城里最高寿之人，平日宫里赏赐食药，皇帝总不会忘了这老人一份。

班老侯爷年纪太大，看着有些糊里糊涂的样子，等少商行礼起身后打量了半天，然后咧着不剩几颗牙齿的嘴大笑，拍着身旁楼垚的肩膀，道："阿狗呀，你这新妇甚是貌美！我早与你说过了，娶个貌美的新妇比甚都要紧，你看看阿猫娶的那妇人，所以才走那么早的……"

楼垚满面通红，拱手不敢辩驳，搀扶着班老侯爷的白面少年无奈道："曾大父，这是楼家的阿垚外弟，不是过世的父亲！"

楼大夫人苦笑着不住地叹气，楼二大人却喜笑颜开，连声夸老人家真有眼光!为防止老头儿继续说出不应当的话来,楼垚连忙和班小侯爷一道扛着老人离开。

各种行礼完毕,少商、程姎和万萋萋照例被婢女领去了偏厅小女娘处。

程姎心下惴惴,扯着少商的袖子,道:"今日若有人再编派我们,我们直接去找大伯母就是。你可千万莫发急呀!"

万萋萋不满道:"怕什么!大好的日子,哪个敢错生了狗眼欺侮我们?你们不用动,看我的吧!"

少商叹口气,道:"堂姊放心,今日我绝不吵嘴,更不会打架了。萋萋阿姊,你也不许动。就你的本事,那一屋子女娘还不够你打的呢。"

走进偏厅,满室穿红着碧的小女娘都眼不错开地望来,少商笑眯眯地走了过去,左、右两手拉着程姎和万萋萋,端正地给众人见礼,众女孩纷纷还礼。坐在角落的楼䅟慢了一拍,不甘不愿地也还了礼——显然那日后被收拾得不轻。

最惊奇的是,她身旁的王姈居然笑容满面地上前挽着少商的手,满口"当日是场误会,都是阿姊我的不是",少商倒有些佩服这小姑娘的心理素质了。

今日估计是少商自"出道"以来,最平和宁静的赴宴之行了。众女孩吃着喝着,谈笑风生,绝不会说任何不痛快的话,也绝不会出现任何不适当的话题。少商很满意,本来嘛,她也不想出去一回就闹腾一次。

心情一好,当万萋萋吹嘘自家把子横笛吹得好时,少商便顺着女孩们的起哄,从袖中摸出心爱的青竹横笛,凑兴吹奏一曲——笛声宛如空谷和风、春日细雨,饱含着柔缓温存的情意,令听者不禁微微而笑,仿佛想到了最温柔、美好的童年往事。

笛声传至隔间正厅,妇人们纷纷放慢了手中动作,神情柔和地倾听,朝萧夫人露出比适才寒暄时真诚百倍的赞赏之色。

一曲终了,堂内女孩们看少商的眼神都变得善意起来,她们心中俱想,能吹出这样动人曲调的女孩如何会是传言中那般可恶、可笑?

少商低头抚笛,微微而笑。

她第一次意识到,也许不仅仅是程太公的天赋遗传,也许自己本来就有那么一点点音乐基因。只是,上辈子的她,过得粗野荒蛮,激进愤慨,除了目的性极强地读书读书再读书,她从未享受过其他美好的学习,乐器、歌声、舞蹈、画画……她一样都没试过。

单纯地，发自真心地，仅仅为了热爱和美好而学习，而这些曾被她嗤之以鼻的东西，原来能让人这样快乐。

"……咦，这不是十一郎吗？！"不知哪个女孩喊了一声。女孩们犹如追逐光源的萤火虫，倏然聚到东面窗台栏杆旁。

少商也起身，透过女孩们头颅间的缝隙，她看见对面排房的露台上，凌不疑衣袂飘飘，孤身遥遥而站。隔着几十丈的直廊，并不能看清那位年轻俊美的将军的神情，但他颀长如松的身姿，在春日骄阳下，风姿烈烈，绮丽如梦。

一位少女按着胸口，娇叹一声："我心痛煞！十一郎这模样，我便是嫁了人也永生不会忘的！"另一个少女目含清泪，哀婉道："我就是嫁三回人也还是要心痛的！"

"我嫁十回也不忘……"——女孩们纷纷哀怨起来。

这时，沉默不语的王姈忽抬头，笑道："少商，你呢？"

"让我想想啊……"少商用手指一个一个按着袖里笛子的音孔，假作抚胸惊呼，"我说我怎么不痛心呢，原来是我变心了！"

此言一出，哀怨的小女娘们纷纷大笑起来，落寞一扫而空。

众女孩再次落座，大约是发觉彼此追的都是同一个"爱豆"，此刻笑谈起来比适才似乎更加畅快自在。程妡终于放下担忧，和新结识的一位同样害羞腼腆的女孩聊了起来；万蓁蓁对着三五个才十岁出头的小妹妹吹嘘她某次独力痛打四名宵小之辈的传奇往事。

少商捧着一碗粟米热汤，微微出神。

其实，这世上有那许多美好的事——按住音孔时发出美妙音律的横笛，春风飘荡时如雪花般的杨柳飞絮，廊下那块一踩上去就会微微翘起的青石板台阶，被自己调戏而无法回击时楼垚的红脸……还有，凌不疑，他是个很好的人，能这样远远看着真是太好了。

神游天外不知多久，莲房忽从外面小步进来，轻轻悄悄地伏在少商身旁，压着耳朵低语了数句。少商懵懂了半晌才反应过来：啥？他要见我？！

这年头美男子都这么不按套路来的吗？难道他不该像袁善见一样，静静地在山石旁、池水边等自己吗？居然就这么大咧咧地让婢女传话？难道自己是跟他有私情之人，不知廉耻地在未婚夫的家中和旁人幽会？！

莲房低声道："凌大人还有三句话。第一，他是真的有话要和您说。第二，他叫女公子放心……他……凌大人说，他不会害您的，请，请您相信他。"

少商怔了一下，再次伸手进袖中去抚笛孔，从第一个摸到最后一个，然后轻轻一笑。其实，她是相信他的，不过嘛——

"我不会去的。你去跟他说，此事不妥当，还是算了吧。"可惜，她的浪漫细胞不足以支撑她去冒险，她又笑问，"对了，不是三句话吗？第三句呢？"

小侍女神色纠结，为难道："凌大人说，您若不去，他就自己来找您。到时惹出大事来，您就等着退亲嫁给他好了……倘若您不去，他就当这是允婚之意！"

少商微张着嘴，不敢置信地瞪大了眼睛。

少商只犹豫了九又四分之三秒，随即托言更衣，扶着莲房的手微笑着退出偏厅。相比脸色发白的小婢女，少商连指尖都没颤一下。

萧夫人说，真正可以守望相助的人不用多，一个足矣。这句话很有道理，少商不愿意为自己的执拗而在未来道路上失去一个强大的助力。她自然可以寻找种种巧妙的借口来推托，甚至去找楼垚一起过去。但像凌不疑这样厉害的大人物，最好的相处之道就是尽可能真诚，而非使用一堆"聪明"的伎俩。

少商原本还踯躅着如何过去，谁知凌不疑提供的办法简单有效，只用两件寻常的薄绸斗篷遮盖住主仆二人的头脸，就这么堂而皇之地走去便是。今日园内小女娘众多，路过的仆从们又不会上前盘问。没走几步，主仆俩来到一条偏僻的花树夹道，只见一个高挑颀长的锦衣公子双手负背，静静地独自站在那里。他听见身后有脚步声，随即回头转身。

少商心里叹气，脸上却堆着十分标准的笑容，躬身作揖："不知凌大人……"

话还未说完，凌不疑忽道："你是听见我找你就过来了，还是待你的婢女转述我的第三句话才过来的？"

少商笑容一僵，立刻正色道："凌大人不但于小女子有救命之恩，还屡次相助，这般热心仁厚，小女子自然……"

"嗯，那你就是听了第三句话才过来的。"凌不疑不缓不疾道。

少商：……

"你口口声声恩德难忘，可行事又如何？"凌不疑面上还带着微笑，言语已然发冷了，"可见，跟你讲情分毫无用处，非要听到要挟之言才肯来。你就是这么对待恩人的？"

少商的额头隐隐发热，急道："不是不是！我并非忘恩负义之人，凌大人,您若跟我万伯父一样的岁数和长相,我会立刻飞奔过来的!大人,您长得这么好看,又英年……啊不是,又年纪这么轻,我……我哪敢随意凑上来!您不知道,刚才您在对面那么一站,堂内的小女娘们都跟疯了似的,要是让别人看见我跟您一处,我怕看不见明早的日出呀!"

凌不疑道:"嗯,你平日早晨都能看见日出?"

少商又一次:……

"张擅说,那几日清晨你要领人开拔车队,起身出来时脸色比见了十窝匪贼还难看。你怕是不常早起吧?"凌不疑眼中已带了笑意。

少商有心辩解是舟车劳顿旅途不适的缘故,但想想程府车队从都城出发都一个多月了,这个借口太牵强,只好讪讪道:"张将军看起来很沉默寡言的……"怎么这么碎嘴子!

"女公子看起来也是很知恩图报的。"凌不疑淡淡地道。

少商急得脑门冒汗:"我是知恩图报的!当日救命之恩历历在目,我,我……"她情急之下,再度开撑,"凌大人,人家真豪杰大丈夫都是施恩不图报的!"

"我叫你上刀山下火海了吗?不过屈尊一见都不可得,将来我若真有难处,上门求助,怕是连你家的门都进不去吧?"

凌不疑生得容颜无双,词锋却厉如刀剑,丝毫不留情面。

少商气结,终于嘴逢对手,甘拜下风。她躬身作揖,道:"凌大人,小女子错了,真的错了!我应该一听到您的召唤,二话不说飞奔而至的。"这真是划时代的一幕,算上幼儿园、小初、高中,连带大学,她都没这么诚心诚意地认过错。

"若是再有下回呢?"凌不疑道。

少商向天拱手,大声道:"就叫坏人将我煮着吃了!"这对她而言是最可怕的毒誓了。

凌不疑静静地看了女孩一会儿,笑中却带有郁郁之色:"你陪我走会儿吧。"

少商揩了把汗,连忙点头,上前随行。

莲房远远在后跟随,那位凌大人虽然生得好看,却吓人得紧,哪怕笑着说话,也隐含着一股肃杀冷漠。自家女公子也算有胆色了,不但敢辩驳抵赖,还敢赌傻咒。

这条花树夹道甚是僻静,蜿蜒曲幽。凌不疑身高腿长,却有意放慢脚步,让女孩能和自己并行。少商走在他身旁，侧首抬头看去，只觉得他肩膀宽阔，背形像山脊一样延伸，面庞的轮廓深邃俊美。他就这样一言不发地慢慢走着，眉头深锁，仿佛心事重重的样子，好像油画里远古时代沉默的神祇。

他虽和袁慎一样的年岁，但少商总觉得他比他们都年长，她敢跟袁慎打嘴架，却从不敢在凌不疑跟前造次，大概是因为，他是一个真正意义上"成熟"的男人吧。

走得再慢，也有到头的时候。"凌大人，没有路了。"少商一愣。

原来这花树夹道是条死胡同，向左一拐便是尽头，此处摆放着一张小小的雕成虎踞形的石桌，外加两个石墩。

凌不疑轻轻"嗯"了一声："是呀，到尽头了。"他沉默片刻，自提衣摆坐到石墩上，"你陪我坐会儿吧。"

少商赶紧也坐到石墩上，四下张望一通，发现此处幽冷，仿若置身百花深处一般，芬芳沁人，寒意不觉。

两人无言，未坐片刻，凌不疑忽地沉声道："有人来了。"

少商大惊失色，慌张地站起身来："这，这可怎么办呢？！怎么办呢？"难道是来捉奸的？！可这里是死胡同，逃都没地方逃呀。

"不用怕，你和婢女躲到那里去。"凌不疑往角落的花墙处一指。

少商定睛一看，暗叹好地方；然后立刻拉着手脚冰凉的莲房，猫腰钻了进去。

片刻后，只听脚步急促，少商透过浓密的枝叶看去，只见两名华服少女手拉手气喘吁吁地奔了过来，竟是王姈和楼缡。

"十一郎，真的是你？！"王姈喜出望外，忙不迭地整理衣衫头发，"适才阿缡家的侍婢说看见你往这里来了，我还不信呢。"

楼缡跑得脸颊红扑扑的，眼珠子牢牢地盯着凌不疑："……不是说，你和两个女子往这里来了吗？她们人呢？"

凌不疑冷冷地看了她们一眼，目如利剑，楼缡被吓得不敢说话。

王姈立刻拉了楼缡一把，示意她闭嘴，再转头笑道："定是侍婢看错了，十一郎独自在此躲清静呢。"

凌不疑道："既知我在此躲清静，两位就此离去吧。"

王姈和楼缡十分尴尬，不知该说什么，总算王姈反应迅速，笑道："姨母最近老念叨十一郎你呢，说这又过了一年，你还孑然一身，叫她十分记挂呢。"

"这话是皇后说的？"凌不疑冷声道，"若是皇后没说这话，王娘子可知罪？"

王姈人都傻了，赶紧道："不不不，我日常陪在宫中，姨母虽嘴里没说，但我知她心里的意思！姨母和陛下都盼着十一郎娶妻呢！"自家姨母总不会要推外甥女去领罪吧。

"娶谁？王娘子你吗？"凌不疑连坐姿都没动一下。

王姈顿时面红过耳，她当然有这个意思，却不好意思说出口，谁知一旁的楼缟赶紧道："那有何不可？！阿姈姊姊才貌过人……"

"我喜欢美貌的。"凌不疑忽然打断。

王姈一傻，楼缟嘴巴一快，道："难道阿姈姊姊不美貌吗？"

这话一问出来，花墙后的少商差点笑抽筋——这果然是亲堂兄妹，和楼垚一样的呆头呆脑。果然凌不疑就直接问王姈："你自以为十分美貌吗？"

王姈顿时周身冰冷，深觉受辱。她自是认为长得不差，但也经不住这样的盘问呀。

楼缟自知失言，却不肯服输："十一郎此言差矣，娶妻娶贤……"

凌不疑不去理这小姑娘，再次直接问王姈："你自以为十分贤淑吗？"

王姈再不能忍耐，羞愧难当，忍着泪水跺脚飞奔离去，楼缟愤愤地瞪了凌不疑一眼，也跟着跑去了。

等她们跑远了，凌不疑才道："出来吧，别忍了。"

莲房首先跨脚出来，扶着笑得满脸通红的自家女公子，脸上还留着用手牢牢捂嘴留下的印记。少商本就不是什么好人，王姈、楼缟又都跟自己不对付过，是以她没有生出半分怜惜之意。那日楼缟意图羞辱自己之后，楼垚虽也曾责骂过堂妹，但少商觉得这会儿才算真正解气！

过了好半天，少商笑够了，才平复了一下情绪，端正地坐到石桌旁。

"跟我说说你小时候的事吧。"凌不疑神色温和。

少商顿时冷了神色，她最不爱回忆童年："我小时候，运气不好，其余没什么可说的。"

凌不疑静静地望着女孩眼中的冷漠失锐，嘴角微微弯起："太巧了，我小时候也运气不好，也没什么可说的。"

"那不如说说凌大人研习文武时的趣事。"少商没话找话。

凌不疑道："习文习武都苦得很，发狠地学，发狠地练，有什么趣事可说的？"

少商默默道：太巧了，我也觉得读书苦得很，一点都不有趣。

两个人又默默相坐了片刻，久到一旁的莲房都快哭了，这种沉默好吓人呢！

"你将来打算做什么？"凌不疑道，"我是说，除了嫁人。"

少商的眼睛亮了起来，这个她有很多计划："我想会集许多医者，将众人的医术和见识都合起来编成册，兴许能造福世人。我还想改造那些笨重的农具，不但能省下人力，还能多打好些粮食。您不知道，纯用人力耕田真是太苦了，许多农人年纪轻轻就浑身是病，人还没老就直不起腰来。还有还有，我还想建一座工场，不用很大，我画了些有趣的东西，想看看能否打造出来……"

她停住不说了，因为凌不疑正一瞬不瞬地看着自己。少商不好意思道："小女子太狂妄了，叫大人见笑了。"

凌不疑摇摇头，仿若玉山倾侧般俊秀："你接着说。"

少商察觉到自己适才忘形，赶紧扭回正经，道："还有相夫教子，孝顺长辈。"

凌不疑冷了脸色，白皙的右手轻扣在石桌上："庸俗！"

少商吐槽道："适才你还吓唬我的婢女说要娶我呢！这会儿觉得我庸俗啦？！"

凌不疑一本正经道："嫁给我就不庸俗了，嫁给别人都很庸俗。"

少商掩着袖子呵呵笑了起来，笑得眉眼弯弯，越发像个喜庆的玉娃娃了。

凌不疑挑眉，笑问道："你又怎知我是吓唬？兴许我真有此意呢？"

少商无奈地叹了口气，道："凌大人，纵然您再忙碌，今日之前总不会没有时机向陛下提起婚事的。既然没提，您自是无意了，您就不要打趣小女子了。"

"……你说得很对。"凌不疑淡了神色，忽又道，"也许我只爱偷香窃玉呢。"

少商眨眨眼："那，那陛下说不定会高兴的。"最好偷香窃玉出成果来。

凌不疑难得一愣，想明白后朗声大笑，过了片刻，才笑道："你还敢提陛下，我都没跟你算账。你自去订婚，却害我被陛下一通数落，什么'人家儿郎多省心，到了岁数就自己找到心爱的小女娘，偏你这样不开窍'，还斥责我不孝！"

少商想象那场景，莫名有种出了气的感觉，抿嘴而笑。

凌不疑看她笑得开怀，一字一句道："少商，你是我见过的，对人生最热忱、最奋勇的小女娘，不论前方有何艰难阻碍，你总要披荆斩棘地走过去。"

他见女孩满脸的不信，又道："我自小在宫廷长大，见过不少女子，她们也很热忱、很奋勇，不过她们是对名利热忱，对权势奋勇。不像你，想的却是这些……"他生平最厌汲汲营营之人，可耳闻目睹着眼前女孩各种积极的算计，他却不讨厌。

少商有些疑惑，这是在夸她吗？她干笑一声，道："宫中也有淡泊名利之人吧。"

凌不疑淡淡一笑："除去走不了，真正淡泊名利之人，待在宫廷做什么？"

少商莫名听懂了这话，低声道："名利谁人不爱？不过我生性不讨人喜欢，有些路子是天生走不通的。"

凌不疑微笑道："谁说的？你已经讨很多人的喜欢了。"

少商摇摇头："不，若是别人知道我的真性情，就没几个人会喜欢我了。"反正她说任何假话都会被他揭穿，还不如说真话呢。

凌不疑的微笑慢慢消逝，眼睛牢牢地盯着女孩，怅然若失："又是巧了，若别人真的认识我，怕也没几人会喜欢我了。"

"凌大人说笑了，这话该问问满都城的小女娘，她们是绝不会答应的！"少商拍掌笑道。

凌不疑却认真道："是真的。便是你，将来若多知道我一些，恐怕就会厌憎我了。"

少商呆住了。

她终于明白为什么这样美好的男子她总觉得十分棘手，因为她弄不懂这个人。

她看得懂程老爹，看得懂袁慎，楼垚更是一本摊开的书卷，可她从来看不清凌不疑。

不过话既说到这份儿上了，少商决定不要浪费机会，清了清嗓子，起身正色道："凌大人，小女子有一言，今日要与大人说。大人垂青，小女子感激莫名，但我，我……"

接下来的台词有些羞耻，但为了以后避嫌，她一咬牙，说道："但我是一个忠贞的女子，大人千好万好，但小女子已定与楼氏子了，自然要忠贞不贰，绝无别意……你不要笑，你，你……"

这样正气凛然的一段台词终结于凌不疑倒在石桌上的轻轻笑声。

少商大怒："凌大人你，你……你未免太看不起人了！"

凌不疑撑起身子，还带着笑后轻颤："我知道，你是一个忠贞的女子，接着说！"

少商负气背坐在石墩上，不肯再说了。

"你不要害怕。"凌不疑止住笑意，他知道女孩心中所想，柔声道，"这应是我最后一次与你单独会面了。"

少商连忙转身："您又要出行了吗？这次是去哪里搏杀？要紧吗？"

"不是这事。你要嫁人了，以后总要避嫌。"

啊？！——少商心道：原来您知道要避嫌呀。

凌不疑看着女孩，神色温柔："你不是一直想和阿奎到外面去吗？不用急，我给你想办法，找个适当之处，不要为着急想离开家里的束缚，什么穷山恶水都肯去，你受不住的。"

少商低着头，心中说不出的滋味。又想，原来他什么都看出来了。

凌不疑站起身，负手看着四周茂盛的花树，道："适才我在你们对面，隐约听见几丝笛声，细想起来，我从未好好听过你吹笛，大家都说你吹得很好。"

他语气平静，少商却莫名觉得难过，忙道："凌大人想听，我这就吹给你听。"

凌不疑似是很高兴，随即又摇头道："算了，还是别听了。若是听过一次还想听，也是麻烦。好了，话也说过了，你这就回去吧，我再多坐会儿。"

少商启唇又止，实际上，她也不知道该说什么，就恭敬地起身行礼，然后领着莲房离去，走了几步回头看去，凌不疑正侧脸仰望花树，出神得不知在想些什么……

花树飘下瓣瓣春色，有粉色、白色，还有深浓的胭脂色，落在石桌上、衣裳上，还有他浓墨般的长发上，隔着温柔的花瓣与微风，眼前的俊美男子好像不曾存在过似的。

看过一眼，少商转身而走，再不回头。

直至回到程府，少商始终沉默不语，靠着车壁呆呆出神。

程姎担忧，问道："席面上又有哪家女公子言语欺侮你了吗？"她今日结交了几位气味相投的手帕交，缩在角落中相谈甚欢，并不曾注意旁人。

少商嗤笑："借她们俩胆！"

萧夫人也察觉到了女儿情绪低落，问："是楼家哪位亲长给你脸色看了？"楼大夫人显然已被丈夫说服，今日阖家女眷再无不逊之言行；但这么大一个家族，难免有个别刺儿头。

少商傲然道："谁敢？我让阿垚这辈子都不认这亲长！"

询问不出结果，萧夫人只好放女儿回屋，晚膳时见她依旧无精打采，没吃几口就耷拉着脑袋回了自己的居处。当天夜里，程府这片院落间忽响起了一阵清亮的笛声，婉转低沉，如泣如诉。曲调并不忧伤，而是一种不知归去之路的迷惘和怅然。

萧夫人睡不着了，睁眼听了半天，忽地起身要掀开幔帐出去，却被丈夫从身后抓住。

程始闭眼道："我劝你别去。"

萧夫人皱眉道："今日从楼家出来我就觉得不妥了，不成，我非得去问问不可。"

程始连眼皮都没张开："你问了，嫋嫋就会说？"

萧夫人一滞，又道："那我去问她身边的侍婢。"

"也不要去。就嫋嫋那副心窍，你前脚问了她后脚就知道了。你觉得她会高兴你查问她身边的人？"程始换了个睡姿，"你们母女近来好不容易缓和了些，可别再闹起来。"

"你就不担心她心里有事？"

"除了懵懂童子，蠢人才心里没事呢。嫋嫋大小也要嫁人了，就不能有个伤东悲西的？"

"是伤春悲秋，不是伤东悲西。"

"好好，伤什么都好，别伤了身子就行。唉，阿父还是去早了，嫋嫋这才学笛多久，就吹得这么好了，听得人心里酸汪汪的。阿父若还在，我们就算把嫋嫋留在都城里也无妨。说不定还能教出个名扬天下的大家来！"

萧夫人不语，片刻后才道："难道就听她一直吹，你能睡着？"

"有何睡不着？以前阿父心里一不痛快，就喜欢半夜奏些悲兮苦兮的曲子。有时吹箫，有时弹琴，有时还击鼓打钹呢。我们兄妹不都睡得好好的！好了，你也躺下吧。"

萧夫人呆坐床头良久，才想：过世的君舅真是不容易。

好在少商以前到底是长年合居的人，寝室文明还没被狗全吃了，吹完一曲就熄灯睡觉了，第二日醒来又是神采奕奕，看不出半分心事。

楼垚原本又想日日上门，楼太仆再好的脾气也忍不住了，揪着侄儿丢进书房读书，只准他五六日去一回程家——谁没做过郎婿呀？巴结妻家也得有个分寸,就跟上辈子没讨过新妇似的,真将楼氏的脸丢尽了,北宫门口等求举荐为官的都比自家侄儿的嘴脸矜持!

然后少商神奇地发现,自从楼垚没法天天上门后,自家兄长们全都脾气通顺,面色和善了。

"你们看不上阿垚吗?"少商百思不得其解,便偷偷地问孪生哥哥。

程少宫道:"我们没有看不上楼公子,我们是看不上你。每每见了他就笑得跟咬着了鸡腿的隔壁二旺似的。"二旺是条黄狗。

这番谈话的结果自是少商勃然大怒,将整盒博棋倒在程少宫头上,并且再也不要兄长们领着外出。

萧夫人刚在儿子们面前夸了少商两句,程少宫就顶着额角的伤开始进谗言了:"阿母,嫋嫋这是怕管理家务会耽误她出门办自己的事,这几日她老出门呢,也不叫我们陪着!"以前都是他们兄弟陪着幼妹出门的!

谁知萧夫人半点气也没有,还悠悠道:"嫋嫋身边有侍婢和家丁跟着,会有什么事?总不能再领一个郎婿回家吧。"

程颂嘴巴一动,和长兄程咏互看一眼,兄弟二人低下头去,什么也没说——因为他们有次看见袁慎送幼妹回来,直到巷口才分离。

事后,他们兄弟也偷偷问过少商,谁知少商一脸光明磊落:"就遇到过两次,没有第三次了,都是讲叔父和叔母的事。"

袁慎就是袁慎,行事风格一点没变,他又叫人盯着程府门口,待看见程少商那辆金红色小轺车出来,就让仆从一路跟着一路来回报给自己——才子佳人相见,本应十分赏心悦目,如果两回见面的地方不要那么奇葩就好了。

头一回堵到女孩是在城角一间铁铺中,对着烧红灼热的铁炉,才子佳人俱被烤得脸颊燥热,发丝卷曲,好似一对漆黑乌糟的烧炭公婆。

次回见面则在城外不远处的一座磨坊中,迎着空气中噗噗飞扬的谷壳和细面,才子佳人都被扬了一头一脸的粉白灰黄,换身衣裳就直接可以接管磨坊了。

"你就不能去个书铺金店什么的吗?花铺和脂粉行也好呀。"在回程府的途中,袁慎骑马随轺车而行,心中十分无语。

"是我请你去的吗?"少商对于打扰自己调研的家伙十分没好感,"有话就说!上回你说什么来着?哦,你说皇甫夫子已在山间安顿下来了,怎样?又要找我递信?我可不干!"

"我说的话你一句没听进去!"

少商翻白眼，道："那是因为你在铁炉旁没待上半刻就逃出去了。"那次会面，连上在铁铺外的寒暄，两人总共没说到十句话，袁大公子就被烟气熏得险些咳出肺来。

袁慎抑郁，他从没进过铁铺好吧！人都快烤熟了，气都喘不过来。

"不是叫你送信，夫子只要知道桑夫人过得好就行了。若有他能帮上忙的地方，桑夫人和令叔父不好说，你悄悄告诉我，皇甫夫子能帮就帮一把……你这样看着我作甚……没别的意思，就是夫子想自己心里好受些。"

少商笑道："这还差不多，叔母当年为皇甫家所做之事何止点滴，夫子能想明白就好，那我就替叔母应下了啊。"这么实惠的事当然要答应。

"还有……"袁慎神情郁郁，"我也要相看亲事了。"

少商哈哈大笑："这是正经事。老人家们都说，越挑拣就越剩不下好的，还不如快刀斩乱麻。到时我和阿垚上门给你贺喜啊！"

袁慎心中恼怒，白玉般的面颊微微泛红，他恨恨道："谁家的快刀也不能像你，人家一提亲你立马就答应，早知，早知……"说着，他双腿一夹马腹，用力掉转马头，迅速策马离去，徒留下巷口的马蹄声。

少商摸摸鼻子，装作什么也没听懂的样子，开开心心地回府去了。

又过了数日，到了一年中春光最明媚的时分，太学有个儒生忽向皇帝进献了几枚陈旧的书简，上有谶语，意思仿佛是"东方有祟，将应者，至灵也"。

皇帝十分重视，立刻召集几名心腹臣子，一番探讨后得出结论——祟字乃山顶头，应是都城东边那座涂高山，需要献祭山中生灵。

原本应该御驾亲临大肆行猎一番的，但皇帝仁慈，表示当春乃万物繁衍之时，不宜过度屠戮，于是改献猎为祭祀，向山灵奉上各种粮食谷种。儒生们自然群起歌颂，赞扬皇帝如何英明仁慈，粮食谷种本就比猎物更为圣洁云云。

如此一番，皇帝便带着后妃和少得可怜的宗室，再点上一堆官员一同前往涂高山献祭——程老爹也被选中了。此次虽说是献祭，但在少商看来，更像一场大型的春游野宴，因为被选上同往的官员还能携带家眷。

程家人少，除去不能去的程母和程小筑，此行统共夫妻二人，加上三兄弟和程妍、少商，在城门口和万家车队会合后，车行大半日，终于到了涂高山。

他们到得不算晚，此时山脚下已是遍地人踪马蹄，远远望去，以正中间那座最醒目的玄色镶边的朱红金顶大帐为轴心，四面铺开的各色私帐，蔓延开去足有好几里地。

如虞侯家的那片十几座帐篷,俱是清一色的靛蓝色锦帐镶上苍白的象牙雕刻的族徽,高贵端庄;如吴大将军不大讲究细处,便是五彩斑斓的帐篷堆在一处;再如韩将军喜爱卖弄个斯文,家中十几座帐篷全用青竹和青布,一眼望去碧幽幽的,倒显得十分凉爽。

还有喜爱玩闹的,如皇后之弟宣侯,居然将帐篷装扮得犹如稻草扎的茅屋般,走近一看却是贴了成束的金帛银绢,惹得众人既艳羡又好笑,也惹来皇后一通怒斥责骂,宣侯只好连夜拆了,重搭一座寻常的帐篷。

万、程两家照例将帐篷搭在一处,两家人嘻嘻哈哈地在一起用膳闲聊。只可惜次日一早要行祭祀仪式,当夜不好饮酒吃肉,只能用些蔬菜饼饵,以及刚从山下溪流里捕捞上来的鱼虾熬好的鱼汤。不知道是不是少商的心理作用,她总觉得这次祭祀似乎形式大于内容。

天不亮时,万松柏和程始穿戴整齐官袍就赶赴御帐处,其余家眷则留在原处,跟着响亮的锣鼓声行跪拜叩首并祝祷之礼,足足闹腾了一上午才算完。

大概是贫血的缘故,少商撑着发晕的脑袋在帐中休息片刻,出来时已是物是人非——

万萋萋和程颂去参加班老侯爷设奖的射箭赛马会了;程咏本欲找几个同窗论文,却被提前找上门来的尹原兄妹拖走了;程少宫原想待在帐内看书,谁知展卷前习惯性地卜了一卦,得出"申时初刻前不宜留在原地"的精准卦象,他摸了摸鼻子,只好出去晃荡一番。

萧夫人和万夫人对坐聊着家常,程姎照例乖巧地陪在一旁,看见少商出来,还告诉她楼垚来找过她了,见她休息就没打扰,也被程二哥拉去了。

少商想了想,决定不要浪费这样好的春光,便戴上帷帽,骑着心爱的奶牛斑小花马,漫无目的地独自悠哉去了。沿途遇到谈笑的小女娘,结伴的士子,甚至差点惊到了数对野鸳鸯。路过一丛花树,她还摘了几枝编成一个花环戴在小花马头上。小花马摇头晃脑间,越发显得蠢萌可爱,直把少商逗乐了。

她自小不爱去人多的地方,自是背向涂高山往四边丘陵处而走,谁知没骑多远,居然在前方溪边看见袁慎和一群文士打扮的青年在亭子里煮酒诵文,幸亏她戴着帷帽无人认出,于是赶紧拍着小花马的脖子转向而走。

她边骑边想,为什么她老是容易被人遇上呢?那是因为她总喜欢往水边跑呀,如果不想再遇见熟人,也许她应该转换思维,反向而走,例如……少商抬头望去，只见不远处的山丘上有座小小的楼阁式木塔。

少商心里一动，她正想看看这天子行帐和勋贵遍地的景象是何等气派，可惜她家老爹官位不够，根本没法凑近了看，还不如从高处俯视呢。

心念已定，少商于是迅速策马奔去，骑行到离宝塔还有几十丈处，山丘上碎石密布，道路高耸嶙峋。她疼惜小花马年幼蹄嫩，便将它拴在一旁的树林里，自己提裙步行上山。

这山丘从远处看来小小一个，真爬起来却颇费力气，少商爬得气喘吁吁才来到塔下，只见塔门上镌有"雁回"二字，然后推门而进，同时喊着"可有人在"。扯着嗓子喊了十好几声后，少商发现这塔里竟然没人，于是回头关上塔门，小心地往里走去。

这是一座附近乡民凑钱建造的新塔，用以供奉最近新兴的宗教神，整座塔内部雕饰得虽不是很精细考究，但木料结实崭新，桐油漆得也闪亮，打扫得更是十分干净。少商便一层一层地爬了上去，足足爬了七层才到塔顶。

少商抚着剧烈起伏的胸口，一边喘气一边端详供奉在塔顶的这座有几分眼熟的小小石像，忍不住笑了起来——这才对嘛！不过现下这石像还带了几分原始的狰狞，等再过上几百上千年的演变，就会变得慈眉善目阿弥陀佛喽！

少商本想推窗去看，抬头间发现屋顶竟撑开了一扇天窗。

在做太妹预备役之前，她首先是个顽童，爬树翻墙的技术可入选全镇前三名。她当下扎起裙摆，顺着栏杆和边柱往上爬去，纤弱但经过锻炼的身体竟然灵巧地攀了上去。

穿过天窗翻到屋顶，温暖的春日阳光便洒遍全身，少商惬意地深吸一口气，觉得通体舒畅。放眼望去，只见涂高山下一片小如蚁群玩偶的人群马匹和帐篷，在绚烂的阳光下就像万花筒里的五光十色。

这种感觉实在诱人，少商索性平平躺到坡度微缓的屋顶上，以袖遮脸，享受这难得的片刻宁静和温煦的日光浴。谁知这一躺就迷迷糊糊地睡了过去，等再醒来时日头已偏西了。

少商一拍脑袋，"哎哟"一声。她想起萧夫人曾吩咐过，皇帝今晚要宴请群臣，皇后便宴请群臣的家眷，务必要在酉时二刻前赶回去。到时人家纷纷入座却少了她，虽是群筵，但若被有心人看见后告上一状，麻烦也不小。

此时没有手表，少商也不知究竟什么时辰了，赶紧提起天窗撑住了，然后滑溜地顺着原路爬了下去，离开第七层前还朝石像拜了拜。谁知刚走到第六层,她隐约听见厢房里有人声。

——这座塔是最常见的六边形结构,除了第七层是个供奉石像的小阁楼,下面六层都是同样大小,同样构造。六边形的平层,一小半用来做楼梯通道,其余面积对分两半,一半是厢房,一半是通向栏杆露台的平地。

少商懵懵懂懂,尚弄不清状况,攀着楼梯扶手凑近一听,听见里面有两个人在说话,言语不甚清楚:

"……太子这回见事倒快,两个时辰内就找人解释了那谶语,逃过一劫……"

"……若是……倒好了……如此性情怎堪太子之位……废储势在必行!"

少商背心一片冷汗,她害怕起来,这种害怕不同以往,仿佛一块冰冷的铸铁塞进她的胸腔,坠坠的,寒气四溢。不知僵住了多久,她克制住疯狂叫嚣的逃跑欲望,轻手轻脚地缓缓往后退去,希望能回到第七层躲一躲。

谁知刚靠近窗台,头顶伸下来一只白皙有力的手掌,少商几乎尖叫出声,赶紧双手用力捂嘴,硬是一点声响也没发出来——抬头看去,竟是一张熟悉俊美的面庞!

凌不疑半个身子攀在梁上,看见少商在下面,似乎也吓了一跳,随即笑了起来。他本就生得极美,此时舒然一笑,漫山的春色都不如他的神色明媚。

少商看花了眼,居然忘了害怕,也呆呆地回以一笑。

这时,厢房里终于察觉到外面的动静,其中一人沉声道:"谁在那里?!"说着便要推门出来看是谁。

少商再度吓住了,心提到了嗓子眼儿。凌不疑略一思索,迅速一跃而下,伸手抓住少商,然后带着她飞身往塔外跳去!

这次少商终于忍不住想厉声尖叫,不过因为惊吓过度,居然叫不出声音,只能在心里疯狂大喊——这里是六层呀六层,你以为是在拍武侠片,没有威亚你拍什么武侠片?!

少商两辈子加起来遇到的对自身威胁最严重的情况也不过是台球室打群架,大姐头递给她一个啤酒瓶要她立个投名状,从而导致她头一次萌生退出江湖的意图。因为她忽然发现,自己虽然天不怕地不怕,但并不适合血溅三尺的戏码。

凌不疑一只手紧紧揽着她的腰,另一只手钩住第五层塔檐下的栏杆,两个人就这么挂在塔外,少商不得已,牢牢抱住凌不疑。山丘上高处风势猛烈,她臂力有限,几次都险些滑将下去,幸亏凌不疑左臂如同一个坚固的铁圈将她箍在自己怀中,才不至于掉落。

少商听着塔内的脚步声从第六层嗒嗒往下,那厢房里的两个人稍有犹疑后,果然迫不及待地要离开此处。少商正要高兴,凌不疑忽低声道:"除了这两个人,今日之事便无人知道了。"

少商有些害怕,此时的凌不疑与往常全然不同,神色间透着一股淡漠的狠厉,仿佛说的不是杀两个人,而是宰两条狗。她心头一惊,不及想到什么,赶紧道:"不行不行,你看,那边,有人来了!"

凌不疑顺着她的目光看去,只见一队几十人的劲装护卫悄无声息地摸索上了山丘,显然是来接应厢房里这两个人的。幸亏他们二人是挂在侧檐的后面,才没被护卫们看见。凌不疑皱着眉头,似是并不愿意放弃"杀人灭口"这个念头。

厢房里那两个人走到塔底,和来接应的护卫们说过几句话后迅速骑马离去。凌不疑始终缩在第五层侧檐之后,见他们走得干干净净,这才右手用力一攀,抱着女孩翻进第五层厢房中。少商的头发被风吹得散乱,双脚一踏到地面,立刻腿软地坐倒在地,心跳仿佛擂鼓般剧烈,再看看身旁的男人,脸色平静,心跳如常,除了神情略见凝重。

"他们人走了?"少商手按在胸口上,压住快跳出来的心,"我们也快走吧,说不定他们还会回来搜人呢!"

凌不疑看了她一眼,略带笑意:"何以见得?"

"这两个无胆匪类,自己身娇肉贵怕有损伤,就跑得么快,等自己安全之后必要让人回来查探的!"电视剧都是这么演的。

凌不疑忍着笑,点点头:"你是徒步走来的?"

少商指着东边的窗口:"不不,我骑马过来的,然后将马拴在东面的林子里了。"

凌不疑神色阴晦,心生疑虑:"……你很聪明,知道隐藏坐骑不让人发现。"

"不是的!"少商恨不能吐血,"我是看这片山坡上都是尖利的碎石,怕弄伤了我的马,这才没骑上来的!"

凌不疑一怔,显然没想到是这个缘故。

"上有天下有地,我真是个天大的蠢材!"少商气急败坏,她此刻已想明白前后因果了,"我来时这里空无一人,见风和日丽天高气爽,就爬上屋顶打个盹。那两人定也以为塔里无人,才在这里相谈阴私的。哎呀!早知道我就将马拴在塔下了,人家一看有人就不过来了!"

凌不疑忍不住笑起来:"爬到塔顶打盹,嗯,是没什么人能想到。"

少商讪讪地道:"谁小时候没个嗜好呢?"

凌不疑笑了笑,俯下身子,拎起女孩微凉的双手:"今日,你再陪我走一走吧。"

少商望进他含着笑意的眼中,浓褐色的瞳仁剔透如晶,却叫她无端生出一股寒意。

她此时才发觉,他今日着一身隐隐反光的暗蓝色织银斜纹锦袍,原先应该披着的外罩袍却不见了。不等她回神,凌不疑已再度将她提起来放在自己的背上,又将她双手绕在自己颈项上,然后迅速下塔而去。

少商本想要求自己走,但见他在山丘上闪展腾挪,健步如飞,比自己走不知快了多少,便老实地闭上了嘴。伏在男子宽阔的背上,鼻端萦绕着仿佛如清冷雪林般的气息,为了不掉下去又得牢牢搂着他的脖子,隔着薄薄的春衫,几乎能感觉到下面结实修长的背肌,少商尴尬得简直不知如何自处。

两人先在东面树林找到少商那匹奶牛斑小花马,蠢萌的小马犹不知发生了何事,还在摇头晃脑地卖萌。凌不疑看着那可笑的花环,嘴角弯了弯,少商红着脸表示,"这也是小小嗜好"。

然后凌不疑牵着小花马拉着女孩往南又走了一阵,找到了他拴在那里的一匹高头骏马。漆黑的辔铁上挂着一件墨蓝色的织锦外罩袍,显然他也是临时起意跟着那两人过来的。

少商笑道:"原来你也将马拴在这片林中呀,真是……"她本想说"英雄所见略同",但想到将凌不疑拉到和自己智商一个水平,属于马屁拍到马腿上了,于是改口道,"凌大人,我们赶紧回去吧。"

谁知凌不疑却摇摇头,道:"此刻已过酉时,那两人看哪些人误了筵席,就能慢慢筛出今日雁回楼上的人了。"沉吟片刻,又道,"我们往别处走。"

少商只好随着他翻身上马,一路跟着凌不疑背向雁回楼而骑,骑不多时,来到一处山崖之下,崖边还斜斜地长出一棵歪脖子树。

"凌大人,我们来这里干什么?"少商看天色渐沉,此处荒僻,开始惴惴不安。其实适才她就想骑马自行回去,可男子牢牢捉住了小花马的缰绳,使她离去不得。

凌不疑牵着两匹马仔细拴在山石边,背着女孩,不缓不疾道:"我今日实在没想到会碰上你,更没想到叫你撞上那两人。"

少商听出他语气不善,心下一慌:"凌大人,您认识那两人吗?事情很要紧吗?"

凌不疑继续道:"我就是想看清这两人才一路跟来。如今我尚不知晓他们的真面目,却反要被识破了。"

"怎么会被识破呢?他们又没看见我们,我们只要好好寻个误了宴饮的由头,就能蒙混过去了呀。"少商的声音十分干涩。

凌不疑转过身来,眉目俊美深邃,神情晦暗难明:"不,还有你,你能将我泄露出去。"

"我,我不会的……"少商声音发颤,她忽然想起适才凌不疑就想杀了厢房里那两人,眼下对自己的心思怕也是一样的。她见势不对,立刻想往小花马那边跑去,谁知凌不疑伸手就从山石上掰下一块石头,轻轻一抛,笔直投掷过去,生生在少商脚步前砸出一个小小的深坑来。倘若少商适才走快一步,如今脚尖就被这石头砸中了。

凌不疑再次露出那种陌生的淡漠神色,一步步朝少商走来。

少商步步后退,忽然大声道:"我听闻你自小养在皇后宫里,又和太子素来亲厚,谁不知道你是那边的人呀?那些人要对付太子,难道会不提防你?!"

凌不疑停了脚步,淡淡道:"你说得没错,不过,我不是怕他们知道我在扶保太子,只是不能误了几日后的一场好戏。"

少商害怕得牙齿打战,眼泪都快掉下来了,都快退到山崖边了:"凌大人,兄长,我真的不会说的,你要相信我……"

"兹事体大,稍有不慎,多少颗人头落地,我不能只凭相信你就作罢。"凌不疑淡淡道,说话间,他已经抓住了少商的手臂,只消轻轻一推,就再没人知道他的事情。

少商双手牢牢扯着他的衣袖,哭得稀里哗啦,飞快地辩解:"……不,不是,我又不认识那两人,不对,我都没见到他们的脸,我怎么透露你的行踪呀?难道我满营去喊一通吗?!再说了,程家根基薄弱,既非豪强世族,也不是起初就跟着陛下打天下的股肱重臣。这,这储位什么的,我们掺和什么呀……您真的可以相信我!"

天呀地呀,她的人生为什么这么悲催?上辈子运气不好归不好,总算还安稳地活着;这辈子却要卷入国家阴谋,跳过社会版直接上政治版。老天爷呀，用不用这么器重她呀？她的资质其实连混个俞镇十三妹都勉强！

凌不疑听到这里，缓缓放开右手，后退数步，一言不发地转身坐到山崖边的一块光滑平整的长形方石上。

少商见过凌不疑的本事，知道逃跑无望，还不如将力气都用到哀求上，眼看有戏，赶紧连滚带爬地挪到凌不疑身边，哭哭啼啼道："……我和阿垚都那么敬重您，仰慕您，怎么会坏了您的大事呢……"

这话不说还好，说了之后，只听"啪"的一声，凌不疑左手直接从身下方石上掰下一块来，少商立刻被吓住了，牢牢闭上嘴巴，不敢再啰唆。

凌不疑缓缓从怀中拎出一枚玉饰，少商定睛一看，竟是半块玉珏，碎裂处还留有一个"嫋"字。她惊慌地连忙去摸自己腰间，果然发现腰际空空——这是程老爹给她的玉珏，上面还亲手给她刻了一个"嫋"字。

"还有半边呢？"少商呆呆的。

凌不疑道："已叫那些人捡去了吧。"

少商脑子飞快转动，立刻明白了。

适才凌不疑趁乱扯下她的玉珏，将之对半捏断，然后将刻有"女"字的半边玉珏丢出去，让厢房里那两人捡走，剩下一半则自己留下。都城里名中带有"女"字的女娘多了去了，只凭那半边玉珏是猜不出谁的，但若有另半片玉珏，只要玉石纹路对上，就能打听到自己了。

凌不疑微笑道："我也想相信你，不过……还是这样好些。"

少商心头的怒火熊熊燃起："你居然要挟于我？！"

凌不疑淡了脸色："那我还是杀了你吧。"

"别别别……"少商立刻软了，扑上去巴着他的袖子，苦苦哀求，"您还是要挟我吧！"

凌不疑微不可察地弯了下嘴角。

"总之，今日之事你不许和任何人说，包括你之双亲手足，还有楼垚。倘若叫我察觉你走了口风，我立刻将这半片玉珏丢出去，顺带提醒那些人程家有女，乳名嫋嫋。"他道。

少商气结，无奈道："你既然知道那些人是谁，干吗还来偷听，做这样大阵仗？！"

"你不答应？那我还是杀了你吧。"

"不不不！我答应，我答应还不行吗？！"少商死死抱着凌不疑的胳膊，她知道自己很没骨气,但活下来最重要。

说完这番话,两人全都安静下来,少商精疲力竭地坐到方石的另一端,垮着肩膀脑袋发空。一时心累一时放松,既失望于曾经以为高风亮节的偶像破灭,又愤愤于自己处处受制的窘境。算了,以后少见此人就是了!

凌不疑看着女孩的神情,将那半片玉珏紧紧握在掌心,淡淡道:"我早知道,你若看见了我真正的样子,就不会喜欢我了。"

少商转头看去,漫天晚霞下他的侧脸俊美而忧伤,充满自厌之意。她没来由地心软了,挪过去坐到凌不疑身旁,柔声道:"没有没有,我没有不喜欢你。"

咦,她之前喜欢他吗?不管了,先哄好再说。同时开始自我安慰——人家做大事的比较谨慎也是可以谅解的,何况只要自己不多嘴,那就什么事都没了。

"是吗?我刚才看你神色不快,难道不是在心里暗暗骂我?"凌不疑侧过脸来,下颌线条完美无瑕,"你以前看我时的神情,不是这样的。"

"哪有?!"虽然被猜中心事,但少商岂能承认,"若非是你,我早就被匪贼煮着吃掉了,必是惨不堪言,之后你又屡次帮我,足见你心性仁厚。就是适才……适才……若非是你,那厢房里的人早就捉到了我,估计就是灭口的下场!如今,我若只为这么一点小事就对你生了恨意,那岂非忘恩负义!"

她越说越理直气壮,越想越觉得不该责怪凌不疑,人家只是吓唬吓唬她,威胁威胁她,差点要了她的命……而已,其他什么也没做嘛!

凌不疑终于笑了出来,随即又沉下目色,面色阴郁,忽道:"我是真的想放过你。"

少商心中哀叹:那你就当没看见我不行吗?

"……前阵子,太子殿下失窃了一枚印信,闹出了许多事,应是太子府中宾客所为,是以我设了个局,只等着对方入彀。我大致知道对头是谁,但不知埋伏在太子府中的细作是哪些个,只盼今日不要打草惊蛇。"凌不疑缓缓道。

少商又惊又怕,强笑道:"这些机要大事我哪里懂得?大人,您不用告诉我的!"

凌不疑犹如清水般的目光扫过来:"适才,我只断断续续听了几句,听不大清。你听清他们的声音了吗?"

少商何等机警,连忙道:"没有没有,我也没听清。"

凌不疑看了她良久,才道:"那就算了。"

少商犹自心惊胆战，忽听凌不疑道："天色快要全黑了，你可想好我们回去后的借口？"少商连忙摇头，表示完全听凭吩咐。

凌不疑伸手握住女孩的左小臂。他手掌宽大，指节修长有力，女孩手臂纤瘦，这样一握竟然五指全部合拢。

他道："待会儿我折断你的手臂，再撕几条你的衣裳挂到那山崖边，就说你贪看风景，不慎滚落下去，是我路过救了你……放心，我只轻轻捏裂你的臂骨，很快就会好的。"

少商抱着自己的胳膊瑟瑟发抖，她心知这是好主意，却实在舍不得自己的骨头！

凌不疑看了她一会儿，女孩美丽的脸颊犹带着茸茸之意，显得稚弱可怜，此时惊恐之下，花苞般的唇瓣轻轻颤动，好像一支细细的羽毛撩到他的心头。

"咔"的一声轻轻闷响，少商睁大了眼睛，凌不疑用右手握断了他自己的左小臂——她是见识过这条左臂的力量的，曾单臂抢起金乌般辉煌的长戟将那悍匪连人带刀劈断。现在，却因为他的不忍，生生被折断。

"算了，换你来救我吧。我们再套一套词。"凌不疑苍白着脸色，微微而笑。

少商霎时流下眼泪，好像心头被狠狠砍了一刀似的。

她一下扑到凌不疑腿边，哭得稀里哗啦："我听见那两人的声音，我记得的，以后我帮你去认出来！你……你疼不疼，疼不疼……"

这次她的哭泣没有任何伪装。

从任何角度看，这都是一次再寻常不过的群臣宴饮。

皇帝依旧温煦和睦，皇后还是仪态万方，虞侯照例深情诵赋，吴大将军照例舞刀助兴，宣国舅照例第一个被灌醉，也照例又滚到食案下去了。二皇子照例看不顺眼三皇子，席间冷言冷语，不住撩拨，惹恼了四皇子险些要动手，太子赶忙出来劝架，转头低斥二皇子。

三皇子不慌不忙，对四皇子摆手示意不必，接着就手法很熟练地拎出二皇子的伴当们至今未归之事。皇帝起初不在意，谁知片刻后飞骑回报那些伴当年少气盛，竟然违抗圣意，自行进山行猎去了。

皇帝当时就沉下了脸色，二皇子偷鸡不成蚀把米，慌里慌张地跪倒请罪，太子只好转劝架为求情。五皇子插嘴道："今日误了宴席的难不成就这几个？想来还有不少。"

于是以此为始，皇帝索性查问起所有误过赐宴的人。一番鸡飞狗跳后，成果喜人——六七个下午醉酒未醒的儒生，四五个赛马会上摔断腿的莽撞少年，三个窝在帐中赌钱的诰命贵妇，外加两对在林中幽会迷了路的野鸳鸯。

平心而论，今上并非严苛的君主，若是情有可原，误了御宴也不是什么了不得的大事，于是皇帝抬抬手饶过了那几个倒霉断腿的，其余各有处罚：醉酒儒生赶出太学；赌钱贵妇每人罚钱三万，褫夺诰命，其郎婿各降官秩两百石；至于那两对野鸳鸯嘛……一对是使君有妇的中山侯和新寡的成侯夫人，一对是虎贲田郎官之子和太学里的欧阳博士之女。

皇帝素性清正，当即不悦道："朕本不愿理睬这等风月之事，可成侯几个月前才战死沙场，其妇就在孝期与有家室之人行淫，一来可见全无夫妻恩义，二来辱没亡夫英明。当罚！"

说完，就敕令将成侯夫人逐出都城，发还娘家，一应夫家财帛均不得分领；中山侯则直接抹成一张白板，夺爵撤官并逐回原籍自省。

群臣见皇帝神情怫然，俱停了推杯换盏和嬉笑闲聊，安静地坐在席间以待君主发落。此时田郎官和欧阳博士已跪倒在御帐中央，不住磕头请罪。前者称辩"小儿女不懂事迷路，并非有意轻慢御宴"，后者却涨红了脸硬咬"吾女已许配人家，都是田家竖子引诱"！

坐在御帐角落的程始惴惴不安，赴宴前萧夫人派人来告诉他女儿至今未归，他还以为女儿和楼垚私会游玩去了，结果适才进帐前见楼垚好端端地坐在外面勋贵子弟的席位上。

其实皇帝哪有闲工夫管个中等武将家的女孩来没来赴宴？那三个贵妇也是赌钱的阵仗闹得太大才被人发觉，而成侯夫人和欧阳娘子是在卫士搜寻中山侯和田公子时被捎带上的。

程始小心地望了对面的楼太仆一眼，心中叨叨着祈求西方昆仑圣母和东方元始天尊，保佑女儿千万莫要撞上这风口浪尖。

田郎官和欧阳博士此时已涨红了脸，互扯着衣襟争吵起来，皇帝正要开口发落时，一名小黄门忽然匆匆进帐，在御座前低头轻声禀报了两句。

众臣不知那小黄门说了什么，只见皇帝的脸上竟有几分诧然，目光还往帐内角落的几桌席面射去。五皇子离得近，隐约听见了个"凌"字，贱格发作，赶忙道："父皇，说起来，十一郎今日不是来了吗，怎么到此时都没赴宴呀？"

皇帝沉沉看了他一眼，道："今日进山行猎的一干竖子，每人去廷尉处领十鞭，冀州北边不是还乱着吗？将他们发送过去效力，有功才能回返。"

二皇子哀号一声："父皇！您，您三思呀……"那些伴当都是他日常结交的朝臣子侄，这一下子可破了他数年之功哟。

皇帝纹丝不动，继续道："二皇子约束左右不力，和五皇子一道也去领十鞭子。"

五皇子正在得意微笑，忽闻此言，呆道："父皇，您是不是说错了？"

皇帝懒得理这两个活宝，低声吩咐那小黄门将人领到一旁的偏帐，然后离席往后走去，众臣和皇子们也起身拱手相送。皇帝才走几步又驻足，回头道："程校尉，你随朕来！"

众臣的目光霎时齐刷刷地射了过去，程始哪怕天纵奇才也想不明白这高深莫测的圣意，此时也只能顶着灼灼目光，缩着脖子上前随驾离开。

待皇帝离去之后，帐中犹如蜜蜂嗡嗡一般嘈杂起来——

"怎么了？出了什么事？"

"我适才听外头的侍卫说，十一郎回来啦！"

"回来就回来，陛下为何变了脸色？总不会要治十一郎的罪吧！"

"听说十一郎受了些伤，被人扶着回来了。"

"什么？！何人能伤到十一郎？扶着回来的，想来伤得不轻呀！"

这些话程始统统听不见，他实在不知皇帝为何单独召他，心里想着自家女儿就算迟到宴席也不至于引起这么高规格的关注吧。他一步不落地跟着皇帝，心里不住盘算近来朝堂之事，皇帝忽开口道："程卿，你膝下有几个儿女？"神色十分和悦。

程始呆了一下，机械地回答："臣有四子一女。"

皇帝顿了下脚步，皱眉道："只有一女？"

程始心里打鼓，茫然不知所措："是，臣只有一个女儿。"

皇帝皱着眉头："已许配了楼太仆的侄儿？"

"正是。"程始心道：陛下，您不是还给我家颁旨赐婚了吗？

皇帝看起来一点也不和悦了："卿怎么只有一女？！"言下之意似乎很不满意。

程始一头雾水。只生一个女儿也有错？

其实适才那小黄门只低声说了一句话——"凌大人左臂受伤，被程校尉家的女公子扶着回来了。"

皇帝觉得这短短一句中，简直每个字都透着诡异。

首先，自己养子是什么人他会不知道吗？伤了手臂又不是伤了腿，为何要人扶着？就算是伤了腿，当年他三刀六个洞还能直挺挺地从凉州走回都城，且不露半分痕迹。

其次，还是个小女娘扶着回来的！哪怕今日祭祀山神，忽然显出个灵仙来唱支小曲儿，都不会更让皇帝吃惊了。

当初有人谗言凌不疑不近女色是因为好龙阳，他嘴里怒斥枉言，心里却七上八下的，吓得两宿没睡好。直到后来不知哪个不长眼的给养子送了几个颜色姣好的僮儿，被狠狠打将出去，他才放下一颗心。

穿过十来尺的营地，来到一座略小的金顶御帐之中，未等小黄门掀开帐帘，皇帝就听见里面有个温柔软糯的少女在哭，自家那位以孤僻闻名的养子正在低声劝慰。

皇帝叹口气，叫小黄门通报后大步进去，后面跟着脸色发白的程始，他也听见了。

进帐后，只见凌不疑坐在火炉旁，正由侍医以木制板条固定左臂然后包扎。旁边跪坐着一个小女孩，虽然哭得脸如花猫一般，但仍旧看得出容貌娇美，稚气荏弱，玉雪堆成一般。

——所以，养子其实喜欢的是这一款？皇帝暗忖，难道以前没人送过这样的美姬？不会呀，从养子十五岁开始，应该花红柳绿各色各型都送过了呀。

"阿父……"少商扯扯程始的衣摆，泪眼蒙眬，好不可怜。

程始心知女儿的安危不会有事，有事的怕是女儿的姻缘，当下低声道："陛下问什么，你就说什么。"

少商点点头——按照两人套好的说辞，她骑马至山崖，因想攀折崖边鲜花，不小心滑了下去，幸亏吊在了山崖边的那棵歪脖子树上。幸好凌不疑此时经过，听见呼救声赶来，扯她上来时折断了左小臂。

听见呼救就过去了？皇帝很想转头，好好提醒养子"可记得当年虞侯家十一女落水，你居然踹断了一截木桩丢过去让人抱住浮着"，不过虞侯也明白你小子的意思就是了。

程始听完这段，心头一松，心想只是这样就最好。当下连忙叩首，连连感激凌不疑搭救女儿之恩，又大声向皇帝告罪。

皇帝点点头，心想，程始这人倒没任何攀附之意，看来还是可用的。

"程娘子与十一郎之前见过？"不论心里如何翻滚，皇帝脸上不会露出分毫。

少商低头看着垂落在地毯上的朱、玄二色的冕服衣摆，不由得掌心冒汗，生平第一次见皇帝，怎能不紧张？

皇帝看她慌慌张张地行礼，行的竟是家中对长辈的礼仪，而非面圣之礼，可见教养匮乏，强忍着没有皱眉，又看了凌不疑一眼。

凌不疑浑然不觉，托着包扎好的左臂，跪下行礼，道："臣与程娘子见过数次，自不能见之不理。"

皇帝不去理他，继续问："程娘子，你在哪里见过子晟？"

"这些事陛下不如都问臣。"凌不疑脸色苍白，却依旧笑着。

皇帝又问："程娘子，子晟乃股肱重臣，国之栋梁，你连累他受伤，可知罪？"

少商正要张嘴，凌不疑又抢了先，笑着说："早知陛下想吓死她，臣适才就不用舍了左臂去救她了。"

皇帝终于忍不住转头，正想板脸数落养子几句，却看见凌不疑眼中的哀恳之意，他暗叹了口气，就挥手让程家父女退下了。

程始拉着女儿的胳膊，连声叹气，一边走一边数落："你这是又怎么了？"

"什么怎么了？阿父不是都听见了吗？"少商也顾不得仪态了，扯着袖子去擦满脸的泪。

"你你，你怎么又和十一郎扯到一块儿去了？！"

"凌大人高仁厚义，回去后我要找阿垚一起登门道谢！阿父，你给我好好备一份礼啊。"

程始匪夷所思："就这样？"

"还能怎样？"少商奇怪地回望程老爹。人家救了你的命，你狠狠道谢，以后有机会回报就是了，有什么问题吗？至于雁回塔上的事情又不能说。

程始：难道是自己想太多了？

……

那边厢，楼太仆听到了些消息，将侄儿扯到僻静处，低声道："适才十一郎受伤回来了，你可知扶着他回来的是谁？"

"侄儿知道呀，是少商嘛。"

"啊？"楼太仆反应不及。

楼垚一脸光明磊落，直白道："适才少商叫身边的婢女都来告诉我了。凌家兄长救了她的命，等回去后，我和少商一道上门道谢。"

"就这样？"

"还能怎样？"楼垚觉得自家伯父很奇怪。

楼太仆：难道是自己想太多了？

……

偏帐里，皇帝绕着凌不疑转了一圈又一圈，欲言又止："你和程家小娘子？"

"陛下想说什么？"凌不疑托臂凝神。

皇帝直起身子背手缓走，换过话题："那日给楼、程两家下旨赐婚时，朕记得你就在一旁。"

"是呀，臣就在一旁。"凌不疑淡淡道。

皇帝瞪了养子半天，有一种无处下嘴的感觉。

凌不疑看了旁边的小黄门一眼，那小黄门会意，小声提醒道："陛下，外面的筵席……"

皇帝烦躁地挥挥手，留下句"你好好养伤"就大步回了主帐筵席，在上首坐定后，看见田郎官和欧阳博士犹自气呼呼地对视，他叹道："罢了，少年人钟情不易，欧阳爱卿，你回去后预备嫁女入田家之事吧。"

欧阳博士张口结舌："陛、陛下，可小女已经定亲了啊。"

见皇帝神色疲惫，吴大将军雷鸣般地吼起来："成了亲还有绝婚的呢！你废什么话！"

虞侯捻着儒雅的文士须，微笑道："欧阳博士，今日这么多人看见了，想来令爱原本定亲的人家也不见得乐意再续前缘了。这并非田家夺婚，而是小儿女两情相悦，陛下有意成全，你何必执拗？"

欧阳博士颓然倒地，不敢再反驳，田郎官满脸喜色，大声叩谢圣恩。

皇帝心思飘移：难道真是我想太多了？

第十七回 婚事变故

皇帝此时已过天命之年，但身姿依旧挺拔矫健，只要马上鞍弓上弦，整座都城中能做他对手的不逾一掌之数，其中头一个就是他亲自教出来的养子。

打天下焉有不死人的？这个道理他起事之初就懂了，与他一道血海里拼杀出来的心腹重臣，哪个没有家人亲友或死于战阵或亡于牵连？包括他自己，同胞三兄弟如今只剩下皇帝一人了，同胞三姊妹也只剩长姊一个了。

可那些从龙之臣哪个也没有霍家来得惨烈，为了替自己拖住重兵，霍家全族殄灭，如今凌不疑已是霍家兄长留在这世上唯一的血脉了。

皇帝有时欣慰于凌不疑敦厚果决，玉洁松贞，但有时又不乐见他太过卓尔不群。皇帝常想，养子要是和寻常勋贵子弟一样就好了，或像自己的那些儿子，热爱权势财帛，热衷于美酒游猎，蓄姬纳妾。如果这样，皇帝也许会有些失望他不那么像霍家兄长，但好歹这些东西他都能赐予。

可凌不疑偏偏不是，他仿佛游魂一般忧郁清冷，既不结交亲贵重臣，也不蓄养宾客门人，除了对亲长手足（这里皇帝指的是自己和太子）的眷爱，这世上似是诸事都不放在心上。

皇帝知道如今都城佳婿榜上头一名就是袁州牧之子袁善见，然而从榜首往下数直到一百都没有凌不疑的名字。倒不是凌不疑有什么不好，实是这竖子行事莫测，裕昌郡主和虞侯之女接连碰过钉子后，没几户人家敢再上前自讨没趣了。

大丈夫立世，不爱骏马烈酒，不爱美姬名利，非要去纠缠人家的未婚妻吗？

当然，程家小娘子一开始并不是人家的未婚妻，根据适才询问养子扈从得知，他与程氏之前已见过数次了——万家初见，东郡救命，滑县郊外的驻跸别院再会，哦，城门外又匆匆见过一面，然后就是今日。

皇帝心思慎敏，迅速得出两个结论。

其一，凌不疑在猎屋时就存了心意，谁知楼、程两家就跟着了火似的，动作如此之快，等他回过头去得知心上人已定下了婚约，至此死心，不再强求。

其二，凌不疑的确是将楼家小儿看作小兄弟，自然也将程氏看作手足之妻，这才多加关照，此外并无旁的暧昧之意。

凌不疑自然说得风光月霁，可真相到底是哪样呢？皇帝起身，烦闷得在寝帐内来回踱步，自己也不知道该希望趋向于哪个结论。

若是前者，难道叫人家赶紧退了亲事好成全凌不疑？楼、程两家毕竟正式定亲了，即便是君主也不能做出轻侮臣子之事。可若是后者……皇帝重重地叹了一口气，那还不如去纠缠人家未婚妻呢，至少养子不用做游魂了，他也知道该从哪里下嘴了。

在帐内持卷读书的皇后，静静地看了皇帝好一会儿，笑道："陛下今日是怎么了？可是困于军国大事？"

"不是，是子晟受伤了。"皇帝口风很紧，"对了，皇后可记得程家那位小娘子？"

皇后秀眉一扬，笑道："怎么不记得，阿姈前后跟我告状数次，说那小女娘粗鄙刻薄，品性不佳，字都不认识几个。"

"阿姈的话只能信一半，好端端到你跟前说坏话，难道教养就好了？"皇帝挥挥衣袖，坐到皇后身旁，"朕记得楼太仆曾与朕夸耀，那程小娘子说过什么'满眼荒芜才能成就一番大好作为'，可见虽不通文墨，倒有几分气魄！"

皇后点点头："这倒是。我已训斥过阿姈了，程校尉夫妇为国尽忠，不得已才抛下女儿，致使程小娘子缺了教养，怎能因此讥讽。前阵子陛下不是还给两家下旨赐婚了吗？"

皇帝被噎了一下。

皇后侧头回忆了片刻，又道："当时陛下还说程校尉德才兼备，可惜门第单薄了些，不过楼家幺儿自己喜欢那小娘子，比什么都要紧。"

皇帝捻着胡须，闷声道："……黄口小儿，哪里知道什么是喜欢了。"

皇后觉得皇帝今晚说话颠三倒四的，究竟是要赞成人家小儿女两情相悦，还是要反对他们自定终身或者门第不配呢？她放下竹简卷："陛下，您心里有事？"

皇帝长叹一口气，他也不知道自己究竟想要怎样，只能道："……子晟不肯在宫里养伤,一定要回自己那儿,早知当初就不赐他府邸了!"

"……陛下可以将子晟召进宫来。"皇后忍着笑意,依旧端庄温雅。

谁知皇帝却摇摇头,继续今夜颠三倒四的语言风格:"子晟在自己府里也好——"这样才有人能上门致谢,如果那个程小娘子懂道理的话。

少商当然很懂道理,她不但从涂高山回都城的次日就上门致谢,还一气致了三次,致谢都快成致敬了!

头一日,她让仆从拉上满满一车重礼,并邀上楼垚,打算一起去向凌不疑道谢,谁知临出门前,楼太仆特意告了假一道跟来了。

凌不疑的府邸与宫城只有一坊之隔,据说原是前朝某亲王的王府,华丽、高阔,檐飞柱走,屋舍犹如龙腾云凤展翅般,然而却空旷冷清得令人难以置信。从大门进去,直至三进后的主居室,除了经过的两队整齐严肃的巡宅侍卫,少商居然没看见一个仆妇侍婢。

与其说这是权贵官邸,不如说是一座军营。

比宅邸更冷清的是探病的气氛。

少商和楼垚十分热情,楼太仆也很诚挚,然而凌不疑仿佛有一种神奇的本事,不论人家起什么头,他两句就能将话题聊死,过不多久三人只好退了出来。

楼垚想凌家兄长一定是伤病不轻,应该让人好好休息。

楼太仆松了口气,心道:观凌不疑那副冷冰冰的样子,应对侄儿的未婚妻无甚想法。

少商却察觉出凌不疑礼貌而冷淡面容下的不悦,心想人家搞不好想跟自己说雁回塔的事,结果楼家叔侄在侧,不好开口。

第二日,少商就从亲爹库房里搜了几罐伤药,打算再去探病,谁知程老爹和萧夫人硬要跟着去,少商无奈,只好与父母一道出发。

凌不疑这回稍微热络了些,不过只有这点差别——

"幸亏兄长您路过,不然少商就摔下山崖去了。""嗯,我若不在,少商就死了。"

"幸亏凌大人路过,不然小女就摔下山崖去了。""我若不在,令爱该如何是好?"

某理科女生理解不了这种古老的谈话艺术,只能在旁一径地呆笑,程氏夫妇神色复杂地看看自家傻女儿。很快,这天再度聊不下去了,一家三口也很快回家去了。

到了第三日,毅力惊人的少商又欲前往凌府,这回萧夫人直接派了三子少宫贴身跟随。少商在路上几次想甩掉他,程少宫直截了当道:"嫋嫋你省省吧,阿母说了,你要嫁人了,为防瓜田李下,不许你和凌大人走太近!"

少商叹息:为什么没人相信她和凌不疑是纯洁的呢?

正当少商以为这趟探病也要打水漂时,却发现今日凌府热闹异常,门前停满了骏马宝车,平日里冰窖般的庭院满是侍卫和随从。

亲自为少商开大门的是满面笑容的梁邱飞少年,他似乎对少商有胞兄相随毫不惊讶,还热心地告知:"今日太子殿下领了几位贵客来探望我家大人,正在前院宴饮呢。"

储君都来了,自不能绕过去当没看见,两兄妹赶紧到前院正厅拜见,抬眼间少商居然看见袁慎也在其中,不由得愣了神。袁慎身着月白儒袍,满身的斯文俊秀,朝她遥遥笑了下。

当今太子生得甚是慈善,团团的一张脸下蓄了一排短须,见程家兄妹当庭拜倒,连忙虚扶请起,还夸了程始两句"公忠体国、勇毅过人"的通用话。

程少宫素日再顽皮,也不过十四岁的少年,此时见到储君激动得不行,连话都说不顺畅,才结巴了两句"殿下,臣臣……",旁边的一位华服公子就扑哧笑了出来。

兄妹俩望去,竟是那日在楼家见过的班小侯。班小侯一笑出来,立刻歉意地拱手道:"失礼失礼,程三公子别见怪,我自小爱笑,不是冲你来的。"

程少宫也不牛气,笑道:"无妨,换作我也是要笑的。"此时紧张过去了,他再度恢复自然洒脱之意。

袁慎看了从进来就低头端坐下方的纤瘦女孩一眼,笑道:"太子殿下今日有耳福了,这位程三公子善于吹埙,我曾听友人夸过数次,直道乃有古君子之风。"

太子见程少宫豁达和悦,文雅可亲,又听袁慎极力褒奖,心中生了几分喜爱,笑道:"甚好甚好,少宫你也入席吧,与我等一道畅饮。"

程少宫心中十分愿意,却为难道:"今日臣是陪幼妹来向凌大人谢过救命之恩的。"

太子和气地笑着:"子晟有伤,不能饮酒,正在后间歇息,可让女公子自行去道谢……"

话未说完,一位声音尖利的公子开口道:"子晟随意帮了把手,就怕有些人假道谢之名,行亲近之实,如牛皮般贴上去,夹缠不清。"

少商忽抬起头来,厅内众公子只觉得眼前玉雪生艳,耀目如花,均暗想着,这程氏小女娘生得倒不错,楼家小子好福气。

袁慎脸色大变,正要反唇讥讽这人,谁知坐在他身旁的一位自斟自饮的王孙公子忽道:"王隆,你敢编派十一郎,是活腻味了吧。上回他把你挂在飞凤阁的高檐下,吹了两个时辰的冷风,你都忘了?"

"你?!"那叫王隆的公子羞恼,生气的样子和胞妹王妗越发相像了。

太子眼看两人要吵起来,低声呵斥:"阿隆你闭嘴!四弟,你提这作甚?!"

程少宫犹自愤愤,想为幼妹讨个公道:"王公子,你适才所言……"

"这位是王公子吧?"少商忽然开口,礼貌道,"小女子与令妹曾见过……"

王隆和四皇子停了争执,众公子也纷纷侧头听女孩说话。

"……那是在万家筵席上,头回见面,我俩就吵了起来,"女孩微微而笑,"当时就是为了凌大人。没想到今日头回见到王公子,又要为了凌大人起争执了。"

"扑哧"一声,班小侯再度忍俊不禁,笑了出来。

袁慎忍笑,赶紧补刀:"班小侯爷自小爱笑,可不是冲着王公子您去的,您莫要责怪。"

四皇子也笑道:"王隆你若还要说程小娘子,就请大家说说万家那日坠桥之事好了。"

席间众公子纷纷轻笑起来,心想:这都城里如牛皮般贴着凌不疑的小女娘中,头一个不就是你妹子王妗吗!你也好意思说人家。别的小女娘追逐凌不疑也就凑个热闹,过后就各自婚嫁了,只你家妹子那是铁打的夹缠不清。

这时,梁邱飞不耐烦地从后间出来,脸上努力摆笑,躬身道:"我家大人听闻程小娘子来道谢,让属下来请人进去。"

袁慎心中一凛,当初在驻跸别院时的那股古怪的感觉又冒上来了。

少商向众人端庄地行礼告退。

本来程少宫可以不跟着去的,可被王隆这么一说,他哪肯让幼妹落个痴心妄想的名声,便无论如何都要跟进去。

梁邱飞只能眼睁睁看着程家兄妹双双往后间走去,忍不住恨恨地瞪了那边的王隆一眼。

凌不疑今日似是刚沐浴梳洗过，白皙的肤色透着一股玉色水汽，浓黑如墨的长发散散地披在雪白的绫缎中衣上。他就这么斜倚在胡床上，宛如一幅描绘倾城之姿的古画。

他已听见外面的声音，静静地靠着隐囊，脸上看不出心绪。

有程少宫在场，少商自不能说雁回塔的事，三人就这么不冷不热地寒暄几句。

少商心中有歉，侧眼望了下胞兄，再抬头看凌不疑，低声道："其实，其实我一直……"她想说，除了第一次，她之后一直想单独来探病的，奈何总不能成行，真不是故意推托。

"你不用说，我知道。"凌不疑柔声道。

程少宫板着脸，暗自吐槽：既然不说都知道了，你俩还废什么话！

"您的手臂还疼吗？"少商神色关切。

凌不疑微笑道："你从头到尾只问我疼不疼，倒不问是否有碍于弓马？"

少商纯自真心地笑起来："不疼就好了，能不能上马拉弓有什么要紧的。"

凌不疑凝视回去，眼中温柔如水。

程少宫正想咳嗽两声打断这情真意切的气氛，不料凌不疑淡淡地看了一眼过来，他莫名地周身发寒，赶紧收声。

凌不疑回过头，还待说两句，外面忽传来一阵高声呼呵。有个醉醺醺的声音，断断续续地传过来——"……我曾见过这位程小娘子，与人相会……十一郎……"

程少宫脸色发黑，瞪了凌不疑和少商一眼，倏然起身，大步走到外面去，决意要为幼妹申辩。

少商心惊胆战，慌张地看向凌不疑，站在一旁的梁邱飞低声道："少主公，不如……"

凌不疑抬手制止少年说下去，温和地看向女孩："你我见面，除了前几日在涂高山，俱是有旁人在场。你不要怕，我去说。"

少商缓下一口气，适才也是急中出乱了，此时冷静一想还真是如此，便鼓起勇气站起身，大声道："我先去！"

大踏步走出外厅，只见程少宫正提着一个尖嘴猴腮之人的前襟，怒喝道："黄公子，你怎能如此说话？！"

土隆在旁煽风点火，哈哈大笑："程三公子，你妹妹既做下了，还怕被人说吗？！"

席间众人含笑看戏。程少宫提拳想打，太子、四皇子和袁慎一齐起身喝止。不同的是，太子是要喝止程少宫殴打表弟，袁慎是要喝止黄阳继续说少商隐私，四皇子则是要喝止所有人。

"黄公子！"少商提高声音，径直走到众人面前，作揖行礼，"你倒是说说，你在什么时候，什么地方看见过我与人私会？"

众人都停了说话和动作，静静看着。

"少商！"程少宫焦急道，"你莫要胡闹！"

"我虽是小女子，也知行得正坐得直，黄公子您但说无妨！"少商回想凌不疑适才那话，真是越想越有底气。除非这姓黄的撞见她和凌不疑在雁回塔，不然哪有私会证据！

凌不疑已站在门廊下，听闻此言停下脚步，含笑听着。

黄阳此时已酒醒了几分，眼见下不来台，只好含混地大声道："有两回！一回在城边的铁铺门口，还有一回在城外的磨坊外。我看见你和一个男子在说话。那人两回都是向内背立，不过看身形，应是同一个人！"

啊？！少商枕戈待旦的大脑忽然松掉了，呆了片刻后就去看一旁的袁慎。

只见袁慎也有些呆滞，一副全然猝不及防之态。

"程小娘子，你可别说那不是你呀，也别说那男子是你家兄长！我虽看不清脸，但他比你几个兄长都高！"黄阳见女孩没有立刻否认，得意起来，"你还驾了辆金红色的小轺车，我和家仆都看得真真的！说吧，那男子是谁？是不是十一郎呀？哈哈，哈哈，哎呀……"

黄阳正笑着，瞥见门廊下面罩寒霜的凌不疑，笑声戛然而止，心中害怕不已。

"我来说吧。"袁慎走上前几步，莫名心中欢快兴奋，态度却加倍温文尔雅，"太子殿下、四皇子、程三公子、诸位、程小娘子那两回见的男子，正是在下。"

此言一出，除了少商以外的所有人都是愕然。

梁邱飞呆呆地去看凌不疑，只觉得自家少主公已经满身寒气逼人了。

袁慎朝程氏兄妹作了一个揖，微笑道："连累女公子了，事关恩师……"

不等他解释下去，少商已大声道："此事牵涉程家家事，不便细说。但请两位殿下和众位公子相信，我与袁公子那两回见面纯是为了长辈之事！"

那黄阳和王隆张口结舌，其余人等均是一副没想到的神情。

少商犹觉不足，笔直地站到门口，正气凛然道："上有天下有地，我与袁公子这两回见面若有半点暧昧，叫我出这府门两百尺就被车撞死！如何？"

发完这个很流行的誓言，少商向堂内众公子团团告退，又朝太子和四皇子躬身道罪，然后志得意满地挥袖离去，连自家胞兄都忘了带走。

程少宫默默收起拳头，看看门廊下冷脸有些回转的凌不疑，再转头看看堂内脸色发寒的袁慎，他忽然觉得自己知道得太多了。

此事自然瞒不过这几日密切关注凌不疑的皇帝老爷。

听完探子回报后，皇帝恨铁不成钢地捶了下御案——人家儿郎怎么传绯闻这么容易，随便在铁铺磨坊门口一站就能被人看见。可为何无人传养子的绯闻呢？若是山崖救美那幕叫人见了去，再口口相传一番，那岂不……岂不……

正直的皇帝回过神来，决定停止这番不道德的联想。

不过此时此刻，包括皇帝、凌不疑、少商、袁慎，甚至楼、程两家，都不知道变故会来得这样快。

说来好笑，这场几乎扭转了少商人生轨迹的变故，她最初对其的兴趣还不如对程母的粪缸。

圣人云，食不言寝不语。这句话程家的绝大多数成员必是不同意的，至少程母和程老爹就做不到，往往吃着说着就要争执起来，而且争执的理由多是令人无语。

这日母子俩又因为家庭农作的粗放型发展还是精细型运作呛了起来，话题的起源是程姎，尽管她说起时纯属一片孝心，但怎么说呢，这世上从不缺乏好心办坏事的好人。

"……涂高山景致优美，天高气爽，孙女也是头一回见。而且离都城也近，下回我去庄子里查账时，顺道带大母去那里游玩可好？"程姎笑得温顺。

高坐上首正中的程母瞥了一眼儿子，幽幽道："唉，你们面圣的面圣，赛马的赛马，留下我老媪一个，孤寂可怜哪！"

程始放下漆木箸，大声道："不是阿母说春来发种，蚜虫滋生，要留下照料后园的庄稼吗？不过阿母啊，您别再跟以前一样什么饱腹种什么，傻大憨粗的，眼下我们已经不饿肚子了！你看嫋嫋，上回培出来的那什么胡瓜白荻，细细巧巧的，又灵脆又清爽！"

他不想说，上回他将女儿捣鼓出来的几小篓新鲜的胡瓜和白菘分送给同僚亲友，对方那吃惊的模样，他顿觉得自家底蕴都丰厚了几分——反季培育精细果菜，便是寻常的豪强世族也未必能弄得出来。

"竖子！你浑说什么？！"程母拍案大怒，"你说老身可以，不许说我的田亩庄稼！每回老身都将肥堆得厚厚的，种出来粟麦也比别人家的香甜！"

"对了，还有那沤肥的缸子，熏不熏？您老还记得老家后山那口缸，我几次叫您别埋那么低，那回您上山时一脚踏空……"

这真是吃饭时的绝好话题，程颂和程少宫抖着肩膀低头偷笑，程姎顿着筷子脸色尴尬，萧夫人忍无可忍，用力将漆木箸拍在食案上。

程姎惶恐，忙道："都是我的不好，不该提起叫大母不高兴的话头……"

"哎呀，堂姊别插嘴，这关你什么事，阿父和大母这是亲母子才这么……呃，这么亲近！我和阿母不也吵过嘛！"少商是市井小民出身，和这种欢脱热闹的气氛简直无缝对接。

程家几兄弟偷偷去看母亲，只见萧夫人抚额叹息。

少商兴致勃勃地追问："阿父，大母后来掉进去了吗？"

"你这孽障，是盼着老身掉进去不成？！"程母喷着重重的鼻息大喊着。

程始赶紧来说话："您老别这么大声，嫋嫋胆子小，您别吓着她！"

"她胆小？"程母指着少商冲儿子怪叫，"你的眼睛里也沤了肥不成？！"

"——咏儿！"

萧夫人用力一拍食案，高声叫道，全家人都被她镇住了，一时忘了打嘴架。

"……你说说，今日太学有什么见闻。"萧夫人脸色铁青地说完后半句。

程咏大口出气，他还当自己怎么了呢，便道："回母亲，今日还真出了件大事，雍王一族造反了！"

此言一出，除程始以外的所有人都吃了一惊，萧夫人郑重道："雍王？他果然心存异志，他们是在雍州西北的冯翊郡行的谋逆吗？"

程咏拱手道："母亲说的一点不错。"

"雍州冯翊郡，那不是和我们只隔了个弘农郡？"程颂仰头回忆地形图。

程母大惊失色："什么？是不是要打到都城来……"她声音发颤，说着就要起身。

程姎忙上前劝慰，少商也来帮忙，笑道："大母您怕什么？您没看长兄好端端地坐在这里吗！若是事情紧急，他早就慌里慌张回来报信啦！"

程始大笑道："我们嫋嫋好聪明！"又转头向程母道，"我正要说这事。冯翊郡离都城不远，这事瞒不住的，阿母在外面若是听说了什么，千万莫怕莫慌，这事闹不起来！"

"阿父说得是！"少商道，"我这回和叔父叔母不还碰上了一回谋逆嘛，才几天就烟消云散了，首逆一个个都枭首了呢，可恨叔父不让我去看！"

"去去去，你一个小女娘去看什么看！"程始低声斥责，女儿什么都好，就是敬畏心缺得厉害，简称缺心眼儿。

少商闷闷地缩了回去，她还想接着问程母究竟掉进粪缸没有呢。

"我儿，这雍王真打不过来吗？我听说雍王一族在前朝时就是了不得的人家呢！"程母犹自忧心，不过还是颤巍巍地坐下了。

程始嗤笑一声，道："就是太了不得了，后来也起了事，称了帝，这不，舍不得以前的尊贵嘛！照我说呀，富贵天注定，雍王父子就没那个面相！"

"阿父你也会看面相？"程少宫来了兴致，"那您跟儿子说说他们面相如何？"

"一边去！"程始瞪了儿子一眼，接着道，"阿母您别担心了，真没事！今早陛下已派数路人马西向冯翊郡去了。哦，凌不疑也在其中。"说这话时，他还小心地瞥了女儿一眼，却见女儿并无异色。

萧夫人看丈夫始终宽慰不到点子上，只好补充道："君姑听我一言。当初雍王父子看形势不对，自行降了陛下。唯有一处，说什么'故土难离，祖先坟茔所在'，便不肯和来降的其余人一样住到都城来。陛下为免去一场刀兵之祸就答应了。可您想呀，咱们陛下何等睿智，哪会一点都不防备呢？君姑您放心，陛下这几年慢慢收了雍王的兵权和赋税权，又在冯翊郡四面设下数道箍子，如今已是由不得雍王一族想降就降、想反就反了！"

程母听完这番入情入理的解释，才终于松下一口气。

"……不过，"萧夫人忧虑地看了眼少商，询问丈夫，"此事会不会于嫋嫋有碍？"

"啊？"少商原本正听得连连点头，谁知话题忽转到自己身上来了。

——和生长于安逸太平年代的许多年轻人一样，少商并不是一个很有政治敏感性的妹子，尤其是像她这样纯科研技术类专业的。

隔壁郡的一对父子造反跟自己有什么关系？少商无论如何也想不通。

看女儿一脸茫然，萧夫人叹道："雍王姓肖，他的世子就是娶了何昭君之人。"

少商在脑袋里转了一遍,才反应过来:"就是……那位什么肖世子?"

萧夫人点点头,程颂不甚清楚这种婚嫁之事,赶紧问:"可是阿母啊,那何将军不是奉旨镇守冯翊郡吗?这,这……儿女亲家……"

众人皆知程颂的意思,程母再度忧心起冯翊郡守不守得住,只有程少宫呆呆地问:"可这与嫋嫋有何干系?"

"……对呀,这与我有甚干系?"少商依旧不解,"这事不就两个路子。要么何将军忠勇为国,奋力灭杀谋逆的雍王父子,回来领赏褒奖……"

"要么何将军和他那亲家沆瀣一气,何家也成了逆贼,那就更碍不着我家什么事了!"程少宫补上。

程始不在乎道:"我儿说得对,是你们阿母过虑了。"

"不对,还有第三条路。"程颂笑道,"就是何将军受了亲家的蛊惑麻痹,没能及时防备,若如此,他回来也要被问罪的!说不得,阿父立功的机缘又来了!"

少商大声赞扬道:"次兄高见!不过阿父就别去了,也让旁人立点功劳吧。"

四人一齐大笑。萧夫人看着相对傻笑的粗线条父子女四人,连连苦笑,抬头看见长子程咏眼中和自己同样的担忧。

事实证明,料事如神这种事并不是寻常人能做的,因为这晚席间程家众人的料想一样都没成真。短短三日后,前方便传来消息,言道雍王之乱已然平定。

程家兄妹数人尽皆愕然。这下程母忧心全消,大声笑道:"这什么雍王吹得如何厉害,看来不过如此,阿止那儿的那个姓樊的郡太守好歹撑了十余日呢。"

又过了两日,程咏再度带来详细的消息。

原来为了尽快灭杀逆贼,何将军膝下几个成年的儿子尽皆战死,他自己也伤重不治,于回都城途中过世了。这下子,即便迟钝如程母也觉得不大好了:"阿咏啊,那何家现在还有人吗?"

"有。还有独女何昭君与一位年仅四岁的幼子。"程咏忧虑的目光转向幼妹,"陛下已封何氏为安成君,享汤沐若干,幼子袭爵。"

少商沉默地端坐窗侧,一小缕毫无温度的日光落在她的脸上,她良久才道:"是福不是祸,是祸躲不过。"

许是一语成谶，三日后，奉命前去迎回何将军的扬侯纪遵在小朝会时，当着群臣的面，一板一眼地复述了何将军临终前的两句遗言——

"臣本乡野莽夫，得奉陛下左右乃毕生之幸，虽死无憾，万望陛下莫要牵挂。

"臣膝下只余一双弱女幼子，女昭君本与楼氏子定亲，如今肖逆或诛或擒，前婚已破，盼能重与楼氏结缘。"

听到前一句遗言时，皇帝涕泪不止，哀道："苍天损我一员忠臣良将！"满朝随之皆泣。待听到第二句遗言时，皇帝一时停了悲戚，众人齐刷刷地将目光射向楼太仆。

纪遵并未回到自己的行列，继续禀奏："老臣观何将军神色，想来他并不知晓楼太仆之侄已与程氏定亲，是以才会有此一说。"

原本也在抹泪的万松柏惊了好一会儿，此刻终于回过神："正是！何将军为人通情达理，倘若他知道此事，定不会……"

"然——"纪遵面无表情，不去看神色各异的众人，"何氏悲壮，礼虽不合，但可以容情。老臣请陛下决断！"

皇帝静坐上首，玄冕下的十二旒玉珠轻轻晃动，群臣看不清君主的神色。

楼太仆已呆若木鸡，发现此时自己真是说什么都是错。

"决断什么决断？！"万松柏一看情形不对，赶紧大声道，"一来何将军临终前并不知道楼氏子已定亲；二来我们做臣子的，为国尽忠是本分，说句不中听的，难道只要立了功，就可以挟功求报了吗？！"

纪遵道："万大人说得也对。陛下恩赏是一回事，但抢夺别家婚事又是另一回事。"

吴大将军猛地起身，扯着嗓门道："话不能这么说！何家惨烈，人都死得差不多了，难道就不能怜悯则个？"

纪遵转头向着吴大将军，道："照大将军的意思，陛下应下旨成全此事？大将军可想好了，此例若开，以后若哪家死伤惨烈些，是否就能凭借功劳求取别家之物，例如……"

须发斑白的老头忽往人后一指，正指在皇后亲弟宣侯身上："如宣侯，当年陛下恩赐原籍一座山岭为宣氏祖茔，谁知这座山岭原是徐州甄氏所有。起先那甄氏是敌，也就罢了，可后来甄氏率众来投，将来甄氏子弟若再立下大功，宣侯家的那座山岭，还是不还呢？"

吴大将军哑然，随即又反驳道："这，这父祖坟茔属大，自不能送来送去。可这婚事，楼、程两家不是还没成婚吗？"

纪遵点点头："大将军说得也是。如今何将军还留有一名幼子，若将来有人为国征战到子嗣断绝且只遗一女，那么是否可令此女看中的郎婿与妻绝婚，而后再嫁呢？其中分寸，又该如何把握？"

吴大将军这次彻底哑火，愤然坐回行列中。

正当万松柏呵呵微笑着以为这纪老头是友方时，纪遵又道："然何氏一族忠勇动天，何将军的遗言实应照办。"

万松柏张大着嘴，看着这死硬脾气的老头好半天，终于明白了。

——这种事皇帝不能直接下旨命令，不然就成惯例了，但楼、程两家可以自行退婚，成全"可怜而忠勇"的何氏一族。

散朝后，万松柏赶紧跑去程家，将这些事一五一十地告诉没有参加小朝会的义弟程始，嗯，还有萧夫人。

程始不悦道："难道就没有别的赏赐功臣之法，非要来拿我们消遣？"

萧夫人沉默许久，忽问："楼太仆一句话都没说？"

万松柏抹着汗用力点头："那老小子就跟割了舌头似的！"

萧夫人嘴角泛出一丝冷笑："我们着什么急？这件事的根子在楼家。且等一等，看看楼家两房人怎么说吧。"

程始沉声道："正是。倒不是我们非要阿垚这个郎婿不可，而是这事我们若退得太容易，倒叫满都城的人以为我们程家可欺了！"

所谓好事不出门，坏事传千里，然则比坏事传播更神速的还有别人家的八卦。

这日小朝会过后还未入夜，何将军的临终遗言和扬侯纪遵的一番言论就传遍了整座都城。太学里的程咏，虎贲营里的程颂，城内夫子家读书的程少宫就都被灌了一耳朵是非回来。

然后宵禁之前楼垚身边的随从气喘吁吁地跑来，特意向少商传信，言道自家小公子被楼太仆拘住了，不过明日无论如何都会逃出来找她的。

程始神色稍霁，道："阿垚还有几分良心，还当他急着要娶那位安成君呢！"

那随从连连磕头，忙道："程大人明鉴，我家公子说了，别说安成君，就是安成郡主，安成公主，安成天宫娘娘他也是不要的！"

"还天宫娘娘，美的他。"程始翻了个白眼，赏了那随从一把五铢钱就打发了。

萧夫人也是一身的不痛快，冷着脸就要和丈夫回屋歇息。

程咏连忙出声拦阻："阿父，阿母，咱们不如就此事商议一二，嫋嫋你也来……"

"商议什么商议？！"谁知少商独自俏立廊下，面如寒玉，声如冰水，"不就是和我家退婚迎娶何昭君嘛。阿垚和他母亲是肯定不愿意的，不过他们的意思不算数。楼大夫人是肯定愿意的，不过她也只能敲敲边鼓。楼太仆和楼郡丞是一半愿意一半不愿意的，这要看楼家受到的非议有多少，得到的好处又有多少。阿母，我说得可对？"

萧夫人沉着脸色："没错。"

程咏呆了，程始叹了口气。人家小女娘若出了这等事，父母兄姊劝慰还来不及；只自家这个女儿，偷偷哭泣是没有的，哀怨自叹那是不可能的，倒要防着她太过偏激才是。

"嫋嫋，若此事不成，你也不要太过伤怀……"

少商道："阿父不必说了，道理我都懂。别说楼家，就是我们自家，阿父也不能拿全家的前程来博我的婚事，我头一个就不会答应。这世上也并没有断然不可之事。不过如今事态尚不明了，且等等看吧。"

听女儿说得头头是道，程始再度叹气，程咏看着幼妹的神色，轻声问道："嫋嫋，既然你什么都懂，为何还要生气？"

少商觉得胸口有一团闷闷的火焰在烧灼心肺，气愤难抑。这股气愤不是针对何家、楼家甚至任何一个人的："我也没有生气。只是我自小运气都不好，还以为现在否极泰来，姻缘上能顺遂呢。果然，老天爷就是不肯放过我！"

说完这句话，女孩就用力甩着宽大的云袖，大步回自己院落去了。九骓堂内剩下父子两人面面相觑，萧夫人却定定望着女儿离去的方向，似有触动。

之后两日是都城吃瓜群众的盛宴，一时间城内所有官宦人家、儒生名士都在议论这事。我朝群众向来是吃个粽子喝个豆浆都能分出甜咸党派来的，这会儿自也不例外。

一派人马认为楼、程两家应该退亲，给何家女娘一份好姻缘，以告慰何将军在天之灵；一派人马则认为何将军虽忠勇义烈可嘉，但此例不可开，否则后患无穷。

何况不就嫁人嘛，多大的事呀，都城里适婚的世家少年多得是，请皇帝择一个出挑的给安成君何氏不行吗？干吗非得逼着两户人家退亲悔诺！

也有人来找程家老爹磨嘴皮子，程始一概四两拨千斤："当初是楼家前来提亲，此时便是要退亲也该由楼家开口，我家不好擅专。"

值得表扬的是，老万同志在这两日中左辩右驳，口沫横飞，勇不可当。

这日，与何将军交好的修侯正在御前说项，同时也在场的老万直接煲一锅人参公鸡汤给他——当年长水校尉林侯家败落了，不得已卖了一口万金难换的金丝楠木棺椁，后来兵荒马乱中被你家老爷子以正当途径高价购得。林家老父朝思暮想讨回这口棺椁，但你家老爷子也视之为命根子。如今若林家儿孙狠狠立下些功劳甚至死上几个，你家让不让这口棺椁？！

肉果然只有割到自己身上才会疼，修侯摸摸鼻子退出北宫。

坐在御案后的皇帝看着大腹便便、义薄云天的万松柏，暗自叹气。

他多么想说，万爱卿和你义弟真不用这么舍不得，退了这门亲后，朕给你们换个更好的郎婿——可惜不能说。皇帝很憋闷。

这时程母终于知道了此事，她在屋里大发雷霆，扯着儿子的前襟叫着："这亲可绝对不许退，这么好的人家以后哪儿找去！嫋嫋瞎猫逮住死耗子，难得有这份运气，退什么退？绝对不退，除非皇帝下圣旨！外头那群混账嘴皮子生痒，敢情不是他们吃亏是吧？"她可喜欢楼家送来的锦缎漆器等贵重物件了。

到了第三日，楼府终于来人请程家内眷过府一叙。萧夫人冷笑道："哼，就这点耐性。"这次她也不带别人了，只领着少商和一众府兵气势汹汹地直接去楼家。

虽然心中有气，但萧夫人是经过大风浪的，端坐内堂中纹丝不动，姿势神态挑不出一点毛病，无论坐在对面的楼大夫人说什么，只是笑而不语，过不多久反而对方沉不住气了。

楼大夫人一脸忧心，道："我心甚喜爱少商，可出了这么一档子事，我们楼家实是无路可走……"

萧夫人听着意思不对，干脆道："敢问大夫人，今日您请我们母女过来，楼太仆知道还是不知道？"

楼大夫人神色一僵，笑道："这桩婚事虽是我家大人和程校尉定下的，但你我忝为主母女君，自也要……"

萧夫人大失所望，当下就道："原来楼太仆并不知道。"她就说嘛，楼太仆精明强干，怎会这么没耐性，"大夫人，实不相瞒。事情到了这个地步，已不是你我可以自行做主的了。我还当楼太仆有话不便直说才叫夫人您代传。既然不是，我们母女先告退了……"

楼大夫人急了，忙道："慢着，我有话说。"

萧夫人端庄地起身，倨傲一笑："大夫人要说什么，我都知道。"她瞥了眼一旁的少商，心想连我十几岁的女儿都猜得出你心里想什么，我何必再看你做戏，"无非是何将军如何可怜悲壮，何氏昭君如何孤苦无依，我们程家应当仁义为怀，退婚让贤，是也不是？"

说完这话，萧夫人就盯着楼大夫人看，果然见她脸色一阵青白，好不令人痛快。

"……难道这样不对？"楼大夫人好不容易按捺下不悦，高声道，"人家满门忠烈，人几乎死绝了，难道你就没有于心不忍？"说着说着，她还捂着脸哭起来，"何、楼两家交好数十年，想当初何将军英姿，何家几位公子年少精干，没想到一夜之间都没了！昭君小小年纪，不定多么心苦，我们楼家不照拂她，谁来……"

"要照拂你照拂，这回你别想再来祸害我的阿垚！"

楼大夫人正哭得入戏，不妨一个熟悉的声音如同撕裂帷幕一般刺了进来。众人望去，只见楼二夫人由侍婢扶着站在内堂门口微微喘息，面庞涨红。

楼二夫人再不复之前和悦天真的神气，她边走进来，边激动道："……何昭君小时候我就不喜欢她！傲慢无礼，颐指气使，可怜我的阿垚被她欺负了这么多年！"

楼大夫人看了程家母女一眼，十分尴尬："娣妇这话是怎么说的？何将军对我家有恩，阿垚这才对昭君多有忍让。再说了，昭君年纪还小，娶进门来慢慢教就好了……"

"要教你自己教！妯妇本领了得，我是个没用的，消受不起那么大脾气的新妇。"楼二夫人犹如孩子般哭了起来。

少商默默起身，扶着呜呜哭泣的楼二夫人走来坐下，然后朝楼大夫人道："大夫人，您还是屏退左右吧，难道要让侍婢们都听见？"

楼大夫人老脸一红，赶紧让身旁的长媳将四周的仆妇侍婢都遣了出去，同时喝令退得远一些，这才继续道："娣妇，我知道你一直不喜爱昭君，这样吧，这回昭君嫁过来，由我来教导，你只管享福就是……"

"享什么福？！若我的阿垚不痛快，我又能享什么福？"楼二夫人虽没甚本事，疼爱儿子之心却是殷切，"阿垚自和少商定亲后，天天都那么快活，你想想以前他和昭君在一块儿时，哪天高兴过了？！"

"娣妇！"楼大夫人见软的不管用，沉下脸色道，"你要以大局为重！前有何将军有恩于我家，后有圣恩在陛下心中。迎娶昭君过门，不论是为了报恩，还是为了皇帝分忧，都是大有助益的！"

"既然这么要紧，你就自己娶她当新妇好了！当初你火急火燎地给七郎定亲，当我不知道你的意思？其实你也舍不得儿子吃何昭君的苦头，这就来祸害我的阿垚……"

"娣妇，休得妄言！"楼大夫人一拍案几，怒气溢于言表。

到底几十年长嫂，威仪尚在，楼二夫人惊得一跳，低头轻泣不止。

萧夫人冷笑一声，正要张嘴，少商忽开口道："大夫人，您听过东邻西间的故事吗？"

屋内四人俱愣，少商径直说下去："乡里有两户人家，东家那户运气好，家宅安在溪流上游，西家那户在下游。后来为了稼穑之事，需要引水开渠，于是两家人齐心协力开了一条水渠。可每回放水，东家都截去了一多半的水，只留给西家一小点。几年后水渠要整修，东家又来找西家合力，西家不乐意了，东家就满口的大道理、大仁义，说得好不精彩！"说到这里，她笑道，"这个故事，大夫人听过吗？"

楼大夫人脸色极为难看，一言不发。

一旁的楼大少夫人琢磨了几下也听懂了，面色发红，低下头去。

楼大夫人胸膛起伏，目光锐利，一字一句道："我们家血脉至亲，不分彼此。程小娘子，请不要挑拨是非，离间手足。"

少商一个几乎转正的小太妹哪会被这点眼神吓倒，这还不如当初萧主任拍桌子来得威风呢。她淡定道："大夫人此言差矣，世上得先有是非，才能挑拨吧。还有，别人分不分彼此我不知道，大夫人您分得可清楚了。什么好的美的都往自己一房划拨，什么糟的烂的都推给二房。当年何将军之恩不止阿垚的父母受了吧，怎么，楼太仆袭爵时记得自己是长房长子，需要顶事时就不记得自己是长房长子啦？"

"你这小贱人！"楼大夫人气得浑身发抖，目眦欲裂，"你，你……"

楼二夫人和楼大少夫人都惊呆了，前者忘记哭了，后者忘记低头了。萧夫人本欲喝止女儿，后来想想这样也好，要么婚事不成，一拍两瞪眼，如果这样婚事还能成，想来楼二夫人不会再计较女儿泼辣的性子。

"大夫人您是楼氏宗妇，知不知道什么叫一家之主、一族之长？就是说您不能只顾着自家一亩三分田，还要照管七大姑八大姨十三个叔伯兄弟外加二十八个族亲儿孙！"

少商憋了几日的气，决意这次一气出尽："大夫人倒好，自己儿女是宝，侄儿侄女是草，是吧？阿垚不痛快，您不当一回事，不过拿阿垚换来的好处，您倒是享受得心安理得！我劝大夫人一句，家里关起门来，压住了出挑的，那不出挑的就显出来了，可外面的世道不是围着您一人的。您家出不来子弟，朝堂上自有旁人站上去！"

"你竟敢这般羞辱于我！来人，来人……"楼大夫人脸涨成茄子色，随即就高声叫人。

"大夫人我这是为了您好呀。"

少商假惺惺地笑着，然后脸色一狠，沉声道："您要叫人尽管叫，我当着众人也敢这么说！您大仁大义，您怜惜何氏孤苦，那就拿出点作为来呀，别光说呀！嘴上仁义谁不会，去坊间走一圈我能给您找九九八十一个来，个个唱得比您还好听！适才大夫人那番有关何家恩义忠勇的话说得小女子我好生敬佩感动，这样吧，您膝下四子，叫其中一个绝婚后娶了何昭君好了，到时您可尽情地抚恤何家遗孤，我也保管明日满都城都会颂扬大夫人您的高仁大义！如何？"

楼大夫人被气得几乎喷血，指着少商发抖："你，你……"

楼大少夫人赶紧上前抚着君姑的背，一边揉一边转头道："程小娘子，您怎可这样泼皮蛮横，就不怕恶名传扬出去吗？"

"我说什么了？我什么也没说呀。"少商又换了一副脸色，端坐着整理衣袖，慢条斯理道，"若是大夫人和大少夫人去外头乱说话，我是一概不知的，也定要四处哭诉的，说您二位为着逼我家退婚才行此下作之事。大夫人您说，有多少人会信这话呢？"

——这是一个没有录音机的世界，果然科技落后也有好处。

楼大夫人愤而转头，大声质问："娣妇，你就看着这小泼妇这样羞辱我？"

楼二夫人张着大大的嘴，脸上还挂着泪珠，结巴道："姒妇……我，我不是……这，少商说得也没错呀……"她越说声音越低。

这些年二房和长房偶有龃龉，都是自己长子新妇出马，所以楼二夫人对强势的新妇并不排斥，她讨厌何昭君更多是因为儿子楼垚一直受欺压，若像长子两口子一样两情相悦，新妇厉害点也没什么。正惦记着自家长媳呢，外面忽传来一个声音——

"少商说什么了，我怎么什么都没听见？是吧，阿垚，善见。"

众人一惊后赶紧转头，只见侧门移开，当中站了三个人，分别是楼二少夫人、楼垚和扶着楼垚的袁慎——楼二少夫人照旧眉眼冷峻，楼垚却侧着身子曲着左腿，袁慎双臂撑着楼垚同时低头侧脸，身形微抖。

楼二少夫人大步进来，径直坐到婆母身旁，柔声道："君姑，您弄错了，适才少商什么也没说，大家不过闲聊而已。"

楼二夫人见靠山来了，惊喜得又要哭了："对对，你说得对，少商什么都没说。"

袁慎看见程家母女惊疑的目光射来，赶紧道："楼二公子曾与在下同在欧阳夫子门下读书，日前师兄顺手托同门给夫子来函，将家书夹在其中，夫子命我给府里送来。适逢……适逢……"他飞快地瞥了少商一样，忍着笑。

因有袁慎这么一个外人在，楼大夫人更不能计较适才少商的"恶言"，只能强自忍气道："原来是善见来了，先坐下吧。"

少商倒不在乎袁慎听见了什么，反正她和他当面都"恶言"交锋过，她注意到楼垚一瘸一拐的样子，惊呼道："他们把你的腿打断了？"

楼垚艰难地坐下，红着脸："不，不是，是……是我前两日翻墙出去见你，摔了下来……"

"翻墙都会摔断腿？！"少商心中大骂没用，她当年教学楼、寝室楼翻过无数次，从没出过事——真是个公子哥儿，以后她再好好教他吧。

楼垚不知未婚妻心里吐槽，还自认体贴道："少商你放心，适才你的话我一句也没听见。"

众人：……

楼二少夫人却对适才少商那番话觉得十分痛快，自己许多话不好说，楼大夫人虚伪的假面皮今日却被程小娘子撕破了，尤其那句"您家出不来子弟，朝堂上自有旁人站上去"，当真惬意极了！

"这几日一直听大伯母在家里念叨何家如何可怜，不如就请伯母勒令休一位新妇成全了昭君妹妹如何？反正何将军临终之言是'归入楼氏'，也没指定非要阿垚不可嘛。"楼二少夫人快活地说着风凉话。

"你，你也来气我？！"楼大夫人怒而大叫，"我要告你忤逆……"

楼二少夫人毫不理会："您可不是我的君姑。"

楼大夫人转向弟媳，一把扯住她的胳膊，嘶叫着："你要逼死我吗？！"

楼二夫人被吓得晕头转向，忽然灵光一现，道："不，不如……不如花开并蒂，让昭君和少商并嫁了阿垚，不分大小，姊妹相称，岂不甚美哉。"以后儿子不理何昭君就是了。

堂内众人一惊，楼大夫人眼神一闪，立刻静待不言了，一旁低头避开这番谈话的袁慎忽转回头来，眼中露出兴奋的笑意。

"阿垚，阿垚你说好不好……"楼二夫人慌忙去扯儿子，"以前何将军对你多好呀，不然里里外外那么多人不肯放过我们家呀！"

楼垚想起何将军，心中一软，犹豫道："也不是不成，但我以后可不要理她……"

"行什么行？！"少商用力拍在楼垚的伤腿上，厉声道，"你敢这样，我宁肯换个人嫁！"

"……对对对，并什么嫁，我才不要娶何昭君！绝对不娶！"楼垚有些昏头，尽管他不知缘故，但未婚妻总是没错的，他早习惯了全盘赞成。

楼二夫人看少商发威，也萎了回去，连声道："算了算了，阿垚决计不娶何昭君的！"

见此情形，萧夫人暗自摇头，叹了口气。

"阿垚，你说一句，究竟要不要和我退亲？"少商揪着楼垚的袖子质问。

楼垚热血沸腾，铿声道："决不退亲！"

"好！只要你不反口，我也绝不退缩！"少商站起身来，眼睛盯着楼大夫人，字字句句说给她听。成不成亲另说，这口气她绝咽不下！

楼大夫人紧紧攥着衣袖，愤怒不能言。

眼看和楼大夫人的话谈不下去了，二房婆媳连忙请萧夫人母女去己方院里说话，少商觉得这里憋气得很，再也待不下去了，就吩咐楼垚好好养伤，然后自己先行告退回家了。

少商黑着脸，径直走出楼府，老管事程顺领着家仆早在侧门套好了安车。少商瞪眼："为何不在正门上车，你家女公子这还没跟楼家退亲呢？！是不是楼家人为难你们？"

周围的楼家仆众低头躬身，一声都不敢出。程顺笑笑，好像看着一个用跺脚扔泥巴来发脾气的三岁娃娃："女公子，我等就是从正门进来的。"

少商脸上一窘，又大声道："那我们为何不从正门出来？！"

"因为从程家出来这样最近，若走正门还得绕过东坊，多费一炷香工夫。"一个熟悉到令人讨厌的声音从后面传来。

众人回头去看，只见一位高挑俊秀的公子款款走来，后面跟着两名侍卫和一名僮儿。

少商一见这人就不想说话了，转身就往门外走去。

袁慎身高腿长，两步追至门外，笑道："许久不见少商君了，在下送你回府吧。"

少商一个突兀的回身，瞪着对方："我自可乘车回家，为何要你送？"

"你们母女一车而来，你如今坐车走了，过会儿汝母怎么回去？"袁慎道。

少商一时语结。

巧菓上前一步欲为主家辩驳，程顺拉她不及，只听忠心老实的小侍婢道："女公子不必担忧，适才我听到楼家二少夫人吩咐人另去备一辆车给咱们女君呢。"

少商心头一宽，转头横了袁慎一眼，高傲道："既如此，就不劳袁公子您费心了。"

这时，程家的驾夫已吆喝着一双黄鬃骠马将安车缓缓停了过来，一旁的家仆从座下将踏凳取出，少商刚要抬脚踩上去，谁料袁慎再度抢先一步跨上马车。

"袁公子这是作甚？！"少商扶着莲房的胳膊大声道。

"在下今日是骑马过来的，此时忽感不适，就请女公子送在下一程吧。"袁慎屈身缩在车门口，说话时抬头笑着，旭阳如沐，眉眼秀丽雅致，身上浅蓝色锦缎的曲裾深衣在日头下泛着银丝线绣纹的光泽。

站在后面的巧菓忍不住拿眼睛去看一旁的袁家侍从数人，眼神里明明白白地写着：你家公子好像一个登徒子。

两名侍卫面无表情，一言不发；那僮儿年幼，忍不住细若蚊啼地说了半句："……我家公子，平时不这样……"真的，他拿人头发誓，自家公子平时儒雅客套，脸上如戴了面具般地风度翩翩。也不知怎的，一见到程家小娘子就成了这副模样，到底是从哪里开始出的错呢？

"这不大合适吧！"少商小小的面庞一派词严色厉。

袁慎奇道："这有何不合适？"说完他就自来熟地钻进车厢了。

巧菓不忿，立刻就要上前理论，这次程顺总算及时拉住了她，并用眼神示意她不许动。

老管事又回头看看已闭上的楼家侧门，他心中自有主意：眼看煮熟的楼家郎婿要飞了，还不许他们程家赶紧预备起来吗。更何况安车的前后左右一大群人跟着，能出什么事。

少商看着晃悠悠合上的车厢门帘，深深地吸了一口气。她忽然觉得这时代的风气可以再稍微保守一点，别跟现代社会似的，相识的男女说两句话就能搭车顺道送回家了！

登上车后，莲房本要跟上去服侍，袁慎这回不矫情了，直接道："我与你家女公子有话要说，你先退下。"言语虽十分和蔼，但手上已不容分说地将车门合上了，阻隔了外面小婢女的"哎哎"之声。

"袁公子请注意礼数。"少商板着脸，随即去推车壁上的窗格。

袁慎回过头来，笑道："你这人真奇怪，适才你将楼家大夫人训得跟龟孙似的，现在倒来跟我讲礼数。"

少商抑郁，她就知道这货刚才什么都听见了。她无奈地叹了口气，停止推窗，压低声音："有些事，暗着可以来，明着不能做。嘴上痛快完了，以后还要见面哪。"

袁慎挑了挑眉："适才楼垚都要并娶你和何昭君了，你还对这门亲事不死心？"

少商赶紧转身，辩道："若阿垚知道并娶之事对我是多大的羞辱，他还敢张嘴说好，我非两巴掌拍死他不可！可他不知道呀。他以为并娶就如同虽只看中了一柄剑，可碍于人家百般纠缠，他就再多买一把好了。"

"你就这么笃定？"

"自然！"少商正色道，"阿垚就是这样的人，在滑县时他看见遭了匪患的孤儿寡母可怜，他就拿出身上所有的钱，却不知孤弱之家得此横财更会招来祸事。我心里清楚，倘若阿垚知道并嫁之后我会有何难堪，他是断断不会答应的！"

"可楼垚如此无知无能，这样的郎婿你要来何用？"袁慎不悦了。

"无知我可以告诉他呀，至于无能……"少商正色道，"谁生下来就有大能耐的？譬如适才那事，我说这样直白愣登地给人家钱是不成的，阿垚就去询问县衙里的老吏,我们再一合计,终于妥善地将人安置好了。临离滑县前我们还去看过呢,那寡妇与后夫男耕女织,和睦相处,两家的孩儿在一道玩耍,与嫡亲手足无异。"说到这里,女孩一脸骄傲。

袁慎心中一动,静静地看了她一阵,终于恍然道:"楼垚这样的郎婿,才能叫你安心,是不是?"

"你这是什么意思?"少商心生警惕。

"没什么意思,随口说的,你别跟扎了刺似的,好好坐着。"袁慎低着头,纤长玉白的手指拨弄着腰间用浅绯色绸绳系住的金玉环佩,声音轻渺,"……说实话,若叫我择妇,我也想找能叫我安心的。可这世上,有几个人能真叫人安心的……"

少商阴阳怪气道:"袁公子还找什么安心的,您应该找合心的呀,要做袁氏宗妇嘛,什么照拂族人,礼数周全,哪样都不能少了。"

袁慎叹道:"楼太仆的夫人也是都城闻名的贤良练达,如今看来,心胸狭隘,伪作矫饰,还不如你这样恶言相向的呢。"

"话可不能这么说,我也心胸狭窄得很,若我处于楼大夫人的位置,未必不想把好的都扒拉到自己亲儿的碗里。"少商故意唱起反调。

袁慎叹气,无奈道:"……你究竟对我有甚不满,怎么和我回回见面都夹枪带棒的。"

终于说到这个了,少商一眼瞪过去,道:"你自己摸摸心口,从头回我家筵席见面起,你于我有甚好处吗?除了要挟,还是要挟,至多给了我一罐不对症的药膏!"

她本以为袁慎会生气,谁知他凝神想了想,居然点点头:"你说得也有道理。那好,我今日就给你送些好处吧。"

"好处?"少商满脸狐疑。

"我今日来跟你讲讲这回何家之事的来龙去脉。"袁慎双臂舒展,轻轻拂开锦缎袖袍,"令尊令堂虽然精明能干,但常年在外,于都城里许多人情世故未必清楚,未免你行错事说错话,有些事我得跟你说说。"

少商神色一肃,老实端正地坐好。

"当年肖家虽被陛下困住,但他们主动来降,着实消免了天大的一场兵祸,朝堂也能腾出人手去收拾别人。因此,陛下是实实在在想让肖家善终,对他们许多僭越的举动视而不见,尽量不撕破脸,而是,而是……"

"而是设下许多箍子，慢慢消磨肖家的势力。这个阿母跟我们说过。"少商接口道。

袁慎笑了笑，一字一句道："与何家的这桩婚事，就是第一道箍子！"

少商一惊，手指紧紧嵌进衣袍中。

袁慎继续道："何将军为人，不敢说尽善尽美，但忠勇敦厚，不贪图名利是真的。其女何昭君与楼垚自幼定亲，随着何将军越发受陛下看重，你以为没人动过何昭君婚事的主意？若说何将军贪慕权势，那之前有王爷皇子示意，何将军为何尽皆婉拒？从去年肖氏父子进都城面圣，到何、楼两家退亲，何昭君另嫁，不过短短四个月。肖家难道真有什么滔天权柄，短短四个月就能叫何将军改弦易辙？"

少商十指交握，小小的指节微微发白："……这，其实是陛下的意思？我听说何昭君极受何将军疼爱，他就这样将女儿推入火坑？"

"陛下未必说过什么，但何将军追随陛下日久，如何不知圣心？"袁慎苦笑道，"何况，只要肖家不起异心，肖氏一族根深叶茂，肖世子英俊倜傥，这未必不是一桩美满的婚姻。君臣同心，赐肖氏以荣华富贵，笼络以重臣爱女，只盼着能慢慢感化他们父子。"

少商喃喃道："也就是说，何将军既嫁了女儿，又要监视亲家……"这也太忠心耿耿了，"而肖家父子顺水推舟，是想着能将何将军拉拢过去？"

袁慎默认，眼中尽是赞赏之意。

"……即便如此，"少商愤然低喊出来，"难道何昭君只有嫁给楼垚一条路？！都城里这么多皇子亲贵，这么多豪强世族的公子，阿垚又不怎么出挑，怎么就非盯上他了？对了，是何将军不知道阿垚已经和我定亲，如果他知道……"

"就算何将军知道，怕还是会留一样的遗言。"袁慎冷冰冰地打破少商的幻想。

少商气呼呼地瞪向袁慎。

"经此一役，何家的老底去了一半。"袁慎神情自若地说下去，"这还只是小事，可叹何家成年男丁皆去，等那位何小公子成人及冠，少说也要十余年。眼下满城皆赞何氏忠勇，可十几年后，人走茶凉……这，这……"

少商心里一片雪亮。十几年后，连皇帝在不在都还两说呢，到时新皇帝能不能继续厚待何氏，重用提拔何小公子，就未必了。

"择婿楼垚。一来，楼太仆兄弟不是忘恩负义之人，楼垚又忠厚老实，心地仁善，何昭君将来的日子不会难过。二来，楼氏子弟，除了楼垚，尽是儒生文官，这样何家的遗部就能尽可能多数地传给何小公子了。"

少商不理解："这是什么意思？是说何将军剩下的部曲吗？"

袁慎嘴角露出一抹耐人寻味之意，道："不只部曲，还有庄园、屋堡、族人遗孤……楼氏兄弟虽私下有些小计较，但大体还是光明磊落的，并不贪婪。将来楼垚暂掌一切，等何小公子大了，姐姐姐夫再行归还，合情合理。此事说来简单，可在何小公子长大成人这十几年间，变数太大了。楼垚，是最'周全'的选择。"

"可是，可，可……"少商觉得气都喘不过来，眼眶发红，"可是阿垚不喜欢何昭君呀！"

袁慎看她这样，心中生出怜意，柔声道："你们定亲才几个月，楼垚也好，你也好，慢慢都会过去的。"

少商低头绷脸，不发一言，忽道："说到底，何将军也是记着那份恩情，不然，我就不信全城没有第二个心地磊落且感佩何氏忠义的人家愿意接纳何昭君！"

"你说对了，何家如今赞誉满天下，何昭君嫁妆丰厚。但会贪图这些的人家，何氏信不过；不贪图这些的人家，又不愿自出头。楼家当年受了何将军大恩，至今不曾报偿，他们接手也是顺理成章的。"

少商觉得宛如置身于流沙之中，无论如何挣扎都翻不出去，她心头既慌乱又愤愤，心有不平却发泄不出，忽瞥见袁慎一副悠然洒脱的模样，脱口而出："……不如你去娶了何昭君吧。你也不贪婪，你家也不会吞没何家的东西，你的才干、学识、相貌又胜过阿垚百倍，你要是开口，何昭君必然会……"

话还没说完，袁慎已变了脸色，冷声道："迎入何昭君这样的新妇，怠慢不得，轻忽不得，今后还要倒贴许多人力、物力帮扶何家再起。少商君可真看得起在下！哼哼，今日天色不早了，我与少商君就此别过，不送了！"

少商自知说错了话，灰头土脸被赶下马车。

程顺见安车停了，连忙上前问道："女公子，您怎么下来了？"他们只听见车厢里时高时低的争执声，却听不清内容。

少商见到自家老管事才反应过来，忙转身朝车内大喊："这是我家的安车！"

车厢的门帘被气势汹汹地一把掀起，少商被吓得噤声缩身。袁慎一个撑手翻身下车，一言不发地接过侍卫手中的缰绳，利落地直身跃马，疾驰而走。

少商呆站在那里。她第一次发现,这货居然身手这么矫健。

见此情形,副管事慢慢凑到程顺耳边,低声道:"这位……怕是不成吧……"

程顺白了他一眼,低声喝止议论主家之事,心里却着实得意:这位袁大公子,且有戏呢!

第十八回 退婚定亲

某名人说过，小孩子才分对错，大人只分利弊。

于是，当少商还窝在屋里生闷气时，萧夫人满面春风从楼府告辞，楼家二房婆媳连说带笑地将人送到门口，二少夫人甚至还乘上马车一路"送"萧夫人回府。回了府犹自不够，二少夫人还受邀进府饮酒叙话，两人谈笑风生，相逢恨晚。

少商躲在内院门口张望，只见萧夫人送二少夫人一路出去，举止亲近——

"你君姑柔善和气，阿垚天真未凿，楼郡丞和二公子又都在外面，如今你们房头可全靠你撑着了……"

"今日与夫人一谈，胜读十年书。如今看来，也是我眼界浅薄，才在内宅中纠缠些蝇头小利，却不知外面天高海阔。"

二人边走边说，情投意合，少商缩在门后不住地腹诽，冷不防被回程的萧主任抓个正着，提溜着回九雅堂教训："……你也记住，以后不论与阿垚的婚事成或不成，都不要与楼家翻脸成仇。"

少商冷笑一声："翻脸就翻脸，大不了以后老死不相往来就是。"

"小儿之言。"萧夫人端坐得纹丝不动，"你常说自己运气不好，怎知将来不会走霉运去求当年得罪过的人？"

"阿垚的大伯母是个虚伪的混账！"

"她是个虚伪的混账，但不要说出来，心里知道就行了。"

"我可不愿忍气吞声，人活一口气！"

"许多人都爱说'人活一口气'，可人往往只有忍下一口气才能活着。将来若姎姎活得比你长，那我是一点也不稀奇的。退一步海阔天空的意思，不是让你忍气吞声，而是让你退出囹圄困局，抬头看看外头和旁处。"

少商豁然起身，双足重重地踏在溜光精滑的地板上："母亲请恕孩儿先行告退！"

"你去哪儿？"萧夫人问。

"——去看看外头和旁处！"少商道，"找找有没有活久一些的法子！"

"今日你别出去了，我和二少夫人说好了，午后阿垚会过来。"

少商不敢置信地回过头，用力盯着萧主任："……阿垚的腿还瘸着呢！"

"楼家不缺仆从，抬着来就是了。将来你们婚事若不成，你愿意和他此生的最后一面是用力拍打他的伤腿吗？"

"谁说的，我与阿垚最后的话明明是'你若不反口，我绝不退缩'！"

"这两句你还是忘了好。"萧夫人扶着一直低头忍笑的青苁夫人，款款起身，袅娜地从侧边往里走去，"将来你和阿垚若成了，小夫妻会有更多的山盟海誓。若不成，你还想把这两句背诵给你未来真正的郎婿听不成？"

少商看着萧主任窈窕的背影，气得乏力坐倒。她深觉，这场嘴架不是智商之争，而是一个人生阅历丰富的成熟妇人强势碾轧小女生的结果，非战之罪也。

下午楼垚果然被抬着来了。

婚约摇摇欲坠的小两口好声好气地谈了一场，前嫌尽消，可同时又双双对眼前的困境束手无策。即使少商天不怕地不怕，但也知道不能真的什么都不管不顾，毕竟在这个时代她也属于拖家带口的。至于楼垚，父亲远在兖州最东郡，信使一来一回绝非几日可及，他更加茫然了。少商至少还能撂两句别致的狠话，而他连狠话都说得毫无新意。

原本关于这条八卦的物议愈演愈烈，好在大乱过后诸事待理，如何处置叛臣降将，如何抄家杀头，如何归置目前权力真空的冯翊郡——这些可是实打实的名利热镇，总算缓和了众人对何、楼、程三家婚姻纠葛的关注。

到了第三日上，长辈们犹在气定神闲地拼比耐性，楼垚忽听闻一个消息，顿时迸发出一个对他而言几乎智商破表的"好主意"，他赶紧来找未婚妻。

"……何昭君一行昨日抵达都城了。"少商起初并未弄懂，"我们主动去劝她？"

"对！这叫釜底抽薪！"楼垚兴奋得额头冒汗，"只要她自己不愿意嫁给我，别人又能说什么？那样就麻烦全无了！"

"那她肯吗？"少商十分怀疑，前几日刚听袁慎讲了一大堆道理因果，听起来那何氏简直是扒牢楼垚了。

"她又不喜欢我！"楼垚却觉得把握很大,"她的脾气我最清楚,到时我摆出一副对她嫌弃厌恶至极的样子,她定然受不得我！"

少商将信将疑,不过还是决意死马当作活马医,她想起萧夫人的告诫,又赶忙道:"我们可要客气些,安成君刚死了全家,我们若是太过了,免不得被人说是上门欺凌的！"

小两口叽叽咕咕地合计了好半天,便领上几名家丁护卫,套上少商那辆金红色的小轺车出了门。两个人并坐,相对无言,对茫茫前途都很忐忑。

车行不到一个时辰,遥遥看见何氏大宅的屋顶上高高飘扬的素色招魂幡,两个戾货互看一眼,犹犹豫豫地待在原地不敢上前了。没过多久,忽见一辆裹着重素的安车从何府门口驶出,一路向这个方向而来。少商连忙将小轺车挪挪让出点路来,谁知那安车经过他们一行人时停了下来。

众人正在狐疑,安车里探出一张毫无血色的瘦削面庞,少商和楼垚齐齐地往后缩了一下,这人正是许久不见的何昭君！

"……原来是你们。"何昭君神情平静,曾经婴儿肥的脸颊已瘦得凹了进去,一双眼睛又大又亮,泛着幽冷的光芒。

楼、程二人莫名一阵心虚,好似做了贼被当场拿赃了。少商尴尬地干笑数声:"呵呵,这,这……我和阿垚正要来找你呢……"

"来找我做什么？"

二人一阵语塞,适才套好的话现在一句都说不出来。

看他们欲言又止的为难神色,何昭君似乎明白了什么,冷冷一笑,道:"我正要去办件事,不知程小娘子愿不愿意上车与我同行？"

少商立刻警惕地打量何家安车,楼垚十分义气地挺胸挡在前面,大声道:"同什么行,你和少商又不熟,有事冲我来！"

何昭君看了眼纤弱柔美的少商,自嘲地一笑:"阿垚,你不是一直想要一匹有汗血种的良驹吗。我父亲给你从西北商队那儿弄到了,原打算让五兄带回来的,谁知就出了事……"她越说声音越低,"回头我叫人给你送来。"

楼垚犹如戳了根钉子的气球般,立刻瘪了。

何昭君又道:"我不会加害程娘子的,你若不信,我可以先父之名立个誓。"

楼垚继续瘪着嘴没话说。

少商心里冷笑,来哀兵这套,欺负她没见过世面吗？她甜甜道:"阿垚啊，她以前有加害过什么人吗？"

楼垚活过来了，立刻道："有！去年年初她还把三嫂的表妹推入池塘里，水上还有薄冰呢。"

少商一愣，听到这个技术等级，她反而有些放心。

何昭君道："程小娘子，你要和我抢郎婿，却不敢上我的车吗？"

少商拦住正要张嘴的楼垚，将驭马的缰绳和竹鞭交给他，自己从小轺车上下来，抬头看何昭君，道："你不用激我，我本来就打算和你谈一谈。"

楼垚着急地要阻拦，少商作势又要拍他的伤腿，楼垚吓得急急后退。

少商忍俊不禁："你别啰唆，我带着家丁呢。再说了，我要真出了事，就没人逼你娶她了，也算帮了你一把！"

楼垚想了想："这样吧，我坐步辇回去，你把轺车带上，一看情形不对赶紧坐车跑。"

少商瞥着一旁脸色不佳的何昭君，故意笑道："你放心，安成君再厉害，也不是妖魔鬼怪。不过轺车给我也好，待会儿我还要坐回家呢。"说着，就麻利地爬上何家的安车，程府家丁立刻聚到车后，小心戒备起来。

何昭君还提着车窗的帘子，盯着楼垚艰难地由自家仆从扶着下了轺车，忽道："她难道不比我厉害？你挑来挑去，就挑中了这么一位？"

楼垚摇摇头："少商和你不一样，她有时虽然也凶巴巴的，但很讲理。不论她多不愿的事，只要道理站得住，她都会认的。我什么都能和她商量，有些傻念头，我与父母兄姊都不敢说，却愿意说给她听。"

看着何昭君惨白的脸色，抬着窗帘的手指微微颤抖，楼垚继续道："我最不喜欢斗鸡，可那年你为了跟人斗气，硬要我去，我不去你就又哭又闹。我不得已花重金买了一只雄鸡，可最后还是输了，你就怪我丢了你的人，尖酸刻薄地骂我无用。这样的事，你我从小到大，有多少件？"他抬起头看着何昭君，"我不明白，你这样看不上我，为何还要嫁我。"

何昭君浑身颤抖起来："……我是为了你，他们说你文不成，武不就，是楼家最无用的一个，我是想让你上进，让你博得名声！斗鸡走狗你不喜欢，我曾特意设宴让你跟人比射箭、赛马、刀术、投壶……"

"可我就是无法名列前茅。"楼垚平静道，"我只是中人之才，然而只要我不如你的意，你就对我吵闹不休。这样的'为我好'，我不喜欢。"

何昭君看着自小伴大的少年，个子高了，肩背也变得宽厚有力，说话再不像以前急怒暴躁，而是有条有理，不慌不忙。两个人才分别短短数月，却仿佛经年未见。

她闭了闭眼睛，放下窗帘，颓然往后倒去。

楼垚略感惊奇地望着合上的车窗，若是以往，这位前未婚妻不知还要强词夺理地叫骂多久，非要逼着自己认错不可，怎么现在？！

车轮滚动，何家的安车渐渐驶远了，楼垚还在原地遥望不走。

何昭君从窗缝里看了一眼，转头对车内的客人道："阿垚倒是惦记你，你们才几个月的情分，却胜过我和他十来年了。"

"不是年头长就有情分的，还有积年恩怨呢。"少商摇头，这女人肯定不知道"青梅竹马永远打不过天降"的宇宙哲理。

何昭君靠着车壁，缓缓道："不过他跟着你，倒比和我在一处强。说话做事都有分寸了……他，他长大了。"

少商觉得这点最令人吐血。现在的楼垚可比当初在尹家后院和何昭君吵嘴时强多了，这可都是她辛辛苦苦教着、哄着培养出来的！可现在有人要下山摘桃子，天理何在！

何昭君似乎也和她想到了一处，神情疲惫道："当初头回见你时，你正撞见我和阿垚吵架，那时我无论如何都想不到有今天。"

少商哼了一声，半阴不阳道："头回见安成君，好生威风，你还对我说'看什么看，小心我挖了你的眼睛'。"

何昭君听了这句，不知怎的，忽然呵呵笑起来，直笑出眼泪："……眼睛，哈哈，眼睛，我的确爱说这话……我的傅母，将我和幼弟推进密室，肖家的贼兵逼问她我们的下落，她不肯说，就被活活地挖出了眼睛，斩断了四肢！我眼睁睁看着，却不敢动弹……哈哈，我自幼丧母，是傅母悉心照料我长大，我却看着她受折磨而死，哈哈……真是报应，报应！"

少商不敢说话了，默默往后靠了靠，等何昭君笑得差不多了，她才低声问："你究竟要带我去哪儿？"

何昭君用素帕擦拭眼泪，冷冷道："已经到了，你自己往外看吧。"

此时安车停下，她起身径直往车外走去，少商跟着出去抬头一看，很是吃惊，当初三位兄长拉着她满都城逛时曾来过这里，这里竟是廷尉府？！

廷尉府已有官吏守在门口，那人看见何昭君就拱手道："安成君来了，吴大将军吩咐过的，里头已经预备好了。"

何昭君点点头，率众往里走去。少商跟在后面连连摇头，大小姐就是大小姐，若是换作她，定要塞些银钱过去，再说几句"辛苦了"之类的感激话，阎王好惹，小鬼难缠，多结些善缘总是没错的。

少商原以为要往阴暗潮湿恐怖的监牢一游，谁知他们却一路奔向黄沙铺地的后院刑场，只见那里已站了数名身着朱、玄二色官服的行刑官，刑场当中设了个一尺高的木制刑台，上面跪坐着一名只着月白中衣的男子。

一见了这人，少商立刻察觉到走在前面的何昭君在微微颤抖。待走近了，她又发觉那是一位十分英挺俊逸的高大青年，虽此时行迹落魄，但神情举止不失尊贵傲气。

他看见何昭君，微笑道："你来了，是来为我送行吗？"

何昭君嘲讽一笑："不，我是来收取你的头颅，拿回去祭奠我的父兄。"

那青年神色一黯："是我对不住你。"

何昭君道："世子这么客气，可是又有事要我帮忙了？"

少商正在肚里感叹"如此帅哥奈何做贼"，听闻此言才察觉这对很快就要完结撒花的夫妻有些怪异。

肖世子柔声道："若你还念着夫妻一场的情分，请为我寻找善姬的下落，将她妥善安置……"

话未说完，何昭君已悲愤地大笑起来，厉声道："情分？什么情分？是将我大兄和四兄的头颅插在枪尖上向我父亲叫阵的情分，还是将我五兄乱马踏成肉泥的情分？！抑或是一刀捅死我那身怀六甲的嫂嫂的情分？！"

肖世子嘴唇颤抖："这些……并非我所为。"

"我知道，"何昭君一把抹去眼泪，讥诮道，"你素来标榜仁义宽厚，自不会做这些，是你那些抢着立功的兄弟做的，而你的父亲也默许了。可他们既然都死在乱军中，我也只能朝你讨债了！我实话告诉你，陛下仁慈，原本念在肖家累世显贵，想给你留个全尸，是我上奏恳请将你枭首的！"

肖世子脸色惨白，不敢置信道："你，你这贱人，竟然……"

"还有你那些姬妾生的儿女，看看流放途中能活下来几个吧。"何昭君露出一抹狠厉的神色，她抬头看看天色，向那几位行刑官行礼道，"时辰已到，请行刑吧！"

当中那位穿朱红色官服的官员点点头，挥手让刽子手上来——烧黄纸，祭鬼神，两名巫祝在旁作舞，最后喷酒开刃，高高抬起厚背大刀，用力挥下……

少商连忙闭眼别过头去,再睁开眼时,已见何昭君亲自上前捡起那颗拖着血迹滚落刑台的头颅,两名仆从则用油布帮她将头颅裹起。

一身孝衣的何昭君就这样抱着头颅缓缓走来,神情倔强,满脸是泪,头颅上淋落滴答的血迹顺着她雪白的衣裙漫延开来,深红凄厉,阴仄诡异。

少商觉得喘不过气来,心剧烈地跳动起来,胸口仿佛要迸裂一般。

其余官员还留在刑场收拾,少商毫无知觉地跟着何昭君一步步往外走去,直到走出廷尉府门外,她忽然喃喃道:"我不能把阿垚留给你,你总是欺凌羞辱他……"

"你觉得我以后还敢吗?"何昭君倏然回头,脸上似笑似哭,"父亲咽气前将我叫到身边,向我磕了一个头,说对不住我,然后重重打了我两个巴掌,打一巴掌告诉我一句话。第一句,以后再无人替我挡风遮雨了,以后再有风雨只能我自己顶着了!第二句,将来何家和幼弟就要靠我了!你觉得我以后还敢欺负得罪任何人吗,还敢吗?!"

她泪雨滂沱,迷蒙中想起自己从小无论得罪了什么人,闯了多大的祸,父兄们总是不厌其烦地替自己周全善后,可以后再也看不见他们了,再也无人那样疼爱她了。她尖声叫道:"你不要以为我非要跟你作对,倘若我父兄能活过来,给我十八个楼家我也不要!"

何昭君到底年轻,再也装不下冷静狠厉,蹲在地上大哭起来,手上的头颅滚落一旁,油布略略散开,露出里面狰狞可怖的死人面容。

少商手脚冰凉,缓缓上前,正要捡起那头颅,身后忽传来一个熟悉又令人安心的声音——"少商,你怎么在这里,我看见你的辎车了!"

少商飞速回头,只见凌不疑骑马疾速而来,逆光中,犹如年轻俊美的神祇一般,她立刻觉得泪意上涌。

凌不疑见她一脸苍白孱弱,立刻飞身下马,几大步上前抓住她,低头看见地上那颗头颅,连着油布一把提起扔给旁边的何家仆从:"安成君不必让她来看这个吓唬她,楼、程两家本就打算退亲了。"

何昭君缓缓地拭泪起身,冷笑道:"从未见过十一郎这般怜香惜玉,程小娘子,你既有了这样一位……"

"你适才还说再也不敢得罪任何人,"少商突兀地打断道,"那你现在在做什么?江山易改,禀性难移,我能信你将来会对阿垚好吗?"说完她扭头就要走,却发现凌不疑还牢牢地抓着自己。

"你现在一头一脸的冷汗,不能受风,坐我的车回去。"凌不疑修长有力的手掌握住她纤细柔软的胳膊,看似和气却不容置疑地将女孩拖向一旁的漆黑安车中。

少商此时心乱如麻,满心都是那死人头颅的恐怖样子,就点点头同意了。

谁知凌不疑的车是不预备踏凳的,少商正想手脚并用爬上去,身后的凌不疑一只手搭着车框,另一只手往她腰上轻轻一托,就将女孩托着送上马车。

凌不疑回过头,看着绷着脸的何昭君,冷漠道:"安成君,在下押送逆贼并送你回城的路上就说过,不要觉得天下人都欠了你家。何将军忠勇可嘉是真的,但他轻忽大意也是真的。肖家父子巧言令色,卑怯示弱,哄得令尊放下戒心,疏于防范,你难道不清楚?!否则即使变生肘腋,照陛下的安排也不至于这般惨烈。安成君,如今众人皆怜悯你姐弟孤弱,可来日方长,是与人为善还是处处树敌,只在你一念之间。在下盼你好自为之。"

说完这句,他将挂在腰上的马鞭丢给一旁的梁邱飞,转身就上了马车。

"凌大人……"少商低着头坐在车内,双手扶着膝头,身上犹自微颤,却强撑着道,"我是不会退亲的,她自可怜她的,跟我有什么关系!天下可怜的人多了,我一个个让得过来吗我!我打定的主意,绝不更改!"

凌不疑不去管女孩的嘴硬,微微一笑,说了句似乎全不相关的话:"你放心,冯翊郡没有像滑县那样。"

少商忽地抬起头,苍白的面庞泛出病态的嫣红,又惊又疑地望着他。

"何将军虽有轻忽之责,但他勇于弥补,将五个儿子和全部亲信都堵了上去,连家小都不及顾念。当夜先以少数心腹守住了城池,同时调集大队人马,次日就合围了肖氏叛军,短短三日就全歼了肖贼。"

少商抬着头,苍白的小脸上亮晶晶的,不知是汗是泪。

"是以,没有大批散落出来的乱军为匪,即便有小股乱兵,何将军也提前派飞骑通知了乡野县郡,早早做好了防备。"凌不疑看着女孩大大的眼睛里蓄满了泪水,柔声道,"你放心,大家都好好的,没有滑县城外那座乱葬岗,你也不用老去荒山坡下祭奠广魂了……"

少商眼前浮现出医庐中那个受尽凌辱、奄奄一息的小女孩,她辗转挣扎,可还是冰冷地死在自己怀里;那个爱听自己吹笛的小酒窝婢女,那一群群家破人亡的孤寡在泣血干号,还有猎屋外层层堆叠的尸首上燃起的熊熊烈焰……她再也忍耐不住,双手捂面低头痛哭。

凌不疑一动不动地静静坐着，连女孩的衣角都没碰一下，耐心地等她哭个痛快。

……

少商哭得头昏脑涨，恍惚间仿佛是被凌不疑抱着下车的，看见自己回来，程顺老管事激动得似乎打了个跌，也不知摔得重不重。

她含含糊糊地跟凌不疑道了别，擦干泪水，一步步走向主屋，向程始和萧夫人恭恭敬敬地行礼磕头，然后坚定道："阿父，阿母，明日我们就去楼家退亲吧。"

次日清晨，程始早早遣人去城门尉所里告了假，想了想后，顺便也替楼太仆告了假，随后再去楼家通知，最后才和妻子慢吞吞地梳洗正装。

萧夫人瞥见丈夫克制不住弯起的嘴角，用力地束紧他的腰带："把脸绷住了，今日我们是去退亲，不是去领赏。"

程始摸了摸最近有些松的腰围，低叫道："听了程顺这两日的来报，你心里不得意呀！嗞……你轻点儿，尤其是昨日，昨日！阊都城最出挑的两个儿郎可都在我们女儿碗里了！"

"你说话怎么这么难听。"萧夫人手上加倍用力一把，"楼家这次后，我们在儿女亲事上要更加小心，免得落人笑柄。"

"装，接着装！昨夜翻来覆去睡不着的不知是谁！嘿，你以前还担忧嫋嫋嫁不出去或嫁不好，如今看来都是杞人忧天！"

萧夫人道："我可跟你说，接下来的日子，不论谁来提亲都给我稳住了，别跟对楼家似的，急赤白脸就答应了，跟三辈子没见过提亲似的。"

想起未来的郎婿人选，程老爹简直红光满面，活像抹了把猪油："欻欻，你说什么时候会有人来提亲？我赌半个月内。还有，你说谁会先来？"

"别胡说。"萧夫人道，"刚和楼家退亲呢，总得等上两个月缓一缓，火急火燎的倒显得我们早有备选郎婿了。至于人选嘛……我倒更乐意是袁善见……"

"咦？为何不是凌子晟？"程始的思路很简单粗暴，"他更是位高权重呀。"

萧夫人沉吟良久，叹道："……我看不懂他，活得没有半分人气儿，油盐不进的。再说了，你若有把握，这就出去跟嫋嫋说好了，回头人家不来提亲，且看嫋嫋会怎样。"

程始立刻怂了："这可说不得，万一是我们自作多情，别害得嫋嫋空欢喜一场。罢了罢了,也许是你我多虑了,人家根本没打算成亲,也就是顺手帮了一把。"

是以,当夫妻二人出现在楼家时,皆是一副装扮妥当的沉重肃穆的神色,后面跪坐着蔫头耷脑的少商,不知道的还以为是在奔丧。

今日楼家正堂紧闭,正中上首一左一右坐着楼太仆和程始,两人次下便是楼大夫人和萧夫人,萧夫人之下是少商,而楼大夫人之下则是楼二夫人和楼垚,大少夫人和二少夫人跪坐在稍远的下首。

程始三言两语就将退亲之意说了个清楚,楼垚一听就急了,抢着道:"少商,昨日还好好的,你怎么今日就……就……我昨夜差人去你家,可侍婢说你歇下了。"

少商眼眶红肿,觉得该流的眼泪昨夜都流完了,她现在满心都是幽默感:"昨日我登上何家马车之时方过午时一刻,结果你夜里才去找我,倘若安成君有心害我,那时她已经可以毁尸灭迹,死无对证了,那么今日你伯父楼太仆就不用告假了。"

楼大少夫人想笑不敢笑,二少夫人摇头莞尔,楼二夫人不知所措;剩下的四人已修炼成精,面上毫无波动。只有楼垚张口结舌:"不不,不是……"他以为事后少商会立刻来告诉他的,结果等到晚上迟迟没有音信。

程始转头去看楼太仆,只见楼太仆摇着头长长叹了一口气,面色沉痛,一言不发。

他生平最恨读书人的这种死样子,当下直接上撒手锏:"太仆若不说话,今日出了楼家门我就往外说,我们程家已上门退亲了,可楼家无论如何都不肯,死活不答应哪!"

楼太仆大惊失色:"啊……"楼大夫人激动道:"程校尉慎言!"

"那就是答应退亲喽。"程始道,"那就赶紧退还各自信物吧。我今日把文定的羊脂玉珏带来了,我那尊金虎楼郡丞不是已经送回都城了吗,拿出来吧。再把两家的订婚文书撕几撕,这事就算完了。"

这次连楼大夫人也不知该说什么了,全场陷入尴尬的静默中。虽然早有思想准备,但程家行事如此利落,楼家众人反倒不知该如何是好了。

还是楼小公子主题明确,急慌慌地一径追问:"少商,这是怎么了?你不是说只要我不反口,你就不退缩吗?"

少商面无表情，道："你这一问，有两个答复。长话短说吧，家父家母感怀忠臣良将，为国厮杀至家破人亡，是以程家决意成全何将军临终遗言。"

说完这段，楼家众人全都呆呆地望着她，尤其是楼大夫人——这些不就是前几日她刚说过的吗？还引来你一顿冷嘲热讽。

楼二少夫人微笑道："程小娘子微言大义，舍己从义，当真令人钦佩。"

"次嫂！"楼垚大喊一声。

楼二少夫人眼皮子都没抬一下："怎么，程娘子这话哪里有错，还是你真想让几位兄长休妻另娶？"

楼垚一张脸活活涨红，再由红转紫，紫里透黑。他本就不善言辞，此时大道理都在对方那里，他更加说不出什么了，只能干着急。

萧夫人的目光从各人脸上划过，干脆道："既然两边都无异议了，就赶紧退还信物，撕毁婚书吧。"

楼二夫人也轻轻哭泣道："阿垚你就听大家的吧，我也喜欢少商呀，可……可……"

"可是形势如此，阿垚，你要听话！"楼大夫人语带压迫。

楼垚僵在地上半天，霍然立起身子，悲愤地大喊："我就不退亲，我就不！从小你们就用一堆大道理来诓我，要这样这样才是仁义，要那样那样才算报恩，可是阖家委屈的只有我，只有我！你们要么隔岸观火，要么说些不痛不痒的宽慰话。就是阿母，再心痛我也不能替我过完这后半辈子！凭什么非得是我，凭什么？！"

听到这话，楼二夫人掩面哭倒在地上，楼大夫人沉着一张不悦的脸，楼太仆叹着气背身过去。程始和萧夫人互看一眼，不愿介入楼家私事。说句无奈之言，像楼氏这种人家，婚事成与不成，只看长辈的意思，儿孙们哪能置喙。

少商看着少年愤怒委屈的面庞，却失笑道："阿垚，你的腿好啦？"

楼垚一愣，怒气一时受制，讪讪道："……其实早能站起来了，不过侍医叫我多养几天，所以我还叫人抬着的。"

少商不无伤感："这可太好了，安成君必是要热孝成亲的，到时你的腿脚也利索了，也不会婚事不便利了。"

"你……你……"楼垚又着急起来。

少商柔声道："阿垚，你听我说句话可好？好啦，你先坐下，那就短话长说……"

看楼垚按捺怒气，缓缓坐下，她才开口："这几个月里我们无话不谈。你曾告诉我，虽然你不喜安成君，但何将军对你很好。你自小爱武，楼家没人能领着你，可何将军不论多忙总愿抽空教导你，可谓亦师亦父，你心中好生敬爱他，是也不是？这些年来你忍让何昭君，一半是看在恩义上，另一半却是看在何将军的面上。"

楼垚火气略减，闷声不语。

少商继续道："还有何家五公子，他只比你大两岁，从小带着你摸鱼射鸟，东走西逛。你的第一把小竹弓就是他给你做的，你喜爱得跟什么似的，收藏至今。可是……"

她语气一转："可是你知道吗，何五公子带着一队斥候想突围去报信时，生生被肖家逆贼掀翻在地，然后活活被乱马踩成了肉泥！"

楼太仆长叹一声，抚泪转头。这些他是知道的，可家中女眷不知，楼大夫人婆媳惊惧地往后一缩，楼二夫人吓到哭不出来，一副瞠目惊恐状，只有楼二少夫人还算镇定，却也忍不住低头拭泪。

楼垚瞪着大大的眼睛，生生淌下两行泪水。

"我细细问过我家次兄了。不单五公子死得惨，还有大公子和四公子。战阵之上生死是常事，然而逆贼为了激何将军出城，竟将两位公子的尸首拖在马后绕城奔跑，最后甚至斩下头颅插在枪尖上耀武扬威。阿垚，你小时候，大公子不是常将你顶在肩上去摘果子嘛，你骑马还是四公子教的呢。可他们，死无全尸啊！"

楼垚已是泪流满面，余下女眷俱是轻声哭泣，连程始和萧夫人也不忍心地侧头叹气。

"……二公子在城头被数箭穿心，拖了一日一夜，没能熬过去。三公子领援军回驰时中伏，力竭战死……"少商不知不觉再度湿润了眼眶，"二公子的夫人身怀六甲，被残暴的逆贼利刃穿腹而死；大公子的夫人站在城头，亲眼看着郎婿身首两地，如今疯疯傻傻也不知何时能好。阿垚，你跟我说过，何家大少夫人做的糯米糕最好吃，二少夫人会酿甜甜的米酒……可她们，连她们也……"

何、楼两族是通家之好，许多人对程家而言只是一个名字，对楼家诸人却是活生生的记忆，音容笑貌犹在，但斯人已逝。楼大夫人这回哭得毫无伪饰了，搂着自己儿媳捂着嘴无声号啕；楼二夫人直接大哭出声，倒在二少夫人怀中。

楼垚仿佛成了一座盐岩雕成的石像，一动不动，泪眼已干。

"阿垚，我们在滑县时见过饱受兵祸荼毒的惨状，见过乌鸦飞舞的乱葬岗，见过哭号无泪的孤儿寡妇。那时你就说，大丈夫立世当庇护百姓周全，才能俯仰无愧天地。你知道吗，这回冯翊郡的百姓没有像滑县那样，何将军就是这样的大丈夫……"

少商说着说着，自己也哭了起来："阿垚，我也觉得很对不住你，我话说得好听，可是娶何昭君的是你。要是我能替你娶她就好了！"

"……你别说了。"楼垚终于动了神色，含泪而笑，"少商，你没有对不住我。但你说得对，我口口声声要做庇护生民的大丈夫，却连这么一点点委屈都不肯受，不是可笑吗。"

"阿垚，你只是一时委屈，可不要成了一世的委屈。"少商用力擦泪。

"我，我可以吗……"楼垚泪眼惺忪。

"当然可以！成亲后，你不但要做何昭君的郎婿，还要做她的兄长，她的依靠！你要心疼她，教导她，她错了你不能让着，她要发脾气耍威风，你更不能像以前一样忍气吞声……"少商大声道，这实是她的肺腑之言。

"我能教导她。"楼垚仿如眼前一片新境，"她若再胡搅蛮缠，我……我就捉她到何将军灵前问问……"

少商膝行几步上前，殷切道："正是如此！你若有事想不明白，就问二少夫人好了，自家嫂嫂有什么不好说的！"

楼二少夫人感动地看了少商一眼。楼太仆眼见这一幕，心道可惜了。

少商侧眼瞥见一旁的楼大夫人，忽又道："阿垚，你不要怕争吵，只要道理在，你怕什么？倒要看看哪个吃饱了撑着的又来管你房里的事……"

这句话程始和楼太仆尚不甚明白，但在场的女眷俱是心知肚明。

这场过分简单的退亲仪式终结于楼垚的嘶声痛哭，哭完这一顿，他仿佛一时之间就长大了。看着金虎、玉珏被交还，写着婚书的丝帛被撕成两段，楼垚神情沉静。

送程家三人离去时，他居然还能笑一笑："程叔父，程叔母，以后我还要找几位兄长讨教，你们就当我是自家子侄吧。"

程始难得心软了一下，点了点头。

萧夫人柔声道："你以后和安成君好好过，她如今孤苦，看着张牙舞爪，其实内中可怜。你以礼待她，以心待她，不会错的。"

楼垚躬身答应，又转头道："少商，以后你就叫我兄长吧。"

少商揉着越发红肿的眼睛，白了他一眼："少来这套，想当我兄长，还早得很呢！"

楼垚哈哈一笑，笑出两行泪来。少商心里难过，忍不住又淌下了泪。

两家人就此拱手告辞，虽说这是一次圆满、成功的退亲，但程家三人谁也高兴不起来。

回到程府时，程姎已备好了午膳。程家几兄弟俱知今早父母和幼妹去做什么了，此时都告了假留在家中。众人齐聚正厅默默用饭，程始一口饮尽一卮酒，大声道："……以后，嫋嫋就和楼家无甚干系了，此事已了！你们都听见了吗？"

程姎和三兄弟都点头称诺，只有上首的程母怒声道："这什么世道？好好的亲事硬要退了！"

胡媪连忙上前劝慰："唉，老夫人您别说了，这婚事退了，大人、夫人和小女公子比谁都难过，这里面的道理适才几位公子不是都和您说了吗？"

程母一把推开胡媪，大声道："什么破道理，能值几个钱？楼家的财帛宝贝才是真的！你们为着几分破名声就退了这么好的亲事，值当吗？我看你是当官当傻了，谷仓里的粮，银箱里的钱，脚下的田地，只有这些才要紧……"

程母在上面大声抱怨，喋喋不休，下面几个小的静静用饭，半句也不插嘴。

程始听老娘越说越过火，忍不住道："阿母，你浑说什么……"

话还没说完，侍婢忽急急忙忙跑来传报——宫里来人了，说要宣召程始夫妇和少商进宫，宣旨的小黄门已等在前院了。

萧夫人的筷子啪嗒一声，掉落在食案上，惊慌失措地去看女儿。

少商犹自不解，呆呆地坐着。

众人慌乱惊呆之际，还是萧夫人最先反应过来，立刻发号施令——

"阿青，给大人准备朝服冠带。嫋嫋别吃了，赶紧回屋更衣梳妆，穿那件菱花织锦的浅色曲裾。阿芋，给嫋嫋戴一串珠贝和玉笄即可。"

"阿母，那衣裳是半旧的，还是穿叔母刚送来的那件大红色的珠光缎吧，显得我精神……"要见皇帝，难道不用雄赳赳气昂昂的吗？这点觉悟少商还是有的。

"你知道什么，陛下崇爱简朴，再说你刚退了亲，穿红挂绿、金玉满身算怎么回事？"

"嫋嫋听你母亲的话，你现在刚没了门好亲事，要看着比死了全家的何昭君还凄凉，好在你生得这副样子，打扮素净些就很像那么回事了！"

少商：……

程母兴奋得不行，被程姎扶着一路追到二门口，喜滋滋地追问："这趟进宫是不是能将婚事要回来，是不是？"

程始一脚踩在踏凳上，不胜其扰地回了句"楼家阿母就不要想了，此事休矣，以后再有人上门来给嫋嫋提亲，老子不问旁的，只看脸，只看脸"，好险把程母气了个仰倒，程咏三兄弟赶紧接住祖母硕大的身躯，目送前来宣旨的一行宫使陪同着马车缓缓走远。

在车内，少商心中紧张，不住追问此行进宫所为何事，其实程始夫妇也十分紧张，同样不能确认被宣召进宫的缘故。萧夫人只好含糊道："大约是与楼家退亲有关，应无大碍，我们总是顾全了大局，难道陛下还能责罚不成？"

少商放下了心。

从程府出发用了半个时辰才到了宫城门下，少商照老习惯掀起车帘朝外看去，立刻激动得一口气哽在喉中——只见宏伟巨大的双楼门阙屹立在宫门两侧，犹如远古巨人的双足踏在地面上，从其间走过的人们微渺如蝼蚁。

少商不自觉地将头伸出了车窗外，几乎仰头呈直角，直到萧夫人斥责的声音出来，她才缩了回去。在旁骑马随行的小黄门笑道："程家女公子没来过宫城吧，不怪女公子吃惊。不过这样的门阙，从南至北还有十好几重呢。"少商听得直咋舌。

程始看看外面，正要扶妻子下车，那小黄门又道："程校尉不必下来，陛下吩咐过，女眷腿脚慢，走到长秋宫不知要到何时。先坐车进去，到复道前换乘宫舆就是了。"

"……我等去北宫？"程始大吃一惊，"还是去皇后娘娘处？"

萧夫人也皱眉惊异，少商不知道什么南宫北宫，只知道那长秋宫应是皇后所居之处。

那小黄门客气地点头称是，吆喝车驾随行继续往前走去。一路通过戒备有轻甲弓兵和重甲弩卒的明堂高楼，通过伸展如翱翔天际之巨龙的直道，再绕过庞大的南宫建筑群，终于来到连接南北两宫的复道。萧夫人和少商换过一辆十分庄重方正的翘檐式样玄色宫廷车舆，程始则坚持下地和众人步行。

到达北宫门下，程家三口人全部开始步行，这一走又是小半个时辰。

南宫非宫，北宫亦非宫，而是两片许多宫殿高楼官署的集合建筑群。少商眼见宫门重重，目不暇接，到后来究竟走过了几重门几座塔楼都记不清了，这才来到了一座宏伟秀丽的飞凤檐角的宫殿下。少商抬头看去，只见宫门上的匾额以古朴弯曲的文字写了"长秋"二字。

小黄门赶紧向门口守卫的宫娥通传，然后听见高亮清楚的传报声犹如回声般层层渗透直至终不可闻，少商心中骇然，不知这座宫殿纵深究竟有多少。

过了没几时，里面来人请程家三人进去，这下又走了将近一刻钟才至偏殿。少商累得略有些喘，侧眼看见程始精神抖擞，萧夫人神色自若，不由得暗暗钦佩。

抬眼间，只见那日在涂高山见过的皇帝身着便服坐在上首胡床上，同床坐着另一位秀美端丽的中年贵妇。少商心里发慌，拿不准这是皇后还是妃嫔。

好在程始夫妇上前就叩拜，口称"陛下和皇后娘娘"，少商松口气后赶紧跟上，照着父母的样子行礼。看着下面女孩笨拙的姿势，皇后皱眉看了皇帝一眼，皇帝当作没看见，笑着让程家三人平身，并赐下软席垫子。

程始说完称诺语，恭敬地低头道："不知陛下今日宣召，有何事吩咐臣等？"

皇帝神态慈和："程卿不必多礼，今日朕要嘉奖你，奖你家为朕分忧。你家能自行退了与楼家的亲事，实是受委屈了。"

程始低着头和萧夫人互看一眼，二人眼中俱是"果然如此"之意。

少商却想，这皇帝老爷一定是遍布了血滴子暗探，他们前脚退亲回家吃午饭，后脚就被宣入宫，简直信息社会的速度呀。

"臣不敢当。何将军满门忠烈，护佑生民，为国尽忠。臣全家都感佩至极，自然要全了将军临终之言。"程始装出一副既委屈又感动的神情，演技满分。

皇帝笑笑："爱卿过谦了，奖还是要奖的。这位就是爱卿之女吧，来，坐过来些，让朕和皇后好好看看你。"

程始被"爱卿"两字哆嗦了一下，背上汗毛竖起了一片；萧夫人却忧心地去看女儿。

少商冷不防被点了名，心里有些犯怵，但强自镇定着起身小步走前一段，起身时还很灵活地拖着软垫一起往前，然后铺下坐好。她自认这番举止敏捷灵活，轻便得体，却把原本等在一旁要服侍她的两名宫娥晾在了原地。

这下皇后何止皱眉了，直接去看皇帝。程始夫妇见此情形，心中大喊不妙，双双额头滴下汗来，却苦于在御前不敢出声指点女儿。

皇帝的神经很坚强，表示既没看见皇后吃惊的神情，也没看见程氏夫妇惊慌失措的模样，依旧慈和道："再坐近些，这么远如何说话。"少商刚要再次起身，皇帝又道："你不要动。"少商直起的身子停在了半道，她一阵呆愣，不知皇帝是什么意思。

这时那两名宫娥终于有了用武之地，赶紧上前履行职责。一个搀扶着少商柔柔地侧身站起，一个躬身端起那软垫摆放到帝后跟前三四步之处，再扶着少商轻轻地坐到那里。

少商像人偶娃娃一样被摆弄了一番，这才知道自己刚才的举止错得厉害，她心里自觉尴尬——权势顶端的灵长类哺乳动物果然非同凡响，这架势装的，我给满分！

看着小女孩呆滞错愕的神情，皇帝宽慰地朝她笑了笑，然后去看始终不动声色的皇后。皇后不甚赞成地看了眼皇帝，才端庄地开了口："程小娘子，你叫何名？"

少商赶紧从呆滞中回神道："我，呃，臣……呃，民……呃，"她吐血，为什么没人培训她入宫礼仪呀，"小女子幼名少商，取意琴弦。"

皇后顿了一下，道："少商，好名字。你今年齿龄几何？"

少商又呆了一下，话说这身体究竟多大来着？好在她反应快，想起平日家中的闲聊，赶紧回答："小女子还有五……嗯……六七个月就要及笄了。"

皇后端庄的面容似有几分裂痕，皇帝在旁轻咳一声。

跪坐在后面的程氏夫妇恨不能捶胸顿足，早知道小女儿会这么快面圣，哪怕不吃饭也要连夜培训宫廷礼仪才是！

皇帝觉得必须亲自出马了，便和蔼道："今日你与楼氏子退了亲，心里可是难过？"

少商心里大骂，这皇家两口子一个比一个难对付，这问题叫她怎么回答？！回答不难过，那她也太无情、凉薄了；回答很难过，悲伤得痛不欲生，不是显得之前皇帝的嘉奖是建立在强人所难的基础上吗。

她斟酌了一下，答道："回禀陛下，我家虽不愿毁诺，却知此事非行不可。"

皇帝笑问："此话怎讲？"

少商提起一口气，努力不让声音颤抖："小女子曾在书上读到过'天地不仁，以万物为刍狗'，数月前又在家叔父所任的滑县见到兵祸后民众的惨状。

小女子想，正因为天地无情，冷漠看待世间，我等生而为人，更应该仁义以为怀，互助互悯才是。不然，只顾自家得利，不管他人泣血，与禽兽何异。"说完这段文绉绉的台词，她觉得自己肺管里的气都不够了，赶紧低头正坐，不敢有多余的举动。

皇帝轻轻笑了一声，皇后却没有笑，看向小女孩时眉宇间流露出几分诧异。

萧夫人闭眼暗叹：休矣。

皇帝笑过后，居然很认真地表示对这番话十分满意，还夸了两句程始和萧夫人教女有方，程始欢天喜地受下了，萧夫人却连称不敢。

没夸过几句，皇帝就让小黄门将程家三人带到侧边的偏厢里去暂时歇息。

皇帝崇尚简朴，宫城虽造得高大，但宫内的布置其实并不奢华，一应摆设装饰只以质朴端庄为要。少商和父母待在这简单明净的厢房内，好半响都不发一言，最后还是少商八卦兮兮地打破沉默："欸，阿父，皇后娘娘长得比阿母还好看呢。"

萧夫人皱眉道："不得胡言。贵人岂可随意议论！"

"可这是真的呀，前阵子阿父不是给了女儿几颗海边来的珍珠吗。皇后娘娘就像那海珠一样耀眼辉煌，光华夺目呢。"

程始没好气道："有本事刚才说，没准儿陛下和娘娘一高兴就赏你了呢，现在说有甚用。"

少商嘟嘴道："当面说就成拍马逢迎了，我说不出来……"

萧夫人忍了半天，终于低声骂道："你也只会说些不顶用的，平时叫你多读书，你偏有许多歪道理。我告诉你，'天地不仁，以万物为刍狗'，不是把万物当作猪狗冷漠无情的意思，而是天地看待万事万物都是一样的，全无偏爱，一切顺其自然发展！你知不知道？！"

少商人吃一惊："这句话是这个意思吗？不过……我也没错许多呀，的确天地对世人不管不顾，是以人们才要彼此帮助嘛！"

程始赶紧帮腔："嫋嫋的确说得没那么离谱，我听过三娣妇的兄长在太学里的论经，典籍里的话吧，要看你怎么释意，只要能自圆其说，也未尝不可嘛。"

"阿父你说得对！"少商扯着父亲的袖子开心道。

"哦，程校尉看来对典籍颇有见解，"萧夫人冷下脸，"我也不为难你们父女别的，你俩倒是说说看，'天地不仁'这句是哪位先人说的？"

程始立刻吃了螺丝，结巴道："这，这这……"

"阿父不要怕，有我呢！"少商十分自信地拍着程老爹的肩膀，"咱们不妨猜上一猜。"

程始很不给自己女儿面子，拆台道："你别逞能了，知之为知之，不知为不知。就让你阿母笑两句，能掉你一块肉呀？"

"阿父这是扫自家的威风！"少商叉腰赌气道，"好，我这就说了。首先，我在书中读到过这句话，不过记不得是在哪位巨子的著作中读到了。自然啦，女儿读的书不多，也就诸子百家里面几个要紧的。"理科生也有历史文化类的选修课好吗？喀喀，虽然她学得稀里糊涂。

"孔曰成仁，孟曰取义，荀子觉得人性本恶，'天地不仁'什么的估计不是这老三位说的。法家讲利害，墨家要兼爱，前一个只爱管人世间的攻伐利弊，哪有工夫探究天地仁不仁？后一个则觉得天地简直太仁了，天地都这么仁了人们好意思不珍爱彼此吗？所以也不是他们。最后嘛，只剩下道家的老庄了……"

程始听得直想笑，萧夫人嘴角露出微不可察的笑意。

少商一锤定音："这话应该是老子说的。"

萧夫人微笑道："为何不是庄子？"

"因为道家的书，女儿只读过老子。"少商笑眯眯道，"女儿根本没读过庄子！"

除了武侠书上那几句"吸风饮露""生亦何欢""庄生晓梦迷蝴蝶"什么的，外加半句北冥有条鱼叫鲲鹏，庄子的书她根本没读过，读《道德经》还是因为它短来着。

程始扭头去问妻子："这傻姑子说对了吗？对了吗？对了吗？"焦急的样子和适才程母一模一样。萧夫人瞪了丈夫一眼，侧身默认。

"居然猜对了！"程始大喜过望，却不敢大声笑，低声呵呵道，"我就说我们嫡嫡聪敏嘛！喀喀，自然了，都是夫人的功劳！谢夫人为我生下这样聪慧可爱的孩儿。"求生欲使他中途扭转夸耀方式。

萧夫人看着这对扬扬得意的父女俩，没能绷住，终于轻笑起来。

……

静立在阁栅门外的帝后二人轻轻走开，身后的宦官宫娥皆静默无声地跟上。

一直走到另一间宫室，皇帝才笑出声来："我就说嘛，子晟必不会看上个一无是处的女子。这程家小娘子虽缺了些教养，但品性正直，和悦开朗，也很不坏了。"

皇后笑叹道："陛下快别装模作样了，单只她能教子晟动了念头，在陛下心中就千好万好了。"

"她适才还夸皇后貌美呢，你不也装着不以为意？"皇帝佯瞠着笑道。

皇后忍了忍，还是笑了出来："陛下打算什么时候开口？对了，您适才还传召了万松柏，万、程两家素来交好，莫不是想叫他从中牵线？"

皇帝摆摆手："不好太快，显得子晟窥伺人家未婚妻许久了似的，最少要月余才好。"

皇后心中暗道：难道这不是事实？

皇帝心中有底了，舒心道："程卿他们应是说完了，叫人去传他们过来，今夜晚膳咱们小聚家宴吧。"

不多时，小黄门来传程始和萧夫人，言道万将军夫妇来了，皇帝请程校尉夫妇同去说话。跟在黄门从侍后面的一名衣饰雅致的少女微笑着来拉少商的手："长辈们有事相商，皇后娘娘吩咐我领妹妹先去前殿等候。"

少商看向那名来传旨的小黄门，只见他在后面微微点头，她才敢应允。

这位少女容貌端庄柔和，拉着少商边走边说："我叫骆济通，家父长水校尉骆住，承蒙皇后娘娘不弃，几年前选为五公主的伴读。少商妹妹，你就叫我一声济通阿姊好了。"

少商静静听着，轻声道："济通阿姊，我不大懂得宫里的规矩，待会儿的筵席怕是会出丑。您说说，今晚都有哪些人呢？"

骆济通笑道："妹妹放心，今夜的家宴人不多，也就几位长成的皇子与公主。"

经历了适才的礼仪打击，少商已经破罐子破摔了，过往的人生经验告诉她，尽信书不如无书，尽信人不如当人都死光了。绝不要逮着个陌生人就掏心掏肺地信任，真是好心人她不张嘴也会关照她，若是对方居心叵测，让自己错信了假消息更坏菜。

再说了，她俩身后不是尾随着半支足球队阵容的宫娥嘛，逼急了她就"晕倒"，反正中午为了凹忧伤根本没吃几口饭，这一路徒步远加满地脑门捣蒜，她早饿得气劲皆萎，加上这身丧丧的萧主任特供造型，不用照镜子她都知道自己这会儿装病特有说服力。

骆济通细细观察这位出奇沉默的程氏小女娘，心中大奇。她在皇后跟前接待过多位官宦人家的女公子，不是喋喋不休掩饰紧张就是直接被吓得大气不敢出。哪像眼前这位，明明诸事不通，却一句话也不多问。

一行人没走多久就来到了灯火通明的前殿，殿内已布置了两排长长的食案，多数食案后已安坐了许多衣着华丽的皇孙贵女。少商抬眼看去，当即就暗"切"了一声，皇帝皇后自己节俭有什么用，看看这帮儿女，身上亮瞎眼的珍珠玉石对着光线凑一凑，后面的牛油巨烛可以省下一半了，还更环保节能呢！

骆济通自己先躬身行礼，然后又引着少商给人见礼。霎时间，唰啦啦一堆皇亲贵胄的名字、称号、排序如同爆浆蛋糕一样挤入少商的信息存储空间。不过她也不慌，她的记忆力早已锻造得如同读档器了。

虽然不知皇帝统共生了几窝，但目前在场只有五位皇子、五位公主。其中，太子殿下是老熟人了，他的短须依旧那么和蔼可亲好像佩奇爸爸，与他同席的那位矜持微笑的青年贵妇应是太子妃了。后面二、三、四、五皇子都没带配偶，不知是没正妃还是为了节约筵席空间。

下巴长在水平线上的是二皇子，没有储君的命倒生了一副储君的派头；看起来就不好惹的是三皇子，脸上一派正气身上直冒凉气，好像所有人都欠了他两床羽绒被；四皇子也是老面孔，还很友好地朝少商笑了笑；五皇子乍看像文艺青年，再看更像二货青年。

比如当少商行礼到他面前时，别人都好端端地点头过了，偏他不阴不阳道："程小娘子，你这礼数不对呀。阿姈，宫内失仪是个什么罪过呀？"

没错，哪哪都有她的王姈女士今日也在，闻言她高声笑道："殿下，少商妹妹自小连字都不识几个，今日能这样已十分不容易了。"

少商扶着脑袋直起身来，一脸懵懂地对骆济通道："济通阿姊，我行礼不对吗？那为何陛下和娘娘没斥责我？"

骆济通微笑道："陛下和娘娘仁慈，你礼仪疏漏并非你的过错，自然不会怪罪于你。"说到这里，她还转头向五皇子和王姈，重重道："不但如此，陛下适才连连褒奖程家深明大义，为君分忧。"

五皇子和王姈立刻闭嘴不说话了。少商感激地看向骆济通，骆济通也回以一笑。

一、二、三公主都已成亲，今日分别带着高矮帅丑不一的驸马回娘家来刷脸，各自的神气也是五花八门。大公主当驸马是同僚，两人同饮同食同声同气,却丝毫没有眼神交流,连笑容都是标准公务式的;三公主当路人长相的驸马是空气,始终将脑袋摆在背离驸马四十五度角的方向,拒绝营业;只有二公主夫妇最正常,两人郎才女貌,时不时低声说笑,还不忘招呼亲属。四、五两位公主尚未成婚,前者时不时撇个嘴,后者飞扬自顾,目下无尘。除了她们之外,席间还有一位寡居数年的裕昌郡主,骆济通说她是皇帝嫡亲叔父目前唯一的孙女。

这些贵女自恃位高,懒得理睬少商,略一颔首就自顾说话去了,只有二公主笑吟吟地问了少商几句亲近话,还摘下腰间的金蝶坠子相赠。少商双手接过,躬身道谢。

团团一圈行礼下来,少商已累得有出气无进气了,肚里不住地暗骂皇帝,老娘为大义捐了个细皮嫩肉、人傻心甜的未婚夫,半点奖励没看见,先忍饥挨饿地磕了一圈头,眼看血糖偏低要挂掉,莫非皇帝老爷打算就此省下一笔开销?!

按照尊卑序列排位,少商的席位被安排在左侧最末一桌,王姈女士仅仅比她前列一席。少商看着王姈忍不住笑了,王姈板着脸努力不去看她,但少商岂肯放过这个屡次为难自己的人,细声细气道:"阿姈姊啊,今日我若不来,你是不是就位列末座啦?"

王姈大怒,回头道:"你敢讥笑于我?"

"不不不,我怎敢?!"少商笑着连连摆手,继续低声道,"此乃御筵,我等有幸入席已是三生有幸了,什么席位都是天恩!"

三公主正看着自家驸马鼻子不是鼻子眼睛不是眼睛,又听旁边的王、程二女不住地叽叽喳喳,心烦地呵斥道:"你们吵什么?这里岂是你们说笑的地方!阿姈你怎么也这么不懂规矩,母后白教了你这么多年!程氏,你若再疏漏礼数,看我将你打出去!"

王姈和少商闻言,齐齐缩起脖子了。王姈犹能仗着血缘关系低声告罪两句,少商却厌烦这等以势压人的行径,但她又不敢正面刚,只能默默忍了,结果越忍越饿。

眼看皇帝一行迟迟未来,少商暗中去摸自己腰间的锦囊,阿苎在里面塞了两块糕点,怎生找个没人看见的地方去吃了这糕点呢?血糖过低连想象力都拒绝上岗,少商搜刮枯肠半天只能向身后的宫娥说要去更衣——生活所迫,没想到她居然得去恭房里偷吃糕点,可见人生如戏,还都是虐身苦情戏!

少商走到廊下,手扶着廊柱拿脚去够自己的翘头履,穿好一只鞋后正抬脚去够另一只时，百无聊赖的五公主见状，忽起意要恶作剧一番，她对王姈笑道："阿姈你看着，我给你出口气去。"

然后她迅速小步跑过去，在少商快要够到第二只鞋前一脚踢飞了它，然后扬扬得意道："程小娘子，你嘴皮子了得，如今倒叫我们看看你脚上功夫。"

适才下了一阵轻雨，此时地上石板湿漉，少商只一足有鞋，这等情形她要么踩着湿地过去，要么单足跳过去。四周的宫娥见五公主这样都站着一动不动，谁也不敢为少商捡鞋。

少商心里有气，其实她并不介意跳着过去穿鞋，但这种羞辱感太讨厌了，仿佛又回到了童年在校受霸凌时的情景。不过她也不是小孩子了，当初她连镇上的碎嘴八婆都忍下了，何况眼前这个吊梢眼倒八眉一脑门子青春痘的小丫头！

少商打算忍下一口气跳过去够鞋——

"你们在做什么？！"一个严厉肃然的青年男子的声音忽然闯了进来。

众人赶紧抬头去看，只见背着暗金色光晕而来的高挑青年疾步走来，气势迫人。五公主和王姈齐齐退了一步，少商被吓得倒退一步，一臀部坐倒在廊下台阶上。

那青年走到近前，众人才看见他的面庞，竟是凌不疑！

"十一郎！"五公主脸上的骄矜之色荡然无存，声音中透着喜悦。

王姈上前一步，惊喜地张开嘴又闭上，顾忌地看了一眼旁边的五公主。

凌不疑看都不看她们一眼，径直走向少商，途中顺手捡起那只翘头履。

少商吓得心都要跳出喉咙了，心里疯狂大喊"不要过来不要过来"，可惜事与愿违，凌不疑一步步走近，五公主和王姈的眼睛越瞪越大，包括周围一众宫娥都吓得面面相觑。

走到少商跟前，凌不疑俯下身子去捉女孩的足踝，众目睽睽之下，少商的厚脸皮也不够看，一边缩起那只脚，一边干笑两声缓和气氛："……凌大人不必这么客气，我自己穿我自己穿！啊……"

谁知凌不疑把那只鞋往廊下一放，反而去捉少商那只已经穿好了鞋的脚，迅速往下一拉脱了鞋——少商傻了，周围一片花容失色，五公主和王姈的眼珠子都快掉出来了。

凌不疑随即脱靴上阶，宽肩健臂往下稍一侧倾，揪着胳膊一把提起少商往里走去。

"十一郎，你竟视我如无物！"五公主终于回过神来，嗓音尖利地喊出声。

凌不疑停下脚步，仿佛此时才看见她，淡淡道："原来是殿下，我正要禀告皇后娘娘，越家老夫人似是病愈了，小越侯的世子近日正从原籍回来，想来不日就可与公主完婚了。"

五公主脸色唰地白了，抖着嘴唇："你，你只有这些和我说的吗……"

凌不疑想了想，道："还有一句，既然婚期在即，盼公主赶紧清理了府里那些……"他顿了顿，白皙俊美的面庞上浮起一丝讥讽之意，"那些游侠儿。"

五公主的脸上一阵难堪的绯红，低声道："我只是找些人来玩耍的，谁叫你避我若蛇蝎……"

凌不疑不再理她，拉着少商继续大步往殿里走去。

少商感觉背后已被四道目光射穿了，没错，她是想跟五公主找回场子，可也没想这么快呀，这梁子都还没焐热呢！她此时说话都结巴了："……凌凌凌大人，您别……"她就是再傻也知此事不妙，平常两人说说话聊聊天无妨，但万不可引人注目呀！

凌不疑身长步快，没两步就走进前殿，殿内众人一见他至，自太子以下或起身或侧目，纷纷出言叫唤——"子晟来啦！""子晟你今日来晚了，定要罚酒三斛！"

"十一郎！"四公主也直直地站在那里，掩饰不住眼中喜色。

凌不疑经过她时略略停步，躬身颔首："听说公主殿下与宣侯世子的婚期已定，我这里先行贺喜了！"

四公主的余音顿时被一刀毙命，颓然坐回座位。

凌不疑顺便朝站在四公主身旁的裕昌郡主也俯首行礼，恭敬道："郡主安好。"

"……不疑……"斯文秀丽的裕昌郡主神色惘然。

寥寥数语后，凌不疑拉着少商直直往最上首的太子座位处走去，少商吓得人都哆嗦了，深知此时绝不能再顺着走了，用力挥臂驻足："凌大人，请慎行！我我我的座位在那儿……"

凌不疑双眸明亮如星，定定地看着她："你觉得我会害你吗？"

少商一头栽进这双美丽的眼睛里，直觉地摇头。

凌不疑微微一笑，拉着她一直走到太子侧下首的座位，然后把她压下和自己并坐。

少商已经身心麻木了，那些适才看都懒得看自己一眼的皇亲贵戚齐齐射来探究的目光，遮掩好的只露些惊讶神色，遮掩不住的直接张口结舌，窃窃私语。

"……这怎么回事？子晟认识这程小娘子吗？"二驸马低声问公主。

"我就说嘛，上回她去探子晟的伤时我就觉得有事了……"四皇子附到三皇子耳边。

"长兄这事您知道吗？"二皇子不满地去看太子。

这种时候怎能少了五皇子的表演，他眼神露骨地打量缩在凌不疑身旁的女孩，笑得恶意："子晟呀，这位程小娘子生得不错，不如我纳她进府……"

"五殿下不用想了。"凌不疑冷冷地看向五皇子，"她又有亲事了。"

"啊？"五殿下惊道，"她今日不是刚和楼氏退亲吗？"

"正是。"凌不疑淡淡道，"是以，我就可以娶她了。"

此话一出，犹如冷水泼进热油里，霎时惊炸了整座前殿，满室都是不敢置信的面孔，众人大惊失色，太子率先倏然起立，失声道："你说什么？！"

"这怎么可能？！"三公主绷不住冷淡的面容，大声道。

裕昌郡主失魂落魄地站都站不住了，包括骆济通在内的众人也是惊诧得久久无言。

少商险些岔了气，这下她顾不得什么狗屁礼数了，用力扯着凌不疑的袖子，低声哀求起来："……凌凌凌大人……您千万别激动，千万不要为了替我出头就毁了自己的终身大事呀！其实我什么事都没有，您助人为乐也得有个度呀！"

三皇子在后面听见这话，忍不住扑哧一声。

凌不疑回头冷冷地看了三皇子一眼，正要反唇相讥，忽闻侧面传来一阵急促的脚步和一个威严惊喜的声音——"子晟此话当真？"

众人见是皇帝来了，一个个赶紧伏身拜倒。

皇帝甩开身后数人，几步上前对着凌不疑惊喜道："你适才说的话可当真？"

凌不疑抬头，正色道："回禀陛下，此话属实。臣请陛下代行长辈之职，向程氏提亲。"

皇帝面色红润，喜气洋洋，连声道："那是自然，那是自然！朕自要为你做主！哈哈，哈哈……"他素性含蓄内敛，此时竟然高声大笑，可见的确是高兴之极。

"程卿，程卿……"皇帝向后呼喊，"快上前来！"

在后面呆若木鸡的程始被小黄门推了一把，跌跌撞撞地走上前去。

皇帝亲热地揽着他的胳膊："子晟不到十岁就养在朕跟前了，与朕亲子无异，今日朕就暂代父职为他向卿提亲，程卿意下如何呀？！"话虽是在问，但皇帝的声音情感丰沛如泉，目光热烈如炙。

萧夫人看得焦急，正想上前说话，却被几名小黄门有意无意地拦在后面，反倒是万松柏老同志见此情形，连忙扑上来，抓着自家义弟用力前后摇晃："……这是好亲事呀好亲事，贤弟还愣着做什么？快答应呀……"

程始被义兄如牛般的蛮力摇晃得头晕眼花，险些没散了架，抬眼又是皇帝热切的目光，他不知不觉就道："臣，臣自是十分愿意的……这么好的亲事……"

"好！"皇帝大喝一声，宽袖如蝠翼卷云般高高摆起，心满意足，"这婚事就定下了！"

凌不疑躬身磕头谢恩，又向呆呆的程始行礼，程始被他这样端正的行礼吓得手足无措，不知如何是好："凌大人……呃，不不，凌……千万莫多礼……"

太子喜形于色，率先向凌不疑道喜，而后是几位皇子和公主、驸马。

一片嘈杂声中，萧夫人终于闪开众人，凑到丈夫身边低声重重道："我们不是说好了至少要等两个月吗？"

"陛下和万家兄长目光灼灼地看着我，我怎敢不答应？"程始已经晕头了。

皇后也缓缓走过去，凑到皇帝耳边："陛下您不是说最少也要半个月吗？"

"子晟目光灼灼地看着朕，朕怎能不成全？"皇帝欣喜得满脸红光，"半什么月，这么多年竖子终于肯成亲了，再等半月，当心过了这村没这店。"

"这，这怎么可以……这怎能……"少商趴在地上满脸呆滞，身体僵硬。

凌不疑缓缓地扶起她，她反手抓住他的袖子，低声着急道："你别……凌大人您有话好好说，怎能一言不合就要娶亲呢！您不想娶妻就不要娶，谁说人一定要成亲的？这都是陈腐无知的观念！单身其实挺好的，清净又长寿，快乐又自在！"

"你……不愿意嫁给我？"凌不疑眼神落寞清冷。

少商立刻心软了，口气也软了："也……也不是……只是，这事应当从长计议吧？"显得她是多么不能忍受空窗似的，真的不用这么紧凑地无缝对接呀！

"我，我今早才退的婚呀！"她真的很抑郁。

"早晚有什么关系。"凌不疑微笑道，"汝父答应我们成亲了，你欢不欢喜？"

少商看着他真挚的眼神，不自觉地点了点头；可她又觉得这件事的重点好像不是程老爹答不答应。

环顾四周，站在门口的五公主和王妗咬牙切齿，神情凶煞得像要吃人；踉跄着倒在座位上的四公主和裕昌郡主神色哀怨——女人的心思还好猜，无非就是看得见吃不着而已。

可那些皇子驸马，宦官宫娥，各色眼神或明或暗地都在打量自己，掂量这桩婚事的隐意，少商忽然心头一片茫然，好像踩进了一片未知领域，从此诸事皆不由自己把握了。

卷三

涉江采芙蓉，
兰泽多芳草

十日休沐一回你都嫌不够睡，如何有工夫来看母亲。还是等成婚后吧，那时陛下总不会再揪着你去长秋宫读书了。我们的日子，以后长着呢……

第十九回 辞婚失败

这是一桩令人疲惫的婚事，程家三口在马车上一路相对无言，不知从何说起——程老爹脸色迷茫，紧紧攥着袖口，好似刚被麻婆吃了豆腐；萧主任神色肃穆，充满了主持追悼会般的仪式感。少商则像只小老鼠般窸窸窣窣地啃着手中的糕点。

萧主任忍无可忍："才两块糕点，你怎么还没吃完？"

少商咽下嘴里的点心："阿芷给的早吃完了，这是出长秋宫时凌不疑塞给我的。"

程始长叹口气，看着女儿，仿佛她吃的是巴拉松。

回到程府已是月悬当中，老的小的都歇下了，唯有程家三兄弟和程姎领了一群引灯的仆从，拉长了脖子在门口等着。萧夫人懒得废话，长袖一挥把几个小儿女都唤去了九雅堂开家庭研讨会，顺带消夜。程始大马金刀地高坐上首，言简意赅地将今日宫中定亲之事跟大家说了。

程家三兄弟都呆了，交换了几个不敢置信的眼神后都去看对面正热情款待消夜的幼妹。只有为程始夫妇布置食案的程姎和青芡夫人十分淡定，前者根本没见过也没怎么听说过凌不疑，后者见多识广，老成稳重。

九雅堂内一阵安静，只闻少商欢快的咀嚼声，过了良久，程咏才试探着问道："……阿父、阿母，我们是否该去拜访一下亲家？"

——这也是一桩诡异的亲事，当今皇帝为心爱的养子代行长辈之职，可问题是凌不疑究竟不是个无父无母的孤儿，人家亲爹娘还好好活着呢！

程老爹一脸茫然："说起来……"他看看妻子，"我还不认识凌侯呢。"大朝会时远远见过几次，依稀记得那是个长相俊秀、举止温和的中年男子。

萧夫人咬了下颌骨，不发一言。

程始见妻子不理自己，转头去看女儿："你你你，你还吃得下去？"

这时，少商对于食物的热情终于告了一个段落，捧起食案旁的陶樽，舀了一勺清水漱口后，才道："为何吃不下去？又不是我答应亲事的。"

程老爹的嘴皮子也不是吹出来的，瞪眼骂回去："那也不是为父私底下结识凌不疑的！"

少商放下陶樽，语重心长道："阿父，此时追究谁的责任为时已晚，不如想想对策吧。"

感觉自己无法跟上节奏的程姎犹豫了半晌，才怯怯道："……大伯父、嫋嫋，既然那位凌大人是个大大了不得的人物，那这婚事不是，不是好事吗？你们为何……"

此言一出，除少商以外的程家众人俱是齐齐叹气，不知如何回答这个问题。

少商叹完气，问道："阿母，您跟我说说凌不疑家里的事吧……我是说，他的生身父母。"

萧夫人没好气地横了她一眼："我就看不惯现下的小女娘、小郎君，整日在一起卿卿我我、腻腻歪歪，什么风花雪月、诗词歌赋都谈遍，就是不说到正事上！连人家家里水深水浅都不知道就谈婚论嫁，活该婚后吃苦受罪！"

程始连忙帮腔："那是，你阿母和为父见面三次，就连你大父远在他乡的祖坟在哪里和两家的存粮都问得一清二楚了！"

程少宫侧眼去看次兄，低声道："大父老家的祖坟不是被人拔了吗？哪里还有……"

"你闭嘴。"程颂也低声道。

少商觉得自己的人品和智商都受到了攻击，赶紧申诉："阿母此言差矣！第一，我什么时候和凌不疑卿卿我我、腻腻歪歪了？我们几番见面都有旁人在场的，我们再守礼不过了！第二，你和阿父是奔着成婚去的，自要凡事问清楚了，可我和凌不疑都是碰巧遇上的！人家一点没露出那意思，我就追着问东问西的岂不可笑？！再说了，我和凌不疑也没见几回……也就三四五六七八回……吧……"她越说声音越低，见面次数似乎是多了点。不过每次见面，她都以为以后不会再见，何必问人家祖宗八代？

程咏看着幼妹，柔声道："嫋嫋，你是不是不喜欢凌大人？"

"是呀……"程姎也温柔道，"当初说到楼家亲事时，嫋嫋十分高兴呢。"

全不是眼下心烦意乱的模样。

"所以，嫮嫮你心中所爱的是阿垚？可，可他已经……"程颂十分为难。

程少宫撇嘴道："我觉得嫮嫮也没多喜欢那个楼垚，愣头愣脑的，嫮嫮说什么就是什么，白比我们大两岁了，还没我有主见、有气概！"

少商听不得这个，飞去一把眼刀："行，回头我就给你找个全都城最有主见的妹婿，叫你见了他连坐都不敢坐、大气也不敢喘，比看见祖先牌位都老实恭敬，到时你就舒服了！"

程少宫笑道："你那位凌大人可比祖先牌位有气势多啦，我上回……"

"够了！"萧主任忍不住整肃纪律了，低声呵斥道，"你们俩浑说什么！再有对祖先不敬之言，看我请不请家法！"

双胞胎都是受过棍棒招待的，立刻缩起嘴巴，不敢继续牌位话题了。

萧夫人深吸一口气，平铺直叙道："凌不疑生父凌侯，素以性情温和为人称道，虽无显绩，但也是最早从龙的重臣之一。其母霍氏，乃是陛下过世的义兄霍公之妹。那年陛下最艰难之时，腹背皆受重敌夹击，全亏霍侯拼死相助，以一座孤城拖住二十万敌军足有半年，这才给了陛下周旋之力，分别击破敌酋，至此方才定鼎新朝基业。可惜，霍侯阖家死于围城屠戮，儿孙尽没。"

少商张大了嘴巴："全死了？难道老家也没一个旁系子侄吗？"

程咏补充道："与霍侯最近的一支也出了五服，连聚居地都隔着老远。何况，当年霍侯是举家襄助陛下的，没有随他从龙的族人也谈不上什么情分了。"

萧夫人继续道："其后战乱时凌侯与家眷们失散了，后来好容易找回几个，皆道霍夫人母子已死。隔了一年凌侯就续弦了。谁知数月后霍夫人就携子找了回来，而那时新夫人已怀有身孕了……"

"那就让凌侯休了新夫人和霍夫人破镜重圆呗，人家是功臣遗族呢！"少商说得轻巧。

程颂犹豫道："我仿佛听说，凌侯夫人……哦，就是现在这位凌侯夫人，她和汝阳老王妃交情匪浅……"

"正是。"萧夫人道，"当年兵荒马乱之际，陛下的叔母汝阳老王妃受了重伤，那会儿又缺医少药的，眼看非死即残，全靠这位新夫人悉心照顾，大半年里日夜不休，不敢懈怠半分，这才叫老王妃挣回性命，肢体周全。"

"原来如此，那老王妃必是要给她撑腰的。"少商撇嘴道，"那就前后两位夫人姊妹相称呗，便宜凌侯了。"

萧夫人摇头道:"我家是后来归顺的,许多事都不得而知。不过我听说这位新夫人倒愿意为妾,可霍夫人自小就异常暴烈骄悍,对那新夫人喊打喊杀,仿佛休了还不够,非要杀了她才罢休,更别说共事一夫了。"

少商若有所思:"……这么记仇,两位夫人恐怕是旧识吧,这是新仇旧怨都赶上来了。"

程始赞赏地看了女儿一眼,干脆道:"你阿母好不容易才打听到的,原来那新夫人本是凌侯的姨家外妹,霍夫人失散前她就寡居在凌家多年了。"

少商呵呵笑了几声,毫不掩饰鄙夷神色。堂内众人发出不同的咿呀之音,俱是同样的心思。

"后来,两边调和不下,霍夫人就和凌侯绝婚了,如今不知住在哪里静养。"萧夫人结束故事,"为此,陛下更觉愧对已故的霍侯。没过多久,陛下就从霍夫人身边将凌不疑带入宫中,亲自教养。"

少商笑道:"这位'续弦'的凌侯夫人当年守寡后不回娘家,却依附凌氏而居,想来没什么家世。如此看来,凌侯倒是深情之人,那么多高门世族的女子不要,却娶了无势寡居的外妹。"

"休得胡言。"萧夫人沉声道,"他们都是凌不疑的长辈。"

少商嘟嘟嘴,不说话了。

程始深觉妻子文韬武略,可在收拾女儿这小冤家上就不如自己了。他板着脸道:"好啦,凌家就这么点事,嫋嫋如今也知道了,你对这桩婚事有看法就赶紧说出来,皇帝金口玉言发了话,你若没什么异议,咱们就各自洗洗睡吧,也别折腾了!"

"不不不,阿父,我有看法的!"少商立刻咬饵,赶紧往前膝行数步。

"那你倒是说呀。"程颂看幼妹慌头慌脑的样子,笑骂道。

少商小大人般叹气,半刻才道:"这么说吧,不算凌家那些乱七八糟的,楼家也不见得清净。可是,在我心中阿垚干净剔透,他想什么要做什么,我都能摸个七八成。他又愿意听我的话,将来我们会过什么样的日子,走什么样的路,我大概都有数。可凌不疑则不然……"她斟酌了一下语气,伤感道,"他就如巫山云雾,我看不清也摸不着……"

"摸还是摸过的吧。"程少宫酸溜溜道,"我听老程顺说,前日还是他拉扯你下车舆的呢。"

少商立刻一点也不伤感了,直着脖子向萧夫人告状:"阿母,我告诉你,少宫他可风流了！你去搜他的箱笼看看，保管能找出许多粉巾、绢帕、香囊、花叶简什么的，都是外面的小女娘给他的，说不定还有示爱书函呢！"

"少商你……"程少宫立刻急了，面孔涨成猪肝色，"阿母，您别听她的，那都是别人硬塞给我的！嫋嫋她上回去探望凌不疑，他们……"

"你们俩都闭嘴！"萧主任大喝一声，然后闷闷地侧身坐下——本来三儿就算嘴碎了点，还在可控范围内，但自从这对双生子相逢，也不知怎的，就跟揭了盖在千年老妖身上的封印般，一天三顿地来气她，果然当初应该把么女带上一同管教才是！

程始揉着额头，下结论道："所以，阿垚听你的话，你就高兴楼家的亲事。凌大人你拿捏不住，你就不大高兴这桩婚事了，对吧？"

程姎终于听懂了，惊奇地望着堂妹："你竟是为了这个缘故？"她实在不能理解，让有能耐的人给自己做靠山，听话信任不是一桩福气吗？

少商嗫嚅道："阿父，您怎么说得这么直白？不过……"她扭扭身子，不好意思地低声道，"阿母将阿父您拿捏得牢牢的，您看阿母过得多舒心。要是随了凌大人，女儿哪有这样的好日子？"这简直是活生生的案例呀！

"嫋嫋！"青苁夫人忍无可忍，暴起大声呵斥，"父母亲长你也敢议论？！"

这次程始夫妇连气都懒得生了，相对叹气。程颂和程少宫互看一眼，偷偷笑着。

程咏叹道："凌大人……他究竟看上嫋嫋什么了？"他没有贬低自家妹妹的意思，但他真是百思不得其解。

论相貌，这些年送到凌不疑身边的美姬争奇斗艳，自家幼妹也不知能否排入前十；论才学，至今幼妹还认不全字，遑论吟诗作赋了；论性情，那更是一言难尽。

少商闻言，恶狠狠地向他道："我也不懂姁娥阿姊究竟看上兄长你什么了，现在日日窝在家中学着温良贤淑，得体持家呢！"

——程咏摇摇头，看向两个弟弟，眼中明白写着"看我说得没错吧"。

程颂倒有不同意见："话不是这么说的。萋萋说得好，少商有情有义，聪敏伶俐，大事来临能扛得住，生可托付荣辱前程，死可托付家小坟冢，天下有几个这么有担当的？"

少商眉开眼笑："我也觉得萋萋阿姊是世上顶顶好的女子！大气豪迈，心胸宽阔，将来谁娶了她真是天大的福气！以后一定儿孙满堂，白头偕老，团圆和美，万事如意，事事顺心，天下大同！"自从来到这里她发现自己的国学涵养简直一日千里。

"我们嫋嫋真会说话！"程颂笑得见牙不见眼。

"你们也闭嘴！"萧夫人用力拍着食案，然后转头对丈夫道，"我们明日求见陛下，推辞了这桩婚事吧。"

"啊？"程始吃惊，"这，这能成吗？"

"成成成，怎么不成？！"少商赶紧插嘴，"那什么，上古的皇帝禅让时不还得推辞个三五次的吗？凡事不都讲个客气吗？"

"戾帝篡位时也推辞了三五次，人家也很客气……"程少宫凉凉地泼冷水。

"你能不说话吗？！"少商怒目相对。

萧夫人当作没听见，继续对丈夫道："你看看嫋嫋这样子，你觉得陛下愿意看见这样的新妇？别说陛下了，就是凌不疑，恐怕也不甚清楚嫋嫋的真性情。"

程始迟疑地看向女儿。哪怕不带偏见地看，女儿做人新妇，也是一天三顿打的料。

程咏拱手道："阿母说得是，我们不妨推辞一下，面圣时将妹妹的性情脾气如实相告。陛下若不愿，那就当这事没有过；若陛下还要这婚事，那以后嫋嫋若与凌大人争执，我家也算有个说法。"

程颂听懂了这言下之意，失笑道："陛下和凌大人不会见了嫋嫋的样貌，就以为她温顺柔弱，楚楚可怜吧。"幼妹的长相和性情简直南辕北辙，反差极大。

少商看向众人，扭着手指嘟囔着："我是在家里才这么言谈无忌的，在外面我说话当心着呢，不过……也对，我可扮不了一辈子。"仔细想想，她的确在凌不疑面前表现得特别懂事、乖巧、识大体。

她抬头望向程始，大声道："阿父，您想想啊，我若和阿垚争吵打架，楼家顶多休了我。可我若是惹翻了凌不疑，皇帝说不定就赐我白绫一条或毒酒一杯，没准还会连累阿父阿母教导不严呢！"

"危言耸听！"程始用力挥了一袖子，然后搔搔发髻，沉声道，"不过，你们说得也有理。明日一早我们就进宫求见陛下，推辞了这桩婚事，成与不成，听天由命！"

家主都发话了，青汲和众儿女都躬身应诺。

尤其是少商，莫名觉得一阵轻松，轻快地甩着袖子就回自己居处了——虽然觉得对不住凌不疑，但自己舒服最要紧。凌不疑比较适合做靠山，做老公她会心肌梗死的！

当夜，程氏夫妇就寝时，萧夫人伏在被褥间睡得半昏半醒，忽闻丈夫胸腔震动，长长一声叹息，低声道："……元漪啊，我此时才明白你当日所说，'若是姎姎，我放心将她嫁到任何家中去'。这回若凌不疑想娶的是姎姎，你我绝不会如此患得患失。"

萧夫人都没睁眼，低声道："可世事往往就是如此，想来的盼不到，不想来的偏要送上门。我知道你舍不得这门亲事，往好处想，嫣嫣聪慧狡黠，风趣讨喜，闻一知十，没准凌不疑就爱这样的。可往坏处想，嫣嫣性情骄烈，将来若像霍夫人与凌侯似的夫妻反目成仇，我们可没霍家那样深厚的底气给她撑腰。丑话说在前头，总是不坏的。"

次日上午既无大朝会也无小朝会，程始夫妇穿戴整齐后正要为愁死人的幺女进宫辞婚，谁知宣旨的小黄门又颠颠地来了，表示皇帝又叫他们一家三口进宫去。

"不知陛下宣臣等所为何事？"程老爹表示这么频繁的圣恩他有些吃不消。

"程校尉喜得贵婿，难道不用见亲家的吗？"小黄门满脸堆笑，全不复昨日中规中矩的模样，"陛下仁厚体贴，今日也将凌侯宣进宫去了，好叫你们两家亲长见上一见，当着陛下的面把事情说清楚，后面的事就好办啦。"

程始和萧夫人心中俱想：皇帝是有多怕婚事生变，竟连两家自行见面都不许。事已至此，他们只能将还赖在被窝里的女儿挖出来，洗洗涮涮后拉出来给小黄门过目。

被稀里糊涂塞进马车的少商犹自梦呓般地叨叨："阿父阿母去就好了……为何叫我呀？阿母不是说没学好礼仪之前不要再进宫了吗？不然又惹人笑……"

程始一本正经道："为父改变主意了，今日推辞婚事还是应当由汝自行张嘴，父母在旁帮衬一二就是。"

少商立刻清醒了："我自己去说？这，这合适吗？这种大事不是该由长辈出面吗？"

"怎么不合适？"程始道，"又不是为父要退婚的。"

少商赌气道："我就知道阿父舍不得这门亲事，索性阿父自己去嫁凌不疑好了!"

"若为父是女儿身,凌不疑这样好的郎婿我一气嫁上二十回连个顿都不打,你信不信?!"

"阿父是糊涂虫,只看见眼前好处!"

"你是不孝女,根本不长眼!"

——这段没营养的互撑照例终结于萧主任的低声喝止。

没等三人开始新的话题,就听见车外宫门开启交接符牌的声音。这次路程如此短暂,让程家三口俱是一愣,询问过后才知道,这回并未如昨日一般从南正门进入后再穿整座宫城而过,而是从上西门进入北宫,直达皇后所居的长秋宫。

既绕了近路,少商这回没走几步就再度回到了昨日面圣的长秋宫后殿,跪拜之际她看见帝、后俱身着常服端坐上首,殿内除了或站或跪的黄门宫婢外,当中还跽坐着一名样貌风度俱佳的中年士大夫。

那中年士大夫侧头朝程始夫妇微笑颔首,又不着痕迹地细细打量少商,见她行止天真,礼数疏漏,目中不免露出讶异疑虑之色。这种神色少商见过,上回在涂高山御帐之内,皇帝头回见到自己时也是这么一副神气——她立刻就明白这人是谁了。

不知程家来前君臣之间说了什么,皇帝似有些倦,皇后便微笑着指了指那中年士大夫道:"这是子晟的父亲,城阳侯凌益……"又指着程家三口道:"这是程校尉夫妇,还有少商……你们彼此见见吧。"

程老爹连忙和凌老爹相对拱手作揖,萧夫人扯了一下呆呆的女儿,也跟在后面躬身行礼。

"……子晟岁数也不小了,朕的皇子们哪怕比了晟小的也都有姬妾儿女了,子晟却还孑然一身。"皇帝道,"朕始终放心不下,若不能安排好子晟的终身人事,百年后怕是都无颜见霍家兄长。"

凌益低头听着,听见"霍"字时身子微微一动,赶忙道:"陛下这话真是羞煞臣了,说起来子晟是臣的儿子,本应由臣来操心这些,可陛下厚恩,这么多年来不但悉心教养子晟,还予以重责要职,臣真是感激不尽……"

少商趴在一旁听着,很想说凌老伯您真会给自己脸上贴金,说得好像皇帝这么顾念凌不疑是看在你脸上似的,人家是看在已经死光光的霍氏一族的分上好吗?!

估计在座众人也有这种想法,不过皇帝从嘴巴到心灵是厚道属性,嘴唇微动后什么也没说，等凌益说完长篇大论的感激话，才道："亲事这就定下了，程校尉清正忠勇，智略谋断……"

少商嘴角一歪，心道：程家一没后援会，二不是资源咖，连粉丝群都组不起来，几乎透明一个，皇帝老爷爷也只能夸夸程老爹个人素质了。

"人你也看见了，程小娘子讷言仁孝，性情随和，婚配子晟……"皇帝似乎略略抿唇，少商心里给他接上，您老若是夸不下去就别夸了，硬夸多尴尬，闹得跟钱没到位的水军似的。

"……正堪为子晟佳妇！"皇帝艰难地夸完，然后下结论，"婚事不用你操心，多年前皇后就为子晟预备起来了……"

皇后忍着笑看了他一眼——从养子十五岁起皇帝就眼巴巴地盼着他娶妻生子，开锅煮饭。谁知一年年过去，灶冷米生，铁锅都锈成万花镂空皿了。这些年为养子攒下的老婆本都够把程氏全家娶上三回的了！

"……诸事皆有朕看着。如此，你们还有什么要说的？"

凌益心中苦涩，还待抗辩两句："陛下，子晟的婚事还是由臣……"

"——陛下！"程老爹顶着妻子、女儿催促的目光忍了半天，他不敢插皇帝的嘴，只能插亲家老凌头的嘴了，"陛下，臣有事禀告。"

皇帝一愣，挥袖道："说。"

程始深吸一口气，颤声道："启禀陛下，臣斗胆……请辞这门婚事。"

此言一出，殿内君臣奴婢齐齐惊诧。皇后都半起了身子，惊异道："程校尉，你说什么？"皇帝沉着脸色："程卿此言何意？！子晟有甚令卿不满之处？"

圣心不悦，是个人都能听出来。程老爹吓得两股颤颤，肚里大骂女儿小冤家不省心，额头冒出细汗："不不不，凌大人天人之姿，文韬武略，简直是天上掉下来的好郎婿，臣哪里有不满？简直做梦都要笑醒了！可可可，可是臣的这个女儿呀……"

他长叹一声，语气沉痛："小女着实顽劣呀！读书不成，习武不行，女德无有，口德不修。昨日臣回去后思来想去，觉得不能隐瞒不报，将来委屈了凌大人，如何对得住陛下的一番美意呀！"

程始一口气贬低完，深觉得自己真是个好父亲，对女儿也是尽力了。

少商被说得脸上热辣辣的，虽然自陈不足本是她的意思，但当着这么多人的面被数落还是有些下不来台。

萧夫人也不大好受，感觉皇后从上面射下惊异的眼神，她脸上一阵青一阵白。

凌益有点反应不过来，作为一年见不到儿子几面的父亲，多年来他早习惯众人对儿子趋之若鹜，今日居然碰上这种情形，心想：难道是欲迎还拒？他忍不住去看程始那张粗犷敦厚的面孔，又觉得不大像。

皇帝收了不悦之意，看向跪在侧边的小女孩，心道：其实朕也觉得你女儿有点配不上朕的养子，不过你们干吗要这么实诚？他正要开口，忽然殿外的小黄门通传凌不疑来了。

众人暂停了议论，都仰首去看。宫窗花棂间透过束束晨曦，逆光中俊美颀长的青年银冠素袍而来，发如乌墨，肤如雪凝，步履不缓不疾。被他如冰雪般洁净寒冽的气质一映衬，晨曦的光彩也黯然失色，仿佛唯有他才是光源所在。

帝后都不知不觉面露笑意，凌益眼中露出既骄傲又伤怀的神色。程老爹看着他，感觉仿佛丢了一个亿，心里空落落的不好受，便是心中多有顾忌的萧夫人也暗叹这般风采。

凌不疑身姿如山脊般起伏，先后向帝后和凌益行礼，凌益高兴得眼中闪动，连声道："好好好，为父许久没见你了，你什么时候得空回家聚一聚？"

少商忍不住腹诽：聚什么聚，和你的"续弦夫人"聚还是和你后来生的儿女们聚？

这种话根本无须凌不疑张嘴回答，感天动地的好养父就发话了："子晟近来事多，等以后吧。"

凌益自然知道这个"以后"遥遥无期，但他不敢反驳，只能低头称诺。

凌不疑微笑着看向生父，仿佛平静的海面，深渊下多少波澜都不会显现出来。

少商有些奇怪，虽然今日才第三次面君，但她隐隐察觉出皇帝是真的随和仁善，绝不是那种喜怒无常动辄暴怒的帝王性格，连万老伯都敢在御前极力为义弟争辩，这位凌老爹为何这么怕皇帝呢？

皇后岔开话题，笑道："子晟怎么来了？我还当你已经回去了。"

凌不疑忽地起身，侧走两步直接跪坐到少商身旁，然后回答道："听说程家进宫了，我就来看看。"

皇后似笑非笑地看了两人一眼，发觉女孩仿佛被从领口丢进条虫子般浑身不自在，故意不揭破："哦，原来如此。"

皇帝看了她一眼，忍不住笑了一笑。

凌不疑转头看向女孩，道："我适才在殿外卸剑履时听见程校尉的话了，你家要辞婚？婚事还能推辞的吗？"

少商浑身都在抗拒这一刻，好像在背后说人坏话，结果被正主撞见。她一面去看皇帝，一面干笑道："这，我……我听说若是陛下的赏赐太过厚重，臣子多会推辞一二的……"

这话其实说得很不妥，皇帝微微皱眉，心想这女孩果然教养不足。

谁知凌不疑仿佛一点没听出其中不妥，微笑道："你觉得我是太过厚重的赏赐？"

少商被他绮丽如灿阳般的笑容闪花了眼，心血都热了，傻笑道："难道不是？凌大人，您又聪敏又能干，才貌都像天上的神仙点化过一样，我哪里配得上？当然要推辞啦。"

皇帝又觉得这小女娘还算识货。

凌不疑展颜开眉，笑道："我还当你是因为厌恶我才让汝父托词来退婚，原来并非如此，那我可放心了。"

少商傻乎乎地跟着笑了："怎么会？您哪儿都好，我怎会厌恶凌大人您！"

——这样没内容的数句对话就让两人相对笑起来。

包括帝后在内，众人皆是第一次见到凌不疑和少商在一起，尤其是程始和萧夫人，之前虽多次侧面得知女儿与凌不疑有所接触，可并不知道两个人是如何相处的。

帝后尚能镇定，程始却心态崩了，他眼睁睁看着女儿被都城首屈一指的美男子哄得像个笑呵呵的小傻子，深觉自己受到了背叛——这小冤家，既然和人家这么欢乐和睦，辞什么婚呀辞婚？！耍着你老父亲玩吗？！

萧夫人实在看不下去了，捂嘴轻咳一声，轻声道："少商，不得无礼，这是在御前。"

少商骤然清醒，呃，她今日是来干什么来着？哦对了，她是来辞婚的。她小心地看了皇帝一眼，怯生生道："回禀陛下，臣女可以对凌大人说话吗？"

皇帝暗骂：你说都说了还问什么？脸上却正色道："但言无妨。"

少商鼓起勇气，对着身旁高大的青年道："我对凌大人厌恶是不厌恶的，可我是真配不上您，昨日回去后，我们全家翻来倒去地想，冥思苦苦地想……"

皇帝听见"冥思苦苦地想"时，忍不住闭了闭眼。

"家父家母在外十年，我自小疏于受教，认不得几个字，没读过几卷书，人情礼数粗鄙无知，这性情还不好！大人您兴许不知，阿母回来这几月间我都和她吵了好几架了！阿母，是吧？"少商极力自黑，还向萧夫人求取旁证。

萧夫人觉得今日自己的颜面是败得七七八八了，也不差这些，就苦笑着承认了："回禀陛下，所谓家丑不外扬，若非怕将来他们夫妻生隙，反目成仇，臣妇也不愿自揭儿女之短。都说儿女总是自家的好，可凌大人这般的才貌，若匹配小女，这，这真是……"

"暴殄天物！"少商赶紧给她补上。

萧夫人瞪了她一眼。

少商被瞪得莫名其妙，她还没说"鲜花插在牛粪上"呢。她赶紧继续使劲："凌大人，您看，小女子真不是谦逊，我说的都是实话！这婚事真是不般配呀！"

程始见女儿几乎使出吃奶的力气分辩着，心里舒服了些。

"原来如此。"凌不疑若有所思，点点头道，"……昨日的糕点味道如何？"

少商有些错愕，忙不迭道："啊，十分美味，宫里的庖厨果然了得，哪怕冷了都香甜软糯，我（自从来这里后）从没吃过这样好吃的糕点。"咦，话题怎么岔到这儿了？

凌不疑微笑道："那不是宫里的庖厨，是我府里的。你若喜欢，我将人送到你府里去。"

少商刚刚露出几分喜色，就听见皇帝咳嗽了一声。凌不疑看了眼皇帝，忍笑道："当初陛下特意赐给我这名善制糕点的庖厨，就是怕我食无定时，最好能随身带些吃食。"

程始和萧夫人齐齐抖了抖，生怕女儿不知天高地厚真的接受了这名庖厨，连忙齐声推辞道："不必不必！"

皇后原本一直静静端坐着，此时莞尔摇了摇头，她在皇帝耳边轻声说了两句，然后不发一言地从侧旁离去，走前还看了程始夫妇一眼，那眼神中居然带了几分怜悯。

程始和萧夫人互看一眼，都怀疑自己看错了。

凌不疑不去理他们，温煦的语气中透着一股淡漠的威势，脸上的微笑也有几分叫人害怕："既然你不是厌恶我，这婚事就这么定了。子非鱼安知鱼之乐？我觉得你好就成，辞婚之事以后不要再提了。"

少商有些瘆得慌，对方都把话说到这个份儿上了，貌似话题就算终结了——所以，她今天究竟是来干什么的？她茫然地去看父母，发现程老爹和萧夫人都沉着脸。

"陛下，"凌不疑朝上首拱手，"我打算带少商去何将军府祭奠一番，顺便探望阚府孤寡和安成君，您看可好？"

皇帝点点头："这事随你。"

"什，什么什么？！"少商猝不及防，几乎跳了起来，急吼吼道，"你说什么？！我为什么要去何府！我不去，我才不要去！"

女儿这话很无礼，但程始夫妇默不作声，双双放弃治疗。程始更在心里暗暗叫好：你们养父子不是不介意吗？好，现在就让你们看看这小冤家的坏脾气和没规矩！

皇帝清闲地抚平袖袍，好整以暇地看着，只有凌益呆若木鸡。

"为何不去？"凌不疑问道。

"为何？！"少商觉得这个问题就好像在问人为什么不愿意吃屎一样，"我刚退了楼家的亲事，然后楼家马上就要娶安成君了，这这，这多不好意思呀……"

凌不疑挑起英挺的长眉，道："这有何不好意思？"

"我刚刚将未婚夫让给了她呀！"少商几乎要抓狂了，她觉得自己在和外星人说话。

"不是让给她，"凌不疑纠正道，"是让给了义理所在。"

少商傻了，这差别很大吗？

凌不疑凝视着她："恐怕世人都会做你适才之想，这样你叫安成君如何自处？程家毁诺退了楼家的婚约，难道是为了让安成君难堪以彰显自家之德吗？自然不是。我等都敬佩何将军及众公子为国为民之义烈，盼着安成君及何氏遗族能振作精神，来日顺遂，将来待何小公子成年后能重振家风。是以，我们不但要去何府祭奠，还要大大方方地去。到时，你要告诉安成君，你和她如今都有了自己的姻缘，不必啰唆什么愧疚、什么歉意。这都是天意，以后你们二人各自好好过日子，方不负苍天之德、父母之恩！"

少商似乎被绕进一大团毛线球里，目瞪口呆，挣脱不开。

她无措地去看父母，发现程老爹张大了嘴巴，萧主任瞠目无语。她只好去看皇帝，谁知皇帝神情自若，还冲她慈祥地笑了笑。

"我，我……"少商孤立无援，仓皇之间只能自救，"我下午还要习字读书呢！我总不能什么都不懂就嫁人吧？"

"这你不必担心。"凌不疑笑得温柔,"昨日陛下已请托了皇后,过阵子你就到宫里来跟娘娘学些高低。"

"什么?!还要到宫里来!"少商风中凌乱,她觉得自己每挣扎一下就被捆缚得更紧,惨叫道,"这,这这就没有必要了吧?"

"你适才不是说自己不识字,没读多少书,更不懂礼数,还说不能甚都不懂就嫁人,那还不用心好好学?"凌不疑轻轻松松就回击过去。

少商哑口无言,求救地去看父母——老爸老妈,这题我不会!

凌不疑朝萧夫人一笑:"并非鄙薄夫人之能,不过,若论礼数娴静、才学周全,皇后娘娘在城内首屈一指。"

程始嘴巴越张越大,萧夫人僵硬地扯动嘴角,强笑道:"那是自然,自然。"

凌不疑低头对着女孩笑道:"你放心,娘娘为人再慈厚不过了,你就是学得不好也不会受责罚的,你欢不欢喜?"

少商瞪着他!

萧夫人心知今日已全线溃败,残兵败将多留无益,便叹道:"凌大人,如今已日上中天,不如明日你们再去何府如何?"好歹先回家缓一缓,再想后招儿。

"正是正是。"少商对萧夫人感激得都快哭了,"我午膳还没用呢。"

"不用了,我们去何府用午膳。"凌不疑道。

"什么?!"少商高喊一声,都忘了自己身在御前,她只觉得自己根根头发都要立起来,眼前仿佛出现了幻觉,"人家在办丧事,你却要去用饭?!"

她一会儿怀疑自己幻听,一会儿怀疑自己脑子不够用,"更何况,何家那般情形,说不定只备了些冷食呀!"去吃什么呀吃!

"是以,我已将数名善于烹制素食汤饭的庖厨送过去了。"凌不疑微笑依旧,"我们此时过去,正好能与何氏遗族共进午膳,席间我们好好说话。"

少商看了他好半天,一口气堵在胸口,几乎集结成冲击波当场喷出来——去正在办丧事的人家,还要带厨师上门蹭饭,很好很好,这真是一个狂放不羁爱自由的时代,谁能告诉她究竟谁才是来自现代的?

程始把张得人而酸痛的嘴巴闭上,他不知要说什么。萧夫人也闭上了嘴——她终于看出来了,凌不疑此人心志坚如铁石,他欲成之事就非成不可。兼之此人心思细密周严,一旦想定了一桩事,那便是无坚不摧,无懈可击。今日已全军覆没,举旗投降吧。

少商看看父母，再看看皇帝，连凌益都看了，她发觉自己每条路都被堵住了，自己每句话都是自讨麻烦。她用眼神求助无果后，便跌跌撞撞地被凌不疑扯着离开内殿。

等两个人离去后，皇帝看了眼沉默无神的程始夫妇，清了清嗓子，和气道："程爱卿，适才你说为何要退婚？"

程始机械地回答："那什么，小女……那个顽劣……"

"无妨，你们别嫌弃子晟就好了。"皇帝笑容和蔼，一派大度宽容，"那么婚事就照朕刚才说的办。成了，诸卿就退下吧。"

——作为皇帝兼养父，这么多年逼婚毫无成果，朝臣宗亲们多以为自己心慈手软。然而实情是，非他不愿或不忍，而是不成呀。从小手把手地教导这竖子文韬武略、心计权谋，结果他率先将一招一式都用到自己身上，想来真是老泪纵横。

不过，今日看见程始夫妇魂不守舍的模样，皇帝总算觉得舒服一点了。

……

程始和萧夫人沉默地走在宽阔的宫巷中，脚步迟缓如耄耋老者。

直至上了自家马车，程始才想起皇后临走前那略带怜悯的眼神，他用力拍了一下大腿，恍然大悟道："难怪呀，我说起嫋嫋如何如何顽劣，皇帝一点都不着急，原来是这样！"

萧夫人继续沉默。

"好了，这下我们不用担心嫋嫋会惹翻凌不疑闯下大祸了，她哪里翻得过人家的手掌心！"程始叹道。

萧夫人叹出一口气，低声道："从今日起，咱们还是担心担心女儿吧。"遇上凌不疑这种对手，自家女儿只有吃亏的份儿。

——今日最大的笑话是，他们以为女儿是大杀器，担心引发后果，结果发现人家是核武器。

少商两辈子加起来都没被惊吓过几次，一是因为她底线高，太阳底下无新鲜事；二是因为她会装，哪怕心里被吓死了也能装着若无其事。

不过这次惊吓超出了她的接受范围，原本她心里当凌不疑光辉崇高，救人于水火，结果今日发现凌不疑自己就是水库火坑，陷你没商量。

在马车上，凌不疑仿佛说了两句"庄子云生死"之言，少商浑浑噩噩的也没听清，恍惚间还随口回了句"哦，庄子今日也去何家吗？"然后凌不疑就住嘴不言了，车停后径直揪着她的后领进了满府缟素的何家。

令人欣慰的是，何昭君似乎也被吓得不轻，呆呆的，惊疑不定，何府管事低声提醒她亲手递两束线香过去，结果她直接捧了个香炉给少商。少商木木地站在那里，手足无措，凌不疑看不下去，从她怀中将香炉拿走，还给脸色煞白的何府管事，然后扯着她燃香奉告何公与诸子之灵位，又躬身跪拜祝祷。

连磕三个头后少商才醒过神来，趁凌不疑去灵堂慰问仅剩的那些何氏部曲之时，赶紧跟何昭君低声道："这可不是我要来的，是凌不疑硬逼着我来的！"

何昭君窥着对面凌不疑及众部曲的动静，也低声道："废话，你当我看不出来？这姓凌的可是厉害，之前护送我等回都城时我就领教过了。不过，他为何要'逼'你前来？"

"那什么……"少商哑巴一下嘴，为难地解释，"过几天大家就都知道了。那个，我和凌大人定亲了，在昨日。"

"什么？！"何昭君险些没跳起来，好在她总算是经历过父兄惨死的"过来人"，也没有失态太过，"你昨日不是才去楼家退亲吗？"

少商叹道："没错，就是昨日。上午退了亲，下午又定亲。"跟春运赶车似的，弄得她连伤心的时间都没有。

此时，对面响起一阵热烈祝贺之声，想来凌不疑也将定亲之事告知何家部曲，那些身着孝袍的汉子和遗族纷纷抱拳作揖地恭贺起来。

两人从对面收回目光，何昭君久久凝视着她，忽长叹一声："是我连累了你。"

少商一听之下，顿生知己之感，半晌才动情道："我真没想到你会这么说，我还当你会说我'捡到了大便宜，早知能得这样好的亲事，当初何必死活不肯退亲，真是惺惺作态'……"

何昭君眼露讥讽之意："凌不疑相貌虽好，却非同一般的心黑手狠。你是没见过，他在冯翊郡为了逼问肖氏漏网之鱼的下落，折腾起肖王府女眷丝毫没有心软的。"

少商张大了嘴巴，忍不住去看对面的凌不疑，只见他背影高挑挺拔，举止端庄优美。她结巴道："那后来漏网之鱼抓到了没？"

"……抓到了。"何昭君撇撇嘴，"凌不疑所料不错，因事起突然，不单家父没有防备，肖王府也没料到三日内就兵败如山倒，肖王父子死的死擒的擒，顷刻间哪来得及善后？是肖王妃安排肖王幼子出逃并藏匿大笔财物的，余下女眷略有知晓。凌不疑就从几位郡主下手，半日就从侧妃姬妾们的嘴里逼问出来了。"

少商嘴巴发干，也不知心里作何之想，干干道："那他倒狠对地方了。"

何昭君翻了个白眼："你以为我是心疼肖家？！哼，皇帝仁慈，肖王年幼的儿女们都没杀，顶多流放罢了。我是说凌不疑这人……哼哼，我是看明白了，男人美貌倜傥有什么用？要心地柔软温厚才好！"

少商不阴不阳道："是呀，吾亦是如此想的。"

何昭君察觉到自己言语不妥，看了少商一眼，讪讪道："家臣们都跟我说了，令尊令堂在外征战时就是出了名的仗义豪迈，程家……都是厚道的好人。"

"你知道就好！"少商知道她不愿直接夸自己，乘势道，"若不是看在我阿父阿母的分儿上，怕他们在外面难做人，我是打死都不退婚的！"

何昭君冷哼一声，侧身不言。

少商看看对面，实在不想到凌不疑身边去，东张西望半天后看见跪坐在角落的一位娇柔羸弱的中年女子。她神色憔悴，病体支离，身旁簇拥着一群嘘寒问暖的仆妇奴婢，与这武将气息浓厚的灵堂格格不入。少商没话找话道："这位夫人是谁呀？"

何昭君淡淡道："是我继母，今天是最后一日停灵了，天气这么暖和，遗身等不住了。继母身体不好，我叫她不用来的，可她非要出来。"

少商远远打量了那满脸病容的何夫人几眼，心想难怪何将军要把这一大家子托付给女儿，忽想到一事："最后一日停灵，你们明天就出殡喽，那，那阿垚……"

何昭君盯了她一眼，似是明白她心中所想："昨日你家去退亲后，阿垚就病倒了，不过他还是叫随从过来传话，明日出殡他一定一早来。"

少商心里一阵伤感："阿垚就是这样一位实诚君子，只要他下定了决心，就会好好待你的，你放心吧。"

何昭君冷声道："别人的未婚夫婿，麻烦程娘子嘴里避忌些，别一口一个'阿垚'的，我听着不高兴。"

"我就这么叫了，你能把我怎么样？！"少商哪里是肯受威胁的人，"哼哼，我告诉你，你最好收起你那破脾气，阿垚可没欠你什么。他是预备好好和你过日子的，你若再欺侮他，无理取闹，我就把他领回去！"看谁敢欺负她罩的人!

谁知何昭君却平静道:"不,你不会的。你和我是同一种人,只要能保你父兄平安,阖家团圆,给你十八个楼垚你也不换的。"

少商真没想到何昭君会说出这样的话来,看着她久久无语。

在何家用过午膳,又和女眷们闲聊了一会儿,少商才随着凌不疑上车回家,待车轮悠悠转动,她才道:"我真没想到,你会这样和善耐心地跟何家那些缺胳膊断腿的部曲说话。"

凌不疑斜靠在窗棂旁,侧透过来的日光下,挺拔的眉峰如远山渺然俊美,他看着女孩半透明般细白的面庞,轻声道:"武将看着门庭风光,可身死也是片刻之间的事。我待他们好些,想着将来我若有个万一,也有人厚待我的遗族。"

少商随口叹道:"是呀,倘若你有个万一,也不知有没有人将未婚夫婿让给我。"

车厢内一阵安静,外面轮毂转动之声可闻——

凌不疑缓缓转头,定定地凝视着女孩。

少商被看得浑身发毛,忽然灵光闪现,大声道:"哦,我说错了,说错了!你若有个万一,我是你的未亡人,就算要让,也该是让给你我的女儿呀!"

凌不疑继续看着她,少商连连赔笑:"我适才一时糊涂,这不想差了吗!"

"其实吧,您也想多了。"少商继续哄道,"都说女儿肖父,就凭你的样貌,你我之女能差了?还用得人家来让?应是哭着喊着来求才是!"

凌不疑摇头微笑。也不知是真的信了少商的哄骗,还是看她这副模样好笑。

来到程府门口,凌不疑托着少商下车,笑道:"今日汝父母受累不轻,我就不进府拜访了。这两日你好好歇息,等我你定亲的消息传开了,怕是你家都不得消停了。"

"什么受累?怕是受惊吧。"少商笑着瞪了他一眼,似嗔似喜。

凌不疑忍不住伸手摸了摸她头上柔软的丝带发结,无端觉得心口都暖和起来了。

少商欢快地往程府大门走去,没走两步,凌不疑出声叫住她:"少商,车上匣子里还有点心,你要不要带些去?"少商笑着摇头回绝。

没走两步,凌不疑又叫住她:"天色已晚,别走走跳跳的,当心脚下石子。"

少商点点头。

短短一段路，凌不疑足足叫住她三四回，少商犹如突破敌军火线一般好不容易才到自家门口，躲在门口的程顺老管事笑出了一脸的菊花，殷勤地将自家女公子迎了进去。

程少宫哼哼唧唧地背手站在前庭，看见幼妹清早离家此时才回，忍不住埋怨道："你舍得回来啦？阿父阿母都回来多久了。"

少商白了他一眼："三兄，你如今终于有了全都城最有气魄、最有主见的一位妹婿，别愣着呀，快去外面看看，说不定他还没走呢。只盼你消受得了！"

程少宫不以为意地笑道："只要你能消受，我自也能消受。和他过一辈子的又不是我，顶多逢年过节哼哈一下，还能把我怎样？"

少商瞪他，转头往前走去："对了，阿父阿母呢？"

"他们歇下了。"

少商停住脚步，奇怪道："这么早？晚膳还没用呢。"

"他们说，太累了，晚膳不用等他们了。"

少商回头，看着胞兄。其实吧，她也很累，心累。

次日何府出殡，而后楼、何两家将婚期定于七日之后。这八日楼、何两家自然忙得人仰马翻，程家也过得"相当"不清闲。

首先，皇帝"代行父职"得很彻底，绕何家出殡当日，第二天就风光无限地来下聘——把皇室宗亲中最年长的汝阳老王爷从三才观里捉出来，将老爷子披红挂绿装扮好充当主媒，两位宾者分别为虞侯和吴大将军，聘礼从金银器皿、珠玉锦缎到十六样全鸡全鸭、海味干货，各色俱全。

皇帝本还想凑上半支羽林之数的仪仗好好热闹一番，被近臣好说歹说劝住了。虞侯表示，"等到凌不疑正式成婚那日，陛下您的热情还有发挥机会"；吴大将军不善言辞，憋半天才抖出一句"何家丧仪的人数都没这么多呢"，险些惹翻了皇帝。

下聘这日程府人声鼎沸，万松柏老同志义不容辞地来帮忙，累得满头大汗之际凑到程始耳边道："早知有今日，当年我就买座前巷宽阔些的宅邸，胜于今日连门口都站不下人！"

程始抹抹脑门上的汗，心想：早知幺女杀伤力这样大，当年他打死也要将她带在身边，早早选定佳婿，胜于今日对着一众门第爵位远高于自己的宾客挨个作揖行礼！这是直接升级朋友圈的节奏呀！

汝阳老王爷受不住前院震天价响的喧闹，悄无声息地溜达到偏处廊下歇息。不多久，一位貌美年幼的小女娘仿佛池塘中的一尾漂亮小锦鲤般漫无目的地游了过来。

"小姑子请坐，外头着实吵闹。"老王爷长年修道，性情甚是洒脱不拘。

"老王爷见安。"那小女娘声若幼鹂，神情娇憨，恭恭敬敬地给老人行了一个大礼，然后小小的一团跪坐到廊下侧边。

汝阳王见她穿戴寻常，夏袍半旧，心中当她是出来躲懒的程府小婢女，便朝前院叹道："凌不疑甚得圣心，以后这种场面少不了，也不知你家女公子能否应付得来。"

那女孩看看老王爷："……家父程校尉。"

汝阳王："……汝父有几女？"

"一个。"

汝阳王上下打量女孩，笑道："原来你就是凌不疑将来的新妇程少商，哈哈哈，你可累得我家孙女昨日痛哭不止，无意间叫我看见了。"

少商看他举止随和，便参着胆子叹道："裕昌郡主是吧，我都听人说了。唉，也是郡主娘娘身份尊贵，为人太矜持了，当年她若是一路追去边城，兴许凌大人就答应了。"光躲在家里哭有什么用呀？要么你就老老实实暗恋，既然都明恋了，怎能不做出些成绩来？追男宝典第一条原则就是"不要脸皮"。

汝阳王无论如何都没想到这种话会出自这样相貌的小女孩之口，他再度打量了一遍少商，笑道："若是你，你就追去了？"

少商毫不犹豫："当然。这种终身大事，若不全力以赴，将来必会后悔。若是尽了全力，事情不成也能死心了。"

她生平最看不起那种"心里很想要却不积极行动然后只用表情暗示等着旁人帮忙"的厌货。要么死死憋住，要么奋力一搏，忸怩作态算什么？她自己没敢向邻家白月光表白，就索性掩饰得风雨不透，不让任何人看出她的心意，不给人家造成困扰。

"你还年少，不知这世上之事，哪有这样容易？"老王爷叹道，"很多时候，就算能想得明白，也活不通透啊。"

少商抬头看看湛蓝的天空，叹道："其实吧，想不通透也能活下去的。"

她笑了笑，转头笑道，"王爷殿下，您人真好，又慈爱，又随和。像田间的麦穗一样质朴无华，又贵重无匹，是社稷百姓仰赖之重。"她觉得自己真的才华横溢。

汝阳王自来马屁听得多了，这么清新脱俗的却不多见，他哈哈笑道："我不过是成年成月在道观里修行，懒散惯了，不爱讲什么破规矩。"

少商点点头："嗯，那王爷殿下这几日也在道观吗？"

"自然。如今天气一天天热了，都城里哪待得住？还不如道观里清凉。"

"那郡主也随王爷住在道观里吗？"少商看着庭院前的一株夏菊。

汝阳王神色一变。

"如若不是，那郡主就是特意到道观里哭给王爷殿下看的了，否则，又何来'无意间'叫殿下您看见呢？"少商依旧看向前方。

汝阳王捋着花白的长须，久久地看着女孩，长叹一声。

少商心中得意，假作谦虚道："殿下与郡主是祖孙，难免一叶障目。"

"你个小小姑子，你当我看不出来？"老王爷大笑，"我都多大岁数了，你们这些小女娘做什么伎俩，我能看不出？"

少商惊疑地看他，心道：那您老刚才还那么吃惊！

"我奇怪的是，你居然能一语道破。"老王爷笑叹，"胆子大，心思也灵。原来凌不疑喜欢的是你这样的！我那道观名曰'三才'，你可知道何为'三才'？"

少商笑道："我知道，是守财、爱财、升官发财！"

"胡说八道！"汝阳王被气笑了。

"告罪告罪，王爷莫怪！"小女孩笑得狡黠明媚，捧着白生生的小拳头连连作揖告罪，"三才，乃'天、地、人'也。我知道老仙翁的意思，万事随其自然，人家想哭就哭，想笑就笑，其实也没什么。"老庄不都么点意思吗？

老王爷微微一笑，觉得这小女娘胆大口甜，不但有趣还能窥测人心，那"老仙翁"三字甚是得他欢心。想到这里，他忽地神色一沉，冷声道："你今日故意与老夫来攀谈，又是为了什么？"

少商一惊，随即露出迷茫之色："老仙翁，您真厉害，一眼就看穿了。好吧，小女子想问，凌大人他是怎样和您说话的？"

汝阳王迟疑道："这……子晟自小长在宫中，与几位皇子无甚分别，就如老夫自家的儿孙子侄一般。"

少商苦笑道："婚事还是门当户对的好。您看，他可以说的话我就不能说，他能随意来往之人我就未必可以。今日还是遇上您这样随和可亲之人哪。"

汝阳王看她神色忧郁，心生怜悯："程校尉亦是英雄豪杰，你不必自惭。老夫告诉你一句，陛下和皇后自打知道了子晟要成亲，喜悦不能自已。只要你诚恳为人，温顺守礼，就没人能为难你。"

"许多人只看表象，却不知其里，唉，就怕将来第一个为难你的就是凌不疑……"劝完这番，他看着女孩欲言又止。

少商摸不着头脑，"啊"了一声，还不等张嘴，就看见两名衣着华丽的美婢寻迹而来，一左一右搀扶老人缓缓起身。老王爷临离去前，回头对她笑笑："你以后就明白了。"

——事实是，不用等以后，聘后第二日少商就感受到了，不单她，整个程府都感受到了。

既已过明礼，凌不疑就如寻常人家的未来郎婿一样，频频上门拜访，然后就如远古时期的冰河纪强行光临了这闲散的初夏季节一般，刚收拾出来的便面全都用不上了。

凌不疑其实也并未如何讲排场，不过是贴身六名侍卫，另一队十数人的护卫，不论他用不用得上，只要出门，可替换的两匹健壮的名种烈马及那辆高大端庄的以玄色重铁打造的马车总是照例随行的——他自小被帝后以公侯贵胄之礼养大，于这些早已习惯。

他也并未着意打扮，只是简单的单袍襜褕，青竹素冠，可穿在他笔挺紧致的身躯上就如熊熊燃烧着亘古烈焰的高岭灯塔一般，古典美丽，气派堂皇而不可轻——他并非有意，但寻常人哪敢在他面前言辞轻佻？

他头日来访，程始夫妇就热情地请他一道用晚膳。

面颊绯红的婢女为各人面前的食案上菜时，忍不住连连偷看他，不小心打翻了汤水。跪侍在凌不疑身后的一名暗卫险些就要拔匕上前，幸亏凌不疑抬手制止得早，不然那婢女的手都要被剁下来了。程始尴尬，连声致歉。

凌不疑道："无妨，只是小事，程叔父请莫要重责，留她一条性命吧。"

程始：……其实，我也没想重责。

少商惊道："在你家里，婢女打翻汤水就要送命的吗？"

凌不疑望向侧下首的女孩，神情温和，笑道："宫里法纪森严。若是不小心打翻，还算轻责；若是为着偷看筵席上的宾客而行止不慎，那是死罪。"

这次轮到萧夫人尴尬了,艰难道:"家里管束不严,叫郎君笑话了。"

少商绕过中间的程少宫,从后面向上首笑道:"那是因为子晟太好看啦,我若是那小婢女,也是要偷看你的。"

凌不疑也略略后仰身子,越过程少宫朝女孩微笑,挑起的眼角如凤尾般优美地翘起,轻声道:"我只给你看,不许旁人看。"

程少宫面无表情,直接去看幼妹。少商脸上飞红,其实她也有些吃不消。

好容易上齐了菜,众人终于可以将满心尴色埋入食物中。

这顿饭吃得冷清尴尬至极,程家草泽出身,乡土气息未脱,每每用膳都是七嘴八舌的黄金档老娘舅节目现场。可今日凌不疑如冰柱般戳在当中,上至八卦的程始,下至嘴碎的程少宫,哪个敢开话头?

诸人之中大约只有程母举止如常,笑容可掬。她大半辈子都在讨好一个冷漠的美男子,早习以为常了。程太公不爱她多嘴,不喜她多事,是以她在凌不疑跟前反倒应对得体,盖因她始终微笑缄默,连多走一步都没有。再说了,吃饭不说话算什么?程母只当美色如佳肴,她老人家越吃越有胃口,若非程始制止,她都要添第三碗饭了。

送走凌不疑后,程家众人大大松了口气,大家也不去歇息,彼此间连招呼都不用打,众人十分齐心地大步往九雅堂走去,誓要将今日的家庭会议补上。

"这位郎婿可不比阿垚好说话啊。"程始揉着胃部,脸色发绿。

少商很有几分幸灾乐祸,闲闲道:"阿父当初得了这门亲事时不知多高兴,我让您去退婚,您还不乐意呢,这会儿终于晓得不容易啦。"

"什么?退婚?!"程母急了,吼声如雷,"你们这对愚蠢荒唐的父女,这样好的郎婿就是举着火把也找不到,你们还推三阻四,才吃了几天饱饭就不知香臭好坏!你们谁敢退亲,就踩着老身的尸首过去!"

程始连忙道:"没退没退!昨日连聘礼都下了,这婚事退不了的!阿母放心,放下心!"

程少宫不悦地嘟囔:"也不见得十全十美,不过相貌好些……"

话还没说完,就被程母一声暴喝打断了:"竖子该打!相貌好还不够啊?你要上天呀?你小子就是再投三回胎,也投不出这样的样貌来!"程太公长得还不如凌不疑呢,她都好吃好喝、低声下气地供了他一辈子。

少商在旁乐呵呵地看着,孪生兄弟这是在质疑程母的婚姻基础,真是好大的狗胆!

"好了好了，以后咱们将凌不疑当祖宗供着行了吧。阿母您放心，这郎婿是跑不了了！好了，您该去歇息了，胡媪，愣着做什么呢？！"程始赶紧出来收场。

送走程母后，程始叹道："我听说凌不疑今日下午就来了，嫋嫋不是把他领去引见给你们兄弟了吗？都做了些什么？你们三个都说说。"

程家三兄弟看了父母一眼，再相互看了一眼，然后开始依次吐槽。

程咏道："我给凌大人看了'雕虫篆刻，壮夫不为'一篇的新释之义，他指出了儿子行文中几处不妥。"

萧夫人看看丈夫，沉声道："既然指出来了，你就好好改了，将来大有益处。"

程咏低头称诺。

程颂道："儿子领凌大人去了演武场，然后他拉断了儿子那把百石强弓，劈穿了阿父您新打的两面厚木箭靶。"将来幼妹受欺负了他可怎么教训妹婿，哎哟，可愁死个人了！

程始看看妻子，正色道："如今你知道天外有天了，日后好好研习箭术武艺，莫要再胡闹玩耍了。"

程颂垂头丧气地称诺。

"那个，我就不用说了吧。"程少宫左看右看，故作不在意道，"孩儿倒另有一事要跟亲长讨教，那啥……"他苦笑道，"阿父阿母，我们还要再设一次定亲宴吗？"

此言一出，程始和萧夫人面面相觑，两脸忧愁。当初和楼家定亲时，程始可是揽着楼垚在席间向自己老友部曲一个个介绍过去的，难道这回他要原样再来一回，然后说"不好意思呀，我家换了个郎婿，大家认识认识"？想想那场面就销魂。

萧夫人头一次出言不满："陛下下聘也太着急了！"

"要不别办了？"程始迟疑道，"就当从简了。"

萧夫人瞪了他一眼："和楼氏定亲时大操大办，到了凌大人就从简，这样厚此薄彼，你当陛下是吃素的？哎，我们不但要办，还得大办。"

"行，就定在楼家婚事之后吧。"程始转过头，笑眯眯地对女儿道，"嫋嫋，为父仔细想了想，以后凌不疑再上门时，就去你居处用膳吧。我们长辈在，你们也不好说话。怎样？为父既开明又体贴吧？好，就这么定了！"

萧夫人皱眉道："大人，这恐怕于礼不合。"

"叫人在旁陪着嫋嫋就成，能有什么事？"程老爹此时忽然一脸哲学家的气质，"人生在世，就是要时时抉择。夫人呀，以后你若是非要和凌不疑用膳，我就不和你吃了。我和凌不疑，你只能挑一个。"

萧夫人气得涨红了脸，四兄妹几乎笑疯，连忙低下头去掩饰表情。

——程始十分欣慰，他终于找到了和女婿合适的相处之道。

亲近就不必了，煎饼是要卷大葱的，沤肥是要用瓦缸的，白玉礼器装米糠那是要天打雷劈的，以后要说话找女儿代传就行。

第二十回 楼何亲礼

在少商上辈子,若是国民男神和某风闻不佳的女性订了婚,消息传播开来大约需要三个钟头;这辈子她和凌不疑订婚之事在都城贵胄世族圈子里传开用了三天。

前三天的风平浪静让程家父子误以为订婚后最糟的情形就是和新郎婿同食,第四天开始他们在外遭受到了列队齐射般的舆论暴击。除去如万松柏这样的积年交好之家、心存良善的看客,其余都是含酸带刺的眼神。浅薄些的直接阴阳怪气地说"程校尉,您好福气,攀上了贵亲,今后可别忘了我等"云云;深沉些的则明面恭喜,转身暗讽程家攀附。

"阿父,您别理他们,他们这是忌妒您。"少商如此安慰。

"废话!老子能不知道?倘若凌不疑向他们的女儿提亲,看他们会不会连夜备好嫁妆将女儿嫁过去!"程始气愤得险些将酒樽拍扁。

程家三兄弟倒还好些——

程咏素来信奉君子之交淡如水,日常亲近的同门及友人不是两耳不闻八卦事的书呆子,就是真心为程家亲事感到高兴的挚友。

程颂所在大营本就是万松柏的势力范围,他又素来豪迈和乐,便是有人来酸言酸语也被帮众迅速镇压了。

程少宫为了不被母亲指派去陪幼妹和凌不疑,十分拼命地在外左撑右讽,丝毫不落下风。书塾的夫子怕把事情闹大了,不久就勒令学生不许再谈论此事。

相比之下,萧夫人就英明多了。她仿佛早有所料,这几日索性不出门了,不是躲在家中教少商读书写字,就是和程姎去庄园安排夏粟庄户。至于为何不带女儿同去庄园,这次倒不是她偏心,而是新郎婿每日都要上门,她把女儿带走了，难道让凌不疑去吓死丈夫、儿子们吗？

其实，少商也很不适应。

不论她和楼垚的肉身年岁，她的心理年龄总是稍大些的。楼垚在她眼里，更像老家镇上的跟班小弟，或者实验室里的腼腆学弟，她虽无意凌驾他人之上，但日常相处总能掌握大致走向。可凌不疑则不然，他小小年纪就独当一面，不论求学读书还是上阵行军都有自己的主张，不但不会像楼垚那样事事依从少商，还倒过来要求少商依从他。

比如当初在滑县少商想偷酒喝，楼垚虽也知道初春喝冷酒不大好，但在少商一通歪理之下还是会颠颠地去找来给她喝。可此时少商做同样要求时，凌不疑断然道"初夏喝冷酒不利养身之道"，从对五脏六腑的害处一直说到少商该勤加锻炼了。少商那番"人不肆意枉少年"的歪理对他全不管用，反被灌了一堆"小事放纵乃推延至大"的文言文。

不过他显然深谙交涉之道，看到少商快爆发时会松口允许她只喝一杯，然后还要从她杯中先行喝掉半杯。结果就是，少商费心地要求了半天只喝到一口半的冰酒！

她气得半死，对面的青年还垂着长长的睫毛轻叹："今日我就退一步吧。"

——少商好想动手打人。但她知道不可以，因为她打不过人家。

简单来说，少商主意很大，可凌不疑的主意比她更大；少商生性坚毅果决，结果凌不疑比她更杀伐决断，一往无前；少商是金刚钻头，凌不疑就是金刚钻车床。

齐天大圣法力高深吧，但依旧被压在五指山下。于是少商纳闷了，如今是太上老君炉火旺，凌霄宝殿御疆安，王母娘娘蟠桃茂，骂一声："如来，你个狠心老冤家，为何还要欺上奴家安分守己的门？"

——被凌不疑逼得她都能作打油诗了！现在想来，当初她在不知凌不疑性情的情况下就无端地想和他保持距离，真是小怪兽般的直觉。

虽然才相处短短四日，但少商已察觉出凌不疑并不快乐。

他沉默，并非无话可说，而是他不想说话；他那日对诸位贵女言语无礼，并非他生性尖刻，而是他懒得一再应付，不如毒舌些一劳永逸。他若想对谁客气礼貌，那是可以做到春风化雨，体贴备至。

像楼垚，看见自家织工新造的锦缎好看，就傻不棱登地拣出自认为好看的几幅拿了过来。而凌不疑送来的东西，上至程母心爱的肉脯金器，下至程小筑、程小岖精致结实的软弓小箭，甚至他从未说过一句话的程姎都赠了最衬她肤色的夏锦，样样贴合程府众人的喜爱。

少商实在不明白，这样貌美的青年，正是风华正茂的年纪，又要风得风要雨得雨，为什么还这样不快乐，郁郁寡欢。她不了解自己的未婚夫，看不懂他如深海暗涌般的眼中之意，也琢磨不透他的行事。

不过，她自小不爱深究人家的心事，若是追根究底地去查探，知道了镇上那群八婆在肚里更不堪地议论自己，岂不平添气恼？知道了邻家白月光其实心里很厌烦自己这个名声不好的小太妹，但碍于好教养一直温和对待之，那她岂不是要吐血？！

所以，只要别惹翻他就好了——少商暗暗地想。

不过，其实凌不疑从未对她疾言厉色，大多时候神情温和，言辞柔缓；但小怪兽的直觉又让她不敢造次。以冰酒之事为例，她当时耍赖非要喝不可，凌不疑也不跟她发火，只叫人禀了程始夫妇，冷酒、热酒一概给她禁了，连甜酒酿都不许她舔一口，直至她服软——当道理不在自己这边时，少商往往不会倔很久，见好就收是她多年的保命要诀。

除此之外，凌不疑倒什么都依她，并不管制她做这做那。

有时他会耐耐心心地看她练字，为她磨墨，指点她笔画用腕，往往一看就是大半个时辰，弄得隔壁程始夫妇总要让青苃夫人来催他回家。

有时少商会对着画好的图纸做一些如水车、耕具之类的木制小模型，可她手掌小，指头又软，还没有趁手的工具，总无法将大块木头切割、削薄成她要的样子。

凌不疑只在头日瞥了几眼，便叫她这两日先练字，那些手工回头再做。隔了一日，他就给她送来了一副用鹿皮包裹的小巧玲珑的精铁工具，小斧、小刀、墨斗、铁尺、羊角锤、木锉、牵钻，甚至还有两柄小小的长短手锯，外加一副柔软伏贴的皮手套……

"我还以为你会帮我做呢。"少商喜笑颜开，抚摸着一件件小工具爱不释手，仿佛上面铸铁的热度未退似的。她这才知道凌不疑麾下还养着几名手艺了得的铁匠。

"要力气的活儿我替你做，我不在你就找奴仆来做，其余的你自己来。"凌不疑拉过她的小手，低头仔细地给她戴上手套，看看合不合适。

"这是你想做、喜爱做的事,总要让你如愿。不过……"他语气一变,淡淡道,"你若是弄伤了自己,这些就一概禁了。"

少商知道他是好意,欢喜地拼命点头——每当这个时候,她又觉得凌不疑比事事听命的楼垚还叫她窝心。她觉得,他是懂她的,并不以她为怪异,也并不以远离危险为名劝阻她。这世上哪有绝对安全的事?吃饭还能被噎呢。

凌不疑似乎特别喜欢她这样生动明媚的样子,有时哪怕是女孩跺脚发脾气,他都会含笑看着。少商又一次隐隐察觉出,他对自己还算是宽容的,于是许多事情上她愿意忍一忍,忍着让他纠正自己的种种习性,例如喝冷酒,例如不爱吃蔬菜,例如赤脚走在廊下……

但总有些事情是忍不过去的。

第五日,楼家扭扭捏捏地发来了婚帖,凌不疑也在受邀之列,便叫未婚妻与自己同去,却被少商一口回绝。

"我已跟阿父阿母说了,那日我就不去了,你们去吧。"少商嘟着嘴。其实程始夫妇也赞成她不去,若非为显示楼、程两家并未交恶,他们也不想去,实在太尴尬了。

凌不疑看了她一会儿,道:"你还是去吧,到时我来接你。"

少商低着头,闷闷道:"我不去。"

凌不疑看了左右一眼,阿苎被看得心头一寒,立刻会意,忙不迭地将婢女们都领走,只留他们两个人在屋内。

少商看着这大战前清场般的举动,赌气地侧过身子:"你说什么都没用,反正我不去!"

凌不疑缓缓走到她身边,将女孩小小的肩头转了过来,定定地看她:"好好说话,说出道理来,我就不叫你去了。"

少商这时异常怀念自己上辈子孔武有力的身躯,此时她被青年有力的手掌握住就动弹不得,只好道:"这有什么好问的?我以前和阿垚定过亲,这会儿他另娶旁人,我上门去贺喜,这算怎么一回事?多不好意思啊!叫安成君的家人怎么看?还当我是去闹场的呢!"

凌不疑看着她:"所以,你要和阿垚老死不相往来吗?"

"自然不是!"少商脱口而出,"就是,就是先缓缓,缓缓嘛……"

"照你的说法,我也不该去楼家婚宴。毕竟,我刚与你定亲,两方相见也是不好意思。楼垚看见我,还当我是去闹场的。"凌不疑缓缓道。

"这怎么能一样呢?!你别又拿我的话来堵我!"少商着急道,"楼家上下那么看重你,阿垚更视你如兄长,你怎能不去?阿垚从来把人往好处想,他绝不会恶意揣测你的!"

凌不疑不说话了,他静静地看着女孩,忽然自嘲地一笑:"……你心中是不是还惦记着阿垚,至今舍不得楼家的亲事?"

少商不安地扭了扭。她总不能说,哎呀,被你猜中了,你好聪明哦。

"外面人说我千好万好,可在你心中,我恐怕是不如楼垚的。"凌不疑神情淡漠,"你是不是还想过,最好我娶了何昭君,好成全了你和楼垚的婚事……"

"不!我从未这么想过!"少商大喊出声。

这话一出口,她自己也呆了一下。

想当初,病急乱投医之际,她想过袁慎娶了何昭君,想过皇帝让皇子娶了何昭君,甚至还想过哪位楼家兄长绝婚后娶了何昭君,可她从未想过让凌不疑去娶何昭君。

"你只是嘴里说说罢了。"凌不疑冷冷道。

"不不,是真的。"少商急切道,她再吊儿郎当,也知道这种事不能开玩笑,"我觉得,我觉得……"她满肚子搜寻理由,"我觉得你是很好很好的人,你救了那么多人,帮过我那么多次。你应该配这世上最好最好的新妇!不是那些尖酸刻薄的所谓贵女,不是何昭君,也不是我……"

凌不疑眉目舒展,目光柔暖,宛如冰河乍融。

"我现在只是将阿垚当作我的,我的挚友,至交好友!"少商见他不说话,当他误会未消,急急道,"若我有半分虚言,叫我有如此樽!"说着她捧起书案上洗笔的陶樽,用力往地上摔去。

只听"啪啦"一声巨响,陶樽被砸得四散碎裂,少商的裙摆也被溅了好些水。

"别动!"凌不疑疾声喝道。

少商当然不敢动。这年头人们在室内都是脱鞋穿袜的,若踩到了碎陶片可不是好玩的。

阿苎闻声,急慌慌地要进来,凌不疑朝外面道:"没什么事,你们别进来,给我一把笤帚。"阿苎十分想破门而入,却记着萧夫人曾要她尽量听从凌不疑的吩咐。

凌不疑从外面接过滕竹笤帚,左手轻甩,将宽如流云的长长袖摆绕在左臂上，末端握在掌心中，同时纤长有力的手指又轻轻地提起右臂袖袍。然后，在女孩的瞠目结舌下，这位以美貌显贵、难以亲近闻名都城的青年权臣，居然在她面前扫起地来！

少商傻了。

凌不疑虽然自小独立，但明显十指不沾阳春水。起初，扫地动作十分笨拙，总是左右不能相顾，但人家能者无所不能，没两下就弄清了要领，三五下将地上的碎陶片扫到一边，然后将坐垫铺在漫水处，让少商踩着出来。

少商提着裙子颠颠踏着，好不容易跳了出来，由凌不疑将她拉到另一边坐下。

"楼垚是你的至交好友，那万家十三娘子呢？"凌不疑慢慢将左袖一圈圈地松开，"你今日若不把话说清楚，我回头就把你这话告诉万家小娘子。"

"你你，你怎么能这样呢？"少商气急败坏，"我只是觉得，唉，阿垚也不容易。说句怕你生气的话，他是一心一意待我的，如今不但被硬着娶了他曾经厌恶之人，成婚那日再看见你我出双入对，他也太可怜了……"

凌不疑拉过女孩两只白嫩嫩的小手，掰开掌心检视是否有划伤。

少商触及他微微发凉的手掌，心中略略一窘，却见他双手指骨修长有力，指节圆满浑厚，肤色苍白得犹如终日执笔的高阁文士。她忽想起那日在猎屋前，他高高举起金乌般耀眼的巨型兵器将那贼匪一劈为二的情景……就是这么一双手吗？

"你若心中无碍，你就该去。"凌不疑抬起头，看着她，"楼垚若决定日后心中再无碍，他就不应避忌看见你与任何人在一起。相反，他应当高兴你这么快就定了亲，不至于沦为那些刻薄之人口中的笑话。"

其实从某方面来说，少商的确应该感激凌不疑。如果不是和他定了亲，那些老对头还不知在背后怎么笑话可怜她呢——当初她和楼垚就是高攀，此刻终于又被打落枝头云云。

"现在，大家是不会笑话我了。"少商小小地叹了口气，无奈地看看凌不疑，"此时此刻，说不定，那些仰慕您的小女娘都在背后骂我恨我呢！"

凌不疑微微一笑："你以前没遇到楼垚和我时，难道就没人谤你欺你了？"

少商一愣。

"人性本善，人性亦恶。"凌不疑微笑着看她，十指交握着女孩柔嫩的小手，"我们不能因为相信人性本善，就失了防备，成为刀俎上的鱼肉；亦不能因为人性之恶，就躲避不前，永远不敢直面。"

少商看入他深褐色的瞳仁，深邃如古潭，波澜不惊。

过了一会儿，她用力抽开自己的手，背身负气道："好啦好啦，你说得都对，我听你的就是了！我去楼家，去还不行吗？！"

所以，结论是：孙猴子就算不闹天宫，如来老儿都会来压他一压的，不然谁来保唐僧万里取真经？她无论嫁给谁，既然生了这副坏运气，那总是有八婆来要风言风语的。

"凌不疑。"少商忽低声道。

凌不疑颇意外，女孩从未全姓名叫过他。

"你为何不娶那些仰慕你如天神的小女娘呢？"少商低头道，"若是她们，你说太阳是方的，她们也会附和的。"

凌不疑侧头略略凝思，微微一笑，如珠玉耀目："吾不知。"

"我的性情，你也看见了。"少商赧然道，"既固执又顽劣，你究竟为何要娶我呢？"

凌不疑再度思索片刻，又道："吾亦不知。"

少商恼了，愤愤道："你叫我什么都要说出来，你自己却什么都不说！"

凌不疑笑着安抚竖起绒毛的小女孩，思忖片刻才道："陛下总说，我活得没有人烟气息，像一缕游魂。"

少商暗道：咦，皇帝倒和我家萧主任英雄所见略同。

"等你进长秋宫了，陛下就会看见，我与你一处时，最有人烟气。"

……

片刻后，阿芒奔去九骓堂，将自家女公子决定赴楼府婚宴的意思告知主父主母，谁知看见三位公子也在。

"我说什么来着，之前当我知道凌不疑要找嫋嫋同去楼家时，我就知道会是这结果了。"程始拍着大腿对妻子道。

"不是说吵闹得甚是厉害，还打砸了东西吗？"萧夫人问道，"可伤着人了？"

阿芒回答："只是洗笔的水樽，凌大人说是他不慎打翻的。"

她看了看主母，一板一眼道："但奴以为是女公子打翻的，因为女公子衣裳扑湿了好几大片，凌大人的袍服只有几点溅湿。"

程家众人再次互看。

阿苎道："女君，若没什么事了，奴这就回去了。凌大人今日带了一袭极贵重的曲裾长裙，满身织金绣银的，襟口处还钉了一排雪亮雪亮的海珠。凌大人叫女公子换了给他看看，到时好穿去楼府，奴怕侍婢们没轻重，不小心弄坏了……"

"行行行，你去吧。"程始烦躁地挥手道。

阿苎迅速退出后，程少宫黑着脸："嫡嫡这没出息的，平日和阿母顶嘴，和兄长们吵架，厉害得跟什么似的，遇上凌不疑就蔫了。"

"少宫，不得狂言。"程咏低声喝止。

"我觉得，嫡嫡已经尽力了。"程颂出来打圆场，看看父母，再看看兄弟，"你看她都敢朝凌不疑砸东西了。长兄、三弟，你们敢吗？呵呵呵，反正，我是不敢的。"

程咏长叹一口气，忧心忡忡道："将来，嫡嫡可怎么办呀？"

程老爹想了想，乐观道："往好处想，没准嫡嫡以后就变成了你阿母最喜欢的那种柔顺端庄的小女娘喽。"

说完，他故意去看妻子，萧夫人心中叹气。其实她现在觉得女儿目前这样也不坏，虽然粗野了些，性子急躁了些，但生机勃勃，茂盛无畏，宛如初晨第一缕阳光，每日按着自己的主张和安排，忙碌勤恳地读书习字，培土发芽，从无懈怠。让人看了，心里就敞亮起来。

时人婚仪都在晚上，华灯初上就是迎亲之时。

此时沿途没有鳞次栉比的路灯，没有光耀照目的霓虹，婚礼攀比最直观的指标之一，就是看哪家的迎亲队伍灯火更加辉耀。贫家顶多点些火把照清来去之路，富者却能排布数百甚至上千盏巨灯，将夜晚照得如同白昼般气派——楼家这回就将所有的财力都用到灯火上了。

因为何昭君是热孝成婚，是以仪仗不能吹打鸣炮，席间无有歌舞丝竹，连大鱼大肉都尽量减免，好在此时正值初夏，蔬菜瓜果还是不少的。

宾客们眼见壮大绵延的送嫁队伍一半身着鲜红的喜服，一半穿着素白的孝服，庄严肃穆中透着一股悲戚，两家人皆无笑面。如此场面，大家也不好欢天喜地捶打郎婿，逗弄女眷，嘻嘻哈哈地进行一系列闹婚，只能安静地恭贺后入席。

不知怎的，皇帝这几日是越想何将军越觉得真乃股肱重臣，于是隔三岔五地给何家加恩。何家满门成丁皆亡，何昭君没有父兄送亲，皇帝就派三皇子执兄礼亲自送亲；何家亲眷不多，皇帝就召了好些宗亲列侯前往庆贺。最近一次加恩，是赐了楼垚一个都尉郎官的虚职——新朝成规模不久，皇帝素日任官甚严，这几乎是驸马的待遇了。

少商严词谢绝了凌不疑同车而往的邀请，随父母兄长一道前往，从马车上下来前，她对程姎郑重道："堂姊，对不住，今日婚宴之上怕是又要牵连你了。"

程姎苦笑道："说什么牵连不牵连，就怕我嘴笨，帮不上你的忙。"经过前几次筵席的惊吓，她已经习惯堂妹总会在赴宴时出状况了——尽管错并不在堂妹。

"怕什么怕！有我呢！哪个不长眼的敢欺负嫋嫋，看我不活撕了她！"同车而来的万萋萋无视身上丁零当啷华翠围绕的曲裾长裙，矫健娴熟地徒手跃下马车，把一旁扶着踏凳的楼家奴仆看得目瞪口呆。

程姎惊慌道："今日是人家的大好日子，你们可不能打架呀！"每每和她俩在一起，程姎总觉得自己无端老了十岁。

"不至于，不至于。"少商忙向堂姊摆手，又转身道，"萋萋阿姊，待会儿你也不要插手。既然和凌不疑定了亲，我是没法回头了，你还是少招惹些对头吧。"

"你别不知足，我告诉你，若能得凌不疑为郎婿，多少女娘宁愿被千人憎万人恨呢。"万萋萋呵呵笑得挤眉弄眼。

三个女孩一边低声说话，一边随着楼府奴仆往筵厅走去，远远看见灯火通明的偏厅里已有不少女眷入了席，只见坐在一角的尹妁娥正斯斯文文地朝她们挥手。

万萋萋嘟囔道："瞧她那副贤良端庄的样子，也不嫌装得费劲！"虽然尹、程两家已经讲和了，但自己和尹妁娥的梁子还没解开呢。

"贤良有什么不好？哪家君舅君姑不爱贤良的新妇？"程姎小声道。她隐约察觉出尹妁娥与大堂哥之间若有似无的意思，而且看情形大伯母也没有反对的意思。

万萋萋正要反驳，却听少商轻轻叹了口气，幽幽道："唉，其实嫁人也没什么意思。若是能够，一个人更自在。"

程姎张嘴大惊，万萋萋喷笑出来："自打你我结识，我听你多少次筹谋着未来要嫁什么人要过什么样的日子。后来定了楼垚，你更是没口地叨叨，要这样经营那样周旋。我的三清尊师哟，这凌不疑究竟是何方人间猛兽，这才和你定亲不到十日,你就改主意啦!"

少商又叹了口气:"以前是我年少无知,思虑不周。其实仔细想想,嫁人哪有独身好?真是少年不知愁滋味,唉,算了,咱们进去吧。"

万菱姜被吓了一跳,连忙细细端详少商。

她的挚友生就一副荏弱模样,偏偏满心的活泛肚肠,骂人不留情,打架不留手,浑身扎刺般的桀骜茂盛;她若是去放火,少商能帮着浇油添柴,是她生平见过外貌与性情最不登对之人。可今日她家亲亲好把子居然一脸的有气无力,多愁善感。

万菱姜护弱之情如熊熊烈火般油然而生,她迅速得出两个结论——

第一,那凌不疑一定待少商不好!很不好!

第二,少商一定很害怕又要再次受到一堆人的欺侮责难!

万菱姜咬牙跟着少商和程姎走进筵厅,果不其然,随着侍婢唱报姓名,厅内众女眷齐刷刷地将目光排射过来,犹如漫天箭雨般密密麻麻,声势惊人。程姎首先被吓退了一步,差点没扭头回去,总算少商手快将堂姊拉住了。

今日楼家婚仪宾客虽多,但热孝期间不好大肆饮酒作乐——玩闹不能玩闹,吃的喝的都冷冷淡淡的。除了与何、楼两家交情十分深厚的人家,其余宾客观礼过后都告辞回家了。

而且,并非所有的男客都会带家眷,所以今晚留在偏厅宴饮的女眷就更少了,楼家便将女席摆到同一间厅堂里。上首设夫人们的食案,下首设立小女娘们的食案,以漫长的青竹薄纱屏风隔开前后。

女孩们射向少商的视线直接而不带修饰,或激愤,或忌妒,或好奇……不一而足。王姈和楼𦈍照例坐在一起,看向少商的目光几乎要着火了,不过差别在前者怨毒、后者激愤而已。

夫人们就含蓄多了,用审视的目光侧侧挑上几眼后迅速收回,面上纷纷露出颇富深意的神情。但不论年少还是年长,已婚还是未婚,女人们的种种心思最后都化作窃窃私语——

"凌不疑挑挑拣拣了这么多年,竟看上了这么……一位,也不过如此。"

"十一郎是瞎了眼吗?这女子才貌皆不闻达,我,我是不服气的!"

"何止才貌不闻达?我还听说她粗鄙骄横,目不识丁呢!"

"十一郎一定是受了欺瞒,看她楚楚可怜的狐媚样,不知怎么卖弄柔弱呢!"

……

然而无论怎么议论，只要不是偏见到底，都看得出这位新晋的未来凌氏新妇着实不俗。

都城里从不缺少美貌女娘，可这位程氏女美得令人过目难忘，静谧忧愁的稚弱面庞，笼罩了一份如烟似雾的朦胧之意。明明是豆蔻天真的年纪，偏偏无端一股淡漠无谓的气质；当你以为她只是柔弱可怜时，她看你的眼神却又犀利世故。

言辞无影，然而即使粗线条如万姜姜，也能感受出这些目光和窃窃私语之下的刀光剑意，锐利得直可破肤滴血。程姎瑟缩了一下，然后硬着头皮走入厅内。反倒是处于风暴中心的少商，浑然不觉，行止如常。

万姜姜忍不住低声夸赞："你倒挺沉得住气。"

"你若像我一样，从小就受人非议谤言，自然会习惯的。"少商淡淡道。

万姜姜一怔，她十六年来一直粗拉拉的小心肝无端疼了一下。

尹姁娥见她们走近了，赶紧将三人拉到了自己那个角落。她受了程咏的嘱托，特意提前来赴宴，然后在攀谈间迅速拉扯上三四个能说得来的女孩，众人团团坐在一起以示帮众。

万姜姜和尹姁娥对视一眼，各自别开脸去。少商暗暗摇头，为避免发生内部战争，她就和自家把子坐一席，程姎和尹姁娥坐了一席。

不久，所有女眷都入了席，萧夫人被楼二夫人饱含热泪地拉了过去，两人和楼二少夫人坐在一处低语。菜蔬浆水上桌，众人自然得顾着礼仪先行向主家祝贺，而后略事饮食。

不过，才堪堪过了小半个时辰，就有人忍不住要发难了。

坐在楼绮左侧的一名黄衣女子放下碗盏，提声道："这位少商妹妹，今日你穿戴得好生华丽啊，与之前衣着寒酸截然不同，到底是攀上显贵了，不一样了啊！"

众人看去，少商今日这身衣裙的确精致不凡，素雅淡蓝的曲裾上隐隐泛着银光，襟口上的珍珠在烛火下犹如碧海中翻滚出来的银浪般闪闪发光，映衬着女孩秀美若青松苍翠，高洁凛然。

听了这挑衅，少商沉默地瞥了一眼对面的王姈、楼绮，王姈不屑地笑了笑，转过头去，楼绮明显是被事先嘱咐过了，强忍着不能开口。

不等少商张嘴回击，万姜姜已冷笑道："你言之凿凿，想来是之前见过我程家妹妹的。我来问你，你之前在哪里、何时见过她？"

那黄衣女子被万蒌蒌凶巴巴的气势吓到，结结巴巴道："在，在她出门赴宴之时……"

"胡说八道！我妹妹在她双亲回都城前几乎不出门，数月前开始才略略赴了几次宴，统共不到一掌之数，你是哪次见过她的？我怎么从来没见过你？！"

王姈悠然道："万家妹妹，你也太武断了，筵席中那么多人，你看错也未可知……"

"你别给我装蒜！我自小练射箭的，百步之外两只雀儿我都不会认错，何况人脸？我见过就不会忘记！"万蒌蒌一掌撑在案上，双目喷火，"你的狗腿子之前根本没见过程家妹妹，倒是适才我看你在她耳旁嘀咕了些什么，别是你指使的吧？"

王姈也动了气，冷哼一声："好，就是我说的，又怎样？！"

"你承认就好。"万蒌蒌故意嘲弄道，"我妹妹相貌生得好，穿上好的衣裙那是锦上添花；可有些人呀，人丑心恶，穿什么都白搭。"

"万蒌蒌，你竟敢……"王姈生生忍住，惊觉自己险些自行认领了。

万蒌蒌见对方被噎住了，得意扬扬地往嘴里放了一块甜瓜。

"程少商！"楼䌽忍不住了，立起身来指着对面，"你好能耐呀，前脚刚和我堂兄退了亲，后脚就搭上了十一郎，你，你对得起我堂兄吗？"

"这你该去问你的十一郎呀，谁叫他亲提得那么快，连一天都等不得了，这关程家妹妹什么事？"尹妁娥身旁一个圆脸女孩戏谑道。这话一说，周围女孩都笑了起来。

楼䌽涨红了脸："那她程少商也不该这么快答应，我堂兄该多难过呀！"

"哟，陛下亲口说的亲事，哪家敢无端回绝这天大的皇恩！楼家小妹好大的口气，张嘴就说不该答应，真该当日将她拉到御前，看看她有没有那胆量！"尹妁娥掩着袖子轻笑。

"就是就是。"另一名发髻浓密的女孩跟着凑趣道，"我听我那位在宫中值守的叔父说，那日陛下高兴得跟什么似的，还赏了他们好些酒浆呢。"

楼䌽脸红如酱萝卜："我我不是这个意思！我是说，堂兄对程少商很好很好，她应该心中伤怀，应该避居乡野，还应该……"

"还应该怎样？"少商今天根本提不起生气的劲，淡淡道，"你堂兄另娶了，我就要终身不嫁？就算要嫁也该先伤怀上好些年，最好错过花嫁之期，是不是？最后就算嫁了，也最好嫁个不如意的，躲在冷僻角落舔舐伤口，别走到人前来，是也不是？！哼哼，知道的是我们程家为圆满何将军的临终遗言才忍痛毁诺退婚，免了你们楼家两难之境。不知道的，还以为我们程家欠了你们楼家呢！楼缡，你把脑子洗洗清楚，不要不知天高地厚胡说八道！"说着，她眼光如利刃般射了出去。

"你若有胆，就将适才你说楼垚和我的话到你家长辈跟前说上一说，我看你还能剩下几根骨头！"少商冷笑道，"楼缡，你还真以为我欠了你的？"

楼缡讪讪坐下，不知怎的，她觉得程少商今日有股子戾气，不大好惹。

席间安静了片刻，王姈换了副口气，尖声尖气道："哎哟，到底今时不同往日，小阿缡呀，我劝你忍忍，你还当程小娘子是当初你堂兄的新妇呀……"

"其实，今日宫里有人来传话，叫我明日稍做准备，后日一早就接我到长秋宫。"少商忽然打断，"王娘子，何家有大功于社稷朝堂，今日是安成君的大喜日子，陛下屡屡降恩就是为了叫她显耀人前，盼她能婚后顺遂。可你们二人不断攀扯我和楼垚的旧事，是成心不让安成君过好日子了吧。你信不信我后日进宫就将这事禀报给陛下和娘娘？"

王姈倏然一惊，僵硬地笑了笑："是我失言了，前事已过，就不必再说了。"

万萋萋冷笑数声："王姈阿姊好本事，拿得起放得下，变脸跟戏法似的。不过有话我得先说清了，今日你吐的这些狗屁不如的东西，这么多人都听见了，就算少商妹妹不说，将来也难保不传入陛下耳中，到时你可别跟疯狗似的乱咬人！"她生平最佩服自家把子的吵架本事，往往能一下抓住要害！

王姈恨恨地咬着嘴唇，目光淬了毒一般。

这时她身旁一名年长两岁的少女开口，语气慢吞吞中透着恶意："攀扯楼家是没有必要。那我们就来说说程小娘子和凌大人的亲事吧。那日的事我们都听说了，程家上午到楼家退了亲，下午就在宫中定了亲，也快得太离谱了。不由得叫人心中生了疑窦，疑心呀……"

"疑心什么？"万萋萋警惕道。

那少女故意打量着少商，眼神露骨："程小娘子，你和凌大人是否之前就已相识？凌大人生得英伟，你若是暗暗生了情意，说出来也无妨嘛。"

少商刚张嘴，万萋萋已跳了起来："没有，绝对没有！"

那边的女孩们不肯依了，纷纷道："你又不是程少商，你怎么知道？"

"我当然知道！少商妹妹是有志气的人！"万萋萋大声道，"还以为旁人一个个都跟你们似的，看见凌不疑就跟饿了二宿的野狗追着肉骨头！寻常女娘也就看看凌不疑生得好，之后该干什么就干什么去了。也就你们，自己吃不着，就喷着酸气狂吠着到处咬人！可惜，凌不疑就是看不上你们！"这话说得忒狠，她这边的女孩纷纷发笑，乐得前仰后合。

尹姁娥微笑道："我劝众位妹妹一句，姻缘乃是天定之事。凌大人今年二十有一，自他十五岁陛下开始为他议亲，到如今足足六年了。说起来，诸位妹妹认识凌大人都比少商妹妹久，可是呢，姻缘由天定，当看开时得看开。"她这番话虽是向着对面众女说的，眼睛却若有若无地瞟向王姈。

王姈倏地立起，冷笑道："是！是十一郎向程少商提亲的。可那又如何？我们都是老老实实的闺中女子，行端坐正，不苟言笑，哪及得上有些人狐媚做作，卖弄风情，装得可怜柔弱，最会蛊惑男人！凌大人是伟丈夫，哪里懂这些鬼祟阴私的伎俩？怕是受了骗！"

这番话十分阴毒，王姈身旁的女孩们犹如听了号角，纷纷立起攻击起少商来。万萋萋急得跳脚，声嘶力竭地骂回去，反被讥笑"母老虎哪听得懂这些"，更有那知道底细的嘲讽"万娘子看上了程二公子急着替夫家出头呢"。

万萋萋再泼辣也不禁满面通红，尹姁娥这边的女孩顾忌着脸面，不好叫骂得太难听，正在此时，门口侍婢高声大喊："凌大人至！"

七嘴八舌的女孩吵闹声犹如被按下静音键般，瞬间消了声响，众女都转头去看，只见凌不疑高挑颀长的身影重重落在地板上。

他也不说话，面色阴沉地一步步走进来，锐利若出鞘锋芒般的气息扑面而来，犹如高踞山岭的猛兽扑入羊群，女孩们一个个缩了回去，厅内气氛陡然若春寒料峭。

那名年长的少女主动迎上前去，甜甜地笑道："凌大人，这里是女眷的席面，这不大合礼仪……"

凌不疑目如寒冰，鄙夷地看着她："合席还是分席只是小节，知道廉耻进退才是大礼仪。"说着他大步走下去，一把扯下厅堂中间的几面屏风。

只见另一边的筵席上，各家夫人们不知何时停了闲谈，似是安静许久了。

萧夫人脸色很难看，楼二夫人倚着儿媳默默垂泪，楼大夫人尴尬一笑，道："子晟，你来了啊……"不等她说下去，凌不疑就静静躬身行了个礼，又朝萧夫人行了一个加倍恭敬的礼，然后道："有长辈们看着，算是合礼了吧。"

那年长的少女鼓起勇气，不避不让地迎上凌不疑的目光，大声道："凌大人此话差矣，圣人云，礼仪乃……"

王姈默默地坐下了，心里冷笑这蠢货自以为聪明。若是卖弄才学对凌不疑有用，她早八辈子就苦读去了。

凌不疑果然看也没看她，径直从她身边经过，走到少商席位旁站定，然后淡淡道："我与这位女公子相识吗？女公子张嘴就议论旁人未婚夫妇的隐私之事，以为自己懂廉耻知礼仪吗？这个圣人可有说过？"

那少女做梦也想不到会被当众羞辱，瞬时涌上眼泪，呜呼一声掩面离席而去。

凌不疑低头看了万萋萋一眼，万萋萋满肚子火气，咬紧牙关忍住，哪怕头顶上的男子眼厉如刀她也决计不让位子！

楼缡及众女都怯怯地缩着，不敢说话。还是王姈赔笑着站起来，道："十一郎，阿娇姊姊也是官宦人家的女儿，你怎好羞……"

一个"辱"字还没出口，凌不疑就打断道："我知道她是谁。人不犯我，我不犯人，回去我就修书一封问她父亲，当众羞辱我凌某人的未婚妻是何意思，莫非是欺我凌不疑软弱无能？"他冷冷的目光扫过上首席面的众夫人。

女眷们哪里见过凌不疑这样森冷的神气？楼大夫人赶紧道："阿娇今日是随她伯父来的，若是她家伯母在席，是断不容她这样没规矩的！"

凌不疑懒得理楼大夫人，又低头看了万萋萋一眼。

万萋萋昂首挺胸，正襟危坐。少商心下好笑，凑过去道："别挨了，你挺不住的。"万萋萋越发挺得肖然不动，很有气势很有范儿，但手腕微微发颤。

凌不疑看向王姈："适才说到哪里了？嗯，狐媚风情，卖弄做作，你说的是上个月二皇子赠我的两名美姬吗？你兄长王隆见后垂涎三尺，我便将人送给他了。谁知没过几日，我听说那两名美姬倒被你父亲笑纳了，也不知你将来见到二姬，该称呼她们什么？"

王姈呼吸急促，脸上先是一阵青一阵白，然后如火烧般热辣。

在凌不疑的威势之下，周围哪有人敢帮她说话？楼大夫人素来不喜欢她带坏自己的女儿，碍着脸面不好多说，此时不知心里多痛快。

楼缡看她可怜，默默地挪过去，拉着她的袖子让她坐下。

凌不疑再次看了万萋萋一眼，缓缓上前一步。

万萋萋终于抵不住了，歉意地看了少商一眼，蹭蹭爬到右侧尹妘娥那桌挤着。

凌不疑就这么神情自若地坐到少商身边。然后，曾在程府上演过的冰河世纪降临的场面在楼府再度上演了——满室女眷中独一个面罩寒霜的高大青年坐在其中,仿佛温软轻薄的锦绣堆里砸入一块线条凌厉粗糙的巨岩。从上首的楼大夫人等人,到下首的小女娘们,都默默无言地低头饮食。别说言语了,大气都听不见喘一声。

凌不疑拿起侍婢换过的新杯,举着向上首道:"夫人们有礼,想来诸位也耳闻我与程氏定亲之事,将来成婚之时,不疑还要请诸位大驾光临。"

女眷哪会有异议,纷纷举杯应和,连连朝凌不疑和萧夫人群起笑言"恭喜恭喜"。

凌不疑放下双耳杯,目光转向下首的小女娘们。

这些呆滞的女孩犹如梦中惊醒,连忙跟着道喜,惊慌中连什么"白头偕老百年好合早生贵子"都出来了。

凌不疑双眉一掀:"于我的婚事,诸位女公子可有别的要说?"

女孩们摇头如海豚摆尾,纷纷表示这桩婚事真是好真是妙,简直天作之合天降奇缘天上掉下个程妹妹云云!

万萋萋见此情形,悄悄凑到少商耳边:"你怎么不说话了?"

少商沉默地捧着漆木碗喝汤:"……他一说话,旁人都不用说了。"

万萋萋似乎察觉到什么,惊异道:"他这是在替你撑腰呀。"

"我知道。"少商道。睫毛低垂,面无表情,一粒粒数着汤中的小圆菇。

这时,有侍婢将楼大夫人叫了出去。

楼大夫人沿着曲廊拐入一间昏暗的小屋子,只见丈夫正焦躁地负手等在那里。

楼太仆看见妻子就焦急道:"我在前院听闻内席发生了争执,有人欺负少商!"

楼大夫人叹道:"也没什么要紧的,就是小女娘们生了些口角。凌不疑是多少女子梦里之人,如今没头没脑地定了亲,自然有人不忿。"

"没什么要紧的凌不疑会忽然离席而去?"楼太仆提高声音道,"我都着人打听了,一群长舌妇围起来欺侮少商,其中还有阿缡!怎么王妗又来了?我们和王家又没什么交情,我不是叫你别让阿缡见她吗?王家烂污得很,别让阿缡跟着学坏了。"

"我知道!"楼大夫人道,"我也看不上王家,可她来了我能赶她走吗?到底还有皇后的面子在呀！"

楼太仆在屋里走来走去，恼道："你也是，见她们欺负少商，你不会拦着呀？那屏风能拦住什么？吵得外面侍婢都听见了，你们坐在里面的能听不见？！"

"欺负什么了？也就是几句玩笑话……"楼大夫人神色不变。

楼太仆忽地站住了，定定地看着妻子："程氏曾对你当众无礼，见她受辱你心里暗暗高兴，是不是？"

"大人谬言，我怎会如此？！席间这些夫人都是多年交好，她们都不管束自己的女儿，我若越过她们训斥小辈，岂不是要得罪许多人！"楼大夫人急促地辩驳。

"没有就好。"楼太仆沉沉地看妻子，"眼睁睁看着宾客在自家受辱，你以为只有凌不疑和程家颜面无光？我告诉你，丢脸的是楼家！"

他甩开袖子，背身道："那群无知浅薄的妇人，这亲事定都定了，她们默许女儿羞辱程少商能有什么好处？难道凌不疑还会因此退婚不成？不过是叫陛下心中不快罢了！既知道程少商人微位卑，聪明的就该卖凌不疑一个好，帮着周全颜面才是！"

楼大夫人恨恨地道："凌不疑这昏聩瞎眼的竖子，究竟看上那小丫头什么……"当年她自己的两个女儿没嫁之时，她也曾暗暗打过凌不疑的主意，可惜全无结果。

"这种废话以后不要再说了。"楼太仆干脆道，"自来无能之辈最爱诋毁有能之人，程氏能擒下凌不疑就是天大的本事！一群不知进退的妇人，与那嫉贤妒能的小人无异！我看你也是越来越昏聩了。将来二弟那房的事你就不要过问了，阿延如今越发能干，就由她管吧。"

"我是宗妇，也是主母，楼府之内焉能有我管不着的地方？"楼大夫人怒了。

"你以为凌不疑是怎么知道内筵之事的？"楼太仆冷声道，"是阿延使人去传报的，将她们欺侮少商的话一句句都传了过去。还说长辈在上，她做晚辈的没法开口，你以为她指的是谁？"

"这奸猾的女子！"楼大夫人惊怒道，"居然……"

"你不愿做聪明人，自然有人踩着你去做聪明人。"楼太仆冷冷地道，"阿延夫妇在族内广结善缘，各处卖好，你若再昏聩下去，苦头还在后面！好了，这事就这么定了。"

楼大夫人气呼呼不说话了。

这时侍婢来报:"程家小娘子忽道身子不适,凌大人已陪着回去了。"

楼大夫人不悦道:"她倒把凌不疑抓得紧。自己要回去了也不肯留下凌不疑!说不定,是急着卖弄委屈去了。"

"你说什么昏话?她到底是和阿垚定过亲的,来过就行了,难道还要留下闹洞房吗?!"楼太仆觉得妻子这几年眼界越发狭窄,全无年轻时庄严大度的模样,"就算是她使了手段,凌不疑肯被她哄着走,那就是本事!"说着便甩袖离去。

凌不疑和少商坐在马车中,一路无言。

"你怎么不说话?"凌不疑道。

少商淡淡道:"大约是适才说得太多了。"

"适才你也没怎么说话。"

少商沉默了。

凌不疑向女孩伸出手,女孩却低着头。他的手掌停在半空中,在昏暗中犹如苍白盛开的石兰。他捏紧拳头,收了回来:"我何处不妥,你说给我听。我总是想让你高兴的。"

少商凝视着角落出神,不知在想些什么——

"三叔母以前常笑我天真,不知什么才是权势。今夜,我亲眼看见了。婺婺阿姊、姁娥阿姊,还有那几位愿意帮我的姊姊,我们尽力辩解,奋力争论,抵挡得好生辛苦。阿母在帘子后面想来也忍得不易。然后,你来了,三言两语就把事情打发了。你后来甚至都不用说话了,你目光所及,大家就会依着你的意思去做。"

凌不疑低声道:"你不喜欢权势吗?"这世上怎么会有人不喜欢权势?"看不出,原来你倒是庄生的信者。"他手指僵硬,开着言不由衷的玩笑。

"我也是俗人,若无阿父的权势,我哪有今日呼奴唤婢的日子?"女孩摇摇头,"何况,权势只是一把利刃,哪有好坏之分?要看用在什么人手里。"

凌不疑目中露出些许疑惑:"那你为何……"

"今夜,我依靠的是你手里的权势,不是我自己的。"女孩大大的眼睛黑白分明,澄净明亮,"可是,我为何能用你的权势呢?因为我将来会嫁给你,给你生儿育女,让你高兴舒适,这样我就能分享你的权势了。"

凌不疑生平难得生出疑惑来："夫妻一体，这不是很自然的吗？"

"不是你的缘故，是我性情乖张。"少商伤感地笑了笑，"我想要按照自己的意思过日子，可如果跟了你，就得照你的意思活下去。我原本以为，我日后最烦恼之事，应是如何培土栽种，如何改良器械。可如今看来，我以后最要紧的事大约是揣摩你的喜好，让你感到开怀满意。若是那样，我现在的样子就得全变了，到最后，我都不知道我会变成什么样子。"

"喝冰酒对你不好。"凌不疑艰难道。

少商微笑道："首先，喝一口冰酒不会死人的，却能叫我高兴。再次，只要是我自己的意思，哪怕对身子不好，也该照我的意思来。"

凌不疑握着女孩柔软的双手，缓缓道："你喜欢和楼垚在一处，是否因为他能照着你的意思过日子？"

少商笑了，露出可爱的小白牙："差不多吧。所以你看，我虽然学识浅薄、无才无能，对自己却看得很清楚，所以我找到了正确的姻缘，可惜阿垚得娶何昭君，唉。可是凌大人，您这样了不起的人，反倒不清楚自己，找了我，那是大大的错了。"

凌不疑似乎有些明白了，冷冷道："姻缘于你而言，只是合适不合适吗？"

"不合适的，就不叫姻缘了，叫孽缘。"少商想挣脱双手，几番用力对方都纹丝不动。

"程将军与萧夫人，小程县令与桑夫人，你就不曾艳羡吗？"凌不疑道。

少商心中苦涩："我的运气很奇怪，身边总不缺神仙眷侣、美满家庭，但到了我自己身上，总要差些什么。"

凌不疑沉默良久，才道："……这倒是。"

少商看看他，知道他是想到丁崟大人和凌侯。她又用了几下力，可依旧挣脱不开双手，索性两手往前推去，盖着他宽大的手掌抚上他的双颊。

凌不疑似乎吃了一惊，他从未允许任何人抚摸过他，不由得愣了一下。

白嫩柔腻的小小手掌紧紧贴着他苍白的脸颊，少商感受到手掌下有些糙的触感，肤质坚韧紧致。两个人就这样相对而坐，面庞相抵，鼻息可闻。青年身形高挑，哪怕坐着也如玉山般巍峨，高大的身影兜头笼罩下来，叫她不得不仰起头颅，将纤细的脖颈弯曲起来，才能看到他的脸。

她从未这样仔细看过一个人——下颌骨形漂亮，额头弧度优美，还有他那双深褐色的眼睛，蝶翼低垂之下，犹如瑰宝般绮丽的双眸，这世上再没有这样美丽的眼睛了。

"都是我不好，我应该早些说的。"女孩轻轻道，"我可能，并不应该嫁人。我这样乖张招厌的性情，就不该祸害旁人。凌大人，我们可能真的不般配。"

凌不疑冷冷地笑起来——

她看起来像是被雨水打湿翅膀的孱弱蝶儿，轻轻颤抖着，仿佛没人护着随时都会断气，可真实的性情这样独断。她能用这样温柔备至的目光看着自己，同时嘴里却能说出这样冷漠无情的话。然而他又清楚，她并不是在欲擒故纵。她说的，都是真话。

他真是"好眼光"，茫茫人海之中，居然能找到这样一个人。

"你喜欢握在自己手里的东西，别人手里的，你就没法安心，对不对？"凌不疑紧握着女孩的手，牢牢地贴着自己的脸。

少商感到他灼热濡烫的气息晕染在自己脸上，带着香甜果味的酒香，夹杂着令人不安的成年男子气味。她点点头，轻声道："其实连阿父的权势，我都没法用一辈子的。我喜爱培土栽种、画图制工，仔细想想，只有这些才是跟牢我的。"

凌不疑忽然放开她的双手，远远地坐到另一个角落去，华丽的锦绣曲裾下摆盖在他修长的腿上，昏暗中闪着隐晦的光点。他舒展长臂轻轻抬起窗格，双眼望向外面，缝隙中透进来一束冷橘色的灯火光芒，照在他犹如玉雕般的面庞上。

"你怎么知道，我没有被你握在手里？"他淡淡道。

少商低头看自己的脚，叹道："没有人会被另一个人握在手中的。就如现在，除非你不要我，否则，我是不能不要你的。"她真怀念那个至少可以自由分手的年代，在这里，她若敢甩了凌不疑，皇帝还不把她吊在城门口晾成风干腊肉呀！

马车停在程府门口，少商坚定地推开了凌不疑伸过来扶她的手，然而他的马车是没有踏凳的，于是她不声不响地提起裙子，照适才万萋萋的姿势笨拙而艰难地跳落在地上。

她忍着脚疼，摇摇晃晃地朝凌不疑行了个礼算是道别，然后低头径直朝府门里头走去，心里默默地想着，也许后天不会再有后宫使来接自己进宫了。

程顺老管事察觉气氛不对，看看自家女公子，再看看新郎婿，然后低头沉默。

凌不疑身体凝滞不动，只静静地望着女孩远去的背影，明明如杨柳般纤弱柔软的身躯，却硬要挺得倔强笔直。

后日，她就要到宫廷里去了。在那里，她会看见许许多多善于窥伺人心的女子。她会知道有多少女子期盼着凭借温柔妩媚就能获得荣华富贵。她更加会知道，在权势面前，多少人愿意将自己的骨头扭曲成奇怪的姿势，以满足上位者的喜悦。

最终，她会知道自己现在的想法有多么可笑。

哪怕是看起来对自己十分痴情的王姈，只要陛下钩钩手指，或是自己潦倒失意，那也是顷刻间变心的事。

看着女孩在门框中越走越远，两边奴仆高举的火把延伸出两条斜斜的红艳光束，凌不疑忽大步向里面奔去，十几步后追上女孩，一把将她抱住贴在怀里。

后面的老程管事险些惊叫出声——虽然你俩之间冷冰冰的不大好，但也请不要动手动脚的好吗？！这里还在户外呢，就不能去屋里……他在说什么？屋里也不行！

少商被铁箍般的臂膀拦腰扣住，双脚甚至还离地了片刻，她不由得吓得失声惊叫，被没头没脑地抱在怀里，贴着男人仿佛天罗地网般的胸膛，还有一个灼热气息吻在她的头发上。

昏头昏脑间，她似乎听见凌不疑低低地说了一句——"……你是不能不要我的。"

她忽然发现，这原来是个歧义句。

过够了嘴瘾，少商强自装着镇定洗漱更衣，然后镇压着猛烈跳动的眼皮决意睡觉。

可她终究不是一个有城府的心术老手，适才凭着一股子悍勇无畏将心中多日的郁气吐了个干净，然后惴惴之情从心底慢慢爬了上来。薄毯下抚摸自己双臂上微微疼痛的瘀青，她满心烦躁，纠结着几分惊惧。

凌不疑看着清俊白皙，但自小膂力过人。有时他看少商处理大块木料费劲，伸手就能帮她破木裂桩。是以他和少商日常相处时一直十分小心，不过适才抱她时显然没控制好，险些将她胸腔内的气都挤了出去，更别说在两臂上留下瘀痕。

于是少商做了一夜的噩梦，犹如老电影片段重播一般，反反复复地梦见凌不疑高高擎起那件金乌赤凤般的神兵将那悍匪对半劈开；一忽儿又梦见他美丽的淡红色嘴角略略弯起，微笑着接过她小心奉上的清酒——然后顺手将她的手腕掰断了。

第二日，凌不疑没来。

作为一名负责任的闯祸坯子，少商当夜整装前去父母居处"坦白罪行"，恭恭敬敬地举臂磕头后，她将昨夜与凌不疑所说的话一五一十都说了出来。

其实程始夫妇昨夜就听程顺老管事禀报女儿和凌不疑之间的异常，但夫妇二人并未放在心上，以为不过是小情侣间的耍花枪，反正最后是以相拥收尾，想来也不是什么大事。

此时听到其中缘故才知要紧，夫妇二人互看一眼，眼中俱是不安。

"……女儿擅作主张，自行向凌大人提议退亲，还请双亲责罚。"少商伏在地上，声音没有起伏。

萧夫人许久不曾发作的怒火再度涌上，大骂道："你好大的胆子，你究竟知不知道其中的利害？这桩婚事难道是乡间邻里之约，你想要就要，想退就退？你这不知天高地厚的孽障，可知会给家中带来多大的祸患？！"

少商倔强地挺着背脊："阿母放心，牵连不到家里。我与凌大人说好了，此事我们程家不能开口，只能请他自行解决了。"

"自作聪明！"萧夫人勃然大怒，用力拍在案上，"你也不想想，退了这桩婚事后，你还能找到什么好郎婿！你又为此惹下了许多对头，一旦失了凌不疑的庇护，你想想将来会有多少人来寻你的晦气，就不会给自己留条退路吗？！你这忤逆不孝的孽障，我当初看得一点没错，你终究会给家里惹下大祸。"

"大不了终身不嫁，离开都城到乡野里去，我原就没觉得嫁人有什么好！"少商梗着脖子大声道，"阿母若害怕受牵连，我自可以……"

"好了！"程始沉声道，大掌按在妻子的肩上，以眼神示意，"素日孩儿都是由你管教的，今日这事，就由我来说吧。"

萧夫人愤愤然地扭过头去。

程始看着跪在当中的女儿，一脸愤怒不羁、满不在乎的样子，叹道："嫋嫋，你可愿听为父一言？"

少商放下嘟着的嘴，恭敬地坐好。

"这件事凌不疑没有错。"程始打断道，"为父也曾见过你与他几次相见。你二人言笑晏晏，相谈甚欢，你也不止一次表示过对他的仰慕之情——不要插嘴，谁也不是瞎子,就算不是男女之情,仰慕总是有的。你说得人家心头火热,然后人家就向为父提了亲,我也答应了。婚约既成,凌不疑究竟何错之有?!"

少商坐不住了,着急道:"我,我也没说他有错呀,只是,只是我和他真不般配!我想要过的日子不是这样的!我想要……想要……"

程始摆摆手,制止女儿说下去。

"为父年幼时,曾听过一个故事。有三名猎户入山遇灵,山灵说相遇即有缘,让他们三人各许一个愿望。头一个猎户说,他要许多许多金银珠宝,做天底下最富有的人。山灵说'好办好办'。第二个猎户说,他要至高无上的权力,成为人间帝王。山灵说'不难不难'。第三个猎户想了许久,才说他希望有生之年能做自己想做之事,不受羁绊与困扰,不被逼迫和约束。山灵默然,良久才说'此事万难办到'。"程始一口气说完。

少商慢慢松下双肩,若有所思。

程始看着女儿的神情变化,继续道:"这世上,人人都希望能照自己心意行事,可又有几个人能办到?为父托大一句,怕是贵为九五之尊的陛下也有无能为力之时。嫋嫋,你觉得你就能与众不同吗?就算不嫁给凌不疑,你就一定能过上你自己想要的日子吗?"

这番话简直振聋发聩,少商仿佛被重重击打在胸口。她张开嘴又闭上,实在辩驳不了,只能费力道:"我知道阿父的意思。可事情未必如此严重!凌大人才貌盖世,肯定能找到更好的婚配……"

萧夫人冷哼一声,程始拍拍妻子以示安抚,朝女儿继续道:"霍氏忠义无双,悲壮惨烈犹胜何家,更别说霍侯还是同陛下自小一同长大的结义兄长,陛下这满腔的歉疚抚慰最终都会落在凌不疑身上。凌不疑今年已二十有一了,依旧茕茕孑立,膝下空空。在你之前毫无婚配之意,陛下如今对这桩婚事会如何热忱,你这样聪慧的孩儿,难道想不出来?"

少商焦急却无力道:"凌大人不会将罪责推到我家身上的……"实则她自己也不敢肯定。

程始苦笑一声,看着女儿天真自信的面庞,道:"其一,就算凌不疑说是他自己要退婚的,昨夜他才为你斥责了满室的楼家宾客,对你百般遮蔽。现在宾客们酒还没醒透呢,凌不疑就说要退婚,你以为别人会怎么想?!"

少商心头急乱,额头冒出细细的汗意。

"其二,就算凌不疑言之凿凿,掩饰得当。嫋嫋啊,为父告诉你,这天底下最不讲道理的就是父母之爱，最无可抗拒的就是圣意。无论凌不疑怎么解释，陛下终归都会责怪到你的头上。怪你不能拢住凌不疑的心，怪你不能体贴温顺，怪你让他再度生了孤寡之意。嫋嫋，你现在还觉得牵连不到家里吗？"

少商张口结舌，心慌意乱地将袖子揉成一团。

"其三，你必是十分得意昨夜那番言辞，逼着凌不疑自行退婚，自己却不用担一点干系。可你胆敢这样拿捏凌不疑，让他将退婚的缘故尽数揽去，仗的是什么，不就是仗着凌不疑喜欢你吗？！你这可不是君子所为呀。若凌不疑心胸宽厚，就此作罢也就算了；可他若是怨极生恨，索性将事情向陛下说个清楚，然后拂袖而去，再不管你了，陛下难道会放过我们家……"说到这里，老程同志的声音都有些颤。

少商紧紧捏着袍袖的手抖个不停，她终于知道自己昨晚为何会一夜噩梦了。在她心底深处，她隐约知道此事凶险甚大，只是不愿承认罢了。

"为父怎会不明白你的心意呢？"程始看着抖成一团的女儿，神色怜惜，"为父像你这么大时，日思夜想就是能当一名快意江湖的游侠儿。若我离家而去，自己是痛快了，可父母年老、弟妹年幼，兵荒马乱之下怕是有饿死之虞。人生在世，有所为有所不为。所以我不能走，然后就这么一路下来……"

少商死死咬唇，眼中落下泪来。

程始叹道："这也不是你的错。那日为父不该被恩宠富贵迷晕了心窍，万般欣喜之下，张口就答应了婚事……"

"这如何能怪你？"萧夫人拍着膝头重重道，"我们刚与楼家退了亲，你用何等借口推辞陛下？！女儿一无婚约在身，家中二无丧孝要守，凌、程两家更是近日无仇、往日无怨！你们父女俩倒是说说看，陛下言辞恳切，我们做臣子的究竟该如何推托这婚事？！难道说这孽障独大惯了，不喜欢被凌不疑管东管西，所以更喜欢能被她指来喝去的楼垚？"

"那就是你我的错了。"程始抚着妻子的背，柔声道，"是我们将嫋嫋留下，懈怠了管教之职。这十年她独自长大，无人好好教导，养成了这样独来独往的性情，想事情自然不会顾及左右前后、父母兄弟，这都是我们的过错呀！"

少商哭得眼泪迷蒙，模糊着望向程老爹，不知所措。

程始宽慰道："嫋嫋也不用过于忧心，陛下是宽厚之人，不会因为养子婚事不成就将我们抄家灭族的……"

"是呀，不会抄家灭族，至多是你仕途止步。"萧夫人冷冷道。

少商一惊，慌忙去看程老爹，见他低头叹息，似乎骤然间苍老了几岁。她心里难过，哭哭啼啼道："可是阿父有才干呀……"

萧夫人冷哼一声："按出身分，陛下左有世家豪族林立，右有吴大将军扬侯纪遵这样出身贫寒但早早从龙的重臣；按亲厚分，陛下前有誓死追随的同乡同窗与族人，后有举重兵来投的大寮。你父亲是有才干，陛下也愿意用，可多他一个不多，少他一个不少！"

程始看女儿哭得厉害，笑道："嫋嫋别哭。我与你阿母并非贪恋功名富贵之人。起事之初不过是想守乡间平安，保家小温足。这二十余载我们血里火里地拼杀，没有身死家灭，还混出了些名堂，也该知足了。大不了这官不做，咱们回乡做田舍翁去。"

少商此时哭都哭不出来了，满心歉意。

她自己不怕离开都城，就当去贫困山区体验生活好了。有程老爹在乡里的威望在，她总能创造出更好的生活条件来的。可这些日子程家好吃好喝地供着自己，处处关怀疼爱，而她的回报，就是断了父兄的前程？

"嫋嫋别哭了。你把想说的都说了，以后就看凌不疑怎么说吧。"程始长叹一声，"阿苡，你把嫋嫋送回去，别叫她哭了。我和夫人还有事相商。"

守在门口的青苡点点头，上前扶起呆呆的少商，缓缓出门而去。

等两人走远了，一脸恼怒的萧夫人忽变了脸色，用力打了丈夫一下，恨声道："怎么又是我做坏你做好！我要是不先出来责骂嫋嫋，你就在旁一直装呆充愣了？"

程始也不叹气忧心了，呵呵笑道："夫人威严嘛，那个不怒自威，气势如虹，我怎么比得了……再说了，我们说的都是实话，并无虚言！"也就是添油加醋了些。

萧夫人点点头："拼着叫女儿又恨上我，也得好好吓吓她，免得她一辈子不知轻重利害，还真当自己料事如神呢！"

"正是！"程始叹道，"如今凌不疑能否做你我的郎婿，我也顾不得了，只盼嫋嫋收敛性情才好，这样独断独行，将来非吃大苦头不可。"

过了一会儿，萧夫人忽道："你说，凌不疑会不会看嫋嫋不情愿就真去寻陛下退亲了？"

程始头痛得很："不管了，等明日吧。就嫋嫋和凌不疑的性情，若真退了婚，也未尝不是件好事，胜过将来闹绝婚！"

"绝婚？！"萧夫人倒吸一口凉气，有点不敢想象未来的日子。

……

少商回到自己居处，挂着泪水发呆，木头人似的由阿苎梳洗更衣后躺下歇息。

躺在床榻上久久无法入眠，她摸索着从枕下抽出心爱的青竹横笛，披起薄薄的绫缎寝衣，缓缓地走到窗边坐下，幽幽地吹响了乐声，笛声疏淡如微风，彷徨而忧伤。

略略发凉的初夏夜晚已能听见几处蝉鸣了，春天终究是过去了。

"女公子今夜吹得真好，不过还是早些睡吧。"阿苎什么都没问，只笑得慈爱。

少商摇摇头，放下横笛，没有说话，只望着草木气息浓郁的庭院出神，有一株娇嫩洁白的玉兰花在翠绿的枝叶间轻轻摇曳。

——没有人向她求婚，然而婚约是成立的；没有正式开始交往，她却得想办法分手。恍惚间，她十分艰难地承认，一切终究是不一样了。

象牙塔住不了一辈子，她不能再固执己见、自以为是了，有几个人能真的按照自己的心意过想要的日子？神仙都未必能够。

次日清晨，少商破天荒地自动起身，换上凌不疑早早给她预备下的细纱半袖和薄薄的纻丝襦裙，烟水碧的衣料衬得她肤如凝脂，袅袅明媚，却又含而不放，谨慎守拙。

然后，她顶着一双红肿的大眼睛坐在屋中静静等待——以前没有闹钟她都能按时起床，从不迟到。受宠爱的孩子才敢任性妄为，这些日子程家人对她太过宽容了，让她失去了原有的戒备。不同的世界，有着不同的游戏规则，她不但要适应，还要学会运用无碍。

卯时末，一行宫使披着晨霜来到程府，宣口谕"皇后旨意召见程公之女少商"。少商在屋里听到传报，心中轻轻自嘲一声，然后由婢女扶着登上朱红锦绣的宫车。

程始和萧夫人领着奴婢站在门口目送女儿远行，直到远得看不见了，程始才轻哂一声："也罢，这位金贵的郎婿大人，你我还得继续受着。"

萧夫人皱眉不语，始终盯着宫车仪仗消失的巷口，总觉得将女儿送到了十分不妥的地方去。可她没有办法。

第二十一回 进宫面圣

因为天气渐热，今日指派来的宫车类似轺车一样四面敞开头上盖顶，少商坐在微微摇晃的车上，遥遥望见长秋宫那巍峨高耸的凤形飞檐，忍不住问起在车旁骑行的小黄门来。

"陈内官，我记得头一回随阿父阿母进宫，是从南面宫门进来，一路穿过了好些宫殿园林，走了大半个时辰呢。今日却这么快就要到了，既然有近路，那日为何不走呀？"

陈姓小黄门见她貌美天真，一路上和自己说说笑笑，甚是随和洒脱，就笑道："宫里寻常宣召臣子家小进宫，自然要按着礼数走，可如今女公子与凌大人定了亲，这不是陛下半个新妇吗？自家人当然可以从东西两面宫门绕近路……哦哟，到了，程小娘子请下车，这里起咱们得走着过去的。"

少商认识这条通往长秋宫的宫巷，说是巷子，却宽阔笔直，差不多有六车道。她提着裙子小心地被宫婢扶下车驾，仰头看看两边青色高大的宫墙，心道：得，就差高压铁丝网了。

陈内官在前引路，两边是犹如哑剧演员般的宫女宦官，少商被围在这片朱、玄二色中间走着。

没走几步，陈内官忽停下了脚步，然后整排仪仗全都停下脚步，少商从人群缝隙间看去，只见对面走来一位由奴婢簇拥着的高挑女子。

陈内官恭敬地低头作揖："见过公主殿下。"

周围宫婢宦官都纷纷跪下行礼，少商顿时陷入困惑，她是应该随陈内官站着作揖呢，还是应该随左右跪下磕头呢？算了，礼多人不怪，她决定行个大的，就随宫人们一道跪下了。

公主不去理睬陈内官，仰着头高傲地径直走入人群。随着她越走越近，少商终于想起来，这不是那位和自家驸马仿佛有物种隔离的公主吗？依稀记得骆济通介绍她排行第三。

三公主二十来岁的模样，身形窈窕，面容姣好，只是眉目略有几分凌厉，显得不甚好相处。她今日身着一件用整幅朱红色纻丝薄缎裁成的曲裾深衣，长长的裙裾向后延伸，缘处镶有泛着金光的五彩织锦，这样珍贵的布料就这么随意地拖在地上，随着她的走动，风姿婉然。

眼见三公主直直地朝自己走来，面色不善，少商心里有些慌，她原本以为率先为难自己的应该是那什么寡妇郡主或者包养游侠儿的公主呢，没想到竟是这位已经嫁了人的，看来凌不疑的辐射年龄范围十分广泛呀。

三公主走到她面前弯腰低头，用修整优美的手指抬起她的下颌："原来你就是程少商，果然是姿色姝丽，洵美且异。"

少商被掐得下巴生疼，肚里大骂：那日宫宴上你足足盯了老娘有一百八十秒，现在来说什么"原来"不"原来"！

用手指挑别人的下巴，这是一个十分经典的轻侮姿势，稍微改变一下手指挑起的角度和脸上的表情，还可以作为霸总邪魅狂狷的标志。唯一的问题是，两边的高度差距不能过大。三公主本就比少商高了半个头，这会儿少商还跪得十分"恭敬"，才勾了一会儿她的下巴，三公主不免腰酸脖子痛，只能悻悻然放下手指。

"说说吧。"三公主绕着少商慢慢走着，目光冰冷而挑剔，"你是怎么勾搭上十一郎的？"

这个问题十分刁毒，少商心中暗叹一口气，说不定，她得饶上些皮肉了，就当是太妹职业再培训了吧，只希望真的如程老爹所说，皇帝老爷对这门亲事十分热忱。

打定主意后，她慢慢跪直身子，道："敢问公主，何为'勾搭'？"

三公主倏然站住，冷笑道："我说什么就是什么！叫你答话你却敢违上？"

少商神色丝毫不变，淡淡道："殿下此言差矣。小女子若顺从殿下答了话，就是承认了这'勾搭'一事。为了家门声誉，小女子宁愿殿下责罚。"

三公主冷冷地骂道："你个贱婢，居然敢忤上不敬！来人呀，给我掌嘴！"

少商赶紧把头仰起来，摆好姿势等着别人来打，谁知那陈内官忽高声道："且慢。"

三公主阴阴地回头："你也要忤逆我？"

陈内官躬身道："殿下，您仔细看看，今日卑职带着的可不是长秋宫的人。出宫前陛下就吩咐小的送程小娘子入长秋宫前，先将人带去御前，陛下有话要示下。殿下，您再好好想想，真要叫程小娘子顶着被掌了嘴的脸去面圣吗？"

三公主怒火熊熊："你别拿父皇来吓我。怎么，我贵为公主还责罚不得一个无职无衔的贱婢了？！拼着叫父皇责骂，我今日也要打这贱婢！来人呀……"

"来什么来！谁都不许动！"——忽而一个清脆高亮的女子声音从巷角传来，随即一群宫人簇拥着一位华服女子而来。少商赶紧抬眼辨认，正是二公主。

陈内官松了口气，赶紧再度躬身行礼，周围宫人、阉人加上少商也依样画葫芦。

二公主与三公主面貌身形皆十分相似，不过眉宇柔和，嘴角时常挂着一抹微笑，便瞧着十分平易近人了。她今日身着一袭高腰束身的雪青色舞裙，服饰利落素净，发髻梳成高高的望月式，如此迎风疾步而来，恍若飞仙。

她向陈内官微微颔首，又看了跪在当中的少商一眼，然后对着自家妹妹板起脸道："之前你刚被父皇罚没了三成食邑，怎么又犯事了，还没罚够？！"

三公主神情一僵，又冷笑道："我是最不讨父皇喜欢的，既然如此，拼着再受责罚，我也要照着自己的心意行事！"

此言一出，少商顿时心有戚戚焉——原来皇帝的女儿都无法随心所欲，那么一个中等武将的女儿吃瘪显然合情合理多了。

二公主上前，拽着三公主的胳膊走开几步，压低声音骂道："你现在说得硬气，回头别又说花用不够来找我借钱！这些日子母妃好容易肯见你了，你别又惹事！"

三公主有些软了，涕道："二姊，我心里好苦啊……"

"苦什么苦！你与妹婿都有儿子了，还想如何？"二公主又骂又劝，"赶紧死心吧，父皇尊崇儒学那套规矩，是不会让你随意绝婚改嫁的！再说了，你想想叔祖家那守了寡的，她倒是没有郎婿了，难道就嫁成凌不疑了？！"

三公主忍不住滴下泪来："他，他怎么这么狠心……"

二公主这些年听这些话都耳朵生茧了，厌烦道："你有完没完？十一郎小的时候也没见你另眼相看。后来他大了，高壮了，你就生起心思来了，人家还非得依你不可呀？好了，这里不方便说话，赶紧跟我走！"

说完这话，二公主就扯着三公主走了回去，面带微笑将自家妹妹一把推给宫人，然后双手扶起少商，略带几分尴尬地笑道："快快起身，都快是自家人了,还行什么大礼?那日见过少商妹妹后,我就向十一郎讨了喜酒,谁知这竖子装模作样地冷着脸。现在我是知道了,原来是父皇怕妹妹年纪小,要好好教导一番再成婚呢。"

少商就势站了起来,暗想你们姊妹倒有趣,一个像是没长脑子,另一个像是长了俩。但她依旧什么没说,只恭恭敬敬地再作了一个揖。

二公主见她稚气可怜,恭顺柔弱,便笑着拍了拍她的手,转身就去捉正要离去的三公主:"你去哪儿?"

三公主用力甩开亲姐的拉扯:"我去见母妃。"

"那可太好了,我也去见母妃,我们一道走吧。"

"……我想先去拜见母后。"

"妹妹说得有理,进宫自应该先拜见母后,相逢即有缘,我们还是一道走吧。"

"我不会再惹事了,我自己会走!"

"其实阿姊是怕自己惹事,有妹妹在旁看着阿姊,阿姊就放心了。"

三公主:……

少商低头忍笑,她忽然觉得二公主是个很有趣的人,忍不住偷偷抬头看了她一眼,谁知这匆匆一抬头就让二公主瞥见了。二公主怔了下,见那女孩很快又低下头去做老实状,可适才一瞬间她只觉得笑意无邪,灵动善妩——她再回头看看把什么情绪都摆在脸上的胞妹,忍不住摇摇头。

陈内官见麻烦已了,赶紧喝令宫婢、阉人起身继续走,二公主也紧紧扯着三公主往另一个方向去,谁知此时却从巷角再度走来一群人,当头的正是凌不疑。

此处已是北宫禁处,凌不疑不能骑马驾车,身旁卫士也不能全甲重械。然则这十余名贴身侍卫皆身着浅色劲装袍服,腰佩轻剑短刃,紧随在凌不疑左右,无论戒备的姿势还是行走步伐都肃整简明,统一无异。

这一行人就这么安静地径直走来,少商这边的宫婢阉人连同公主随从都犹如被施咒定了形般一动不动。三公主看见凌不疑,脸上既惊又喜,二公主却想今日之事怕不能善了了,叹息间看见前侧的少商始终低着头,甚至有几分惊惧之意,心里不由得大奇。

凌不疑这时已走到近前,陈内官拱手笑道:"十一郎怎么来了?陛下今早还念叨你呢。"凌不疑亦拱手回礼,抬起头时,陈内官惊声道:"哎呀呀……

十一郎，你的脸怎么了？"

众人看去，只见凌不疑今日身着一件玄色直裾长袍，乌绫束发，然而白皙的面庞上有几缕血色刮痕，深黑的衣领内雪白的裹布若隐若现。

三公主当即惊呼起来，就要扑过去，却被二公主死死拖住。只听二公主大声道："十一郎，你这是又到哪里淘气去了？！"

凌不疑笑道："无妨，只是前日夜晚骑马不慎，从马上摔了下去。"

少商本就不安，不知如何面对这位刚刚"被分手"的未婚夫，此时听到"前日夜晚"四字更加惊疑，正打算捧着脸惊呼关怀两句，凌不疑已走到她身旁，冷冷地一眼瞪过去，低声道："你先别说话！"少商立刻把张开的嘴闭上了，低头老实站好。

凌不疑也不管周围近百双眼睛看着，伸手就拉起她柔软滑腻的右手，将她扯到自己身后遮了起来，看见这明晃晃的保护姿态，三公主眼珠都红了，眼眶含泪正要说话，二公主赶紧抢在她前头，笑道："这可真是奇闻了，你自小骑术了得，闭着眼睛都能在马上翻来跃去，前晚怎么失手了？！"

凌不疑似乎对二公主十分尊重，和气道："适才陛下已训斥我了，说我不该酒后纵马，不知死活。"

少商听到这里，不安地低头扭了扭右手，小小的手掌被微微发凉的大掌牢牢握着，全然动弹不得。

二公主又笑斥了几句，凌不疑就转身客气道："内官辛苦了，今日天不亮就出宫去迎吾妇，子晟这里多谢了。陛下眼下正在尚书台后殿，我自领吾妇前去，就不劳陈内官了。"

听见"吾妇"两字，周围宫婢、阉人都忍不住纷纷去看凌不疑背后的少商，或含笑，或悄声细语。三公主本来如同向日葵般欣喜地望着凌不疑，此时听闻这两个字顿时瘪了一半，二公主只好用低头捡葵花子的姿势叹气。

少商侧身站在他背后，仿佛被一座高大挺拔的山岭遮盖着，既安全又压抑。山就在那里，移不走挪不开，管束和保护，她都只能接受。

陈内官眉开眼笑："十一郎折煞奴婢了，给陛下当差是应尽的本分。"他用饱含"理解"的眼神看看凌不疑和少商，"这样也成，就请十一郎……呃，自便……奴婢就偷个懒了。"随后他向两位公主躬身告退，顺便带走自己领来的宫婢和阉人。

呼啦啦，人少了三分之一，凌不疑回过身来面朝两位公主，敛下微笑：

"我与两位殿下有话要说，请屏退左右。"同时他自己挥手示意，随身侍卫犹如沉默的海浪般迅速退开。

二公主心里早有准备，也叫随从远远走开。如此，这段宫巷就只剩下他们四人。

凌不疑从身后将女孩牵了出来，问道："适才三公主对你说什么了？"少商心知不该告状，正要掩饰几句，凌不疑又道："她是不是骂你'贱婢'了，还说你勾引我，更要掌你的嘴？好，我俱知晓了，想来也是如此。"

少商：……

二公主好气又好笑："十一郎，你没来前，少商妹妹尚且能说两句。你一来，她一个字都不用说了，你这性子也忒霸道了。"

凌不疑垂下睫毛，淡淡道："二公主，您不用替三公主打岔，我要说的话总是会说的。"

二公主苦笑着摇头："你呀你……"

三公主一直绷着脸，这时忽大声道："阿姊，你不用替我拦着，他自小刀口无德，要说什么就说好了！我还怕他吗……"

凌不疑往前踏出一大步，被拉着的少商跟跟跄跄地跟上三步，对面的三公主被他的气势一震，慌张地退后两步，只有二公主停在原地继续苦笑摇头。

"都城里的人皆道三公主风流张狂……"凌不疑缓缓开口，"可我知道不是。"

三公主脸色先是煞白，听到后半句犹如破云见日，心生狂喜。

"殿下，您只是多情，又不懂得遮掩。"凌不疑继续道，三公主骤然坠入冰窟。

二公主看着自家妹妹惶惑数变的神情，满心怜悯。其实高门贵妇风流的多了，从前公主养面首也不是什么稀奇事，不过人家都会把面子上的事圆好。至于胞妹，虽然频繁宴饮，广邀俊俏的文士郎君调笑亲昵，但真要说什么伤风败俗之事却不见得做过。

凌不疑道："殿下年长我三岁，同在陛下跟前长大，殿下年少时的几段情愫，我难道不知道？殿下婚后不快，我亦知晓。"

三公主颤着嘴唇："……你，你以前就帮我遮掩许多次。"

二公主叹道："外面不知道十一郎的性情，我们自家人还不知道吗？他是面冷心热，就跟我们嫡亲弟弟一般。你那年半夜难产，还是他连夜叩开宫门，让父皇赐下侍医，你这都忘了吗？！"

三公主已不复适才飞扬跋扈的模样，低声道："我没忘记。"

"是以，你今日就以羞辱吾妇来回报？！"凌不疑冷冷地质问。

三公主含泪道："不是的，我怎么会想要羞辱你？只是我听说这程少商粗鄙奸猾、狐媚狡狯，我不希望你……"

凌不疑冷冷地打断道："公主自己看错了一个又一个男人，今日倒来指教我如何看人了！我知道外面议论公主的话多有不实，公主却以外面的风传来质疑我的未婚妻！"

三公主顿时语塞，嗯啊了几声，满怀希冀地看向俊美的青年，忍羞道："好，就算是我的不是，我这就给程娘子赔罪。可是，十一郎，你自小待我的好我都记在心里，我年少时不会看人，不懂怎样才是好郎君，如今我我……"她面上泛红，表白之情溢于言表。

少商不屑：蠢货。

"公主请住口。"凌不疑冷冷道，"辱没宗室门楣的话，公主还是不要说出口的好。"

三公主犹自不肯罢休，二公主羞臊地看了眼被凌不疑遮得只剩下一片裙角的少商，忍无可忍地骂道："你究竟要不要脸？尊贵体面都叫你丢入东海了！你如今有夫有子，又不能绝婚改嫁，你还想如何？难道要十一郎给你做情夫？！"

三公主张口结舌。她自小没什么算计，如此情形也不知道将来究竟该和凌不疑怎么样，只知道心里喜欢就一定要亲近相好。

"二姊姊，您想多了。"凌不疑讥讽道，"三公主从不去想旁人会怎样，也不理什么后果祸患，她只知自己高兴就好。她喜爱的也不是我，是她自己。"

说到这里，他手掌微微用力收紧，少商顿时吃痛，哀求地用另一只手又拍又摸他的手臂。也不知是不是奏了效，凌不疑又缓缓松开手掌。

少商心里大骂：你知道我心里最喜欢的也是自己就好，干吗还死缠着我不放？！

"三公主，以前就算了，可今日我不得不把话说白了……"凌不疑直直看过去，二公主看了眼胞妹，朝他轻轻点头。

凌不疑冷声道："殿下，你莫要自欺欺人了，我多次助你，为你遮掩，究竟是为了你还是为了陛下，你心里清楚。陛下恩慈，抚育我长大，他国事劳累、宵衣旰食，可他的女儿只知风月情爱，全不顾他的颜面，屡屡惹祸——我心中早是厌恶至极！"

"你你……"三公主心痛欲裂,她本是多情直率之人,此时犹如被人割出血淋淋的伤后再撒上一把盐。

二公主叹息,只有这样不留余地才能断了胞妹的念想,免得她又受人利用做错事。

三公主摇摇欲坠,脸色煞白地扶着二公主,强撑道:"我都清楚了,你不用再说了。我还没那么厚颜无耻。你说我对程少商武断,好好,那就当我听来的都是错的,只盼你将来不要后悔……"

"三公主,"凌不疑立得笔挺,神色沉静,眸色冷峻,"我今年二十一岁,自小到大,陛下多少次惦记过我的婚事,两位殿下最清楚。可直至数月前遇到少商,我才动了婚配的心思。除她之外,没有旁人。"

这话说得斩钉截铁,两位公主都愣了。

片刻后,二公主目露欣慰之意,三公主黯然神伤,闭眼转身。

少商侧身低头而站,一只手依旧被凌不疑握着,另一只手按在他强健有力的臂膀上,掌下的手臂修长温暖。阳光越过高高的宫墙,犹如碎金般洒落一地,也落在女孩身上,将她烟水碧的衣衫点缀得枝叶繁茂,花蕊微绽。

暗青色的宫城地砖斑斑驳驳的,是以无人发觉,女孩脚尖旁的地砖上落了两滴黝黑。

少商轻轻踩上去,将它盖住。

完成了对三公主的降维打击后,二公主心满意足地拉着胞妹领上仆从离宫而去。凌不疑远远地看着她们离去的方向,道:"看来两位殿下今日不会去拜见皇后和越妃了。"

少商忽问:"三公主这阵子是不是不常进宫?"

凌不疑看了她一眼:"不错,你怎么知道?"

少商不甚在意道:"适才听二公主说,三公主数月前被褫夺了三成的食邑,我虽不知殿下犯的是何过错,但适才听她言语中还有气,想来父女并未和解。如此,以她的性情,自然不会频繁进宫了。"

凌不疑沉默片刻,才道:"没错。不过,提议褫夺三公主食邑作为责罚的并不是陛下,而是越妃娘娘。这几个月来,三公主除了例行家筵都不曾进宫了。"

少商很是吃了一惊:"越妃娘娘是三公主的生母吧?"从来只听说做亲娘的给儿女遮掩说好话的,这莫不是什么反套路操作吧?

"越妃娘娘教养儿女甚是严厉，以后你就知道了。"

凌不疑说完这句，拉起少商就走。他带来的贴身侍卫安静肃整地跟在后面，始终相隔十丈左右。少商跌跌撞撞地被拉着快步走着，时不时回头看看这群沉默的尾随者，这样大的排场她很不习惯。她想说些什么，但凌不疑一言不发，只是大步走路。身高条件放在那里，少商被拖得几乎要小跑起来，她想着，莫非这就是传说中的情侣冷战阶段？

"凌不疑大人！"眼看前方宫殿在望，少商用力顿住脚步，双手死死扯住未婚夫的胳膊，气喘吁吁道，"……你有什么话就说吧，我过会儿是要面圣的，你将我拖行得上气不接下气，到时回不上陛下的话……我可没有三成食邑可以罚没，只有项上人头一颗！"到时倒真不用成亲了。

凌不疑停住脚步，神色阴郁地看着她，缓缓道："我生平难得看走眼，如今才知你是个狡狯自私的女子！当你用得到我的时候，满口甜言蜜语，对我万般溢美夸赞；当你发觉我不是你想要的那种郎婿时，你又弃我如敝屣。"

少商沉默："……你说得没错。"根据这时代的风俗，她之前的过分巴结的确很容易让男人误解，这方面她很抱歉，不过他这怨妇口气是怎么回事？

"当初你口口声声叫我'兄长'时我就该想到你的心意。你是既贪图我能给你助力，却又嫌弃我，不想要我这个人，是以只想让我给你当个'不远不近'的劳什子兄长！"

少商想了想，叹道："这也没错。不过，我没有嫌弃你。"

她怎么会嫌弃他！只不过，男神这种生物，最美好的时刻就是摆放在神坛上之时。只要他永远待在神坛上，他就能成为你心灵的慰藉、前进的信念、指路的明灯……

她很愿意将凌不疑巾当作这样一尊完美的神像，不但可以用于供奉，还能做靠山，实是美不胜收。她打算得好好的，谁知人家偏偏不按她的意思，硬要挤进她的生活。不远的将来，这尊美丽强势的神祇还要睡到自己身旁，这滋味简直酸爽得不要不要的。

凌不疑凤眼含怒，满是不信，冷冷地瞪着她。

少商苦笑道："我怎么会嫌弃你？我是嫌弃我自己。"这是真话，她知道自己有很多缺点，跟人合不来的原因往往出在自己身上。

"既然知道这般性情不好，你却一点不想改过？"凌不疑盯着她。

少商叹道："若是能轻易改掉，何来'江山易改，本性难移'之说？"

凌不疑冷冷一笑:"这就是你了。智足以拒谏,言足以饰非。"

听到熟悉的话,少商顿时失笑:"这话家母经常说,你与她想必合得来。"

凌不疑一字一句道:"然则,我是不会退亲的。"

"既然你知道我性情有些,有些不堪……你又为何非娶我不可呢?"少商无语。

凌不疑看了她一会儿,忽说了一句文不对题的话:"我前日坠马受伤了,你还没过问我的伤势。"

少商抬头看去,只见他修长的脖颈和秀美的侧脸上血痕斑斑,映着他的肤色,犹如白璧染朱。她莫名心软了,伸出左手轻轻抚摸他缠着绷带的颈项,低声道:"你痛不痛?"

凌不疑眼中的冷峭之意缓和下来,气愤了两日两夜,似乎等的就是这么一句简单的问候,这样轻轻地抚摸。他握住女孩抚在自己颈项上的小手,柔声道:"待会儿到陛下跟前你不用害怕。陛下为人十分仁慈,你想说什么就说吧,说错了也不要紧,有我呢。"

少商看着眼前俊美高大的青年,一颗心仿佛瞬间飞越千山万水,跋涉过深沟巨岭。她忽然觉得心累:"……其实吧,你的性情也没比我好到哪里去。这样忽冷忽热、阴晴不定的,寻常人哪里受得住?"

凌不疑听了这番吐槽,犹如深琥珀般的眸子光彩洋溢,直如星辰璀璨。他摸摸少商柔软稚幼的额发,温柔道:"你对我好一点,我就不会这样了。"

少商一阵无语:"这话难道不是应该我来对你说的吗?"

"你对我不好,我才会酒后去骑马的。"凌不疑却很认真,"然而我没告诉任何人,是你的缘故我才会坠马的。"

少商瞪着圆圆的大眼睛,几乎要滴下眼泪。老娘本不想嫁给你,现在勉为其难把你收下了,你还挑三拣四要我对你好一点!难怪你之前整天担心我会不喜欢,看来你对自己还是蛮了解的——"你这是要挟我吗?"她开始磨牙齿了。

凌不疑笑笑,没有答话,只是拉起女孩继续走,只不过这次他放慢了脚步。

少商跟在他身后愤愤地碎碎念:"你自己学艺不精骑术不好,居然赖到我头上来了,我可是不认的,你要挟也没用……"嘴里嘟囔着,人却只能由他拉着往前走去。

来到宫门前,值守的小黄门上前躬身问安,凌不疑笑着回礼,身姿端正优雅，并无半分对下位者的轻慢之意。那小黄门眼中笑意更盛，连声延请，凌不疑就拉着少商上阶而去，将贴身侍卫留在殿外。

两人往里走去时，少商还听见身后隐隐传来几位宦者的窃窃私语——

"凌大人好人哪，待我等都这样谦和温厚。"

"十一郎和旁的王孙公子都不一样，毫无骄狂苛严之气！"

"尚书台的几位大人也常夸他敦谨守礼，勇武仁善，有古君子之风呢！"

"那位就是程氏小娘子吧，生得倒是貌美，不知性情是否温柔恭善，十一郎这些年孤身一人不容易，只盼这位程小娘子待他好些！"

……

议论声渐渐消失，少商憋了一肚子气，凌不疑忽停住脚步，指着眼前幽深的长廊，道："走到长廊尽头一转就是陛下日常议事后歇息之处了，你还有什么话要跟我说？"

少商压低声音愤愤道："……你真会做人，现在人人都让我对你好，为什么没人说应该对我也好些？这些年我也很不容易呀！"

凌不疑忍笑："就这些？马上要面圣了。"

"还有！"少商板着脸，深吸气道，"都是因为你我才有这许多事的！待会儿，陛下若是嫌我数落我，那都是你的错；陛下若是责罚训斥我，那也是你的错；陛下若是考我学问，我答不上来，那还是你的错！你可记住了？！"

凌不疑终于忍耐不住，侧过身去，一手扶着暗赤漆木的雕花廊壁，轻轻笑了起来。

少商大怒，用力挥下袖子甩开他的手，孩子气地跺着脚，自行往前走去。

凌不疑用手背抵着自己的额头轻笑了好一阵，满心宠溺地自言自语："色厉内荏！"

再抬头时，只见女孩已消失在长廊尽头，他大步追赶，走到尽头一转，忽见十余步处未婚妻背身而立，面对着一位长身玉立的青年男子说话。他略略顿足，然后缓缓走了过去。

"后面有猛兽追着你吗？每次定亲都跟逃命似的……"

"除了皇甫夫子每月给我叔母寄一函箫谱诗歌，我叔父每月写信回家诉苦一番之外，我与善见公子并无旁的干系，袁公子，你还是管好自己吧。"

"……那我就贺喜少商君又得了一门好亲事。"

"能不能把这个'又'字去了！"

袁慎不及回嘴，凌不疑已走了过来，微笑道："原来是善见，不知与吾妇在议论何事？"

"……"袁慎略略皱眉，"你与少商君尚未成婚，此时就称'吾妇'似是不大妥当。"

少商眼前一亮，其实她刚才就想说"吾什么妇，老娘还没嫁呢"。她拍手笑道："善见公子很有见解呀。"

凌不疑斜乜了她一眼，低声道："我看你也很有见解，不如待会儿去陛下跟前分说分说。"

少商立刻软了，闭口不言。

袁慎见此情形，心中莫名生起一股气，正要开口，凌不疑十分礼貌地朝他拱手，微笑道："善见这是要离宫了吧，如今日气正炽，不如让人预备一顶斗笠遮阳。"

袁慎几次张嘴欲言，最后还是忍下了，躬身还礼道："大人客气了，下官这就告辞了。"说完，他忍不住再看了少商一眼，然后拂袖离去。

凌不疑定定地望着袁慎离去的长廊，许久没有挪步。少商忍不住问道："你在看什么？袁慎有什么不妥吗？"凌不疑答道："从你我前后分别走到这里，还不到一百步。"

少商不明其意，也估算了一下："对呀，也就一百来步，所以呢？"

凌不疑看她一脸懵懂，微微叹息："无事。我们去面见陛下吧。"

宦者高亮的声音通传过后，两个人躬身进入内殿，只见皇帝身着常服高高坐在上首，身旁是素髻简装的皇后，下首还坐着笑呵呵的太子和斯文柔顺的太子妃。

凌不疑拉着少商双双行过礼，起身再跽坐后，笑道："怎么娘娘也来了，不是说在长秋宫等我们过去的吗？"

皇后端庄地笑了笑："就当我等不及要看你的新妇好了。"又转头道："陛下，人都到了，您要训示什么就说吧。"

皇帝看着下面老实跪坐的小小女孩，缓缓点头："嗯，今日总算行对了礼。"

少商脸上泛起羞红。真是无知者无畏，她后来才知道自己一直用着错误的宫廷礼仪。

凌不疑看见一旁偷笑的太子夫妇，忍不住道："陛下，程家原本也没想叫她入宫，礼仪上自然有些疏于教管了。"

皇帝不理养子，继续问："程氏，你可知，怎样才能成为子晟的妻子？"

少商满头雾水，这话怎么听起来像招聘会的开幕词？她看着几位大佬，小心翼翼地斟酌言辞："这个……要成为凌大人的妻子，得先成婚……"

话没说完，太子就扑哧一声笑了出来，见皇帝不悦的目光射过来，他连忙低头忍住；谁知皇后和太子妃也侧脸掩袖轻笑。

少商忙告罪道："回禀陛下，妾愚钝，不知陛下之意，适才妄言，万请陛下恕罪！"笑屁笑啊，她说的有什么不对吗？！

皇帝不语，脸上看不出喜怒。

凌不疑叹道："陛下，您有话就直说吧，少商年幼，又未受教，听不懂的。"

皇帝眼中露出几抹无奈，摆出微笑，又道："好，程氏，朕来问你，你礼仪粗疏，才学不显，子晟却是国之栋梁，朕亦视如亲儿，你觉得自己与子晟般配吗？"

听到这个问题，少商简直内心宽面条泪——苍天啊大地啊，终于有人问她这个问题了，她真的真的有很多很多话想说呀！

凌不疑又要开口，皇帝忽抬起手制止养子说下去，半真半假地下令道："你，不要说话，让少商说。"

"不般配，自然是不般配！"少商提起一口真气，决心一气说完连逗号都能省则省，于是她满脸激动地大声说起来——

"陛下明鉴，家父家母在小女子三岁时就远离都城外出征战，家中只剩老迈体弱的祖母和并不贤良的已经被二叔父休了的二叔母。十年来小女子是字未识满十个，书没读全一卷啊，还是最近父母回来了，看小女子实在粗鄙不堪、不成体统，慌急慌忙地教导了些许书文，可这丁点儿才学满打满算也凑不足一簸箕啊！当时家母就说了，将来要给我寻一位门第略低些的郎婿，万一被嫌弃了娘家还能帮忙撑腰……上有天下有地，小女子这话字字属实，绝无一点虚言！程家上下从祖母到手足没人想到我会与凌大人这样世所罕见的英才定亲呀！真的，陛下这都是真的，我若知道日后会受凌大人青眼，我一定头悬梁股刺锥日夜苦读冬复不辍，可是眼下也来不及了呀！想到要嫁给凌大人这样才貌悬殊的郎婿，小女子不止一次夜不能寐、食不下咽、惴惴不安，陛下，您不如劝劝凌大人，小女子真配不上他呀！"

少商一番话说完险些断了气。

皇后与太子又惊又笑，侧身抹泪，太子妃愕然，也不知是吓傻了还是没听明白。皇帝的笑容凝固住了，他等的当然不是这个答案，他本意是想敲打这小女娘一番，让她莫要恃宠生骄，欺侮养子宽厚，结果，结果怎么成了这样……

凌不疑似乎对未婚妻这番"高论"毫不惊讶，还笑笑道："陛下，您看少商年纪虽小，但是多么谦逊自知、天然无伪呀。"

殿内一时落针可闻。

这真是一个具有纪念意义的时刻，皇帝自年少起就以沉稳善断著称，生平甚少无以言对之时，此时此刻他竟不知从何说起。

按照他原先的打算，先严词点明程氏的诸多不足，让她知道能得来这桩姻缘简直是侥天之幸，这样程氏必会对养子感激涕零，恭顺温柔地好好服侍……然而，接下去他该说什么呢？

皇帝握拳轻咳两声，向旁侧看了几眼，端庄的皇后嘴角含笑，坐得一动不动，用肢体语言表示拒绝接盘，还是敦厚的太子在慢了三拍后收到亲爹信号，赶紧对少商道："孔夫子云，知之为知之，不知为不知，是知也。难得你小小年纪就能懂得这个道理……"

太子的语速越来越慢，用游移的目光明确表示，他编不下去了。

皇帝沉默不语，以他素日的足智多谋，真要说场面话怎么会说不出，不过顺着太子的意思说下去有违自己的本意而已。

"程氏，婚事既已定下，你就该想想如何弥补自己的不足，而非一味自轻自贬。你若真如此不堪，那求娶你的子晟又该如何自处？"皇帝沉声道。

厉害！行家一出手，就知有没有。少商老实跪坐如一只鹌鹑，一动都不敢动。

"子晟如今自己在外立府，一言一行诸多关注，你做他的新妇，将来里外操持更需谨慎周全。若有差错，丢的是子晟的颜面。不学，方才无术。学而无为，是为轻慢懈怠。以后你在皇后跟前要加倍用心勤勉，而非以自谦之名行推诿之实。"皇帝词锋甚厉。

少商低头诺诺，哪敢抖机灵。

见女孩应得恭顺，皇帝心想她年少顽皮也是难免，谁叫养子偏喜欢这类的？以后慢慢教导就是了。训示告一个段落，皇帝怕吓唬太过，又和颜悦色道："细则如何，以后你听皇后吩咐便是。今日就这样吧，你还有什么要说的？"

少商略略抬起头，小心地看了凌不疑一眼，似有询问之意。

凌不疑柔声道："你想说什么就说吧，陛下日理万机，难得能寻出空来。"

皇帝听养子这么说，捻须微笑，心里稍觉舒服。

少商犹如嫩芽萌土一般慢慢挺起肩膀，声音清晰而勇敢："陛下，妾今日想向您告一个人的御状，不知可否？"

太子夫妇齐齐惊愕，皇帝颇觉兴味："你倒是胆大，才面圣三回就敢告御状。你可知，谏言出告也是大事，稍有不慎即为重罪。"

凌不疑安静地看着她，眼中略有几分疑惑。

少商抬头直视帝后，带着一种孩童般的诚恳："陛下说的是朝政大事，妾不懂。妾今日要告的是小儿女之事。然，虽是小儿女事，但若是陛下能为妾做主，以后妾在皇后身边就能少去许多无须有的周折。凌大人常说陛下宽仁，他视若亲父，是以妾斗胆，也视陛下如自家长辈。妾不识礼数，不知这样合不合礼仪？若是不合，妾就不说了。"这番绕口的啰里啰唆说得她好累。

皇帝心想这小女娘别的好坏不说，口齿倒是伶俐，在御前也能落落大方，有条有理，不似以前见过的臣子女儿，自己稍有威压，她们不是不知所云，就是嗫嚅畏缩。

他笑笑："善，朕允你说。"

少商得了允诺，先向皇后伏倒而拜，朗声道："妾今日要告的就是车骑将军王淳之女，王姈。告她言行无状，前日楼家婚筵之上诽谤于我。"

这话一说出口，皇帝和太子俱是一愣，太子妃呀了一声，急急地看向皇后，连忙道："程小娘子慎言。你可知阿姈是，是……"

少商向太子妃恭敬地作揖："妾知道王娘子之母是娘娘的外妹，可凌大人还是皇后娘娘跟前长大的，若是任由王娘子在外诋毁流言，难道于人于己无碍？"

太子妃皱眉道："你与王娘子之间不过是口舌琐事，哪里有这么厉害了，何必拿子晟做靶，非要拿到陛下和娘娘跟前言说，徒扰帝后清净。"

太子轻声道："你好歹听程娘子把话说完，再说这件事与子晟相不相干也不迟。"

太子妃脸上一红，低头不语。

皇后微微一笑，对少商道："但说无妨。"

皇帝默许。

少商道："太子妃说得对，本是口舌小事，然三寸之舌也能乱家坏事。前日楼家婚仪，王娘子与另几位小娘子在筵席上一齐发难，指骂妾'狐媚做作，卖弄风情'，凌大人是受了妾的蛊惑才要娶我的，以及诸如此类的言语。"

太子失笑一声，笑道："孤还当是什么呢，原来是这种争风妒忌之言。自从子晟定了亲，都城里不知多少小女娘在家中抹泪呢。"

皇帝依旧笑笑，心想其实这话是真的也没关系。

少商对上和气生财的太子，人都放松了几分，微笑道："太子殿下，妾狂妄，敢问一句，倘若妾真是狐媚做作，卖弄风情，那么受了妾蛊惑的凌大人又算什么？"

太子神色一变，太子妃愣住了。凌不疑侧看女孩，眼中似有几分了然。

少商微微转身，朝帝后再度拜倒，恭敬道："陛下，妾自知无才无德，妾亦不知凌大人究竟为何对妾青眼有加，但无论是何缘故，总不能是'耽于美色，受人蛊惑'吧？"

皇后本来微笑地听着，仿佛在看嫩黄绒毛的小鸡小鸭颠颠地互啄，听到这里才缓缓沉下神色。皇帝反倒不动声色，波澜不惊。

少商看向她，黑白分明的眸子清澈无瑕，一派真挚："娘娘，妾虽无知，但觉得不妥。王娘子她们这些话不是私底下议论，而是大庭广众之下直言不讳。就算言者无心，只是为了小儿女的激愤失落之情，可难保听者有意呀。"

皇后素来端庄寡言，闻言略略沉思。太子夫妇惊疑不定，互看一眼，没有说话。

此时，皇帝忽然出声："适才你在宫巷中遇到三公主，她也同样出言无状，甚至要羞辱殴责于你，为何你不告她？莫非，你是欺软怕硬？！"

说到最后四个字，皇帝的声音中已露威严之势。太子妃首先惊慌地伏倒，太子赶紧去看少商，怕小女孩被天子威势吓倒。

谁知少商挺直背脊，不闪不避："回禀陛下，妾自己都不甚清楚的事，是决然不能告的。"她心口狂跳，才二十几分钟前发生的事皇帝居然都知道了，当老大的果然都有两把刷子。

"此话怎讲？"皇帝淡淡道，"王娘子和三公主不都是同样的出言无状吗？"

少商后颈沁出细汗，她强自按捺紧张，将指甲用力嵌进掌心以保持镇定，才道："妾没有状告三公主，缘故有二。其一，适才三公主虽然言行不妥，然前有二公主谆谆教诲、严词喝止，后有凌大人快刀斩乱麻。到三公主离去之时，妾见殿下虽面露哀伤，但心里已是通透了，日后再有二公主慢慢开解劝说，此事就算过去了。"

太子长出一口气，窥着皇帝的脸色，小心道："少商说得是。三妹就是鲁莽了些，但二妹的话她还是肯听的。不妨事，不妨事！"

他心里怕少商遭母后不喜，又朝皇后道："可阿嫽不一样，自从子晟和少商定亲后，她人前人后多少次愤愤不满了，一径地说少商配不上子晟，连我都听说了……你说是吧？"最后两字是问太子妃的。

太子妃无辜中枪，惊慌地去看皇后，尴尬道："妾也……也略有所闻。"在都城众多迷恋凌不疑的女孩中，王嫽也算有名的。

"那第二个缘故呢？"皇帝逼视少商，继续追问。

少商深一吸口气，字斟句酌道："其二，妾素闻二公主才情出众，善歌咏舞艺，适才妾见二公主入宫时连身上的舞衣都不曾换下，想来是不久前正在家中练舞，乍闻此事才匆忙赶来的。而三公主这几月并不常进宫，那么殿下又如何知道妾是何日何时被宣召入宫的，又能刚好在路上堵住我等一行——这事妾不大明白。不明白之事，如何能告？"

这话翻译过来，就是"水太深了，不能蹚浑水"。不过少商猜想，十有八九是王嫽去通知三公主来寻自己晦气的。那日楼家婚宴上，其余人就算知道了，也和三公主没交情，如何能在短短一日内煽风点火？这笔账以后慢慢跟王嫽算！

皇帝若有若无地露出些许笑意："嗯，三公主背后有深意，王嫽背后就没有深意了吗？"

"深意，什么深意？"少商呆了一下，"不过是，神女想嫁襄王嘛。"

皇帝一时没忍住，轻笑出来。

太子见状，知道警报解除，呵呵笑道："本来只是一桩小事，可若阿嫽想不通透，将来还要向少商发难，那该如何是好？继续纠缠下去，小事也要变大的。"

少商感激地用力点头。王嫽那条疯狗，若是不赶紧拴上铁链，放她出去乱吠，四处宣扬自己是个狐狸精，谎言说上一千遍后自己估计真要成精怪了。到时拉她去祭天喝符水怎么办？

"少商，你过来。"始终不曾开口的皇后忽然道。

少商心头一跳，战战兢兢地低头向前膝行几步，心想自己刚告了她的表外甥女，不知会不会受斥责。

皇后道："你抬起头来。"

少商依言行事，抬眼便是皇后端庄盛美的容貌。

皇后道："照我原先的意思，让你住在宫里慢慢教养，可子晟不肯，非说你与父母团聚日短，也没多少承欢膝下的日子了。那你就每日辰时之前赶至长秋宫里，申时末出宫回家。每旬休一日，如何？"

少商呆了一下，这不是朝九晚五上班制吗——"啊，哦，诺诺。妾谨遵懿旨。"她立刻清醒过来，应声拜倒。

走读当然比住宿好，何况深宫可畏，没有丝毫宫斗经验的理科女生哪敢长留宫中，怕是骨头都不够拆的，能每天回家松口气真是太好了——少商忍不住感激地望向凌不疑。

凌不疑含笑，眼中尽是笑意。

又吩咐了几句，帝后便叫四名晚辈退下了。

太子拍着凌不疑的肩膀说了几句玩笑话，太子妃拉着少商的手，亲近道："东宫就在永和宫东侧，也不算很远。以后你在长秋宫乏了，就来寻我消遣玩耍。"

少商笑得好像迎春花，心里安放拒马桩，宫斗预警机呼啦呼啦地响——如妃女士怎么说来着？在这座宫里，有人对你好就是要利用你，有人亲近你就是要害你。

这话太经典了，回去她就把这两句用英文写出来钉在床头以示警醒……欸，稍等，英文会不会被人误认为是符咒呀？不行不行，这个迷信的年代对于巫蛊诅咒之类的指控最致命了，还是别写了，记在心里就好——很好很好，她已经提前进入状态了。

与太子妃夫妇分道扬镳后，凌不疑那队犹如幽灵般的贴身护卫再度拥了上来，依旧不远不近地跟在两人后面。

两人安静地并排而走，间隔约有两步，过了许久，凌不疑才道："之前我还为你面圣担忧，原来你早有打算了。"

少商缓缓走着，悠悠道："既然婚事已成定局，就该好好谋划。"

"你今日告王姈一状，不只是为了以后不再受她纠缠诽谤吧？"凌不疑忽收住脚步，按住女孩的肩头，一字一句道，"你是在试探陛下和娘娘，投石问路。"

少商不避不闪，微笑道："我以后可是要在皇后娘娘手底下讨生活的。"

凌不疑皱眉道："你想知道皇后的性情为人，为何不问我？"

少商侧身仰起头，迎向刺眼的阳光，在额前手搭凉棚："我亦需要让皇帝皇后知道我是什么样的人。"问出来的哪有自己亲身感受来得真切？

"我生平，最不耐烦'风来随风倒，雨落顺水流'之人。死在奋力搏杀的路上，亦胜于坐以待毙束手就擒。"少商咬着白生生的牙齿，眼神坚定，像是说给自己听。

凌不疑忽觉怀中好似揣了一头活蹦乱跳的小兽，皮毛细腻可爱，偏生不听话，拱着茸茸的小脑袋想挣出去，一下下蹬得他心肝都发颤了。

许多年前，当今皇帝也只是群雄并起中的一名小诸侯，地盘不算最大，人马不算最多，甚至最初都不是势力最强势的。但人家出手不凡，正式单飞第二年就称了帝，同年末拿下如今这座城池，然后定下国都，完善律法，组织朝廷……十分迅速地搭建起一个草台班子，多年来小心经营，建设征战两手抓，逐渐发展成目前已近天下一统的规模。

少商忍不住道一声服气。

如目前这座都城，原先只是前朝某藩王的封地，皇帝占领这里后，为了减省，直接将旧王宫拿来做了宫城——就是如今的南宫。反正皇室家庭人口也不多，南宫殿宇还算广阔，居家过日子和上朝听政就都在一起了。直到万、程两兄弟来投靠那年，皇帝看国库也渐渐充盈，才开始兴建规模略大的北宫群落。

俯瞰整座竖立的长方形庞大宫城，北宫在上，南宫在下，上大下小两片四方的宫殿群，恰如一个倒过来的"吕"字，南北宫之间以复道连接，围绕着这个"吕"字，周围还有许多零散的独宫，此外，还有高塔园林、神社祀庙、行政机构，等等。

皇后所居的长秋宫就在北宫西南方。

初代的皇室家族一般都比较简单。

首先，皇帝父母早亡，所以太后太妃之流是没有的，皇室目前的最高长辈就是半修仙状态的汝阳王。其次，皇帝的一兄一弟在征战中全挂掉了，弟弟过世时甚至无嗣，只好将兄长遗留的二子匀一个给弟弟承继香火。再次，皇帝的姊妹只剩下一个年近花甲的长公主，她膝下有一名嘴贱的幼子，就是那日在凌不疑府上说少商和袁慎在铁匠铺私会的黄阳"童鞋"。

最后，皇帝目前只有一后二妃，分别是宣皇后、越妃、徐美人。

"就这些？"犹记得少商刚听到这份后宫编制时的诧异，"万伯父的姬妾都不止这个数了。"

凌不疑反问："然万公子嗣几何？"

少商叹气，这是万家永恒的痛。

"令尊只令堂一人，子嗣又几何？"

田好不用多好吗，全靠耕——少商只好掉转话题："那陛下的皇子有多少？"

皇帝统共有十一子五女，除去五皇子是徐美人意外所得，宣皇后和越妃一人生五子，然后因为越妃其中一子未及齿序就夭折了，于是越妃又多生了一位公主。结论：宣皇后五子二女，越妃四子三女，每人七个。

少商：……这皇帝是天秤座的吧。

"越娘娘是不是很受陛下的宠爱？那岂不是对皇后娘娘很不利？"即使没看过任何宫斗剧的女孩也能产生这样的联想。

凌不疑却露出十分难以形容的神情："……这个你以后就知道了。"

不过少商也没工夫理睬皇帝的后妃关系，她现在需要重新调整生物钟。

每日清晨，少商必须以赶早自习的劲头起床梳洗，再以赶通城地铁的耐性坐马车到宫城西面靠北的城门入宫，穿过皇家园林往南步行，方能抵达长秋宫——概括一下，五点之前起床，半个小时梳洗吃饭，一个多小时赶到宫城，再快走三四十分钟就到上班地点了。

短短两天，少商肚里有几滴墨水就被皇后摸得一清二楚。从第三日起，皇后就开始教导少商各种典籍。她不像萧夫人一样让女孩一卷卷背诵过去，而是系统地告诉少商她统共应该通读多少文卷，分别是儒道典籍、律例规俗、世家谱系，甚至忌讳隐晦。

皇后喜文好静，每日九点前十分钟左右少商赶到长秋宫时，她往往已经料理完宫务了，不是持卷读书，就是正在练习书法。她让宫婢在自己侧旁给少商安放书案和笔墨，时不时指点少商哪段典籍经文是何意思，或者指点少商的书法，然后一上午就这样过去了。

皇后又在自己宫室的侧殿辟出一间居室给少商，每日午膳后让小姑娘稍事歇息，下午开始淑女教育和礼法普及。首先就是祭祀，包括祖先神灵甚至山川河流的祭祷，皇后甚至宣召了两名礼官给少商细细讲述上至宫廷宗室、下至公侯世族之家的祭祀，从祭品牺牲的差别到祷词跪拜的含义——听得少商两眼蚊香圈。

其次才是种种新妇艺能。例如纺织，具体分为执麻枲，治丝茧，织纴、组、紃，甚至裁剪衣裳；还要学习基本庖厨，制豉酱，酿醯醢，纳酒浆，等等。

"……妾以为，妾以后无须亲手劳作这些。"少商学得痛苦不堪，忍了两天，终于夯着胆子说出口。

皇后笑了笑："是无须亲手劳作，但你若是精通这些，人们就会说你贤惠淑好。"说这话时，她犹如模板般端庄的面容略略透出几分嘲讽。

少商木木地点头。贤惠，很好很好。

再次是博艺，目前最流行的六博、赌棋、投壶，以及不甚流行的围棋、弹棋……这时皇后就会叫骆济通领着小宫女们和少商一起玩耍。

然后少商屡战屡败，逢赌必输。哪怕六枚骰子猜五枚，她都能精准地避开所有正确答案，挑中错误的那个。

骆济通笑得东倒西歪，指着她道："你所有的运气大抵都用在姻缘上了吧！"

少商几乎要呕血。

"你这样挺好。"骆济通神情怅然，"我要远嫁去西北了，到时你多陪陪皇后。"

少商苦着脸。皇后是典型的上流社会教养出来的标准淑女，哪怕给花卉修剪枝叶都能慢吞吞地做上大半天，自己却是快意恩仇的预备役小太妹，说砸啤酒瓶绝不摔酱油碟，现在真是要了亲命了。

"难道妾不用学习管家理事吗？"她小小声地问皇后。

谁知皇后颇有深意地含笑道："你是个有大主张的女娘。进宫数日，你从不携带多余之物进宫，宫里的一针一线你也绝不带出宫。与我说话字斟句酌，无论宫婢们怎么招呼，你也绝不在宫室乱走半步，午憩后将被褥折叠得比殿前的白玉石阶还要方正。翟媪寻你说了半天话，连你二叔父如今在何处读书都没问出来，倒被你将她老家还有几口人，婚配与否，做何营生，都打听清楚了。管家理事这种末节，有何可担忧的？"

少商呆了。她没想到皇后看着清清冷冷什么都不在意的样子，却什么都看在眼里。

"妾，我我……"

"无须多说。小女娘心里有成算是好事，胜于阿姈那样没头没脑，咋咋呼呼的。"皇后淡淡地笑着，"这样我也能放心将子晟交给你了。"

"王娘子她她……"少商觉得自己几乎无所遁形。

"等她受完责罚了,还需进宫谢恩道罪。我得给她母亲留些颜面,你却不用。想说什么就说吧。阿妗若能从你这里学得明白些,倒是好事了。"

少商:……

日子长了,少商渐渐知道更多宫里的事。

皇后是个冰山美人,平日不苟言笑,实则为人温煦,偶有小宫婢出了错,她脸上虽装得威严,却常是轻轻饶过,身边最亲近的是自小服侍她的傅母,宫里人称"翟媪"。

骆济通名为五公主伴读,却常年待在长秋宫中陪伴皇后,而数月前公主府已落成,五公主自从年前定下亲事后,如今已长住公主府,自得逍遥。

尽管长秋宫中人人都待自己很客气,连"期待"中的五公主找碴儿都不曾出现,但少商仍然觉得自己娇嫩的生命受到了伤害。

十几年来她都是新社会教育下的实用主义者,加上后来选择的还是理工方向,从思维方式到生活节奏都被训练得迅捷明快,目及屡及。哪怕最近学了横笛,会下俯四十五度对着庭院思绪徜徉片刻,那也只是偶尔为之。

但她如今已不是初来乍到那会儿了,知道这些看似无聊透顶的学习都是必要的,但骤然让她适应这种慢生活,坐看外面的日光投射在廊下的阴影慢慢变换形状、角度,她几乎抑郁了。

都说深宫孤寂,仿佛时光拖延了脚步,日月散漫了光彩,皇帝自有忙不完的朝政,哪怕皇帝常来找皇后,深宫依旧是孤寂的。少商开始明白凌不疑那种清冷峻幽的神气是哪来的了,从小待在这种地方,的确容易产生心理疾病。

"……我们什么时候才能成亲?"少商坐在四面通透的马车上,以肘支着下巴,傍晚的微风舒爽清凉,可吹不走她心里的烦躁。

凌不疑安静地骑在她车旁,时不时望向车内:"不是年底,就是年初。"

"陛下就这么不放心我嫁给你吗?"少商觉得自己现在说话都慢了。

凌不疑看着女孩迷茫的目光,低声道:"夫天地为炉兮,造化为工;阴阳为炭兮,万物为铜……"

"这个我知道。"少商眼睛一亮,仿佛举手被老师点中回答般,"是贾谊的《鹏鸟赋》。这是皇后娘娘最喜爱的一篇,每日都要读两句。"果然这慢刀子割肉的折磨也不是白受的,看看她,活生生理科转文科了。

凌不疑道:"我年幼时在宫中也曾不适,娘娘就念这篇与我听。少商,你学过的这些,我大多都学过。我也不是一进宫就是陛下的'十一郎'的,非得有让世人看得上的才干,才配得上陛下养子的名声。"

少商幽幽道:"……你就不打算说些宽慰我的话吗?"她这些日子没少听宫婢们说凌不疑的故事。

凌不疑温柔地看着她:"就算你嫁给楼垚,也要过这一关的。倘若你什么都不学就嫁进了楼家,难道就不会有烦扰吗?你什么时候才能改掉爱逃避的毛病?天底下任何事只要迎上去,就没有几件真正难的。"

少商叹道:"凌大人,你是我未来的夫婿,不是夫子。"

凌不疑忍笑:"再忍几个月就好,等到了我府里你想如何都成。没有满屋的舅姑妯娌等着你周旋,这点总算比楼家强吧。"

少商怔怔地望着骑在马上的高大青年,微风习习,拂动他素色的直裾,冷峻挺拔。

她四下看看,眼见已到了自家那条冷清的巷口,就伸手去拉青年的长袍下摆,待凌不疑俯下身来,她凑到他耳边,轻声道:"你不想亲亲我吗?"

凌不疑神色一顿,看女孩唇色如朱,两颊幼嫩细腻,心中一动,当即就要凑过去亲吻。谁知少商忽往车中一靠,正襟危坐道:"我忽然想起皇后娘娘的教诲,女子当端庄自持,不可轻浮。"脸上却明明白白写着"我不痛快也不让你好过"。

凌不疑见她神色顽皮,轻轻一笑,也不与她计较,当马车驶至程府门口,他亲手将女孩托下车时,忽然道:"我今夜能否歇在你家?"

少商一个趔趄,险些栽倒在自家门前,她脸红低叫:"你说什么胡话?!"

凌不疑含笑道:"我是说,歇在你兄长那里。"

"这样不妥。"少商的表情很正经,"就算你歇在我兄长那儿,保不住外面的人说闲话。"

凌不疑挑眉道:"我们已经定亲了,就是睡在一处又有何妨?"

这次少商居然没有脸红,反而惊疑道:"真的吗?真的无妨吗?我不是很懂,时下未婚夫妻可以这样吗?"比她那个时代还开放,她居然有些小兴奋呢。

"假的。"凌不疑忽板起脸,常年冷峻的眸子却满是笑意。

少商陡然没了兴致,淡淡道:"既然如此,凌大人,就回去吧,看这天色都暗了。"

凌不疑看她这副装腔作势的模样,本来想笑,忽又叹道:"说到底,是你这几日在宫里太闲了,难道你就没觉得有甚不妥吗?"

少商紧张道:"我有什么不对的地方吗?我觉得我在宫里很小心呀。"这可怕的宫廷,她恨不能连走过几步都数清楚,她这就犯上错啦?!

凌不疑怜悯地摸摸她的额发:"没什么要紧的,大约陛下要训斥你几句,不过,也不见得是坏事。"

第二十二回 宫闱见闻

被凌不疑这一吓,少商连续两天都疑神疑鬼的,结果眼看休沐在即,一切却依旧风平浪静。这日是少商宫廷上班首次放假前的最后一日,午睡后皇后略有些乏力,少商就自告奋勇地帮忙捏肩捶背,顺便有一搭没一搭地陪着闲聊。

"……松开,松开,娘娘,您别使劲,要慢慢松开身上的骨骼皮肉,对了,对了,就这样……"

翟媪在旁看着皇后渐渐舒展的眉宇,赞道:"想不到少商君还有这等本事。"

少商谦虚地笑笑——废话!短信妹的亲爹可是正宗二甲医院内退下海开店的推拿师,亲娘则是同单位的一流正骨师。短信妹可以摸着她们的每根骨头说出名字、特点和未来可能发生的病变。

"……前日太子妃请你去东宫,你为何推三阻四地不肯去?"皇后闭着眼睛道。

少商很快说道:"太子妃曾想将自己的族妹和堂表妹嫁于凌大人。"

皇后立刻睁眼去看翟媪:"傅母,又是你说的!"

翟媪略显尴尬地呵呵笑道:"呵呵……我去看看骆娘子的绿豆水和绿豆糕是否好了,娘娘,您慢慢训她……"说着慌忙溜出宫室。

"娘娘,您别说翟媪了,这事宫里不都知道吗?"少商手上使着力气,费劲道,"我还打听了,太子妃延请我的那日,恰好她那几位族妹还是什么堂表妹也在,定是要引荐我们认识的。可是认识之后呢,太子妃若想让我认几位'妹妹',我答应不答应呢?"

皇后低声道:"你也想得太远了。"

"人无远虑必有近忧嘛。"

皇后侧头去看女孩,忽问道:"若太子妃非要将族妹给子晟为妾,你该如何？"

"我不干。若凌大人笑纳了，我就跟他绝婚。"少商回答得很干脆，说完又叹道，"唉，都怪我的长相。济通阿姊说了，只要我不动，不说话，单看样貌，人人都以为我柔弱可怜好说话呢。无妨，等将来我善妒的名声传出去，就好了。"

"你以为'善妒'是什么好名声吗？"皇后皱眉道。

少商慢慢揉动手下僵直的颈椎："妾性情不好，能改的妾使劲改，改不了的也没法子了。欸，娘娘……"她忽想到一事，"您怎么不说我这么善妒，会让凌大人受委屈呢？"

皇后瞪了她一眼："他自己挑中的你，你要退亲他死活不肯，有什么他也得受着，有何可惦记的！"

少商笑起来："那您也不替太子妃叫委屈吗？"

皇后皱起眉头，苦笑道："我和陛下曾以为她委屈，多有怜惜。结果，越怜惜她，她越觉得自己委屈，于是整日想着如何补回自己的委屈。"她看少商一脸懵懂，叹道，"有些事，你以后会知道的。"

"又是这句话，'你以后会知道的'，济通阿姊就爱说这句话，上回妾问凌大人越妃是何许人也，他也说这句话，妾现在最不爱听这句话了。天上明月皎皎，地上宫阙昭昭，有什么事不能说个明白吗？"

皇后听少商低声嘟囔，翘起红嘟嘟的小嘴犹可挂只油壶，她顿觉得这模样甚是可爱，温言笑道："深宫莫测，对一个人、一件事，有时还真不是三言两语能说明白的。"

少商闷闷道："……好吧。"

话正说着，骆济通端着绿豆汤和绿豆糕进来，笑道："文修君与王家小娘子来了。"

少商一听是王姈母女，赶忙进谗言："娘娘，这宫廷禁地，文修君母女总不能说来就来，连个帖子都不递，当长秋宫是坊间食肆呀！"

皇后白了她一眼，笑骂："你若是在殿为臣，一定是个佞臣。文修君是奉陛下之令，携女来告罪的。"

"告罪？我看是兴师问罪！"说话间，少商已经看见王姈从殿门拾步而来，一脸咬牙绷脸，犹如持刃待战的神气。

皇后摇头轻叹，同时摸摸自己的妆发："阿姈历练不足，也只比那日向你寻衅的三公主强一点。"

"也没强多少。"少商帮皇后整理衣装，"王姤阿姊这是投胎在臣下肚里，若她也是公主，说不准，犹有过之呢。"到底是皇帝亲闺女，得给三公主留点脸面。

待王家母女上前行礼起身坐定后，少商才看清文修君模样，容貌倒是不坏，不过双眉尖利，嘴唇偏薄，颇有几分自傲清高之相。

文修君看了少商几眼，目中流露出不屑之意。

少商默默地在心里替她补足：这妖娆柔弱的小人，全靠装可怜迷住了凌不疑，不值一提。

文修君又看了女儿一眼，王姤立刻上前磕头行礼，满口都是赔罪那日楼家婚宴上言行不当之事，不过致歉的话虽说得标准，脸上的表情却依旧不忿。

文修君继续不说话，再看了皇后一眼，少商被她这左一眼右一眼看得心头火起！

皇后深知文修君的脾气，暗叹一声，道："少商，你领着阿姤去你居住的宫室说话，骆济通，你也退下吧。"

少商和王姤互看一眼，不情不愿地起身告退，骆济通含笑屏退所有宫婢。

分道扬镳后，少商果然领了王姤去自己日常歇息的宫室，她近日嘴上虽有些调皮，但行止从不敢出差错。

王姤绕着圈子在宫室里看了一周，抬着下巴鄙夷道："这里摆设真是冷清简陋，看来姨母待你也不过如此，我小时候住宫里时，用的可是清一色的剔红镂金漆器，铺的是鲛绡锦缎，点的香是凤犀鼓，饮的是……"

"王娘子，"少商笑吟吟地打断她，"也许你不信，其实我很喜欢你。"

王姤一愣，不知这话是什么意思。

"……因为你蠢，蠢到只要一张嘴就能让人抓住把柄。我那回在万家见到你时，就觉得你最好还是不要开口。"

王姤脸上一阵青一阵红。

少商继续道："陛下厉行节俭，皇后内寝的摆设我也是见过的，什么剔红镂金，什么鲛绡锦缎，你说什么大话呢？信口开河，也不怕闪了舌头，不如我这就将这话告诉皇后去？"

王姤张大了嘴巴。

"好吧。就当你这话是真的。可你年幼之时，陛下经略天下正在要紧关头。所以你的意思是，皇后娘娘无视内库艰难只顾自己奢靡快活？"少商放松地靠在扶架上，老神在在。

王姈慌张道："不不不……"

这话倘若传扬出去，皇后姨母怎样不知道，自己首当其冲不用做人了。

慌乱中，王姈忽然灵光一闪，大声道："不是姨母奢靡！那些都是原先旧王宫里的陈设，对对，是原先旧藩王奢靡铺张，并不曾用到国帑！"

少商慢慢停下笑，歪头想想："嗯，这样辩解也有道理。那好吧，这事就算啦。"——真是个蠢货，换作她，八个借口也想出来了！

她说得轻快，王姈却怒火中烧，被少商一通胡搅蛮缠，她险些忘记自己还有账要跟她算，当下也不乔装做作了，沉下脸上前揪住少商的袖袍，厉声道："你这贱人！你又好到哪里去了？在陛下跟前告我的状，哼哼，也不想想你家什么货色，才发达起来几天的庶族草莽，看我阿父收不收拾你们！"

少商连眼睛都没多眨一下，只静静盯着王姈。

王姈被她盯得发慌："怎，怎么了？"

"是我向陛下告你的状没错。不过，你是怎么知道的？"

王姈有些反应不过来："自然是你告的，还有谁……"

"那日婚宴上那么多人都听到看到你的不当言行，为何非是我告的？"少商语气平静，"陛下宣召你的父亲车骑将军，当面训斥他养女不教。难道陛下会像汝等妇人一般，还一五一十告诉令尊是我告的状？那么，常理而言，不应该是陛下耳目灵通，自行听到的风声吗？嗯，我记得当日席中，还有几位夫人的郎婿是御史大夫手下的吧。"

"……至于告状嘛。那日陛下特意遣散了宦官和宫婢，宫室内只留下陛下、皇后、太子与太子妃，还有我与凌大人，统共六人。王娘子，你这么认定是我告的状，是从何得知的？嗯，帝后不会说，我与凌大人不会说，太子是敦厚之人，恨不能我和你把手言欢、情同姊妹，更不会说了。那么，只有太子妃了……哼，我这就去质问太子妃，为何要将这事告诉你，莫非盼着你我永世生怨？"

"不是的，不是！"王姈惊恐万分，嘶哑着喊道，"不不不，不是太子妃！"

"好！不是太子妃就不是！"少商的声音犹如箭矢般锐利，同时慢慢站起身子，"那就是你自己打听到的。可那日面圣是在尚书台的后殿啊，陛下的小朝堂！你是如何买通那里服侍之人的？朝政重地，守备森严，你居然能打听到那里的动静，你们王家究竟意欲何为？！"

王姈吓疯了，嘶叫着扑上去。

少商虽身形纤小，但上辈子斗殴经验丰富，她轻轻一挪，反手就将王姈右臂折起，用脚踢她膝弯处，王姈不由自主地跪倒在地，然后就被少商拗右臂死死压住。

"不是的，不是的！"王姈再糊涂，也知道窥测国政要事的下场，这时再也装不得高傲了，声嘶力竭地大喊着，"……是，是太子妃，是太子妃告诉我的……"

少商面无表情地就势一推，王姈重重摔在地板上，伏在地上哀哀哭泣不止。少商单腿跪在她跟前，俯下身去，狠狠道："我以前不和你计较，不是因为你有多厉害，而是看在你家世尊贵的分儿上。你现在看见了，只要我能和你站在同一处，要捏死你，丝毫不难。"

说着她手上用力拗动，王姈左手抱着右臂痛呼出声，哭得涕泪横流，她长这么大还没被欺负得这么厉害过。

少商慢慢松开手，笑着拍拍她："你别哭了。你到底还是身份尊贵的，看看，你那日在楼家骂我骂得那么凶，不也只禁足十日，如今又活蹦乱跳了吗？"

"呜呜……你知道什么？陛下狠狠斥骂了我父亲，叫他快些将我嫁了。等今日跟你告罪过后，就不让我再进宫了。父亲为了让陛下满意，要将我嫁得远远的，什么荆州的江夏郡，我见都没见过的人，呜呜呜，我不要去那么远的地方……"

王姈哭得昏天暗地，过了半响也没听见声音，不由得抬头去看，只见少商两眼望向窗外，也不知在想什么。

"济通阿姊要嫁去西北，你要去南边，我却要留在这里……"过了好一会儿，少商才幽幽道，"江夏其实是个好地方，将来我也想去南边看看。"

"那种蛮荒之地，有何好去的？！"王姈都忘记哭了，只觉得匪夷所思。

少商忽又起了兴，笑眯眯道："过几年，我去江夏找你吧，到时候你尽一尽地主之谊。"

王姈大怒："你带着十一郎来向我耀武扬威吗？！"

少商一蒙，复叹道："你怎么二句不离凌不疑！人生在世，还有很多重要的事呀。"

"你知道什么？！"王姈用手背慌乱地擦拭泪水，手脚并用地跪坐起来，"你从小就在都城，没去过外面。你以为那么多有封地的公主、郡主、王侯为何不去封国？那些偏远的封国，日常起居是多么的粗糙，没有像样的漆器、柔软的衣料，连熏香都是呛人的！"

少商失笑："公主郡主我不知道。可那些王侯没有去封国，未必是舍不得都城富贵吧？"帝王的掣肘之术嘛，有什么稀奇的？

"那还能是为什么？"王姈勃然大怒，"谁不知道都城富贵安耽！"

少商咂巴一下嘴，无奈道："所以，你到底是想留在都城过舒适的日子，还是想要凌不疑？"——凌不疑嘛，你从小费劲到大，也没见你做出什么成就。都城嘛，本来你可以留着的，现在却被你作没了。真是一事无成的人生啊。

王姈呆滞了，开始转动大脑，仔细考虑这个问题。然后少商在一旁摇着漆竹编制的便面，悠悠乘凉，感叹着什么时代都有脑袋里装游泳池的小姑娘啊。

没过多久，有宫婢来请少商和王姈回去。少商见她神色急切，暗暗生奇，待穿过宫廊来到殿门口时，却见翟媪和骆济通正焦急地等在紧闭的门外。

"少商，你和姈娘子进去吧。"翟媪上前道，"娘娘和文修君有些争执。"

少商不明所以地点点头，然后和王姈往殿内走去，宫婢刚挪开门，就听见里面传出皇后疲惫的声音："……朝堂大事，我是不过问的。"

文修君尖厉地叫道："……什么不过问？早些年他外出征战时，你也曾垂帘听政。现如今吾弟在封地清苦，要个区区铸钱之权罢了，你却不想帮忙……"

"陛下每回走前，都将一切安排得妥妥当当，我不过是萧规曹随，文事问虞侯，武事……唉，也没什么武事，从无人打到过都城墙下……"

听到这里，少商毫不犹豫地大步踏进殿内，王姈迟疑了一刻，随即也跟着进去了。

骆济通望着再度缓缓关上的殿门，神色复杂。

翟媪见状，闻言道："骆娘子，你别往心里去。有些陈年往事的忌讳，你还是别听的好。姈娘子就不说了，少商君……唉……"

骆济通善解人意地拍拍老妇的手，笑道："十一郎跟娘娘亲生的没多差，娘娘是拿少商当自家新妇看的，有些事她知道也无妨……这些我都知道，翟媪不必担忧。"而她却是要远嫁西北的，有些宫廷秘事不该被带出去。

殿内，少商大步走到近前时，正听见文修君用满是讥讽的语气在说——"……当初你们母女姐弟依附我家生活，我可待你不薄，什么好吃好穿的都分你一半！我父亲更是拿你当亲生女儿一样，连郎婿都给你挑的最好的。你都忘了吗？"

皇后苦涩道:"舅父待我们的深恩厚德,我永世不敢忘!"

"可是阿父死了!"文修君涕泪道,"他死了!家将部曲死的死,散的散,他生前的势力如山崩塌。如今我只剩下一个幼弟,陛下将他立作了活招牌,被看管得严严的,活得不过比死人多一口气,好让世人不说皇帝刻薄寡恩、忘恩负义,靠着吾父的兵马救命,却……"

"阿母!"王姈尖叫,一下跪到母亲脚边,"您别说了,您别说了!"

文修君一下踢开女儿,犹要往皇后跟前逼近。

少商一下拦在侧坐虚弱的皇后前面,双手叉腰,大声道:"文修君!你可知道为何这殿门关得紧紧的,一个人都不让进?你别以为是娘娘怕了你,娘娘是想护着你!就凭你刚才那些话,只要传了出去,你和你的儿女能善了吗?!"

文修君站在当前,冷冷道:"区区一死,难道我怕了?"

"您若不怕死,为何不自己去向圣上提事?"少商张口就怼,毫不退缩,"也不必您费腿脚,我看这个时辰陛下也快来找娘娘了,您等着就是!到时候,您是要涂高山上的风,还是金明湖中的水,您自己去跟陛下说个明白,何必为难我们娘娘!"

文修君冷冷一笑:"好个牙尖嘴利的贱婢,果然是那竖子中意的婆娘,你们倒是心往一处。我并不怕死,何况陛下也不会让我死。我不过想看看咱们尊贵的皇后娘娘是否还记得吾父的恩情……"

少商忍着怒火,强笑道:"我听闻古人施恩不图回报,也不知道令尊,过世的乾安老王爷,当初收留照顾妹妹一家是否等着日后回报?"

文修君一时语塞。

少商再接再厉,故作叹息地幽幽道:"唉,乾安老王爷也真是的,当初干吗不让自己女儿嫁给陛下?这样今时今日文修君贵为皇后,就能自己向陛下请命了……"

文修君大恚,大大往前一步:"贱婢,你敢嘲讽于我?!"

皇后低声道:"少商!不可无礼!"

王姈看剑拔弩张的气势,嗫嚅着添加旁白:"不,不是的……我外大父和陛下是同宗……"

"啊。"少商愣了愣,这她还真不知道。

她一面暗骂自己听八卦不用心,一面装作恍然大悟道:"原来如此啊。两家要联姻,可偏偏又是同宗,不能婚配,这不乾安老王爷只能将外甥女拿出来了吗？唉，我们娘娘这恩情承得还真有些大了……"

"神谙，你就看着这贱婢羞辱吾父？"文修君森森地质问皇后。

皇后咬咬牙，沉声道："少商，跪下，向文修君赔罪。"

少商毫无负担地扑通跪倒，很端正地向文修君磕了一个头，看得王姈目瞪口呆。

磕完头后，少商朗声道："适才言及乾安老王爷，是妾的过错，回头妾自领罚。小女子愚钝是人尽皆知的，文修君若不知，不妨问王姈阿姊，就知道妾究竟有多愚钝了，也请文修君莫要气恼了。"

王姈看傻了。自家母亲发起脾气来那是天崩地裂，王家满门无人敢挡其怒火，眼前的女孩比自己还要小两岁，居然脸不变色心不跳，还能侃侃而谈。

"妾虽不清楚文修君要娘娘办何事，但显见是切切不易之事。"少商跪得笔直，双目向上直视，"前几日，长公主来看望娘娘，遇上陛下时便请求赐幼子官职，陛下却说'闻古之善用人者，必循天顺人而明赏罚。循天，则用力寡而功立；顺人，则刑罚'——后面的话我其实是明白的，但还没有背出来，文修君，您才华卓著必是知道的，那我就不说下去了……"

王姈扭着手指，想笑而不敢笑。

皇后原本心境苦涩，此时也忍不住莞尔摇头。

"……最终，陛下没有答应长公主的请托。文修君，那可是陛下仅剩的姊妹了。娘娘告诉我，当年陛下起事后长公主可没少吃苦。便是如此，陛下为了遵循先贤的治国用人之道，还是忍痛拒绝了长公主。您今日逼迫娘娘去求陛下，除了让娘娘为难受罪，并不会有任何结果，是以——"少商深吸一口气，大声道，"文修君请回吧，请您不要再为难娘娘了。"

文修君踉跄地后退数步，似哭似笑："果然此一时彼一时，当年乾安王府何等威势，如今竟连一个小吏之女都能对我呼呼喝喝，哈哈哈，父亲，您若是还在……"

"秦失其鹿，天下共逐之，于是高材疾足者先得焉。"少商也不跪了，慢慢地站起身，"时逢天下大乱，世间俊才以身家性命为注，行这天地间第一大豪赌。彼时彼刻，谁也不敢说自己是能成功逐鹿还是兵败身死，文修君以为呢？"

文修君怔怔地站在那里，少商缓缓走过去，顺路将瘫在地上的王姈利落地扯起来一道走，然后将她一把推到文修君怀中。

少商柔声道："逝者已逝，文修君，乾安老王爷已经去了。可您还活着，您的儿女都还年少，活人终究比逝者要紧。王姈阿姊说车骑将军要将她远嫁，她很害怕，人生地不熟不说，连郎婿长什么样都没见过。您是她的母亲，好歹心疼心疼她……"

王姈想到自己的终身大事，哭着抱住文修君的胳膊，声声哀求。文修君恁刚强的人，也不禁落下眼泪。

——真要感谢斯坦尼斯拉夫斯基的教诲，少商都被自己柔软的姿态和动情的语调感动了。

殿内正一片感动时，忽闻侧旁传来一声咳嗽。

少商反应最快，立刻回头去看，皇后其次，王家母女再次。

众人只见从殿侧旁门的雕花屏风后，缓缓走出身着朱红冕袍的皇帝，后面跟随着两名沉默的小黄门，以及……一位身着玄色直裾的高挑青年，凌不疑。

少商脑袋里面顿时礼炮齐鸣、烟花缤纷——她只有两个问题：

首先，他们是从什么时候听起的，自己没说什么逾越的话吧？

其次，宫殿为什么要有这么多门呢？侧门、旁门、边门、暗门，还有上天无路入地无门！果然宫廷是这世上最不保险的地方呀！

一见到皇帝，皇后、少商和王姈纷纷各自行礼，凌不疑也向皇后躬身作揖，只文修君一动不动站在当地。王姈几乎要急出眼泪来，少商却暗暗鼓劲：王大妈，您可千万别跪，一定要把这嚣张跋扈的人设绷住了！谁知她念头刚落，文修君就软下了身子，向皇帝跪下行礼。

少商不屑地切了一声。

皇帝缓缓走到殿内上首，摆开袖袖坐下，凌不疑走过去将呆呆的木婚妻拉过来，一起坐到皇帝下首右侧。

皇后跪坐到皇帝近侧，低声道："陛下来了，请恕妾未曾迎驾之罪。"

皇帝轻拍她的手以示安抚，然后转头向下方道："适才听见文修君口口声声提醒皇后莫忘乾安老王爷的恩情，可有此事？"

旁人还没反应过来，少商先心里咯噔一声，暗叫不妙，皇帝居然从那么早就听见了；她不由得用求救的目光去看凌不疑，谁知凌不疑纹丝不动，目光垂直，只捏了捏她的掌心。

少商暗怒着要抽回小手——宪法规定权利与义务相匹配，所以不帮忙就不给拉小手！

……但是她抽不动,然后她想起未婚夫那强劲有力的手掌是可以直接捏碎砚台的,那还是算了。

文修君原本低着头,闻言抬头,大声道:"宣家姑父早亡,吾父抚恤寡居的姑母,养育其儿女长大,这难道不算恩情?莫非妾连提都不能提了?"

皇帝短短一笑,看了养子一眼。

凌不疑会意颔首,不疾不徐道:"姻亲之间,要论恩情也很难论得清。数十年前,文修君,您的祖父曾逢大难,全赖宣氏一族鼎力相助方才渡过生死难关,是以令祖父将爱女许配于宣太公,是也不是?"

文修君咬着嘴唇,一言不发。

凌不疑继续道:"后来宣太公早逝,宣氏一族是声名略减,可究竟留了家底,不至于让妻女缺衣少吃。是乾安老王爷看世道不宁,才于兵荒马乱中将妹妹一家迁来照看,这不是理所应当之事?!这样的'恩情'文修君以为值得一提再提吗?说出去也不怕惹世人笑话?至于婚配……"他挑了挑纤长的睫毛,看向上首的皇帝,住口不说了。

皇帝佯瞪了养子一眼,转向道:"当初朕与乾安王共举大事,朕曾言歃血为盟即可,是令尊非要以姻亲为盟,可偏偏朕与令尊同宗,是以偌大的乾安一族中的女子皆不可婚配。彼时情形,令尊除了将自幼养在身边的皇后许配,难道还有更好的举措?"

少商时不时望向皇后,只见她在皇帝说到"令尊非要以姻亲为盟"时,脸色瞬时苍白了几分,而皇帝丝毫不曾察觉。

"况且,当年乾安老王爷和陛下结盟不满三年,就欲'分道扬镳'……"凌不疑说这四个字时故意定了定,文修君低头咬牙,避开眼神。

少商秒懂:什么分道扬镳?肯定是想另起炉灶甚至谋反!

"彼时,老王爷种种行径,可不曾顾忌已嫁人生子的皇后娘娘。"凌不疑缓缓地说完。

文修君低头时面带愤恨,抬头时却做出一副哀泣模样:"可是陛下,吾弟如今被国傅看管严厉,饮食起居皆不得自由。想起当年妾有兄弟姊妹数十人,到如今四方离散,只剩下这一个年幼的弟弟,万望陛下看在当年的情分上……"

"铸币权乃国政要事,非你一介妇人可置喙的。"皇帝忽打断道,"你若真有心,为何不让车骑将军在朝堂之上提奏?胜于在这里为难皇后。"

少商在心里给皇帝点了一百八十个赞——王大妈跟您讲感情,您跟她讲礼法，厉害，真是厉害！要知道跟女人一旦讲起感情来，那就没完没了了。而且您老会这么说，肯定是那王大叔早就更换了人走茶凉的老岳父门庭，抱上您的大腿了，当然不肯听老婆的话给小舅子要好处嘛！

果然，提到丈夫王淳，文修君的脸色更加难看了，几乎将嘴唇咬出血来。

皇帝却不肯放过文修君，继续道："一事归一事，你今日对皇后不敬，言行逾矩，不尊礼法，该如何论罪？论罪藐视……"

"陛下！"皇后忽打断道，面露哀恳之意，"妾身体不适，今日就到这里吧。"

皇帝知道她是想为文修君求情，他却想打压一下这位乾安王女儿的威风，便沉吟不语。少商亦想，皇后也忒好心了，正该狠狠治一治王大妈才是！

皇后看皇帝这般神色，知其心意，只好焦急地去看养子，以目光示意。

少商看见身旁的青年低头轻叹一声，而后，只听他道："陛下，您今日不是有话要和少商说吗？如今天色已晚，您再不说，她可要回家去了，明日……"他轻笑一声，"明日她可休沐了。"

少商脑袋嗡的一声，她做梦也想不到凌不疑居然用出卖自己来给皇后解围！她愤怒得都结巴了："你你……你怎么这样……"

——老娘是打你七伤拳还是让你头上青青草原啦？你三天不打上房揭瓦，果然夫妻本是同林鸟，大难临头各自飞，她要离婚！不对，她还没结婚呢，她要退货！

她气得眼睛都红了，此时也顾不得痛骂无良未婚夫，忙不迭地朝皇帝道："不不不是，陛下，您别听凌大人胡说，您想对文修君说什么请千万说下去，不用顾及小女子！妾的事不过是针尖小事，上无关朝政，下无关后宫，文修君铸币权、乾安王府才是大事呀。再说了，陛下是金口玉言，都开口了怎能被打断呢？这不是断金碎玉了吗？！凌大人真是太不知事了……"

饶皇帝一脸威严，此时也忍不住侧头缓一下笑意，皇后不顾眼中含泪，几乎扑哧出声，文修君也被气笑了，王姈从刚才起就一直一脸呆滞，缓不过神来。

凌不疑忍笑，再接再厉道："陛下，不如让臣先送文修君母女？"

皇帝侧脸不说话，挥挥袖子算是答应了。

凌不疑朝两名小黄门拱拱手，那两人会意，立刻指挥几名宫婢将文修君母女拖起来往外走去，凌不疑跟着一起走了出去。直至走到殿门外，文修君忽回头，低声道："帝后养你可真没白养，什么话他们不好说你来说，什么事皇子公主们不好做你来做，真是好鹰犬！"

凌不疑似是被逗乐了，失笑一声，然后径直对一旁的王姈道："姈娘子，回去后即刻将今日宫里之事告知令尊。令堂如今心智不清，在她心中，郎婿、儿女身家性命都不如乾安小王爷过得舒泰要紧，若不加以约束，王家恐要大难临头。"

王姈又惊又怕，眼中含泪，作揖道谢："谨谢十一郎了，家父常说素日有疑难，多是您不吝援手的。"

凌不疑略一拱手，理也不理犹自怒气冲冲的文修君，转身回殿内去了。甫踏入殿内，只听皇帝正用着旁人难以察觉的欢乐语气数落着他亲爱的未婚妻——"……朕点你一句，你的错不在旁处，只错在子晟身上。"

凌不疑嘴角微微一翘，放慢脚步缓缓挪了过去。

少商已急得脑门冒汗了："凌大人？凌大人……妾对他作甚了？不不，不对，妾这十日天不亮起身，天色昏暗才回到家中，哪里有工夫对凌大人做错事啊？"

皇帝右肘支膝，上身前倾："你再好好想想，事到如今，你居然觉得一点也没有对不住子晟？！可见你居心凉薄！"

少商都要急哭了，慌乱道："妾愚钝，妾是真的愚钝呀，陛下，您再点拨两句吧。"到底是哪里做错了，她真想不到呀，难道是前几天没让凌不疑亲嘴？不会吧，皇帝就因为她不给他养子吃豆腐就来训斥她？这世界玄幻了吧。

皇后看她急得团团转，轻声提醒道："少商，你想想，你都是天不亮起身，天色昏暗到家，每日接送你进出的子晟又如何？"

少商张大了嘴巴，脑袋一片空白，饶是她机变称霸俞镇，一时之间也不知该如何应对——因为她从来没想过这事！这样看来，说她用心凉薄也不算错啊。

皇帝肃了脸色，沉声道："你可知这十日来，不论晴雨寒暖，不计繁忙劳苦，子晟都是夤夜出府去程家接你，然后擎灯回府。遇上你高兴时，还让他在程府用过晚膳再走；若是你不高兴了，连顿饭都不予就将子晟赶了回去！"

说到此处，他一拍膝盖，冷声道："朕来问你，你究竟有无心肝？知不知道心疼郎婿？子晟要你这样冷心冷肺的女子有何用？！"

"我我我……"少商张口结舌。刚才她差点就要顺口说"那您就让我退婚了呗"，可求生欲让她死死咬住了嘴唇。

"你还能算是年幼不懂事，可汝父母呢？也这样眼睁睁看着子晟受苦？！"皇帝又是一掌拍在膝上，重重地，仿佛击在少商心头。

少商再也不能结巴了,连忙道:"陛下明鉴,这都是妾无知无识,与家父家母无关。十日前家父被上司召去了邻郡,同一日家母也去了城外,料理置买田地之事,他二人都是至今未归。他们并不知道这事啊!都是妾不好,陛下,您别责怪家父家母,他们从来最是修身谨慎,怎会犯这样的过错?"说到后面,她几乎要哭了。

"你还算有几分孝心,知道祸不殃及父母。"皇帝神色稍霁,"那你倒是说说,有几回子晟疲累,怎么就不能让他偶尔夜宿程府呢?"

少商满头大汗地辩解道:"不,不是,这……陛下,这不合礼数呀!"

"哦,你要和朕说礼数,那你倒是将《礼记》背一遍给朕听听。"

"这这这……"这次少商是真哭出来了,皇帝是坏老头,不带这么欺负人的,人家跟你讲礼法,你跟人家讲感情,"呜呜呜,妾没背出来……"

皇后看着犹如困囚小兽般到处碰壁的女孩,又想笑又觉得可怜,几次想开口都被皇帝用眼光拦了回去。

"妾,妾也不是无情,妾实是没想到呀……"少商吓哭了,难得说实话。

皇帝冷着脸:"没想到,就是你心里没有子晟。寻常女娘对未婚郎婿嘘寒问暖还来不及,焉有你这样的?你自己说,该如何是好?"

"都是妾的过错,妾,妾以后一定对凌大人嘘寒问暖,关怀备至……"少商捧着袖子抽抽噎噎的,"以后陛下就请凌大人不要接送妾了吧。"

"此乃言恶!"皇帝面上虽装得威严,眼中已是含笑,"你这小女娘心里简直无有一点情意!情乍起时,都恨不能日日见面,子晟如是,难道你不是?!"

"那,那……到底该怎样啊……"少商病急乱投医,只能低头央告罪过,"妾愚钝,请,请陛下指点……"她绝望了——您一个日理万机的皇帝这么口口声声讲感情好吗?!

"陛下……"皇后实在忍不下去了,用不满的眼神去看皇帝,"遵陛下吩咐,家宴已设在偏殿了!"

皇帝捻着美须,觉得也差不多了,轻咳一声清嗓:"少商,你与子晟终究是要过一世的,以后要好自为之。"

少商哭丧着脸,连声称诺:"妾谨遵陛下的旨意……"

"旨意?莫非朕不吩咐,子晟的情意你就视若无睹了?"皇帝的声线又开始提高了。

少商头皮发麻,连忙哀求道:"不不不,妾说错了,妾以后一定对凌大人以情相待,以诚相待,绝不辜负……"

皇帝这才略觉满意,挥袖起身,悠悠哉哉地离殿而去,走到一半,还回头说了一句:"今夜家宴,少商也来吧。"

少商情商不到位,直觉反应道:"谢陛下恩典,不过妾刚犯了过错,如何好意思再领陛下的恩旨……"重点今天是休假前夜呀,谁愿意周五晚上加班的!

眼看皇帝又瞪起眼来,这次皇后也要抚额了,苦笑道:"少商,听陛下的话。"

少商看情形不对,只能磕头谢恩。

目送帝后双双离去,少商这才看见一直跪坐在自己身后的凌不疑,当即恼羞成怒,哭骂道:"都是你!有什么为何不自己跟我说?害我被陛下狠训一顿!你是不是故意的?故意看着我犯错,然后再看我出丑……呜呜呜……"

凌不疑目光温柔,摸摸女孩哭红的脸颊,觉得她便是如此涕泪不堪也甚是可爱:"你别理陛下,我愿意每日护着你进出宫廷,我们以后照旧就是。"

"照旧?"少商几乎被噎死,"……你觉得我还敢吗?!"

凌不疑垂下长睫,语气忧郁清冷:"我希望有一日,你能自己想要待我好,而不是受了陛下斥责,才想到对我好。"

说完这句,他便形单影只地走了出去,徒留下仿佛反派恶毒女配的少商,全身无力木然地坐在殿内——时至今日,她终于可以说一句,她走过最长的道路,就是皇室套路!

当少商叹到第十三口气时,骆济通笑吟吟地走了进来,坐到她身旁:"适才你都说了什么,那么讨陛下的喜欢?"

"陛下喜欢我?"少商觉得自己进了假的皇宫——喜欢她还把她骂得狗血淋头?!

骆济通笑道:"那是自然。不然怎会让你入席家宴?这是拿你当自家新妇看待了。要知道,成婚之前就能列席的,连太子妃也不曾呢。"

"这,这很了不得吗?"少商愣愣的,"上回我定亲那次,不也是家宴吗?济通阿姊当日也在呀。"

骆济通掩嘴轻笑:"那次不算,不过是你们凑巧碰上了,而且我是去服侍的。哎呀,你去了就知道了。好了,快跟我来吧,凌大人嘱咐我领你去梳洗一番……"

少商呆呆地点头,边起身边道:"好好……不过,陛下真的喜欢我吗?喜欢我什么呀？"

这一回，骆济通不笑了，上下打量了一番少商，正色道："我想，大约是你又聪明，又天真吧。"

又聪明又天真，这是什么意思？少商依旧不明白。

——若说她聪明，在皇帝和凌不疑面前她毫无还手之力；若说她天真……和王姈楼缡之流相比，她也不天真呀！

初代皇室的特别之处，除了没有太后太妃，皇族的亲子感情都还算可以，不像后来的皇帝连自己有几个孩子都弄不清楚。至少如今的皇帝清楚地记得自己每一个儿女的名字、年龄、配偶，以及精确到月的生辰。

由于皇帝特殊的天秤座风格，哪位儿女来自哪个肚皮比较容易记忆，如果排除五皇子，那么肚皮来源的选项就只有两个。

和许多白手起家的开创者一样，皇帝虽已身居至尊之位，但还保有十分淳朴的普通人民情怀：为了使亲族之间的情谊不至于随着地位升高而淡薄，皇帝每隔一两月必要行家宴，有时是大宴——将族中亲属尽皆宣来，甚至搭上几位亲厚的同乡功臣勋贵，但多数是小宴——只帝、后、妃及皇子、公主数人。

今夜便是小宴，而且人还不齐。三公主被勒令闭门思过，连累三驸马也没法出席。越妃照旧神隐——虽入宫进修才十天，但少商已隐隐察觉，这位越妃娘娘基本处于无监管状态，皇帝没空管，皇后不想管。除了必要的公众场合她会和皇后妾卑妻贤做得好戏，其余场合是尽可能避免和皇后碰面。无须请安，不用拜见，导致少商至今还未见过这位娘娘。

为了避免疏离骨肉情分，也没什么嫡的庶的废话规矩，席位一律按照年龄排布。右侧首座是太子夫妇，左侧首座则是二皇子夫妇，次下便是大公主和二公主相对而坐……然后令少商惊悚的来了，接下来坐在三皇子对面的居然是凌不疑和自己？！

眼见高贵的四、五两位皇子和四、五两位公主居然坐在自己下首，少商只觉得身处云端，两脚悬空，浑身不自在。她从小就不是好学生，什么文艺会演主持、优秀学生嘉奖、思政大会发言那是从来轮不到她的，因为成绩实在进步神速，班主任或校长不得不当众表扬，他们那表情都跟生吞了十斤臭豆腐似的。

四公主眼中虽有不平但尚能掩饰，还强笑着朝少商举了举杯；五公主双目愤愤，若非帝后在场估计当面要喷火了，可惜隔着五皇子，这点热度传到少商这里不过是半盆泡脚水。

倒是五皇子眼神在少商身上来回飘移，笑得轻浮："数日不见程娘子，倒是容貌愈盛了。"

凌不疑眉头一皱，谁知不等他发作，少商即以袖掩口轻笑，驾轻就熟地回道："承蒙五殿下夸奖，多日不见，殿下似是又长高数寸。"耍流氓嘛，当她没见过啊？

五皇子脸色当即从轻浮的纨绔表情僵硬成轻浮的胡萝卜色。

其实五皇子长得不错，可惜身量实在含蓄了些，今年十八岁了，非但不能和凌不疑、三皇子这个级别比，四公主若每顿再多吃几碗饭没准就能追上了。上回宫筵，少商就听见二皇子对着五皇子又拍又笑，四皇子在旁凑趣地调侃他垫了好几层的靴底。

鉴于其他皇子都生得人高马大，皇帝的基因显然没有任何问题，原因显然出在娇小瘦弱的徐美人身上——可惜这是个崇尚勇武的炽烈年代，推崇的是男子高大伟岸，女子健美丰腴，目前没有娇小花美男的发挥余地。

少商叹口气，其实这年代也没有她这样纤弱娇嫩小美女的发挥余地，也不知凌不疑哪只眼睛抽搐了看上自己。

五皇子原本还想放两句狠话吓唬吓唬少商，凌不疑狠厉的眼神已经射了过来，他只好故作高傲地扭头闭嘴，挑剔宫婢服侍得这里那里不好。

少商撇撇嘴，向上首望去，只见徐美人谦卑地为皇后布菜端酒，躬身屈膝，连头都不敢抬，挤得骆济通毫无用武之地，于是她朝少商无奈地笑笑，而后自行提早下班了。

少商对着骆济通离去的背影羡慕地叹口气，凑到凌不疑耳边："你看你看，徐美人一直在偷偷看陛下呢，可惜陛下全没看见，她只好拼命挨着皇后了。"

凌不疑没有搭话，只对着女孩粉嘟嘟的耳垂和侧颊看了半响。烛光下，半透明的肌肤覆着稚气的细细绒毛，又娇又嫩……他慢慢捏拢掌心。

少商浑然不觉，继续兴致勃勃地东看西看——作为宫廷小透明，徐美人也只有这种场合还能稍露个面，不然估计皇帝都记不起她来了。

话说十八年前，宣后与越妃尚未磨合出融洽的相处方式，某日两人前后脚跟皇帝各吵了一架，然后双双紧闭宫门不让皇帝进去。皇帝怒而醉酒，接着就出了徐美人这个"意外"，继而引发五皇子这个"意外"。不过根据翟媪透露，徐美人也不算多无辜，不然一个外庭服侍的宫女是如何进到殿中内寝去发生"意外"的？企图借机攀龙附凤的人多了。

不过帝、后、妃三人，不是秉性厚道，就是懒得理她，事后处置了一大批人，再给了个封号就算结案了。

此事的后续影响就是，皇帝的内寝中再无宫婢，只有宦者。宣后和越妃也若有似无地达成了默契。即谁惹事谁买单，谁吵架谁留宿，另一个绝不插手。

当然操作起来是有难度的。据骆济通私下里说，她小时候曾有一次见皇帝和越妃吵得差点连南宫值守都听见了。皇帝大怒往长秋宫而来，结果皇后坚决不肯开门，还派人去给越妃转了一段酸不溜丢的文，气得越妃赤足追出，硬是将皇帝从长秋宫门外拖回。

听了这段往事，虽然刚被老皇帝训得好像龟孙子，但少商还是对他生出一股敬意。

"其实陛下是个好人哪。"少商望着相对而笑的帝后，由衷地叹息。

凌不疑看看侧旁的二公主夫妇，耳鬓厮磨地亲昵，浅笑低语；再看看侧对面的二皇子夫妇，也不知说到什么有趣的，二皇子妃还娇嗔着扶了二皇子的金冠一把。

他转头看看身侧的女孩，低声道："少商，你看看我的发冠是不是歪了。"

少商扭头回来一看，笑得没心没肺："没歪呀，好好的。"不过她终于还是记起不久前才答应皇帝的，伸长胳膊帮他正了正素银镶紫玉的束发冠。

夏夜的宫殿里烛火通明，便是周围有冰盆凉扇，凌不疑依旧觉得气息濡热，鼻端氤氲着女孩身上幽幽的香氛，凑近时单薄衣衫下胸前微盈。

这时，皇后向下首轻举酒卮，众儿女前一批后一批地直身回祝，这下少商就能清楚地分出这些皇子公主的出身了。一、二两位皇子是宣后所出，三、四两位是越妃所出，一、五两位公主是宣后生养，二、三、四公主则是越妃生养，余下年岁尚小暂不注述。

皇帝犹如一个刚拉到巨额投资的小型企业领导人，笑得红光满面，自豪而殷切，指着少商向皇室家族笑言"十一郎之新妇，尔后便是自家人了"。少商只好端着笑脸团团敬拜，活像一只举着短短前蹄作揖的白胖吉娃娃。

二皇子妃面如满月，笑道："我与少商妹妹一见如故，明日就算了，你在家好好歇息，等下回你再休沐，去我们府里游玩一番，我来设宴！"

太子妃低眉微笑："二娣妇说笑了，少商妹妹矜持羞怯得很，我数次延请她去东宫，她都没去呢。"

少商心里轻笑一下，坚定地不加入战团，只吃瓜。

二皇子妃摸着高高隆起的腹部，浑似不在意道："要我呀，也不去东宫。已经天天在宫里了，转个头，东宫不还是在宫里吗？"她又朝少商道："少商，我知道你事多，我也不难为你，什么时候得空了你再来我府吧。子晟，你若不放心，也一道来！"

二皇子原本一直皱着眉，好像谁欠了他钱没还似的，听到这句展眉道："没错没错，子晟，到时你也来！"

此时，三皇子忽轻轻笑了起来，二皇子不悦了："三弟，你笑什么？！"三皇子缓缓切着炙肉，道："无甚，我只是想起了子晟刚进宫那时，不知是谁仗着身高力壮时时欺侮之。这些年方才屡屡示好，是否为时已晚矣？"

二皇子涨红了脸："那那，那不是年幼无知吗……"

四皇子嗤笑道："二皇兄，你那时还算小呀？你的姬妾都有孕了！"

太子头痛："哎呀呀，你们都别吵了……怎么动不动就能吵起来呀……"

"老四，关你什么事！"二皇子起身怒斥，"我和子晟再吵再闹，那也是在母后宫里一道长大的，胜于你们这些，哼哼，你们这些……"

此时皇帝眉头一皱，似是不悦。

大驸马甚是警觉，察言观色后低声喝止："二殿下切莫胡言！"同时右肘轻触大公主，大公主看丈夫眼色立刻会意，强笑道："都是骨肉至亲，都是宫里一起长大的，子晟与我们手足无甚分别……二弟，还不坐下！"

皇帝慢慢松开眉头，转而道："子逊，辟雍修得如何了？"

大驸马笑道："臣与诸位大儒参周礼中所记载诸项规例，已修整到圆壁了。"

"哦，这么快？"

大驸马拱手："陛下若是放心不下，不如去看看。"

皇帝神色愉悦地一挥手："凡事嘱托给子逊，朕再无不放心的。"

听到皇帝嘉奖，大驸马本就生得英俊，此时一派骄矜自负，光耀雍容。

大公主得意道："父皇，我上回不是跟你说了吗？子逊最爱听您夸奖，他又是个老实人，会将您一字一句都当真的！您今日这一夸呀，他没准连出去的宫门都找不着了！修缮辟雍这样的大事还得您亲自看着。您若甩手不管，回头子逊有不合礼之处叫人参了，可都怪您。"

皇帝似乎甚为宠爱这位巧嘴的长女，抚须连笑："你呀你，什么话都叫你说尽了！"笑了片刻，眼光一转，指着二驸马笑道："你呢，还是整日吟诗作曲，妇唱夫随？"

二驸马甚是和气儒雅，只听他笑道："诸人诸样，诸般才能。子逊兄大才，儿臣如何敢比？儿臣愿循黄老之道，淡泊无为，与公主终老青山绿水之畔，轻歌曼舞，吟诵一生。"

二公主对丈夫深情一笑，转而笑着埋怨道："父皇真是的，您有这么多能干的儿子、臣子，就不能叫我们偷偷懒吗？回头我俩作了新曲编了新舞，就不给您看了！"

"好好好！"皇帝嘴里骂着，眼中满是喜爱之意，"你们爱吟诗就吟诗，爱跳舞就跳舞，好在你俩的老父亲还算薄有家财，就是你们无所事事也饿不死你们！"

"可不是！"二公主神色柔婉调皮，"谁叫我们俩会投胎呢，既投了好人家，又投了这样大好的太平盛世！"

皇帝龙颜大悦，略带几分醉意，重重一掌拍在食案上："说得好！盛世朕不敢夸口，可这天下终是在朕的手中慢慢太平下来了！"

二公主泪光盈盈，声音中饱含真挚："父皇谦逊了。儿臣年幼时天下是个什么情形，如今又是个什么情形，天下人难道是瞎子吗？这都是父皇焚膏继晷、宵衣旰食换来的！儿臣与驸马无有长才，只愿为这太平天下谱一曲盛世之歌！"

皇帝被女儿说得龙目湿润，低头隐去，一手在前连连摆动。气氛都煽到这里了，满殿的皇家儿女无不纷纷起身，举杯恭祝皇帝雄才大略、安定天下。

少商放下酒卮凑到凌不疑耳边，轻声道："二公主真是人才呀，这么会说话！"这番马屁神功简直可以载入教科书，一定要好好学习之！

她话音刚落，还不待凌不疑答复，大公主一边落座，一边细声细气道："二妹可真会说话，难怪父皇对你多有疼爱，你我姊妹只差数月，我可是远远不如你了。"

二公主笑而不答。大驸马怕节外生枝，赶紧给大公主斟了一卮酒，低声叫妻子莫多事。

少商又凑过去轻声道："大驸马倒是个讲实惠的。"既然二驸马志不在朝堂，就不会跟大驸马产生利益冲突，何必管人家怎么拍马屁？

凌不疑伸出白皙修长的手指，低头攥着女孩的裙角："你就做你自己就好，不用学别人的样子。"顿一顿，"你莫要一直看别人，着相了。"

少商呆了呆，赶紧收回目光："哦，你说得是。"

眼看席间一派和睦，五公主闪了闪眼睛，咬唇半晌，忽道："太子妃，你之前延请少商妹妹，那她究竟是为何不肯去东宫啊？"

少商大怒，你个小丫头，有完没完！话题都已经岔到八百里外去了，二、三、四皇子都闭嘴低头喝酒了，你还不依不饶的！你属王八的啊，咬住就不松口了！

她正想犀利地回嘴，凌不疑已缓缓道："适才太子妃不是说了吗？少商她矜持羞怯，不爱到处走。五公主没听见？莫非是有耳疾了？不如请宫里的医工看看。"

一旁的四公主闻言，扑哧就笑了出来。

五公主正欲愤然回敬，殿外的小黄门忽疾步奔进来，在帝后跟前小声禀报，仿佛是某某请求觐见，皇帝略愣一刻，才道："……宣。"

过不多时，宦者高声传报——"汝阳王妃至，裕昌郡主至。"

众人抬头看去，只见一名妙龄少妇搀扶着一位花白头发的老妇缓缓走入殿内。皇帝略略起身拱了拱手，皇后低头欠了欠身，余下众人均依照礼数各自行礼。

汝阳王妃轻蔑地看了徐美人一眼，徐美人十分机灵，立刻让出自己侧对着皇后的席位，缩到一旁不敢说话，五皇子见了暗暗握拳，眼神阴沉。

老王妃缓缓坐下，又拉孙女同席而坐，方道："皇帝，老身不请自来，您不会责怪吧？"

"叔母言重了。"皇帝缓缓收起适才的嬉笑怒骂，神色淡然，"不知叔母此来何事？"

汝阳王妃摆着一副找碴儿的脸色，道："老身知道今日陛下设家宴，想来看看儿孙辈，哦，莫非老身来不得？"

皇帝只笑笑，并不答话。

"自然了……"老王妃继续道，"老身还想见见十一郎的新妇。"说着，一双皱纹围布的老眼往下扫去。

下首席间诸人心里都道：拉倒吧，您不就是专为看程少商来的吗！

少商正要起身行礼，却发现一只纤长的大手搭在她小小的腰肢上，牢牢将她按在座位上。夏衫单薄，微凉的掌心犹如贴在肌肤上一般，指尖仿佛还轻轻揉搓了一下腰身。

少商脸上一红，扭捏着低头去掰他的手掌。

这番动作旁人没看见，邻桌的二公主夫妇却看得清楚。二驸马微微一笑，温柔地去拉妻子的手，二公主笑嗔着反握回去，同时侧瞥了凌不疑一眼，心中莫名有一丝忧虑。

二驸马与妻子心意相通，在她耳边问道："怎么了？"

二公主轻叹："十一郎太喜欢她了。"

"这有何不好？"二驸马甚奇。

二公主张嘴欲言，最后还是笑着摇摇头——可是他的心太沉了，这样很不好。

冬日的坚冰为何非要喜欢夏虫不可？凌不疑为何要喜欢程少商呢，找一个像骆济通那样心思细密、温柔、体贴的女孩不好吗？

"程氏……"汝阳王妃盯着凌不疑身旁的女孩，心知已找到目标，"看你形容幼稚，不知德行才学如何？"

少商微微侧身，正要回答，凌不疑却淡淡道："不论德行才学如何，我与少商都已定亲了，是陛下亲自下旨，双亲同意的。王妃此时说这话，又有何意思？"

汝阳王妃继续道："双亲同意？哼哼，程氏，你可去拜见过凌侯夫人？"

"哪一位凌侯夫人？"

凌不疑再度抢话，给自己舀起一勺温酒，缓缓倾入面前的酒卮："哦，我忘了，家母已与家父绝婚了。那么，老王妃说的是家父的后妻了……这位淳于氏嘛，少商尚未见过。"

汝阳王妃双眉一皱："你们定亲都这些天了，程氏，你为何还不去拜见未来君姑……"

啪！

凌不疑重重地将酒杓摔在酒甔中，溅起的酒水将地板点出几点漆黑。宫室内气息莫名冷了下来，不复适才热烈家宴的氛围。诸皇子公主看皇帝神色肃然，俱不敢插嘴。

"未来君姑？老王妃当吾母死了吗？！"凌不疑淡淡地看过去，"这么着急忙慌地给吾寻了个新君姑？"

裕昌郡主心里着急，赶紧去扯祖母的袖袍。

汝阳老王妃自知失言，缓了一下语气，再次道："是老身说错话了。可就算不是第一位的长辈，长辈终究是长辈。程氏，你为何还不去拜见？！"

少商这次连嘴都没张，直接去看未婚夫。

凌不疑果然缓缓道："其一，少商这十日都在皇后身边学习礼仪，不曾得空。其二……"他讥讽一笑，"吾妇尚未拜见过吾母，如何去拜见淳于氏？"

老王妃急了："那程氏何时去拜见你母亲？"

"家母近日身体有恙，不宜见人。"

"那汝母何时能痊愈？"

"这我怎知？"凌不疑抬起长睫，轻飘道，"阿母的病是十几年前就种下了，病根深远，时好时坏，吾亦不知何时能好，何时又会病发。"

"凌不疑你——？！"汝阳王妃勃然大怒，连连拍案，周围却无人帮腔。

少商若有所悟，定定看向青年，轻声道："我第一次在涂高山面圣，你也像今日这样句句抢答，不让陛下有为难我的机会，不让我有说错话的机会……后来，你就随我在御前说话了。因为，你知道陛下已经接纳我了。你一直小心地照看着我，对吗？"

凌不疑含笑，深褐色的眸子明亮剔透，仿佛星辰点点。他低声呢喃："是又如何？你预备怎么谢我？"

宫室内烛光萦绕，也不知是烛火照的，还是热气晕染的，女孩的脸颊绯红如云彩，大眼睛扑闪扑闪，咬唇欲言——凌不疑就这么耐心地等着。

老王妃正在絮叨："……皇帝也太轻率了，不说程氏门第并不匹配，老身看这小女娘也不像能担十一郎新妇的样子。照我看，还是当再行思量，另聘一门……"

就在此时，值守殿门的小黄门高声道："越妃娘娘至——"

少商立刻转头伸脖子去看，满心激动地捂着胸口，轻声道："真的是越妃娘娘吗？我总算能见着了……哎哟，你干吗……"轻叹即刻转为轻呼，为怕引人注目，她都不敢大声叫喊。

凌不疑面罩寒霜，提着女孩的手腕，在她粉嫩嘟嘟的小手上重重咬了一口。

少商捂着手背，对着凌不疑怒目而视。不过此时宫室内也没人注意他俩，众人的视线都被缓步入内的常服宫妃引去了。

"以后再跟你计较！"少商心急着看戏，只好先低声撂下一句狠话。

凌不疑转过头去，不肯再看她。

越妃走到近前，向帝后缓缓行礼，众皇室儿女也起身向她行礼，只有太子可以稍微作揖。待越妃抬起头来，少商见她容貌，却是团团的一张娇俏飞扬的面孔，两颊梨涡浅浅，虽已年近不惑，但观之犹如三十上下。

少商喃喃道："这位越娘娘也很美貌呀，不比皇后差呀。"这可不大妙。

凌不疑自斟自酌，当作没听见。

"……你今日怎么来了？"汝阳老王妃似有些不自在，语气都不复适才的高高在上，"你不是一直都不来家宴的吗？"

越妃扶着宫婢慢慢起身，向上首席位走去，边走边道："自是因为想念叔母啊，我想念叔母想得睡也睡不着。一听叔母来了，我连衣裳都没换就急急过来了。"

这句话每个字都很亲热，可偏偏语调比地板还平，越妃脸上更是没有半点亲近之意，反而神情冷淡——少商觉出点意思来了。

同时，她还察觉到周围的人似乎集体陷入了失语症和面瘫症，一个个低头不语，敛容安静，从表情到肢体语言都清楚地表示出想要低调不受关注的意愿。

更有趣的是帝后的表情。前者神情复杂，好像既高兴又怕麻烦的样子；后者则无奈地笑了笑，微不可察地朝后退些开去——从心理学看，这是一个希望置身事外的姿势。

越妃抬步上阶，走到汝阳王妃跟前，眼睛朝下盯着："叔母，您是不是该让一让，这儿该我坐吧。"俨然就是刚才老王妃逼退徐美人的一幕重现。

五皇子眼睛都亮了。

汝阳老王妃怒道："我到底是你的长辈！"虽然作为国朝第二贵妇，越妃的食邑品秩俱在自己之上，但脸上还是下不来。

"若要论家礼，您更是陛下的长辈，不如请陛下也让一让，您坐到陛下上边去？"越妃嘴唇动得飞快，说得又迅速又轻慢。

汝阳王妃脸色涨紫，裕昌郡主见状不对，很乖觉地扶起憋气的祖母，退坐到宫婢刚刚摆好的另一张食案后面。

越妃神色自然地坐下，朝下面看了一圈："咦，三公主呢，怎么没来？"

皇帝抚着胡须，正思量着如何开口，越妃自问自答地接过："哦，我知道了，她一定又犯过错了。看来是上回没罚够，都是陛下心软，才罚了三成食邑，我当初就说合该将她的食邑和奴婢全数收回，看她无钱无权，还敢不敢趾高气扬……不如，这回给她加上？"

皇帝讪讪地把嘴闭上了。

二公主于心不忍，强笑道："母妃，三妹已经知道错了，这些日子正闭门思过呢。再说了，您要是真让她身无分文，到时她还不得向我讨要呀？"

越妃眼皮子都没抬一下："你还是多把心思用到吟诗歌舞上吧，不会说话就少说话。再来啰唆，看我回头向不向女娲娘娘祝祷，让你也生一个你三妹这样的女儿。"

二公主噎住了，深深地把头低下去。

太子妃见对面的二皇子妃缩得像只鹌鹑，心中不屑，笑着来打圆场："母妃教训得甚是，只是既然之前父皇已对三妹有了处罚，就不适宜再罚了。"

"我平素也没怎么和太子妃打过交道，不过，我奉劝太子妃一句……"越妃的嘴唇就没大幅度张开过，"先管好自己的一亩三分田，等将来你当了皇后再来指点我如何行事不迟。"

太子妃面孔涨紫，难堪至极，二皇子妃偷看她窘状，肚里大声讥笑。太子妃满脸委屈，盈泪欲哭，越妃又道："不过你放心，我定然尽力走得早些，不让太子妃费这个累。所以你就别哭了。"

这话太重了，太子惶恐，立刻伏倒："母妃这话折煞儿臣了。"又回头厉声训斥妻子："哭什么哭，噤声！"

太子妃果然不敢哭了。

汝阳老王妃摆起长辈的架子，沉声道："你也太厉害了，看把太子和太子妃吓成什么样了。公主到底是公主，该有的气派还是要有的，别将孩儿管束得木讷……"

"公主不但是公主，也是陛下的女儿。"越妃缓缓接口，"做父母的，生他们养他们，让他们不愁衣食，风光体面地长大。不求他们如何孝敬体贴，只盼不要行径浪荡，跋扈蛮横，丢了父母的脸面。叔母，我对儿女的这个期盼，难道太高了？"

于是汝阳老王妃也只好闭上嘴。

少商吃惊得不要不要的，缩在凌不疑侧后方瞪大眼睛偷看。

皇帝似乎十分习惯越妃的言行，从头到尾没有发言的意愿，皇后更是当自己不存在。

"好了，长辈们要说事，先让几个年幼的回去歇息吧。"

越妃指着坐在后方几位不满十岁的小皇子，皇后忙不迭地遥遥点头，一旁服侍的傅母宫婢们连忙将五个小男孩牵走。

这样自说自话，越妃丝毫没觉得不妥，目光顺着众人一一看去，看到少商时，道："这就是十一郎的新妇吗？怎么一副小家子气，就跟没吃饱似的！"

听到周围传来数声嗤笑，少商大窘，结巴地回道："妾妾妾……"目光去看凌不疑，谁知她的未婚夫却侧着脸不肯动。

五公主心花怒放，觉得终于找到了发挥平台，连忙道："母妃好眼光，这程娘子呀……"

"小五，你怎么还是这副样子！"越妃盯着五公主的脸，皱眉道，"你这一脸面的疮痘都长两年了，现在不但没退还越发旺盛了，你想顶着这张脸出嫁吗？团扇可遮不住的。"

五公主瞬间石化了，膏体还是紫红色的。

"爱妃这话有理。"皇帝总算开口了，"年前还听皇后跟你说要饮食清淡，戒酒肉，别整日嬉闹寻乐、晨昏颠倒，你听没听进去？"

五公主羞愤难当，浑身颤抖，泪珠在眼眶里打转，终于忍不住呜呼一声奔出宫室。

宫室内一片安静，颇有一种风声鹤唳之感。

越妃恍若无事，还自言自语道："都没说告退就跑了，没规矩。唉，算啦，嫁人前让她自在些吧，我就是心太软了，又爱纵容孩儿。"

众人：……你胡说！

四公主在偷笑，抬头间看见亲娘正瞟眼过来，她一个激灵，立刻大声道："儿臣去看看五妹妹，好生劝慰一番，叫她改了饮食习性才是。"获得皇帝挥手应允后，以夺命狂奔之姿迅速离开宫室。

少商惊讶得不能言语。有越妃这种亲妈，打出生起就是困难模式啊。

"你怎么这样刻薄！看把孩儿们吓成什么样子了。"不怕死的汝阳老王妃再度开口正面撑越妃，引来众小辈景仰的目光。

越妃毫无自觉，反口道："叔母为何只说我，刚才陛下也训斥五公主了啊。"看见老王妃张口无言，又自行继续下去，"也难怪，从小叔母就不喜欢我，老说我任意妄为……"

大驸马看情形尴尬，出来解尬："爱之深，责之切。叔母也是疼爱越妃娘娘，才说话重了些。都是自家人，自家人……"

这次轮到大公主叹气了，她虽不如丈夫圆滑，但远比丈夫了解越妃。从小到大，她始终牢记着在越妃面前少说话为妙——这是无数次奚落和讥讽换回的深刻教训。

果然，越妃笑眯眯道："叔母才不疼爱我呢，叔母疼爱的是陛下。"

大驸马犹不知死活，笑道："是吗？儿臣早听闻陛下自幼明理沉稳，难怪长辈疼爱了。"

越妃望天想了想，摇摇头："也不全是。其实陛下年幼时，叔母也不怎么疼爱。后来陛下料理农桑得力，叔母就开始疼爱他了。陛下年少能干，渐渐挣下家财名望，叔母就越来越疼爱他了。而后陛下称帝登基，叔母就疼爱得无以复加了。大驸马，你以为如何？"

大驸马：……

少商怜悯：唉，又一尊石膏像。

汝阳王妃怒不可遏，拍案道："越姮，你这是什么意思？！挑拨我与陛下的骨肉亲情吗？！"

越妃没去理她，对下首笑笑，十分和蔼道："驸马呀，不是拿你们当外人，不过有些长辈的故事，你们还是不要听的好。"

大驸马感激得都要哭了，连忙起身告退。

二驸马拙于言辞，动作却不慢。两对夫妇同时告退，二驸马第二秒就拉起二公主以迅雷不及掩耳之势离去，当真行如凌波微步，迅疾且轻飘，大驸马夫妇在后面追得气喘吁吁。

少商目送他们离去，忍笑到肚皮疼。

"……叔母的责备我可不敢当。"越妃喝一口酒，自在道，"当年长公主身怀六甲，虚弱难当，叔母舍不得借钱买肉买补养。冰天雪地啊，陛下只好入山行猎，盼着猎获些皮毛肉食给长姊，被霍翀兄长追回来时，已冻得浑身青紫了。"

陈年旧事冷不防被提起来，汝阳王妃又羞又臊，偷看了皇帝几眼，见他面无表情，她只好结结巴巴道："哪儿是我舍不得钱？当时你叔父几个在外面数月未回，我不得留些积蓄啊！老身如何知道陛下会进山？等知道后，老身就连忙叫人去霍家报信了！"

她虽是尽力辩解，然而下首四位皇子已是愤愤不满地瞪视过来，皇帝面朝里向，侧头低垂，不发一言。

"是呀，"越妃忽然伤感起来，"我家在邻县，等我们知道时，霍翀兄长已经出钱出人，养好了长公主身孕和陛下的伤寒。唉，好人不长命啊……"

宫室内再度静谧，过了片刻，越妃对着凌不疑道："你舅父只有你这点血脉了，成亲生子给你舅父一家供奉点香火，免得将来他们无人祭拜，做了孤魂野鬼。"

凌不疑拱手称诺，少商发现他的手指在微微发抖。

"正是呀！"汝阳王妃急道，"我也盼着十一郎赶紧成婚生子，可你看看程氏，年幼身小，门第不显，怎堪与十一郎为配！应该寻一个出身尊贵年岁稍长的女子才是，这样进门就能生养了！"她一边说着，一边去拉身旁的孙女，"我家女莹呀……"

"徐美人，我看你脸色不好啊。"越妃忽然说了这么一句。

徐美人母子正听得入神，闻言愣住了，母子俩交换了个眼神，迅速明白过来。做母亲的抚额呻吟，做儿子的赶紧提出要扶亲妈回去休息，然后双双离去。

看着周围的人越来越少，少商有些惴惴不安。

越妃向裕昌郡主和颜悦色地笑了笑，裕昌郡主立刻打了个冷战。

越妃道："女莹吾侄，你是个老实孩儿，自身并无过错，可惜了，你有一个欺侮人家兄长死得早的祖母。我这么说吧，十一郎就是随意在街上拉一个适龄未婚的良家女子，都比你强！有些妄念，你还是早些断了好，趁着年纪轻，再寻一个好郎婿嫁了吧。"

裕昌郡主呜咽一声，掩袖轻哭起来。

"你说什么？！"汝阳王妃撕扯着嗓子大喊道，"你你你……你忤逆长辈，你……"

越妃闲闲地再饮一卮酒，毫不动容。

"娘娘，"凌不疑忽道，"容臣对裕昌郡主说一句。"

然后他起身道："郡主，就是没有汝阳老王妃，我也不会娶你。当年我宁愿战死边关，也不愿回来和你成婚……"

"子晟！"皇帝突兀地回过头来，声音罕见的尖锐，"你想娶谁就娶谁，不想娶的人，谁也不能逼迫你娶！哪个敢来要挟你，朕叫他们生不得死不能！"

裕昌郡主脸色刷白，再也不堪羞惭，掩面啼哭离去。

汝阳王妃被皇帝威势所震，不由得收敛了气势，讪讪道："老身也就是一说，子晟的婚事自有陛下做主，旁人哪能多言……老身就是想让淳于氏受到应有的礼待……"

越妃转头向下首："要说霍家隐事了，除了十一郎两口子，你们还想接着往下听？"

众皇子一震，赶紧纷纷告退，正要起身时，越妃叹道："太子、太子妃，你们走什么？子晟的事你们不该心里有数吗？"

太子和太子妃只好一脸尴尬地继续坐着，这次二皇子夫妇一点不羡慕他们了，赶紧跟着三皇子和四皇子离去。

少商：……又逃了四个。

"……你干吗要护着霍君华？她她……"汝阳王妃顾忌着凌不疑的脸色，不大敢往下说。

"叔母啊，"越妃无奈地叹口气，"我跟霍君华还用得着你挑拨离间吗？我和她认识几十年就结仇几十年。她泼过我热汤，我撒过她铁钉。她这人，满口谎言、蛮横无理，若非看在霍翀兄长的面上，多少人想痛打她一顿。说起来，她还多害我一次，那年诓骗我出门险些遭了匪贼。"

听着越妃的指责，少商悄悄去看凌不疑，却见他面色丝毫不变，依旧沉静深晦。

"正是正是！"汝阳王妃兴奋得连连点头，"既然如此……"

"如此什么？"越妃轻蔑道，"就算霍君华人品不堪，淳于氏也是个贱货！叔母，您还是悠着点，别为了护着她，把自己给颠出去了。"

"你怎能这样说一位公侯夫人？"汝阳王妃不满道。

"真是情意动天哪。"越妃不咸不淡地拨拨手指，"行，您就一条道走到黑吧。不过，您少来宫里指指点点，您还没这个分量，不然我还得来'思念思念'叔母您。"

她盯着汝阳王妃，一字一句道："……下回，我可不会遣开众位皇子公主了。"

老王妃愤愤不平，却不敢回嘴，心里想着：下回避开你不就行了吗？

少商一直在注意皇后。只见她沉默地坐在阴影处，安静透明，仿若与这一切都无关。

她知道皇后今夜原本很高兴的，丈夫儿女在旁，一家团圆，诸事圆满，便让宫婢为自己着意打扮，浅绯色的襦裙遍地织金，映衬着体态窈窕，浓密的长发松松绾起，婉转流连。

可惜，全被汝阳老王妃毁了。

一旦谈起那漫长遥远的往事，皇后就是个局外人，丝毫插不进去。

……

这场精彩家宴的最后，由已然呆滞的太子妃送汝阳王妃出宫，凌不疑则与太子在殿门外低声说话，少商终于获允可以下班了。离去前她还频频回头，好奇着今晚皇帝会睡在哪里。

穿过郁郁森森的皇家庭院，夏夜的草木散发着浓郁清新的气息。少商脚步轻快地向宫门走去，看见那辆熟悉的漆黑玄铁打造的马车停在老地方，不过由于天气炎热四壁已然卸下了，换上了透气清爽的薄纱帘，梁邱氏兄弟领着侍卫安静地等在一旁。

梁邱飞少年见只有少商一人，便问少主公何在。

少商本来想说等一会儿就来了，想了想，觉得今夜凌不疑的样子不大妙，最好还是先别见面了，于是就道："凌大人在与太子说话，不知要说到什么时候。我看他今夜也累了，不如我坐马车自行回程家，然后留骏马与他，让他自行回府，也好早些歇息。"

梁邱起不便质疑，双臂用力，抬来宫门一旁的小石墩给少商垫脚上车。

少商长叹："我说，你们就不能在车上备一把踏凳吗？防不住有时候凌大人不在呀，你们又不肯托我上去。下回要是没有石墩，难道我自己爬上去啊？"

梁邱起一板一眼道："届时，卑职会屈背以供少女君踩踏上车。"

少商无语："……那我还是自己爬吧。"

踏在石墩上，她回身又道："还有，我还不是你家少女君。"她有一辈子的时间当已婚妇女呢，少女时代要不要这么短暂啊！

坐在车里，听着轮毂转动的轻响，她舒展地靠着车桩，微合双目，在心里慢慢整理今夜听到的看到的信息——霍家、凌家、皇帝家，去世的人、活着的人、可能有帮助的人、会带来麻烦的人……可以回家了，终于可以回家了，她需要好好休息。

正浅寐时，少商忽闻马蹄疾驰，不等她惊醒，薄纱帘和车门被倏然掀开，霎时间仿如一股海水漫入车厢，清冷的海边雾气顺着闯入的夏风弥漫在她周围，缠绕得无边无际。

凌不疑端坐在她对面，面色冷淡。

银冠已除，原先挺直的袍服也褪下了，换上一身裙边滚银绣边的素色襜褕，宽阔的苎麻布料覆在他修长健美的骨骼筋肉之上，领口松松敞开，露出他白皙光洁的胸膛，顺着他清瘦的脖颈，少商隐约看见一条纤细的青筋。

少商没谈过恋爱，也不懂怎么圆熟地应付男人，但她直觉地知道此时并不适合开玩笑，只能这么沉默着提心吊胆。

"……你当我是你的什么人？"凌不疑的声音好像从天际的另一边传来。

少商不知道该怎么回答。她当他是什么重要吗？她并没有决定权呀——忽然肩头一重，她发现凌不疑大大的手掌提着她的肩颈将她压到他面前。

凌不疑缓缓逼近她的面庞，带着陌生而危险的气息："十五岁时，我去见过昆仑云海，飘浮在天际与山巅中间，至真至纯，沁透人心，就像你在滑县看我的眼神。我也喜欢你对我说话时的样子，总能叫我快活。是你先招惹我的，后面的事情就由不得你了。"

少商睁着大眼睛，不知所措。

"我不是你的兄弟，可以让你呼呼喝喝；我也不是你的奴仆，让你呼之即来，挥之即去。我是你未来的郎婿，你要敬我，爱我，相信我，你的眼睛应该放在我身上。"

凌不疑的声音温柔而低沉，少商却觉得有点害怕，两人靠得这样近，她闻到他身上冷水清冽的味道，夹杂着淡淡的酒香。

"我希望你记住这一点，再想想以后该怎样待我。"凌不疑语气平缓。

少商忙不迭地点头。

凌不疑看着女孩由于急促呼吸而起伏的柔嫩胸口，脖颈上微微凸起的幼细血管，连跳动都那么孱弱。他想温柔地亲吻她那根小小的血管，又想狠狠地咬出血来。

他看了一会儿，什么也没做，缓慢地顺下气息，低头摘下腰间的玉佩去敲击车桩。

马车停下了。

少商被凌不疑那双强大的手掌拎了下去，他让她自己走回去，然后毫不犹豫地驱车离开。

少商呆呆地站在自家巷口，愣了足有五分钟，才开始挪动脚步，然后在心里反思——难道，自己真的太过分了吗？

顺着程家巷子走了三五分钟，老管事程顺早就敲着大门在那里等待，看见自家女公子走过来，立刻笑着迎上去，嘴里絮絮叨叨着："女公子今夜怎么回得这么晚，都快宵禁了……哎哟，您身上怎么有酒味，是凌大人让您饮酒了吗？哦，不对，应该是宫里设宴了。咦，凌大人呢，他今夜怎么没来？是送您到巷口的吗？"

少商不胜其扰，对着老管事瞪眼道："你少废话啦！我来问你，这些天凌大人天天接我送我，你怎么不提醒我这样不妥！他累着了怎么办？！"

程顺愣了一下，然后失笑道："……是大人吩咐的。女公子和凌大人之间的事谁也别插手，只要不打起来，就由你们自己看着办。"

"这是阿父说的？！"少商瞪大了眼睛，双手叉腰，"阿父也太随意了！他这一家之主当得可真容易！"

老程顺笑道："您别怪大人。当年大人和女君但凡有个争执，只要别人不插手，保管次日就好啦。可一旦有人插手……"他笑笑，没说下去。

少商不听也知道，当年程母肯定没少夹在中间煽风点火。

她长长地出了一口气，垮下双肩拖着脚步慢慢走进大门，正要一脚迈进去，忽又急急地回转身子，从地上捡起一枚小石子，用尽全身力气朝凌不疑离去的巷口方向扔去。

——她还没跟他算账呢，他倒先生气了！神经病了不起啊！

第二十三回 温情相待

这夜,少商翻来覆去难以入眠,眼前一忽儿是宫中诸般景象走马灯一样地回还,一忽儿是凌不疑冷漠瞪视的模样,待天蒙蒙亮时才沉沉睡去,再醒来已是午后了。少商木木地起身,一边听阿苎絮絮叨叨,一边补上午膳。

"……女君来看过您了,说您这是累了,不让叫醒女公子,就由着您睡。

"女君是今晨回来的,那田庄买下了。听青君说,那庄园虽然不大,但毗山临河,土壤肥美,等姨娘子将那里归置好了,女公子和诸位公子就能去游玩了。

"姨娘子如今是越来越能干了,里里外外都拿得起来,也不怯生了。外面有人听了姨娘子贤惠能干的名声,已有好几户官宦人家有意结亲呢,女君,您跟着皇后研习,可不能被比下去啊……"

少商咬着木箸微微点头。萧主任这套法子很靠谱,既然堂姊不像自己这样各色桃花源不绝,就该从名声干入手,走正道以获得好亲事。

"傅母真是唠叨,我都已定下亲了,就算学得不好,那还能把我给退了呀?"她懒洋洋地拨着碗里的米饭,深红色的漆木底衬着雪白的饭粒,甚是好看。

阿苎想了想也对,又道:"过会儿,尹娘子和万娘子大概都会过来,您今日休沐,不如去寻她们一道玩耍。"

"傅母又傻了,除非两位兄长要在一处玩耍,不然妁娥阿姊和萋萋阿姊怎会待在一屋?就算来了,也是各自待在长兄和次兄的居室里。"

尹妁娥和万萋萋真是上辈子结下的冤家,虽然喜欢上了同一家的两兄弟,也都已获得两家父母的认同,但彼此间的过节可没有揭过。

原本每隔几日,程咏和程颂各自卸下学业差事,就会去尹家或万家看望心爱的姑娘。

可这阵子天气炎热，尹妁娥"率先"心疼程咏，舍不得他满身疲乏和汗水再跑去尹家，便时不时地在午歇后自行到程家来等心上人。尹妁娥都这么"贤惠"了，万萋萋岂能落于人后，于是也有样学样地到程家来"心疼"程颂。

阿苎闻言，失笑地摇摇头："两位娘子品性门第都没的说，偏偏两人脾气不对付。将来都嫁了过来，可怎么办？"

少商把托着的碗垂到腿上，叹道："说不定没等她们嫁过来，我就嫁去凌家了，傅母定是要随我去的，这些事就留给阿母管吧，反正她这么能干，无所不能……"

最后两句是嘀咕出来的，不过一经说出，少商不由得眼前一亮，三两口扒完米饭，说了声"我去给阿母请安"就跑得不见了。

阿苎望着女孩蹦跳着离去的欢脱背影，摇头叹气，心想女公子在皇后跟前待了十日，还是一点没变，也不知以后嫁了人会不会变得沉稳些。

少商是个奋力进取的新时代女青年，虽然思路经常跑偏，偶尔脑回路奇葩，但生活态度毕竟是积极明朗的。有问题解决问题，有难处就迎难而上。如今头上悬着一柄盖世无双的赤凤擎天镏金戟，无论如何她也要找到破解之法。

此时，萧夫人正在内室盘点账目，少商进去行礼后，先期期艾艾地问候了两句，然后断断续续地发问："女儿如今日日和凌大人相见，偶有不知所措，敢问阿母当年如何与阿父相处？"

萧夫人闻言，头也不抬，流水般顺嘴道："如何相处？我与你阿父还能怎么相处？大事听他的，小事听我的。身为女子，自是要尊敬丈夫……"

"阿母，青姨母说你当初在外面时，一日十二个时辰有八个时辰都待在阿父的军帐里指点筹谋。"少商面无表情。

被女儿一语道破，萧夫人咳嗽数声，亡羊补牢道："这个，这个，其实未必外面的才是大事，有时家里的也可能是大事，什么儿女婚嫁呀，读书进学呀……其实也都很大，很大。"

这时青苃夫人从门外进来，双臂还绑着襻膊，她笑道："女君，适才程老管事提来一篓新鲜的竹笋，说是大人离府前听您提起过想吃。前几日有军卒掘到一处阴湿的深山竹林，于是大人算着您回府的日子，今晨天不亮挖了来，派人快马送回府。您是要入羹还是醢酢啊……"

萧夫人既高兴得意，又在女儿面前有些挂不住脸，止不住地玉面微红。

少商：……行，我懂了，发狗粮是吧，我换家咨询公司还不行吗？

于是少商径直往次兄程颂居室走去，恰好万篾篾刚到，正满头大汗地对镜自照，同时毫不见外地指挥程颂屋里的婢女给自己打温水梳洗。万篾篾出手阔绰，又兼两家早在不言语间定了婚姻之约，程颂的婢女服侍得十分殷勤周到。

不等万篾篾满脸惊喜地说上几句，少商单刀直入地问了同样的问题。

万篾篾失笑道："呵呵，我与阿颂自小一起长大。有架一起打，有猎物一起捕杀，有好酒一起喝。嗯，我看看他，就知道他今日是想射箭还是骑马；我眨眨眼睛，他就知道我在外面闯了什么祸……还能怎么相处啊？"

少商：……可以，秀恩爱是吧。青梅竹马了不起啊！

于是，接下来她又杀去了程咏居处，没等一会儿尹姁娥也来了，少商再度不耻下问。

尹姁娥粉面低垂，羞涩道："……相处又不是教出来的。我日日念着他，想他在太学有没有吃好、歇好，有没有人为难他……他是有志向、有涵养的谦谦君子，我要学我阿母待我阿父那样，用心周全，人前人后替他料理妥帖，好让他能一心仕途，没有后顾之忧……"

少商：……行了，不用说下去了。这个难度系数太高，她再投一回胎都未必能做到。

团团问了一圈，不是用不上就是知道也做不到，少商叹息着瘫坐在廊下乘凉，暗自可惜叔母桑氏远在外地，不然问她最对症。可是，如今还能向谁请教呢？想到待会儿万篾篾还要拉她一道赌棋，少商就好生心累——明知道她逢赌必输，居然还提这种建议，摆明了不怀好意，回头她得去跟万老夫人说道说道，给自家把子上点眼药……

少商一顿，直起身子默默想了半刻，然后回屋梳妆更衣，并叫人将她那辆金红色的小轺车套好，阿芊奇道："女公子要出门？"虽然萧夫人现在不管制女儿进出了，但也不能这么随性吧。

少商笑眯眯道："吾欲去往西天取经，待我取得大道真经，回来要吃阿母的竹荪！"留下全然摸不着头脑的阿芊，她就兴兴地出门而去。

"家里哪有竹荪呀——！"阿芊冲她的背影大喊。

少商头也不回："阿父长出来的！"

阿芊一个趔趄。

……

由于万松柏日前离都赴任，去当一名天高皇帝远的郡太守。临走前，老万同志本想挥一挥衣袖，不带走一个妻妾，反正外面战乱刚过不久，正值女多男少。

他满腹雄心壮志，意欲以一己之力抚平这股旷怨之气，但被老母将耳朵揪成了绯红色的拉条子后，他只好将万夫人以及尚有战斗意愿的一多半妾侍带去了。

此后，万府就恢复了以往的清冷寂静。

见到万老夫人时，她正合着一目靠在床榻的隐囊上，听贴身仆妇诵读乡野志。听闻程少商忽然来访，她略觉奇怪，又听少商跪坐下后说话遮遮掩掩，她心里便有数了，当下遣散屋内侍婢仆妇，让女孩有话直说。

少商顿了一顿，想之前在万府住了好一阵，每日跟着把子同在万老夫人跟前嘻嘻哈哈打闹逗趣，倒也不怕生疏。她梳理了一番思绪，将近来之事简单说了一番，重点是"我觉得自己已经很努力了，凌大人却总也不高兴，昨晚还跟我发了一通脾气，是不是很没道理"——先拉个同盟再说。

谁知万老夫人一点也不同情她，反而一手撑着隐囊，无声地笑了半刻，半响，才道："……一言概之，是你心里还未接纳这门亲事。不过，这也无妨。"

少商惊道："这都无妨？！"果然艺高人胆大，万老太出言不凡。

万老夫人道："这件事，你本就有错在先。你言行失当在先，让凌不疑以为你对他有意。后来他依照规矩，正大光明地求了亲，谁知你却对他这样冷淡。他能乐意吗？"

少商想要辩解："那是因为……因为……"因为时代不同，男女相处间距有差别好吗？

——这真是个奇怪的时代。当你希望它风气保守些的时候，总会蹿出朵不知所谓的桃花跟你"依礼"套近乎；当你认为这个时代真的风气开放时，不过眼睛多放了些电，说话热情些，就得为婚姻买单。

"已成定局之事，再论从前有何意思。"万老夫人淡淡道，"你现在该想的是，如何待凌子晟好一些，像萋萋和尹娘子那样，像一个真正的未婚妻子一样。"

"对对对，晚辈要问的就是这个。"少商就喜欢万老夫人这种干脆之人，不跟你说什么前因后果，直接上方略步骤。

"这也不难。头一件，所谓将心比心，以后你自己饿了，就要想一想凌子晟饿不饿，你自己受寒受热了，就要想一想他的寒暖。"

"……"少商只觉得槽多无口。如果她大姨妈痛，难道也给凌不疑弄个热水袋敷敷？她只能犹疑地反问："这个办法听着不错，不过，真能管用吗？"

万老夫人道："自然管用。而且日复一日，年复一年，便会习以为常，到后来，你会自行关怀凌子晟，而无须时时提醒了。"

听老人说得这么熟练断定，少商八卦之心大起，小声地试探道："……这法子，您用过？"

"那是自然。"谁知万老夫人用平淡得犹如点菜的口气言道，"当初我嫁给松柏的父亲又不是真心喜欢他，不过是为了赌一口气。"

"赌气？"少商大惊。

"彼时我娘家贫薄，官府又贪暴无度，世道渐有乱象。我便打算和同乡的壮丁一道躲到山里去，狠狠干一番事业。"万老夫人道。

少商微不可察地往后挪了挪——这事业，是做山贼吗？您老这措辞还挺委婉的。

"那……同乡壮丁之中，有您的，喀喀，那什么，心上人吗？"少商既想知道，又觉得措辞异常艰难。

万老夫人闭着眼睛，面上露出一丝顽皮的笑意："你这样的闻一知十，还用问老身吗？"

少商心中了然，笑笑继续问："那您后来又如何嫁去万家了呢？"

万老夫人道："动身前两月，偶然遇上了松柏的父亲，一味地纠缠不休。我放言绝不为妾，想叫他知难而退，谁知他过了几日又来寻我，说要明媒正娶。这样一来，我那老父老母就无论如何都不肯让我上山了。"

废话！能做县里大族的正经夫人，又不是低三下四随便打骂买卖的姬妾，哪家父母还会让女儿去当山贼婆娘啊——少商闷笑不已。

"我那时年纪虽小，但从小为生计奔波，也不是不知世事的。真嫁去了万家，那大族的阴私鬼祟也够我受一阵的，我又粗野惯了，没准还不如上山来得轻省。谁知我犹在两可之间，万家那些老不死的倒寻过来了。一会儿威逼一会儿利诱，一会儿还说要找人灭了我全家，更有痛哭流涕的，求我退一步做妾算了，不然就要死在我家门前，叫我踩着他们的尸首去嫁人！"

万老夫人道："我好生气恼。便想，你们不是辱骂我贬低我嘛，我还非要做这个隋县大族的万家宗妇不可了！于是，心一横，就嫁了。"

少商：……她觉得万老夫人这桩婚事结的，比自己还令人无语。

"可惜，直至我生了松柏。那群老不死的也没见死一个。"万老夫人睁开独目，悠悠地下了结语。

少商大汗：听您老语气，仿佛还十分遗憾哪。

"原来如此啊。"少商笑道，"那过了多久您才对太公生了情意呢？您可别耍赖，我听姜姜阿姊传过万伯父的话，说当年您和太公恩爱逾常，情投意合，一时一刻都舍不得分开。"都说到这份儿上了，她也敢打趣几句了。

"多久？也没过多久。"万老夫人神情怅然，语气放缓，"大约是我闲来无事，想起了他待我的好处。想起了他冒着鹅毛大雪，就为了到山脚下来看我一眼；想起了他被我骗入山中险些被冻死，被救出来时满脸青紫，却还冲着我笑；想起了他知道我被族中老东西欺侮后，气得脸色发白，连夜就带人去砸人家大门，并且再不让他们来家里了——他原是个读书人，平日和颜悦色，对奴仆都不说很重的话……"

老人慢慢闭上那只完好的眼睛，声音渐渐低落。

斯人已逝，只留余香。曾经带来温暖和深情的枕边人，如今却被埋入了黄土——少商莫名湿了眼眶，她迅速低头，两滴水珠悄无声息地没入单薄的裙袍中。

"凌子晟，待你好吗？"万老夫人合着眼睛。

少商侧目看着身旁案几上的一尊紫铜香鼎，定定地出神。

她想起了那日黑甲军如潮水般涌入白雪薄积的林中，那位青年将军像天神一样神勇莫当，哪怕重伤累日，白衣染血，他望向她的目光，还是既温柔又深邃。

她想起了楼府的花树夹道深处，他许诺给她找一外好的外放之地，宛如飘雪般的细小花瓣落在他身上，他一动不动地站在花树下，安静地等待自己离去。

她又想起了在雁回塔外，他一手挂在飞檐下，墨色的长发在朔风中飞扬起来，察觉怀中的女孩害怕，他还低头宽慰地笑了笑。

……还有很多，很多。

"他待我，很好。"过了半晌，她才干涩地回答。

"待你好就行。"万老夫人轻叹，"两人中，总有一个，会把身段放低一些的。你比姜姜聪明百倍，好自为之吧。"

……

从万府出来，少商低着头慢慢踱步。

道理虽然明白了，可究竟该怎么打破僵局呢？昨夜凌不疑那样冷漠愤怒，放下狠话就走了，那种惊惧之意仍在心头。照如今情形，显然需要她走出第一步，先行道歉摆明态度，可是——她咬咬嘴唇，她又不愿意做小伏低。

唉，真尴尬呀。

踏出万府大门，在门外守着小轺车的家丁急急上前："女公子，您，您看……"

少商顺着他的手指看去，只见不远处，站了一个眼熟的身影。

他今日没带平常形影不离的侍卫和车马仪仗，只有一人一骑，公侯门第的深红高墙下，掩映着探出墙头的青翠枝叶，颀长高挑的青年素衣银带，一手牵马缰，一手负背而站。

少商心头迷离，跌跌撞撞地向前走了十几步，距他七八步处立住："你怎么来了？"

凌不疑看着女孩，面庞荫蔽在茂密的枝叶下隐约不清，唯有一双俊目明亮如昔："我去程府找你，他们说你来万家了。"

"你的护卫呢？"少商自己都不知道在说什么。

"懒得带，也想轻便些出门。"

少商看着他瘦削苍白的面庞，心中忧喜难辨，低声道："……你不用来找我，我会去找你的。"

"嗯，我猜也是。"他的声音一如既往地温和低沉。

"……我是要去向你道一声不是的。"都是我不好，没把你放在心上——可她咬唇，还是说不出口。

凌不疑却从树荫下缓缓走出来，边走边道："我知道。不过，你不用道不是。"

少商咬唇，闷闷道："你还有什么不知道的吗？"

"自然有。"斜阳西下，淡金色的光芒洒在凌不疑雪白的衣袍上，宛如覆了一层华丽的金箔，他站在距离女孩四五步远的地方，微微侧首，双目远眺墙头之上。

"我不知道，你是迫于情势才来与我求和，还是发自肺腑。"他慢慢地收回目光，落在女孩身上，"但我知道，不论何种情形，我都不愿你低声下气，委屈自己。"

"是以，只能我来找你了。"

他语气淡淡的，低目间，浓长的睫毛被夕阳染成了赤金色。

少商一阵心悸，酸苦甜蜜夹杂着激动呼啸而来，仿佛心底最柔软的地方被碰了一下，又感激又喜欢。万老夫人的那句话犹在耳际——总有一人，身段要放低些的。

……她以为会是自己，可其实一直都是他。

"我要告诉你两句话。"她忽道。

凌不疑挑眉静待。

"第一，我以后一定要尽力待你好，好到你心烦为止！"

凌不疑弯唇，笑目如长长的新月："我暂且记下了。还有一句呢？"

"以后，等我们都很老很老了，老到头发都白了，当我想起你待我的好时，我一定不会忘了今日！"女孩郑重其事地说。

凌不疑忽地怔住了，俊目中似有水光闪动。

他长腿迈动疾步上前，一把抱住娇小的女孩紧紧贴在怀中。少商惊呼一声，然后毫无心结地轻快笑起来，柔软的双臂搂住他修长的颈项，脚尖几乎够不到地面，身上感觉到他坚韧强力的筋骨肌肉，宛如置身高山峻岭。

凌不疑将头颅靠在女孩纤细的颈窝中，心中快乐难言。

少商是个说干就干的行动派，既然打定主意要体贴关怀凌不疑，就恨不能一夕之间和他活成老夫老妻。然而，就像当年她下定决心要好好读书，可是从发下誓愿到成绩进步完成质变之间还隔了四次段考、两次期中考、一次期末考，外加一次全校模拟测。

是以，她首次体贴未婚夫的画风如下——

"……本来想请你回我家吃竹荪的，可这十来日你也没好好歇息，我还是先送你回家吧。顺便领教领教你府里庖厨的本事！"

"那你的名声呢？礼数呢？"凌不疑嘴角含笑。

"让它们随风而散吧。"反正也不可能退婚了，名声什么的就进风力发电厂好了。

少商拉着凌不疑走回小辎车旁，满心热忱地请他坐辎车，自己骑马。

凌不疑一脸疑惑道："那为何你我不一道坐车？"这不是双座车舆吗？

"哎呀，你不知道，要不说那位送车的夫子不存好心呢。这座位看着宽敞，实则只能容纳两个女子身位，上回我和阿垚一起坐时挤得针都插不进，你比阿垚身形还大一圈呢，哪里坐得下……"女孩回答得很热切。

一阵凉飕飕的风息悠悠飘入巷子，程府家丁们很安静、很整齐地退开些。

凌不疑看了女孩一会儿，默默将她托回辎车，自己爬上了骏马，什么都没说。

众家丁：凌大人真好涵养，真君子之风！

好的开头就是成功的一半，少商坚信如此。人生在世，除了她插不上手的仕途学问，剩下不过衣、食、住、行四样。

凌不疑的府邸为皇帝御赐，古典端庄，堂皇瑰丽，当日晚膳后少商里里外外看了一圈，觉得自己才疏学浅也无甚可增减的，最后只打算在内庭移来一片生长在自己居处外的红绫花。

凌不疑挑眉嗤笑："我一个独身而居的男子，养什么花。"

"欸，真是英雄所见略同。"少商又惊又喜，"其实我也不爱种花，不过阿母说我居处周围都是青竹绿萝，隔一片鲜艳的花田才好看，就挑了最结实好养的红绫花来种。你若不喜欢，我将我新栽种的蒜薹给你挪几盆过来，不但随割随吃，还能驱虫……你说呢？"

凌不疑："……那还是种红绫花吧。"

相比府邸布置，更要紧的是休沐前刚被皇帝内部批评的接送行为，少商庄严地向凌不疑宣布，不许他再起早贪黑接送自己。

"那我如何见多你一会儿？"凌不疑垂下眼睛。

少商早想好了："我不绕近路了，还是从宫城南面进去，你在宫门外等我一起进去。若是大朝会日，到南宫朝政殿后你就留下，我自己往北宫去，若是小朝会日或者陛下不朝，我们就一起走去北宫。怎样？"

"那你岂不是得早起小半个时辰？"

少商很豪情地一摆手："无妨，我在娘娘跟前可以打瞌睡，午间还能狠睡一觉呢。"

凌不疑心中生出一股甜意，却道："你在长秋宫是为了跟着娘娘修习，若是为了我耽误，岂不是……"

少商心里大骂他得了便宜还卖乖，板着脸道："一心不能二用。我要么一心扑在娘娘和宫务上，要么一心扑在你身上，你挑一样吧。"

"……那你还是扑在我身上吧。"凌不疑轻声说，素来凝若冷玉的面庞，慢慢浮上了一抹淡淡的粉色。

少商冲他皱了皱小巧的鼻子，模样甚是俏皮。

"至于晚上呢，就看你忙不忙啦。若是你忙的话，我就晚点回家，晚膳我们蹭长秋宫的好了，吃完再慢慢回家，算是消食健身吧。若是你不忙，就去我家吃。"这样皇帝总满意了吧，为了表现诚意她也是拼了。

"也可以蹭陛下的，陛下内殿有两名庖厨，手艺上佳。"凌不疑啃老也是很不客气了。

提到吃的，少商倒是心头一亮。

当夜回家，她就让阿苎找出那只她特意在滑县找工匠烧制的黑陶小炖盅，擦洗干净在月亮下晾着，然后再烘干备用。就她观察，此时的烹饪技巧还未到后世那样五花八门，人们多以炙烤干煎为美食，以鱼肉荤腥为贵，但这样并不养生。

事实证明，饮食还是蒸煮类更健康，是以在她的干预下，哪怕顶着程母的强烈不满，程府的日常伙食已加入大量菜蔬和煮食煲汤。

南方人做汤食自是花样百出，无师自通的。不论山里田里，河里溪里，少商都能应手入汤。

此后，少商尽量每日清晨都用暖巢裹了一盅煲汤带到宫门口给凌不疑，有时汤食太过费时耗力，她只好用小竹篮提着处理好的食材进宫，向翟媪要了一个红泥小炉，架上她那只油亮小巧的黑陶罐，咕噜噜呜嘟嘟地炖着——得亏这是一座没有宫斗的宫廷，皇后又在长秋宫有彻底的掌控权，不然打死她也不敢。

或是午间，或是傍晚，凌不疑来到长秋宫时，就会看见廊下守着汤盅的小女孩被炉火映得脸颊红扑扑的，沁出的细汗犹如珠贝碎织的花钿点缀在面庞上，然后朝他遥遥一笑。

一瞬间，他忽然明白了养父常说的"烟火气"是什么意思了。

正如童年那位老师说的，少商是兼具狠心与毅力之人，她原是最厌恶这种婆婆妈妈的炊灶之事，如今本打算当攻坚任务来完成，却能够不吝于倾注心力与智慧。清肺的，润喉的，明目的，退火的，提气的……凌不疑的心、肝、脾、肺、脏通通被她滋补了一遍，只除了不敢补肾壮阳。

没多久，她就发现凌不疑如今最爱的是一道鱼丸姜丝清汤——将生鱼肉取下剔刺，打碎揉成小鱼丸，以清汤煲之，点缀些翠嫩菜丝和姜黄细丝，清淡鲜美。

看女孩这些日子忙碌殷勤，皇后居然罕见地生了些酸意，打趣道："……予莫不是可以功成身退了，如今宫里四处在传你贤惠的名声了。"

"真的吗？大家都说我'贤惠'？"少商惊喜莫名，真是没想到呀没想到。

皇后佯瞪道："对郎婿是贤惠了，就是孝名还不显！"

少商不明所以："我……哪里不孝顺了，我阿父阿母来跟您告状啦？"

"是说我与陛下，你的孝心呢！"皇后板起面孔来。

少商明白了——不就是"见一面分一半"嘛，道上规矩，大家都懂的，照着来吧。

之前为了行事谨慎，所有器皿少商都归置得仔仔细细，食材分量精确到凌不疑能一气吃完，只三四分饱腹即可，如今却要变动了。

皇后不比凌不疑，口味偏甜糯。少商只好钻研起甜汤甜食来，可恨此时没有高纯度的白砂糖或冰糖，她曾用麦芽糖入汤，可惜口味既不纯，甜度也不够。

周围州郡倒有零星种植甘蔗的，榨出来"柘浆"供人饮用，坊间也贩卖西域传过来的"石蜜"。不过前者无法入菜肴，后者少商认为价格既昂贵，杂味又重。这是个没有高端酸剂的年代，于是她只能自行购置柘浆或甘蔗，然后一道一道熬煮，提纯出糖分颗粒来。有化学知识打底，操作过程中自然避免了许多错处，就是太费柴薪也太磨人了。

直到零钱箱快见底，程府内的柴烟气才缓了缓，少商获得了足够甜度的糖蜜，既可以制出让程小筑、程小妪垂涎不已的果糖乳糖之类的零食，又可以凉拌果蔬（程母也看她顺眼了），还能做各色甜味汤羹。

不过这种糖蜜不易保存，少商索性趁着夏天放开了做，一会儿双皮奶，一会儿蜜奶冻，再一会儿是白糖糕（其实并不白，少商摊手），甚至还在长秋宫后厨烤了一回烘焙点心。那甜蜜温柔可以融化灵魂的奶香味一气传出好几里，差点把当时在尚书台议事的几位臣官都勾了去。

皇后原本有些咳嗽，被这么一通滋补调理，不但咳嗽好了，脸色都红润许多，看得翟媪欢喜得不行，便待少商越发亲厚，有些连骆济通都不曾交代的贴身事却愿意吩咐少商。

有人的地方就有江湖，于是便有好事之人在骆济通身边咬耳朵："阿姊您是自小在长秋宫服侍娘娘的，她才来了几天，这就越到您头上去啦。"

骆济通却笑眯眯地捧着红豆粟米甜汤："入冬之前我就要启程去西北嫁人啦，可于她而言，宫廷却是她半个婆家，如今不过是提前孝敬一下宫里的舅姑，我和她是不同的。"

后来，这事传到少商耳里，她不由得叹道："济通阿姊可真是心明眼亮啊。"得了，连下面小姑娘都斗不起来，这座宫廷果然岁月安然，无风无浪。

皇后笑道："她若是这么容易就被挑拨，哪能在宫里待这么久。"

"那些挑拨之人，娘娘不打算计较吗？"少商皱眉。

皇后摇摇头："水清无鱼，宫廷寂寥，总不能连话都不让她们说吧。"

少商暗自摇头。

有些事少商能摇头过去，但有些事她就不免要多一句嘴了。

从她头回孝敬皇后饮食起，皇后哪怕不留皇帝那份，也要送去越妃殿中。少商心中担忧，自来饮食最易生出阴私鬼祟之事，将来若有个万一可怎么办？

皇后淡然道："她不会的，她也知道我不会。"

少商凝视皇后笃定的神情，不再言语了。

到了夏末时分，少商用最后一份糖蜜给皇帝做了盅口感绵密的碎坚果糯米羹，吃得皇帝连连点头，随即又叹道："少商啊，你这样心灵手巧，可惜这制糖之法不宜举国效仿，还是不要流传出去了。美味之物人人都喜爱，可天下就这么些人力物力，若是这类甜食广受豪族追捧，那家家户户就都去种甘蔗而不种粮食了，可外面还不乏饿殍饥馑呢。"

少商自然知道这是什么意思，她恭敬道："陛下，妾知道您的意思。国力就这么些，总要用到该用之处。"

"那何处是该用之处呀？"皇帝故意逗小姑娘，惹来皇后一个瞪眼。

少商朗声道："自然是粮食、马匹、铁器。"她忍不住嘟嘴，"陛下，娘娘已经教妾读过《盐铁论》，还有贾谊大夫的那什么……呃，妾好像忘记那卷典籍的名字了，但妾切切是读过的……"

皇帝不以为忤，反而抚须哈哈大笑。

少商脸上虽装着不悦，心里却十分敬重这对帝后。他们作为帝国至尊，想吃什么难道会吃不到吗？不过是以身作则，以节俭来约束倡导众豪族世家而已。

其实后世有一个以富庶闻名的朝代，能做出精美绝伦的雨过天青色瓷器，合香熏制之道冠绝诸朝，蹴鞠等游艺之道应有尽有——可惜，那个朝代的君臣辜负了多才勤勉的人民，辜负了勇敢热血的将卒，没有将国力用到盐、铁、粮、马励精图治上。

依她浅薄之见，那个朝代的国政基调就是行贿，用财帛和尊荣上下里外地行贿，行贿外敌，行贿臣子。前者可以让朝廷获得暂时的安宁，后者能换取文臣集团对君主和本朝的吹捧。

到了兵临城下的紧要关头，这帮君臣索性行了一把大贿，掳掠无辜民众的女儿，用她们的血泪和皮肉去贿赂茹毛饮血的蛮敌。黑色幽默的是，这帮人的妻女最后也殊途同归了。

不知谁说的，努力和汗水是不会说谎的。

少商这样尽心竭力，动脑兼动手，不但美名渐渐盖过了当初的顽劣粗鄙之名，皇帝看在眼里心里也是满意，便一挥手赏赐了她五万枚新铸的五铢钱做零花，还明旨褒奖女孩"敏捷孝愉，应接得体"——顺手又赐了凌不疑两百食邑。

少商不高兴了，忍过大半日，晚膳后与皇后同坐廊下顺便等凌不疑时，她终于忍不住嘟囔了出来："夸我就夸我，关凌大人什么事呀？"

皇后失笑，柔声细语道："他的不就是你的嘛。你呀，这也要计较。说不定，这两百户是陛下给你熬糖的花费呢。"

少商扑哧笑了出来，随即又怅然道："唉，以前吧，不论是褒奖还是闯祸受责，那都是我自己的事。可现在吧，我说得好、做得好，那是凌大人的光彩；我若行止不得体了，那是给凌大人丢脸。那我自己呢，我自己在哪里？"小小女孩一脸大人模样，口气唏嘘。

皇后敛容，静静地看了她一会儿，才道："你这是钻牛角尖了。若照你说，陛下麾下那些将士谋臣就都没有自己的一席之地了。谋划好了，打胜仗了，是为陛下开疆辟土，与他们不相干；若是谋错兵败，那就都是陛下的不是了？可是，自古以来，这漫天的星空下，那些纵横捭阖、睥睨天下的名将谋士，他们的姓名一样在皎皎银河中熠熠生辉啊。"

少商慢慢地抬起了头，睁大眼睛望向屋檐外。

"你以前是太独了，总想着自生自灭，自荣自辱，可这样不成，你要学着转圜，学着此山不开就开他山。你以后不能照以前的打算，随那位楼家公子远走山河，可难道在这座洛河上城，天下之中的都城里，你就不能做你自己了吗？"

少商仿佛被打开了一扇明亮的窗户，渐渐暗沉的靛蓝色天空隐约冒出了几颗星子，虽然很浅，但它们毕竟是存在的。

"娘娘，您说得真好。"她回头嫣然一笑，仿佛清风吹拂山冈。

皇后看了这笑容，心境都舒畅起来。

少商仰望天际，心想，嘀嘀咕咕、愤愤不平的怨妇行径是多么可笑啊！说到底，她只不过是换了个专业，然而，哪怕在上辈子，难道就能保证自己将来就业一定能对口专业吗？

现在，她只不过是从理工科研领域转去了家政营养系而已，劳动不分贵贱，行业没有高低，哪里需要就往哪处努力。她就是她，难道换了个专业，她就不是她了吗？那也太可笑了。

皇后近侍官的首领是一名和蔼面瘦的宦者，名叫曹成，管理宫中事宜，宣达皇后旨意，行奉引詹事之职，乃官秩高达两千石的大长秋是也，其下除宫婢之外还掌理许多黄门令、小黄门以及中黄门。不过皇后素性清净端肃，既不爱插手朝政，也不喜频繁宣召命妇入宫八卦，所以曹大长秋的工作十分清闲，除了庞大宫廷的日常运作，就是每年为皇后张罗几回盛大隆重的筵席。

皇后虽对曹成并无不满，但她是多一事不如少一事的性情，内殿中的琐碎事宜往往就近了结。不过如今翟媪渐老，精力不足，而骆济通婚期在即，留在宫中的时间是越来越少，加上皇后有意让少商学着断事用人，于是天时地利人和之下，少商就顺势顶了上去。

起初少商在宫里忐忑不安，是因为人生地不熟兼男女大佬社会地位太高。在老师处犯了错不过训斥一顿、写份检查，顶天了全校通报，帝后却是天下至尊，真惹急了可是管杀不管理的那种。

如今既获得了他们对自己努力的肯定，戒慎恐惧之心渐去，少商自然而然开始流露本性了。她虽非有意为之，但日常相处难免露出痕迹，天长日久，长秋宫众人俱知这位看似娇美幼弱的程娘子实实在在是个既促狭又腹黑之人。

有两个宫婢打架，都说对方先动的手，少商二话不说让她们再打一架给她看看。两个人都想示弱，于是一个比一个伸拳慢，落手轻，仿佛电影慢动作回放，又像情意绵绵刀与干柴烈火掌在喂招，直笑得殿内一众宫婢和小黄门腹痛。

打完假拳，少商问她们还要不要告状，两人还说要请少商给她们主持公道，少商笑眯眯地就把她们送给了曹成手下掌管刑责的黄门令——别逗了，她只是没经验，又不傻好吗？皇后再温和也不是能蹬鼻子上脸的，宫闱这种地方，宫婢私底下有了争执不但不遮掩还抢着闹出来，当她没混过道吗？！

又有两名外庭种植花卉的宫婢争一只漂亮幼小的狸花猫，一个说从宫墙角捡到后如何细心抚养，一个说省下口粮喂养如何辛苦，两人都声嘶力竭。少商道："这个好办，你们俩说得都很有道理，这样吧，将这只狸花猫对半切开，你们一人一半怎么样？"

说着，就叫宦者去拎刀来，两个宫婢先是齐齐一愣，其中一名当即哭着跪下了，连声道那狸花猫不是自己的，的确是另一人的。而另一名宫婢始终迟疑不能言。

少商便学着包老爷开庭的模样，庄严地宣布不论原主是谁，那只狸花猫应该归更疼爱它的主人，本庭不受理再度上诉。

皇后在旁冷眼看着，忍不住哼哼道："你倒有几分机智。"

少商：不敢不敢，她只是站在了少儿读物的肩膀上。

又有十五六个宫婢因为点鸡毛蒜皮的小事在底下暗暗怄气，分成两边阵营对垒，连日冷言酸语，言语纷争不断。这种事很讨厌，既没升级为具体矛盾，但又影响宫内气氛。

少商便叫人去寻了条自己小腕粗细的麻绳，有十来丈长，将这两个阵营之人对半打散再组队，然后让她们拔河。

第一注，少商押胜队每人可得五枚钱。

女孩们如何肯跟闹了几日别扭的"仇敌"们合力，别别扭扭使了些力气，最后让碰巧合力更大些的那队赢了去。

第二注，少商押胜队每人可得十枚钱。

眼看适才赢了的人领了丁零哐啷的钱币在手上，另一队女孩眼珠都瞪大了。少商再将她们打乱组队——依旧是当初两阵营之人各半，这次不论是哪一队都使出了吃奶的力气。

第三注，少商加注到胜队每人可得二十枚钱。

女孩们眼睛都红了，哪怕在宫里这也是不小的一笔钱财了，这次分在同组的女孩再顾不得旧日恩怨，纷纷同心同德，肩挨肩脚抵脚，齐心协力使力气。

这时稍微出了些意外，少商虽刚得了一笔横财，但并未随身携带，便向翟媪借了钱做彩头，可押到第三注时翟媪的钱袋已空，少商只得叫人回家去取。谁知不过片刻之后，一名小黄门满脸堆笑地捧来一口半臂宽的沉甸甸的匣子，里面竟是近三百枚五铢钱。

"……凌大人都知晓这里的事了，他说您空口许诺未免扫兴，便给您送些钱来，若是不够他叫人快马再去取。"

少商捧着钱匣，发起愣来，所以说，她终于也过上了花男朋友钱财的日子咯？

三回拔河过后，女孩们精疲力竭，无力再赌气又多少得了钱财，个个心中高兴，便是那最倒霉的四个始终没能赢钱的女孩，少商也一人赏了五枚。随后，她又板起面孔，举事实讲道理，说了好些冠冕堂皇要团结友爱、互助互敬的话，直把大多数宫婢说出了眼泪。

施恩完毕，该使威了。

少商又点出两个阵营中素日领头的几个宫婢，责罚她们一人十板，以儆效尤。

起初，少商只是照计划行事，谁知随着拔河情绪炽烈，周围的小黄门和宫婢都围拢过来笑看，还有为交好的女孩挥拳加油的，连皇后都忍不住站到廊下含笑观赛，看到精彩处不免欢笑出声，待到看少商恩威并施解决了问题，她便低头对翟媪道："放心吧，十一郎的府邸，以后乱不了。"

转身回内殿时，皇后看见少商犹自捧着那口空了一半的钱匣，静静伫立廊下，神色清冷。皇后不由得微微一愣，一时间竟好像有些不认识她了。

其实，这个女孩理事时并非一直这样明快果决、计策百出的。

前几日有个小宫婢思念过世的家人，夜里啼哭不止，少商制止了要杖责她的宦者，耐心地问她原籍何处，然后画了一幅州郡简图，指着小宫婢的原籍告诉她那里兵祸已渐消，可能还有些饥馑，不过以后只要好好耕种，再不会有无父无母的孩童流离失所、被转手贩卖了。

事情自然不会如此，皇后自幼失父，也经历过兵祸战乱，深知世情，世上哪会没有人牙子呢？不过在这寂寞的深宫中，些许虚妄而美好的言语就足够给一个无亲无故的小宫婢好好活下去的勇气了。

皇后再去看少商。她有两道柔婉的眉毛，不浓不淡地画在雪白的皮肤上，宛如迷茫茫的烟雨留痕，双目清澈秀美，看人时仿佛眸中有水波流动。才过了短短一夏，小小女孩容色更盛。再配上这样矛盾复杂的性情，难怪迷住了养子。

午睡起身后，少商奉命去尚书台外殿取两筒竹简，恭敬地拜别看管藏书殿的黄门侍郎后，少商施施然地往回走，却不想在宫巷里遇上了多日未见的袁慎。

其实自从她入宫"进修"后,算上这次,已有三回在宫巷中遇上袁慎了。

头一回是她和凌不疑一后一前慢慢走着,袁慎侧身避过,然后冷冷地看了他们几眼,不发一言;第二回是她被凌不疑牢牢地抓着手并排而走,袁慎当路对上,看着他们握着的手发出数声短促的冷笑,结果凌不疑凝视回去的目光比这笑声更冷。少商扭头不想看他俩。

这回遇上袁慎时,少商刚被身后追来的梁邱飞喊住,少年侍卫跑得额头冒汗,把手中一个扁扁的苍枝盘纹漆木盒递给她。少商一接过手来,就险些把盒子砸在脚面上,打开一看,竟是整整齐齐码放的五十个金锭,散发着诱人光泽的足金,每一枚都铸成拇指粗细的马蹄金,小巧玲珑,金光闪闪。她不由得张大了嘴。

梁邱飞笑道:"……少主公说,您如今在长秋宫里事多,赏赐宫婢用些铜钱尚可,可赏赐有官秩的宦者可不行。这些您就放在宫中随用随取,平日托付翟媪保管即可。"

"这,这怎么好意思?"少商喘气困难,呆笑数声——她觉得自己有些把持不住了。

梁邱飞皱眉道:"少女君不要再说这样见外的话了,上回您不肯收那两匹良驹,害得我兄长受了少主公一顿斥责。这回您可不要害卑职了。"

"放心,我不会的。"少商无力地叹道。

待梁邱飞走后,一身轻袍缓带的袁慎风姿翩翩,缓缓走近时,正看见被盒内金锭照得满脸金光的女孩,忍不住发问。待少商身后的宦者替答后,他再度冷笑起来:"没想到你竟爱这些黄白之物。"

少商立刻道:"这盒里的都是金锭,只有黄的,哪有白的。你不要乱说哦!"

袁慎一噎:"……所以你就被收买了?成日装得一副贤良淑德的模样,如今都城里倒是都在夸你,说你终于被皇后教养得品行出众了。"

"什么收买?这么难听。"少商将匣子交给身旁的宦者,然后示意他们退开些。

"没有这些金锭,难道我就不能学着贤良淑德啦?再说了,这是我未来郎婿给的,我有什么不能花用的?"有些话,果然是越说越理直气壮的,"还有,我是不是贤良淑德,我有没有被收买,关你什么事?!我吃你家粟米啦,我用你家财帛啦!"

袁慎这回却没有生气,看着她道:"你有没有发觉,自你我相识以来,你最常对我说的，就是这句'关你什么事'。"

少商一愣……好像是的欸："这是因为，你总是无缘无故来多管闲事！"

袁慎抚了抚腰上的玉带，低声道："你，如今过得好吗？"

"自然好！"少商傲然一笑，"当初人人瞧不起的程家小娘子，连外出赴次筵席都有人跳出来说我粗鄙无文，蛮横无理。现在还会有吗？现在我进出宫廷，就是皇子公主都对我客客气气的，当初那些人哪个还敢再来为难我！"

袁慎嗯了一声："其实，我觉得你以前挺好的。"

少商嗤之以鼻："善见公子，咱们还是就此打住吧。你自己择妻都要东挑西拣，什么宗妇德行，什么礼仪贤淑……凭什么我就得一直粗鄙下去呀！"

"人前装一下就好了，哪个让你真的学什么礼仪贤淑啊。"袁慎恨恨道。

少商恍然大悟，谑笑道："哦，原来如此呀。人前一套，人后一套，善见公子，莫非你自己就是如此行事的？咦……我为什么要学礼仪贤淑，这与我有什么干系？"

袁慎却不去理她的挑衅，再问："你还没回答我，你究竟过得好不好？不是人前，而是人后？你心里高兴吗？"

少商抬眼看向宫墙，淡淡道："我知道你想问什么。不过，我也要告诉你，无论怎样，我总是会让我自己过得好的。这与旁人无关，与任何人都无关。"

袁慎凝视她良久："这年头，爱说大话的小女娘是越来越多了。如此，吾便拭目以待了。"

第二十四回 拜见婆母

忙碌了足足一夏,其间匆匆回家数次,连照面都没能跟人打,程老爹终于结束了暑期档野外练兵的悲催生涯,晒得好像在墨鱼汁里面泡浴过了一般。少商看萧夫人正往亲爹脸上、颈上擦晒伤药膏,故意装着嫌弃:"阿父,你现在这模样和阿母少说差了二十岁,若是生人见了还当你们是父女呢!"

"去去去!你阿母才不会以貌取人那般肤浅呢!大丈夫首要看品性,再来看才干,三来看情意……啊,元漪,是吧……"

程老爹讨好地望向妻子,萧夫人并不说话,眼波流转间,含嗔半怨地瞪了丈夫一眼,老程当时就酥了一半骨头。

"那阿父上回说什么给我择婿只看脸,怎么到了我这儿阿父就不衡量品性担当啦?!"少商忽然意识到这个问题。

"第一,那凌不疑又不是为父挑来的,为父还没那么大颜面。第二,你阿母挑了为父,说明她不肤浅,而凌不疑挑了你,说明他很肤浅,与阿父有什么干系?"论斗嘴,程始当年也是乡里一霸,罕逢敌手。

少商略一思索话中深意,岂不是意思自己除了脸别无所长?!她眼睛都气红了,愤而离去。

程老爹对着女儿的背影点了点食指,扭头对妻子道:"这傻妞没半点眼力见儿,你我夫妻久别重逢有说不完的话,儿子们都知道避开些,就她还过来杵着!"

萧夫人含笑道:"嫋嫋是想你了。子晟赠了她两匹良驹,当真是日行千里的膘壮好马。她哪个兄长都不许碰,都给你留着呢。唉,阿颂眼馋得跟什么似的。"

程始得意地抚了抚短须,满眼疼爱:"嫋嫋就是嘴上顽皮,心地还是好的，知道孝顺友爱，体贴老父……我这回给她带了一箱子好东西，添到她嫁妆里。呃，也给姎姎分点儿。哦，对了，还有两小罐西域来的羊油膏，原先韩大将军只匀给我一罐的，我用三十匹苎丝又多换了一罐给傻妞。秋干气燥的，到时你俩擦在脸上手上，比都城里的香脂强。"

萧夫人笑而不语。心想丈夫对葛氏的怨恨大约一辈子也不会消了，不过总不能姊妹俩厚此薄彼，此乃兴家大忌，回头从自己处匀些给姎姎。

"大人！大人不好了！"青苁夫人气喘吁吁地从门外奔来，"嫡嫡要将那两匹良驹送给大公子和二公子，说是不给您了！"

程始拍案大怒："这个不孝女！元漪，那两罐羊油膏都给你，你擦一罐丢一罐，显得我们阔气！"

萧夫人伏案抖肩，闷笑不已。

程始既然回来了，迟来的定亲宴就得补上。萧夫人知道其中利害，不敢放手给程姎，亲自采办了酒水、菜肴、果蔬，从万家借来庖厨，张罗得十分丰盛。果然，皇帝犹如放了一头巡逻犬在程府门口一般，得知程家没慢待养子后，又赐下三十坛御封的金香酒。

晒成非洲食人族酋长也不是没有好处的（为什么是食人族呢？因为程老爹一笑两排雪亮的大白牙，看着十分瘆人），对着一干老上司、老下属、老朋友，程老爹就是脸红尴尬也看不出来，很顺利、大咧咧地领新郎婿团团认了一圈亲友。

可惜凌不疑身份权柄放在那里，兼自带北冰洋极强寒流，除韩大将军还能受他敬酒，其余宾客俱是坐立不安，不是忙不迭起身拜谢就是躬身致礼，看得程老爹暗自摇头苦笑。

比较新奇的是楼家也来人赴宴了。

少商一直在宫里不清楚，楼、程两家为着表示不曾因为退亲而暗生龃龉，更为着维持交情，其实过去数月萧夫人一直带着程姎赴楼家的邀筵，倒还收获结亲意愿若干。

这回来的是之前远游在外的楼家二公子，即楼垚唯一的同胞兄长。楼二公子长袖善舞，左右逢源，还买一赠一地带了一名金贵的陪客——同窗好友，袁慎。

凌不疑目光清冷，单手负背而站，静静看去。

袁慎缓缓踱步到廊下，目光不避不让。

两人对视一阵，最后是袁慎先开的口："……是我眼拙了，当初在驻跸别院时，就该看出你对少商君有意。"他当时就觉得凌不疑待女孩有些异样，只恨没深想！

"都说善见公子深得皇甫夫子言传身教，可别连姻缘之念都学了去，不好好娶妻生子，闲来无事只知惦记别人的妻室。"凌不疑虽寡言，但一张嘴也是剧毒无比。

袁慎脸上一僵，但他随即恢复风度翩翩的常态："姻缘由天定，吾不敢妄言。然而，将来吾定是要去尊府墙外唱歌的。什么卫风郑风，吾要一一唱遍。"绝不像恩师一样，只唱一次就黯然退场！

卫郑之音多有关男女之事，袁慎这句话的意思就是，我不痛快，也绝不让你痛快。

凌不疑以目示意：你这是要无赖。

袁慎回敬目光：说得好像你不是靠耍无赖讨上新妇一样。

凌不疑：我与她才是姻缘天定。

袁慎：天定？是天子定吧。真当我读书读傻了啊。

"……善见公子还在相亲吗？"凌不疑忽道。

袁慎呆滞一刻，知晓其意，黯然道："我终是得成亲的。"相敬如宾，互相体谅就是了，世间寻常夫妻不都这样嘛，不知道以后何处再去寻一个讨人喜欢又妙语如珠的程少商。

凌不疑笑了，刹那间犹如雪树漱银，令人不敢逼视："那就好。在下先恭祝善见公子得逢佳缘。公子来诵唱之时，吾一定携妇登墙，洗耳恭听。"敢来？看那只小狐狸不从墙头砸东西下去才怪，袁善见还当她像桑氏夫人那样好脾气？

回府途中，凌不疑斜倚着车梁，年轻白皙的面庞微微发红，迎风吹散微醺之意。过不多时马车驶入巷口，车旁两行侍卫止步，众人只见凌府门口站了一名文士打扮的长须中年男子。梁邱氏兄弟赶紧双双下马，搀扶着微醉的凌不疑下舆。

凌不疑扶着梁邱起的胳膊，边往里走去，边笑道："欧阳先生怎么站在门口？"

欧阳观笑着走到其旁:"少主公好薄情,自己去赴定亲喜宴,却将老朽留在府中应付王家的纠缠。那金香酒老朽可是垂涎多日了啊。"

梁邱飞奇道:"王家又来啦?这都第几日了。"

欧阳观道:"今日若非老朽三寸不烂之舌,王家父子就要闯去程家定亲宴了。"

梁邱飞撇撇嘴,颇有鄙夷之意。

庭院冷清,四下无人,凌不疑边走边想,片刻后停下脚步:"欧阳先生这就去草拟调令,就照之前议定的,着张擅领左骑四队去王隆处帮衬,不必尽听其言,相机行事即可。再让李思点两组弓手,两队强弩卫,另五百精兵去车骑将军帐下听令,要恭敬些。"

欧阳观拱了拱手,领命而去。

梁邱飞惊道:"卑职以为少主公是不会答应的。"

"阿飞。"梁邱起低声斥责。胞弟看着身量高大、弓马娴熟,其实年岁只比未来的少主公夫人大数月,又受府中众人疼爱着长大,骨子里实是一片天真。

"晾了他们七八日,也够了。"凌不疑单手按了按自己的太阳穴,不无疲惫。

梁邱飞不敢置喙,只能不满地嘀咕:"那王淳自己养了一帮酒囊饭袋,练出来的兵连县衙里当差的都不如,真是现眼!剿几个山贼都险些被人掀了大营,还要少主公替他遮掩,假称这是什么疑兵之计,这才没在众将领面前丢人。幸亏没娶他家女儿,不然姓王的还不更得摆老丈人大舅哥的派头……"

凌不疑淡淡看了他一眼,梁邱飞立刻住嘴。

梁邱起暗叹,上前转过话题,轻声道:"少主公,今日你饮酒不少,何不在程府歇一晌?卑职看少女君今日一直没出面,说不得就在后院等您呢。"

等他?凌不疑卸剑脱履踏进屋中,心中暗嗤一声。那小狐狸精再投十次胎都不会这么做,"她说明日有大阵仗,要好好歇一日,叫我别去烦扰她。"

梁邱飞叹道:"少女君也太……为何不能一门心思扑在少主公您身上呢……"

凌不疑闭目良久,才自言自语:"……会自己周全,这样很好。"

梁邱起招呼侍童和婢女过来服侍,自己揪着胞弟的领子往外走去,低声道:"你知道什么,当初霍氏大人就是一颗心全扑在了凌家,掏心掏肺待之,结果如何?再说,少主公身居朝堂之高,家妇若不懂周全,难道要事事让少主公亲自动手?"

梁邱飞恍然大悟:"原来如此……兄长,你怎么知道这么多?"

梁邱起放下胞弟的领子，板板正正道："为兄有四位红颜知己，这些事自然知道得比你多些。"

梁邱飞顿时一脸崇敬，高山仰止。

凌不疑坐在胡床上，隐隐听见屋外两兄弟的对话，一时间仿佛神思外游，静静地凝视着窗棂上的一盆小小金橘，娇嫩的绿叶衬着小巧玲珑的油亮果实，色如赤金。

次日一早，凌不疑点了一辆轻便精美的轺车出门，亲自上程府接了未婚妻，出城后一路往东行去。此时秋高气爽，沿途乡间风景美不胜收，少商原本心情甚悦，可恨身旁的美男子不知在想些什么，沉默而寡言。于是少商就跟骑行在车旁的梁邱飞有一搭没一搭地闲聊起来。

"……少女君您不知道，车骑将军御下，那是出了名的以酒色财帛收买人心。哪怕当初收入帐下时是一员悍将，没几年也被酒色泡软了骨头。哎哟我那张、李两位兄长哦，真是要受罪了。"梁邱飞显然对那调遣之事依旧耿耿于怀。

"欸，飞侍卫此言差矣。酒色财帛哪有人不爱的，我也……"眼见凌不疑视线扫来，少商连忙改口，"我那万家伯父就爱得很，也没耽误他行军打仗呀，王将军定然还有别的不妥。"

"自然还有别的！"梁邱飞有一肚子的牢骚要发，正欲说下去，却见兄长瞥来不赞同的目光，只好转而道，"总而言之。这几年王氏给我们少主公惹下了好些麻烦。"

梁邱起赶忙过来道："车骑将军到底是太子的长辈，看在东宫的面上，也不能叫王氏一门太失颜面。"

"那还不容易，让王将军早些致仕嘛。"少商道，"以后安享富贵就是了。"

"致仕？哈，王家那样恋栈权位的……"梁邱飞看见兄长眼睛瞪得更大了，"总之他们不肯致仕。"

少商笑道："他不愿意自己致仕，你们可以帮他致仕嘛。"

"不知吾妇有何妙计？"凌不疑终于忍不住开口。

梁邱氏两兄弟互看一笑，想主家两口子要说话，连忙策马骑开些。

少商转过身来，笑眯眯道："我听说文修君以前看得严，可如今车骑将军渐渐不听她的话了。你上回不是送了他两名美姬嘛。我看啊，这是人数太少，力有不逮。你再寻些年轻力壮的美姬给人送去。不妨暗中许诺，谁能缠得王将军时时真身上阵，将来离了王家就重重有赏。有了财帛，将来不论嫁人还是自立女户，都富富有余了。总而言之，大家齐心合力，定要日夜挽留王将军在床榻之上。"

凌不疑好像肤色又白了几分，脖颈上青筋浮起，宛如从牙缝里迸出："……这种话，也是你一个未嫁人的小女娘能说的？你怎么不索性让我派人去给王淳下些巴豆！"

真应该叫姓袁的来听听，看善见公子吃不吃得消。凌不疑又突发奇想，若楼垚听到这番言论，难道还会不管不顾地全盘赞同拍手叫好？那他是真做不到了。

少商笑道："为何不能说？我这是正道妙计，美人放在那里，他若不动心便平安无事。下巴豆嘛，到底落人话柄。唉，也不知王将军口味如何，他若喜爱年长些的就好了，所谓三十如狼，四十如虎，到时如狼似虎，地动山摇，保管叫他正旦前就告病休假。"

"这些乱七八糟的你都是哪里听来的？！"

"你以为乡间妇人闲来无事，在太阳底下都会聊些什么？"

"那你就全都听着？"其实军营中荤段子也不少，但凌不疑冷漠自持，从来避而不听。这下可好了，他跳过的课业自家未婚妻都给补足了。

"求知不倦，学而不怠嘛。"少商摸摸鬓发，毫不在意，"孔夫子都说了，男女居室，人之大伦啊。"

"这是孟夫子说的。"

"哎呀差不多啦，你怎么和陛下一样，一个字都要挑出来。做人要宽！厚！孔夫子不是说过嘛，君子莫大乎与人为善。难道你没听说过？"

"……这也是孟夫子说的。"

少商皱眉道："怎么什么都是孟夫子说的，这孔夫子都干什么去了？"

凌不疑忍住要翘起的嘴角："他忙着说，唯女子与小人难养也！"

少商不悦了："我这样不好，你还娶我做什么，赶紧去退亲吧！"

"断断不退！"凌不疑十分正派，"你这样的无行妖孽，口无遮拦，我若不收了去，恐祸害苍生。"

"你……"少商难得语塞，啧了一声，怒而用力拍打他臂膀。

凌不疑终忍不住朗声大笑，清朗松快的笑声直传到两旁的侍卫队中，梁邱氏兄弟互看一眼，俱是满心欢喜。梁邱起更想，还是程小娘子有本事，自家少主公从今早出门开始的阴郁不快总算散去了。

"你有话就和我说,别老是与侍卫搭话,青天白日呢。"凌不疑看着骑马在前头的梁邱飞,年少飞扬,爱说爱闹,若他和梁邱飞以及少商三人一道走在路上,十个里九个都会以为他们才是一对。

"行,那我'晚上'再同他们说。"少商很顺嘴道。

凌不疑微一抿嘴,当即凑近过去作势欲咬人,少商咯咯笑着用掌心挡住了他的嘴。凌不疑觉得她这副淘气的样子十分可爱,便在她柔嫩的掌心亲吻了一下,然后又极快地啄了一下她粉扑扑的小脸蛋。

少商立刻脸红了,青年俊美高耸的鼻梁几乎触到自己的面孔,气息浓重灼热。她只是嘴把式,当下如一只烫熟的虾子般弹开去,缩在角落结结巴巴:"……这可是青天白日啊。"

两边的侍卫十分专注地目视前方,无一人往四面透亮的辇车里去看。

"你这人,从今早出门起就一副讨债不成、闷闷不乐的冤家面孔,我怎敢跟你说话?"少商赶紧扯开话题。

凌不疑面上情思未褪,可此时此地也的确不能做什么,只能收起白森森的牙齿瞪她一眼,然后捏起她的一只小手在自己大掌中揉着,半刻才道:"等你见了家母,回程路上还能这样高兴,我才服了你。"

少商全然不当回事。恶婆婆嘛,她在镇上不知见过多少,打骂吵架还有亮菜刀要拼命的都有,那又如何,她也不是吃素的。想到这里,她谄媚地凑近了未婚夫提议:"服不服有什么意思。若我回程途中神色如常,你就替我向皇后再告假一日呗。"

"还告假,又想睡一日?"凌不疑哼了一声,"况且,你这赌约不对。你赢了,我要替你告假。你若输了呢,拿什么抵给我?"

少商看着他深沉欲发的眸色,白皙修长的脖颈上喉结随着说话微动,不由得口舌发干不敢再看他了——撩可以,真刀实枪不干。

正在此时,她目光一掠前方不远处,如看见了救兵般,指着喊道:"你看那是谁?"

众人看去,只见那人花白须发,面色红润,一身富裕乡绅打扮,竟是汝阳王。

老王爷身边只跟了几名护卫随从,此时正兴致勃勃地跟在一群吹吹打打的迎亲队伍后面,一面和乡老笑谈,一面不住地去瞟坐在牛车里的新娘子——

十足老不正经的样子。

凌不疑合目一叹,只能先放女孩一马,叫人将马车靠过去。

"王爷,您又跑出三才观了。"凌不疑自行下车,然后托着少商慢慢下来。

"什么跑不跑的,孤又不是囚徒!"汝阳王似乎有些不好意思,东看西看发觉只这一对未婚夫妻,便放心道,"今日乡间有嫁娶之事,便来凑凑热闹。说起来,这桩亲事还有孤穿针引线的功劳呢。"

少商站定后作揖行礼,笑道:"老仙翁,您这么喜欢热闹,出什么家修什么行呀?红尘俗世多好玩哪,你舍得吗?"

"唉,一言难尽,一言难尽。"老王爷抚须摇头,又上下打量女孩身量,含笑道,"嗯,程小娘子倒是模样更好了。"

凌不疑看着,忽道:"吾妇不知,老王爷哪里是喜爱热闹,他是喜爱婚嫁之事。从以前起,他就爱看着人家成婚,张罗人家成婚,然后……"

"然后替人家成婚。"少商促狭地凑完这句,凌不疑忍俊不禁,随即放声大笑。

老王爷被吓得花容失色,连连摆手:"这可不敢说,这可不敢说!你们两个不学正经的,真是狼豺配虎豹,都不是好人!当初还是孤去程家提亲的,你们这两个过河拆桥的!"说着愤而甩袖欲走,少商连忙上前拉住了,连声道不是,他才气呼呼地站住了。

"看你等行路所向,是去看望君华的吧。"老王爷忽地怅然起来,"唉,当初多要强、多厉害的一个小女娘,如今却这样了。若是霍翀还在,不知有多心疼。她也是命不好,双亲早亡,兄长又走在她前头,唉……"

凌不疑不笑了。少商也不知该说什么,只能低头听着。

"你们今日去正好,适才我看见崔祐也从这条道上过去了,还装了一车补养锦缎呢。他倒是有心,三不五时就去探望。唉,当初君华嫁给他就好了,阿猿打小就喜欢她,过门后还不把她当祖宗供起来啊。唉,都是命,都是命……"老王爷摇着头,说不下去了。

与汝阳王分别后再次上路,凌不疑沉默地端坐车中,这次少商不敢再逗他了,小心翼翼地去摸他的手,却被他反手抓住,牢牢捏在掌心。

看他白皙的手背青筋微凸,少商略略吃痛,却忍住了没说。

霍君华所居的别院坐落在一片纷纷扬扬的杏花林中,此处依山傍水,前有溪流后有山坳，下面是一片食邑归属凌不疑的村落。此时别院门口停了一辆极大的辎车，七八个男女仆众正忙着将车中之物卸下，再陆续往内院搬去。

看见凌不疑托着少商下车，他们纷纷弯腰行礼，恭敬道："公子来了。"

凌不疑一点头，拉着少商就往内院走去，才走了几十步，一名面有刀疤的老媪迎上前来，躬身行礼。

"阿媪，崔侯呢？"凌不疑道。

"回禀公子，崔侯已在内堂了，正与女君说话。"阿媪抬起伤痕累累的可怖面孔，少商忍住了没被吓到。

阿媪又看向少商，温言道："这就是少商君吧，真是好看。"见少商见礼时行止妥帖，她笑容更盛，"今日女君心绪甚好，今早还喊着要去林中采杏子呢。"

凌不疑微微一笑，低头对女孩道："阿媪是母亲的傅母，她没有姓氏，年幼时被外大母捡来做侍婢的。待会儿进去后，我说什么你就说什么，千万别多言。"

少商忙点头。

三人脱履后踏入内堂，这时，一个十分奇怪的女子声音从里面传出来。

"……我跟你说过多少次啦，不要再来了，我是不会嫁给你的！你若是再来，我叫兄长拿棍棒将你打出去！"

——听声音应是中年妇女了，口气措辞却宛如小姑娘一般。

然后是一个讨好赔笑的中年男子声音："……别别，别叫你兄长来！喀喀，喀，我不是来纠缠你，就是来看看你，这次我得了两匹鲜艳的锦缎，给你做衣裳正好！"

凌不疑脚步略顿，攥着少商的手掌又紧了紧，然后拉她坚定地大踏步进去，少商跌跌撞撞跟进去，然后被拉着一起拜倒。

"女公子，小可见安了。"凌不疑恭敬地以额触地。

少商有样学样，也道："女公子，小女子见安了。"——欸，女公子？怎么不叫母亲？

从抬起的臂弯间偷看，只见内堂当中坐了一名面貌酷似凌不疑的中年女子，如果不算她满脸的不耐烦，容色之美竟不输皇后和越妃。

她对面坐了一位身形瘦小的中年男子，形容有些猥琐，尖嘴猴腮，手脚细长，倒不负"阿猿"这个乳名。

霍君华大模大样地坐在当中，轻蔑地看过来，娇滴滴道："阿猿你看看，阿媪适才提过他们的。这是我堂伯家的侄儿，他们那儿遭了灾，过不下去了，就来投奔我兄长。"

崔祐似乎不是第一次遇上这情景了，只能苦笑着点头。

凌不疑细细端详生母，温和道："女公子今日看来气色甚好，前几日忽起一阵寒气，那道羊肉羹还是要继续吃下去的。"

霍君华柳眉倒竖，拍案道："你自己管好自己吧，一群吃白食的，轮得到你对我指指点点？！哼哼，今日还带你新妇一起来打秋风。我告诉你，凡事适可而止，别贪得无厌。我兄长脾气好，我可不惯着你们这些蹭吃蹭喝的。"

——这可真是天下奇闻，自少商认识凌不疑以来，别说为难，就是脸色都没几个人敢给他看的，今日却吃了这样一通没来由的厉害训斥。

不过，他似乎已经习惯了，神色一点没变。

"好啦好啦，贤侄也是关怀你嘛。"崔祐赶紧来打圆场。

霍君华掉转枪口，大声骂道："要你多管闲事。我的侄儿你叫什么贤侄，你占我便宜吗？"

阿媪坐在她身旁哄劝道："不是不是，哪能呢？崔家公子和家主兄弟相称，你们兄妹的侄儿，他自然也叫侄儿啊。"

霍君华这才心不甘情不愿地收了脾气，哼哼两声不再骂人。

崔祐趁这当口，赶紧让奴仆捧着两匹五彩斑斓的锦缎进屋，亲自展开来让女神观看。

霍君华用挑剔的眼神刷了几下，哼哼唧唧道："还算不难看，好吧，阿媪收起来。我是给阿猿你一个面子，别以为我缺这个了，我兄长什么没有啊……阿猿，你说这回我做什么样式的衣裳好？"她接过阿媪手中的锦缎，拿来在身上比画，笑得仿佛十几岁的女孩子。

崔祐欢喜得不行，笑呵呵："你从小就好看，穿什么都是第一等的！"

霍君华被恭维得十分舒服，得意地娇笑起来："那是自然，还用你说！整个县里乡里，我称第二，看谁敢称第一！"

得意过后，她面色忽又悲伤起来："可是，既然我这么好看，为什么阿文兄长不喜欢我呢？明明他和兄长那么要好，却待我不冷不热的。我小时候他还顶着我上树呢，后来却再不愿理睬我了，这究竟是为什么呀……"

"陛，陛……"崔祐面色涨红，却又不敢叫出来，偷瞥了凌不疑一眼，低声道,"你们差了好多岁,他是拿你当妹妹呢。"

无须解说员,少商听到这里,心里已经一片清明了,她不由得惶恐地去看凌不疑。

身旁的青年双目垂视前方地面,纹丝不动。

"我知道!"

霍君华忽然恶狠狠地叫起来,面目扭曲愤懑,双手神经质地撕扯着锦缎,"就是越妲那个小贱人,整日涂脂抹粉地勾引人!什么都要跟我斗,一直跟我争抢风头,还让阿文兄长厌恨我,疏远我!我绝不放过她,给我等着,看我怎么收拾她?!我要那小贱人身败名裂,无颜见人……"咒骂到后面,中年妇人竟如孩童般带了哭腔。

如今的越妃可不是当年邻县大户之女了,虽然内堂已遣退奴仆,但也不能这样辱骂。崔祐急得团团转,忙道:"欸欸,天底下又不是只有陞,陞……那么一个男子,你还可以嫁给别人的呀!"这话一出,他立知不妙,紧张地望向中年妇人。

果然,霍君华神色怔忪起来,低低地柔声道:"……有那么一个,相貌还算能入眼。那家姓凌,是为了避难从外乡迁居来的。可惜穷了些,一家子老的老小的小,缺吃少药的……"

她脸上一片娇羞,手指忸怩地捏着那锦缎,随即又骄横地抬起头来:"不过没关系,兄长有人有钱,让兄长帮扶他就好了。只要有我在,凌氏总能慢慢兴旺起来的!"

兴旺是兴旺起来了,不过后面就跟你没什么关系了——少商暗暗吐槽。

"可是兄长不喜欢他,说要再看看。为什么!为什么!"霍君华忽然神色激动起来,癫狂着起身,"我要去找兄长理论,为什么我喜欢的人他不让我嫁!我就要嫁,我就要嫁,兄长,兄长,你在哪里……"崔祐和阿媪都慌了,赶紧去拉扯她。

霍君华用力挣扎,大声喊叫起来:"兄长,兄长你出来,有人抓着不让我去找你!兄长,兄长……"她忽顿了一下,脸上露出惊恐,犹如见到妖魔的神情,仿佛从心底嘶哑着喊叫出来,"不——!兄长已经死了!他死了!"

饶是少商素来胆大,也被这阴魅可怖的叫声吓了一跳,瑟缩着挨到凌不疑身旁。

霍君华满脸是泪,恍恍惚惚地嘶叫着:"兄长死了,都死了……我看见他的头颅被挑在旗杆上，还有阿嫂，还有侄女侄儿们也都死了，一具具尸首在那里。小阿夙，她都要出嫁了……天哪，天哪……我要去找他们，我要去找他们……"

阿媪紧紧地抱住她，崔祐跪在她身旁，无声流泪。

霍君华忽然看见跪坐一旁的凌不疑，喃喃道："你是，你是凌益……"

她仿佛从他脸上见到了前夫年少时的俊秀模样，瞬间双眼堆满怨毒，咬牙切齿地冲过来："你负了我，为什么不去死！我兄长死了，你为何不去死！你去死，你去死……"

说着尖尖的手指就要来划破凌不疑的面孔，凌不疑立起轻展右臂，一个刀手拍在生母后颈，然后霍君华就软软地瘫倒了。

凌不疑打横抱起生母，阿媪拭泪在前引路，少商和浑浑噩噩的崔祐跟在后面。将霍君华安置在内室床上，凌不疑坐在榻边静静看了一会儿后，吩咐阿媪好好照看。

崔侯犹自一抽一抽地哽咽，拍着凌不疑的胳膊道："你先回去吧。上回也是这样，看见你，她老是要想起你父亲，你们母子还是少见为好。以后有空去我府上饮酒，带上你新妇，我留了东西给你们成婚用的。我再留会儿，等她醒来我再哄两句，说不定她又高兴了。"说完就几步伏到霍君华榻边，眼不错开地凝视着床上之人。

凌不疑看着榻上塌下的两人好一会儿，然后拉着少商安静地出去。

他们在别院前堂用过午膳后，人马都稍事休整，一行人再度匆匆上路了，回程途中，两人静坐无言。

少商自己也心乱得很，过了许久，才幽幽道："算我输了，你别替我向皇后告假了。"

实在是太惨了，虽然婆媳问题是没有了——因为人家根本停留在无忧无虑青春年少的霍家大小姐记忆中，哪会认自己这个儿媳——可实在是太惨了，母子俩竟都不能多见！

凌不疑摸摸她微凉的脸颊，将座位上的大氅拎来披在女孩身上，然后揽她在怀里贴着。

"那……崔侯夫人呢？"少商忽想到一事。虽然霍君华疯了很可怜，但自己丈夫这么一副痴情的嘴脸，哪个老婆能忍？别回头打小三打到杏花别院，然后上了都城头条才好。

凌不疑知她心中所想，微笑道："母亲嫁后多年，崔侯终于被老母逼着成了家,膝下有二子。崔侯夫人是生次子时难产而亡的。原本崔老夫人还要儿子续弦,可不久后我母亲就与父亲绝婚了,崔侯便抵死不肯再娶,鳏居至今。"

少商长叹一口气:"果然以貌取人是为不妥。崔侯虽貌寝,但用情至诚,用心至真,这一腔的情意……万金难换呀。"

凌不疑低低嗯了一声。

少商心念一动,想到那个"用情不诚,用心不真"的正是凌不疑的生父,也不好继续再说什么了,只能宽慰道:"你别担心。霍夫人又不认识我,也不认识我全家。到时我冒充来打秋风的穷亲戚,常来看望你母亲好了……呃,你母亲不会打穷亲戚吧?"

凌不疑失笑,摸着她柔软的顶发:"十日休沐一回你都嫌不够睡,如何有工夫来看母亲。还是等成婚后吧,那时陛下总不会再揪着你去长秋宫读书了。我们的日子,以后长着呢……"

他的声音渐渐邈远,目光向远方投出。只见前方村落炊烟袅袅,苍白的烟雾罩在这片如黛青山之上,犹如梦境里。

少商早习惯了午睡,此时又累又困,便挨在凌不疑怀里打瞌睡,耳边是他沉稳有力的心跳,又温柔又安全,好像幼年祖母哄她睡时,轻拍她襁褓的声音。

不久,她就睡着了。

凌不疑见未婚妻情绪不高,就将她送到家后自回府邸了,走前见女孩蔫头耷脑、无精打采,便柔声吩咐她再歇一日,他会替她去宫里告假的。谁知一俟他离去,少商立刻脱兔般地奔去九雒堂。原来她只是对着受害者母子没情绪,对上自家爹妈那是八卦情绪空前高涨。

"凌,啊不,霍夫人……那什么,疯了?"程老爹这两天一直在家养护晒伤,听罢这番复述他的眼白显得更白了,"这事估计都没几个人知道吧?"

萧夫人点点头:"嗯,至少我就没听说过。也是,又不是什么光彩的事。子晟那样心高气傲的一个人,却有位疯母,说出去好听吗……不过,我现在倒是明白了。"

"阿母明白什么了?"少商问。萧主任常有些不凡的见解,她一直十分佩服。

"霍家一门忠烈,陛下当初却没有为霍夫人绝婚之事撑腰到底。"

非洲酋长父女俩齐齐摆出洗耳恭听的架势,萧夫人继续道:"当初打听到霍、凌两家的往事时我就觉得奇怪。汝阳老王妃再有脸面，究竟君臣有别，她再能胡搅蛮缠，陛下雷霆震怒之下，也不见得能抵挡——可陛下还是放任霍夫人和凌侯绝婚了。"

"现下我明白了。陛下是性情中人，未必喜欢凌侯与淳于氏的行径，又觉得强扭的瓜不甜，就是凌侯迫于君威离弃淳于氏迎回霍夫人，那又有什么意思？还有一则，倘霍夫人还是凌侯夫人，那么抚恤给霍氏一族的好处免不了要让姓凌的沾些去。于是陛下就想，索性让霍夫人绝婚，然后再嫁一个忠厚重情、功勋卓著的郎婿——比如崔侯。不但霍夫人将来有靠，子晟也能有个真心关怀的后父，谁知……"

"谁知，霍夫人绝婚后没多久就疯癫了？"少商喃喃着。哎呀呀，皇帝这下可算错啦。

萧夫人叹道："正是。谁知道霍夫人对凌侯用情那样深，竟然疯癫了。唉，也不能怪陛下，绝婚又不是什么大事，再嫁就是了，有什么过不去的？哪个能料到会疯呢？"

程老爹嘴巴动了动，很想表示一番关于"绝婚并非小事"的见解，最后还是忍住了，只能连声"可怜可怜"地叹息忠臣之妹如今的凄凉光景。

"嫋嫋，你记住了，如今这事是知道的都知道了，不知道的陛下也不想让他们知道。你在外面别乱说，免得惹帝后与子晟不快。"萧夫人最后谆谆吩咐。

少商郑重应下。这点行情她还是懂的，不会那么没眼色。

首先汝阳老王爷显然是知情的，但他那坏事的老太婆未必知道，所以才那么大咧咧没有进退分寸；帝后是知道的，那么按照皇帝的天秤座属性，越妃也一定知道了；凌不疑他爹应该也知道，不然不会怕皇帝怕得那么厉害。至于其余人就得望天问卜了。

次日睡到自然醒，少商本想再懒惰地瘫一日，整理整理思路，开展一下批评与自我批评。谁知多歇一日之事被次兄程颂知道了，他便以迅雷不及掩耳之势通知了万萋萋，然后万萋萋又以掩耳不及盗铃之势来抓人。

在万府足足玩闹了上午，又是膊扑又是骑马，自然还少不得赌两把，少商险些连衣裳都输掉了。终于在午膳时将自家把子灌醉后，她才得以摇摇晃晃地回了家，坐在马车上迎着秋风散酒气时，不料竟在街上看见了楼垚。

少商立刻清醒了，双眼瞪得圆铃铛一般，伸着脖子眺望街角那头——楼垚低着头骑在马上,踽踽而行。原先那个明亮鲁莽的少年,此时却是一副高瘦阴郁的模样。一晃眼的工夫,他与随从就从视线中消失了。少商愣愣地坐回车中,半响无语。

所谓买卖不成仁义在,婚姻不成情意在,就算情意不在了,楼垚当初送的礼还都穿在程母身上呢,是以她很理所当然地担心起前未婚夫现下的日子了。

回到居处后洗去一身酒气,少商趴在窗栏上苦苦思索,应该如何打听楼垚的近况呢。

大咧咧地去楼家问是不可能的,楼家人会吓死,凌不疑也会活吃了她;直截了当地去问亲娘也不现实,萧主任最怕他们藕断丝连,恨不能全网屏蔽楼家消息;她那三位兄长中有两个半都是属二五仔的,下课铃响时让他们去打听,课间十分钟都熬不过,萧主任就会带着班主任杀到——那该怎么办呢?

到了此时此刻,少商才发现自己手上可用之人简直比肚里的墨水还少。

其实她一直都是个特别有事业心的姑娘,混社会就兢兢业业地混,读书就呕心沥血地读;投胎到这样衣食无忧的剥削阶级家庭,她本想好好干一番事业,不敢说富可敌国,但至少在程老爹的庇护范围内自立门户、自食其力是不成问题的。

谁知来了这里大半年,连程家祖坟在哪儿都还没闹清楚,就再一再二地撞桃花。到现在为止,除了一桩婚约,两个未婚夫,三段绯闻,她竟然一事无成!

想到这里,少商眼珠一转,忽然计上心来——那个嘴货当初不是说欠她一回吗?现在她跟着凌不疑上可九天揽月下能五洋捉鳖,其实也没什么地方用得上袁慎了。这回就让那货将诺言偿了,也算大吉大利,国泰民安。

少商当下招来莲房,附耳过去如此这般吩咐了一通。她如今攀上金龟婿,又日日进出宫闱,在家中早已身价倍增,威势大涨,奴仆没有不恭恭敬敬的,有时比管理家务的程姎说话还管用。莲房本就对自家女公子死心塌地,便十分爽利地一口应下,扭头就走。

办完这桩事,少商大大地伸了个懒腰,犹如一只圆滚滚的鼹鼠,打算睡一顿美美的午觉,谁知此时萧夫人却遣人来传她去九雏堂,言道:凌侯夫人来了。

少商伸了一半的胳膊顿在半空中了。

其实凌侯夫人淳于氏之前已经来过几次程府了,不过少商和程老爹都不在,都由萧夫人出面接待。萧主任的本事少商是知道的,最擅长义正词严的套路，虽然不能把塑料花说成香水百合，但忽悠成高档聚氯乙烯还不成问题，楼二公子的妻子如今已当她是人生导师了。

打扮停当后，少商迅速移步九雏堂，只见萧夫人对面正端坐着一位衣饰雅致的中年美妇，她身后还跪坐着两名十五六岁的美貌侍女。

在萧夫人的引领下，少商礼数完整地向淳于氏行了礼，再抬头时她正面对上淳于氏。少商观其相貌，觉得淳于氏并不十分美艳，但自有一股温柔婉转之意，尤其蛾首低垂轻言细语之际，仿佛比少商还要娇滴滴，更别说英气勃勃的萧主任。

少商忍不住暗笑，萧夫人生平最讨厌这种小白花长相的女人——没错，包括她自己的女儿。这些日子萧夫人偏要压着性子去应付淳于氏，估计肚里的槽口都快溢出来了。

"……之前来过几回，听你母亲说你整日都在宫里，今日终于得见真人了。"淳于氏有一把低柔的好嗓子，好端端说话都跟呢喃似的，"真是生得好模样，我看了都喜欢，难怪子晟这么着急要娶你。"

"也不算着急吧，凌大人都二十一岁了。"少商低垂眼睫，不疾不徐地抚着袖子，"听说夫人您的长子今年才十五岁，已经开始议亲了。"

淳于氏顿时微笑凝固，她没料到这样寻常的一句话竟会招来针刺般的回复。

少商侧首看向生母，萧夫人也不动声色地看了她，目光交汇须臾之际，两个人已知彼此心意——这对母女虽然情分一般，但都对彼此的聪慧程度有很高的评价。

在知道霍夫人疯癫之前，萧夫人尚能不咸不淡地敷衍着淳于氏，偶尔笑谈几句撑撑场面，但如今嘛……情形就不一样了。

"呵呵，也是。"淳于氏很快恢复如常，敛衽低头而笑，"少商君是子晟未来的妻子，是君华阿姊的新妇，自然对妾身有些……看法……可是，少商君，妾身到底年长你许多，且听妾身一句，往事已矣，过去的事总是再也改不过来的，咱们总要往前看。所谓上阵父子兵，我家侯爷和子晟到底是亲父子，哪能老这样冷冰冰地杵着。少商君纵是不愿理睬我，也不能不认我家侯爷吧。子晟碍着君华阿姊，不好软下身段，叫不得由我等妇人先走这一步吗……"

"凌侯夫人，"少商不耐烦听这女人絮叨，便微笑着打断道，"小女子有一句不知当不当问？"

"少商君请问。"

"凌侯夫人是什么时候寡居到凌家的？是霍夫人嫁去之前，还是之后？"

淳于氏脸色有些不大好看，轻声道："妾身命运不济，前夫亡故后无处可去，孤苦伶仃，只能托庇在姨母家中，幸得君华阿姊照拂。"就是承认在霍君华婚后才住过去的。

少商毫不掩饰脸上的微妙神情。

萧夫人忽道："之前凌侯夫人来时说过，当年与霍夫人相处甚谐，亲如姊妹，鞍前马后，无有不应。"

少商对亲妈高超的措辞技术表示敬佩，甜甜一笑——心机小白花哄骗骄纵大小姐的戏码嘛，何况还有凌侯在旁敲边鼓，一会儿夸夸妻子端庄大度好贤惠啦，一会儿赞赞妻子怜惜弱小心地善良啦，还不手到擒来，呵呵。

萧夫人没说的是，前几次来访时，淳于氏提起当年和霍君华的"友谊"，简直泪眼汪汪，我见犹怜，好险没把她恶心死，偏还要苦苦忍耐。

她也是地方高门出身，并不介意丈夫纳妾，但前提是那些姬妾只能是"玩意儿"。治家如治国，政令不能出其二，一山只能有一只母老虎。可淳于氏是寻常婢妾吗？

萧夫人与青苁不但情同手足，患难与共，而且心意相通，都知道彼此对婚姻家族的看法，是以青苁从无分毫觊觎程始之意。就淳于氏这样的，趁霍君华死不见尸之际"上位"，也好意思提"姊妹"？真是笑话！

"妾身与君华阿姊当年的情分直比人家亲姊妹还亲厚，妾身知道君华阿姊和子晟还在人世时，在三清道观点了一百盏还愿灯，谁知，谁知……"

淳于氏低低哀泣："大丈夫三妻四妾是常事，子晟没出世前外兄也曾纳妾，虽说不久就过身了，但君华阿姊也是点了头的。是以妾身自愿洗手做羹汤，侍奉外兄与君华阿姊，实在不明白为何君华阿姊就是不肯容我，非要我性命不可！"

这段话信息量有些大，如果是普通的正义人士，大概会对霍夫人生出些许反感来；不过这番话说给少商听是白搭了——因为她帮亲不帮理啊！

"我也不知道她为何不肯容你啊。"少商望天喃喃，"大约霍夫人惯于做独女吧，抑或是，她更喜欢睡大床，不愿你去和她挤？"

萧夫人想笑，但又觉得不妥，好容易忍住。

淳于氏有些傻。

她想说即使妾侍也不见得会和正妻一起侍奉丈夫，可这种话她如何说得出口。不过,她也是有历练的,一看今日情形不对——其实是少商全不按牌理来,决意速战速决,便转而向萧夫人道:"妾身家中还有些琐事,这就告辞了。"

说着,她从左侧那名少女手中接过一个漆木匣子:"这是城外些许田亩的契书,算是我和侯爷给少商添妆了吧。还有这两名婢子,是妾身以十万钱从南方买来的,歌舞庖厨都行,将来服侍少商和子晟……"

"夫人,您真是风趣。"少商笑眯眯地道,"我至今连凌大人的内寝还没摸上呢,你这一上来就送我两位美貌侍婢,分去我未来郎婿的床榻,莫非还要我谢您?这莫非是,见一面分一半的道理?"她就喜欢一言不合开黄腔。

"少商!"萧夫人皱眉道,"不会好好说话啊?!"

淳于氏果然满脸愤怒:"你,你一个小女娘怎能如此满口污秽言语……"

"夫人觉得这话污秽。"少商做出一脸夸张的景仰,"夫人真是冰清玉洁,德行高量啊!"然后冷冷一笑,"这世上,有些人能做污秽之事,却不许旁人说出这些污秽。夫人觉得这种算什么?哼,真是虚伪!"

"你们这是逐客?"淳于氏霍然站起,脸上冰冷愤怒。

眼看女儿又要荒腔走板、胡说八道,萧夫人赶紧抢在前头,端正道:"凌侯夫人知道什么是首鼠两端吗?"

淳于氏一愣。

萧夫人抬头直视眼前的贵妇:"有些事,是没法两面下注的。子晟是我家未来郎婿,我家自要和他站在一处。夫人,您与其在我家迂回,不如径直去寻子晟。他若肯来个'往事已矣',那么我等自会将您奉若贵宾,倒屣相迎。否则,我们也不会逆子晟之意行事。"

萧夫人目光凛冽,字字如刀,淳于氏一时竟无言以对。

少商拊掌笑道:"阿母说得真好,真是微言大义,如雷贯耳,天打雷劈……"

"不会说话就不要说话!"萧夫人扭头怒瞪女儿。

少商只好讪讪地将嘴闭上。

淳于氏冷冷一笑:"就凭令爱今日所言,我不信旁人听了会无动于衷。"

"那您就……"少商正要笑着回嘴,却被萧夫人杀气腾腾的目光吓住了。

"吾女说什么了?她什么也没说。"

萧夫人抵赖得面不改色心不跳:"夫人若出去传扬什么,我家是断断不会认的。我家大人虽比不上凌侯从龙得早,可在这都城里也略有几分薄面。连陛下和皇后都常夸赞少商最近越发妥帖,时时有常赐,也不知外头人是否会信夫人的话？！"

"好好好！"淳于氏连连冷笑，"我今日算是认识你们了……我们走！"说着也不等奴仆来送客，自行甩袖而去，两名被吓呆的侍婢急急忙忙跟上。

……

待人走远后，萧夫人才看向女儿："你不断激怒淳于氏，究竟是想干什么？就算不想敷衍她，也不必反目成仇。"

少商却顾左右而言他："唉，百闻不如一见，阿母您一发起脾气来，真是威风凛凛。只盼这位淳于夫人拿出当年和霍夫人抢男人的胆色来，不至于被阿母您一吓就缩回去。她若能在外散布我今日的恶形恶状，说不得啊，我就能一劳永逸啦。"

萧夫人半信半疑，不置可否。

少商的打算很好，不过很多年后想起来，似乎她那些看起来十分严肃正经的打算，最后总会往另一个哭笑不得的方向狂奔而去。

自来婆媳关系复杂，何况是淳于氏这种继婆母，少商本来还在担忧未来可怎么相处，可昨日见过霍君华后她改了主意。她不但不想伺候淳于氏了，而且想彻底摆脱之——

步骤一：先激怒淳于氏，越粗俗越好，然后淳于氏就会向凌侯告状甚至在外传扬。

步骤二：鉴于执行人楚楚可怜的长相，到处哭诉淳于氏为难自己捏谎造谣。

步骤三：必要的推波助澜，可编些继母对嫡长子居心叵测的段子，以供群众发挥想象。

结果一：下限是凌不疑虽然心知肚明，但会很快乐地给执行人撑腰，上限是皇帝勃然大怒，新仇旧怨一起爆发。

结果二：顺势就终结了即将到来的"婆媳相处"，大家以后井水不犯河水。

总策划：程少商。

主执行：程少商。

辅助执行：萧主任、凌不疑。

后盾支持：凌不疑、皇帝、皇后……

吃瓜群众以及若干脂粉：程老爹以及亲友团，可根据自身技能水平酌情安排戏份。

以上。

然而算计不是计算，不可能像套入公式一般处处妥帖，没等少商想出如何了结这个局，先在长秋宫中遇到刚用完早膳的皇帝。

此时皇后正在为皇帝整理袍服玉带，皇帝看见低着头如鹌鹑般老实的小姑娘，当即皱眉道："朕怎么有好些天没看见你了？当初皇后不是说一旬休一日吗？这都休憩几日了。嗯，朕记得你的休沐日是在，在三日前吧？"

少商暗叹一口气。这皇帝也不知怎么搞的，训她都训上瘾了，顺路固然会日行一训，不顺路绕道过来也要隔日一训，难道她看起来就那么不靠谱？

"回禀陛下，陛下说得极是，大大前日妾在家中休憩。"

"那后来呢？"听到"大大前日"四字，皇帝努力不弯起嘴角。

少商道："大前日，妾家中不是为凌大人办定亲筵吗？家父邀了好些亲朋挚友呢。"你个臭老头，前些天你自己赐了那么多酒你忘了啊！

"为何定亲筵不与休沐日在同一日？"皇帝提着腔调，故意冷眉峻眼，引来皇后用力束了一下他的腰。

"因，因为……定亲筵要准备呀……"当然是为了多休息一日，大家都是道上人，皇帝老伯您需不需要这么较真啊！

"那定亲筵是你办的？"皇帝继续为难。

"不不，那什么…妾稍微帮了下手，要紧的是多看看，多学学，长些见识…"

皇帝奋眉拉眼，一本正经："上回程、楼两家定亲，难道你就没有看看学学？到了这回怎么还不能亲自张罗呢？"

皇后手上用力抽拉玉带，几乎将皇帝的早膳给勒出来。

少商脸都绿了："呃，妾妾……那个学无止境，越学多就越发觉妾实在是无知，是以要多看多学几次，呵呵……"

皇帝自幼父母双亡，但生性开朗明快，可惜起事后一路艰难险阻、尸山血海，登基后更须为天下做表率，只有在少数几个老兄弟面前还能玩笑一二，想想已有许多年不曾如此促狭了。

他本想说"你若是多定几次亲岂非知识更加渊博了"，不过看到皇后不赞成的目光，只好转言道："好，那办完定亲筵呢，你怎么还不进宫？"

少商松了一口气，赶紧回答："前日，凌大人领着妾身去拜访霍夫人了。"

皇帝眼中的笑意顿了一下，皇后手上的动作也停了，过了片刻，帝后才双双复原。

皇帝道："霍夫人近来如何？"

少商道："夫人有些清瘦，不过看着气色倒还好。哦，崔侯也在。"

皇帝没有说话，神色有些郁郁。

少商见状，赶紧将最后一颗"炸弹"熄火："唉，从杏花别院出来，妾亦是怅然，想到这人间悲喜，无可奈何，妾久久不能释怀。是以凌大人又为妾向娘娘告假一日，让妾……欸，那个平复心绪，平复平复……"

皇帝复笑："你平复什么心绪，小孩儿知道什么是人间悲喜无可奈何，装模作样，不就是躲懒懈怠，当谁不知道呢？！"

少商正要说出淳于氏之事，谁知大长秋曹成来请皇帝移驾了，言道尚书台几位大人已至。皇帝颔首，又勒令女孩好好读书，将之前几日的工夫都补回来，然后起驾离宫了。

少商连忙对皇后道："娘娘，昨日凌侯夫人上我家了！想到霍夫人如今的情形，我一看见她就气不打一处来，于是就说了些负气的话。"

皇后虽温和却并不笨，闻言上下打量了女孩一番，含笑道："你得罪了凌侯夫人，想要陛下和我给你撑腰？"

"娘娘，您别说什么得罪不得罪的，我那是伸张正义！"少商谄媚地扶着皇后的胳膊往内殿走去，"难道您喜欢凌侯夫人啊？"

皇后白了她一眼："喜不喜欢另说，你也该好好管住自己的嘴了，一逮着机会就胡说八道，戏谑无行。在我宫里尚且无妨，若是出去了，看人家骂不骂你。"

"我也就在娘娘身边才说的，您看我出去哪会那么说？"

"在我这里也不许信口开河！"

"那我什么时候能说自己想说的话啊，家里？可我现在待在宫里的时候比在家里长多了，好憋气呀。"

"我说你能放言时，才许说！"

"……好吧。"

因为缺课四日，这日上午少商学得分外勤勉，不知过了多久，正觉饥肠辘辘，翟媪过来刚说要传膳，殿外的小黄门却忽来传报：汝阳老王妃携凌侯夫人来了。

皇后顿了顿，道："传。"

汝阳老王妃还是那副盛气凌人的样子，不过今日却穿了全副王妃仪装，披帛挂玉，系五彩锦缘；她身后紧紧跟着的淳于氏也是一般的庄重打扮，双眼红肿，想是哭泣许久所致。

少商看了一遍，暗切一声。

汝阳老王妃略略弯曲一下身子，算是行过礼了，于是跪坐在皇后身旁的少商也有样学样地向老王妃弯了弯脖子，接近于平角。不过淳于氏还算上道，老老实实地行足了礼数。

"不知叔母今日所来何事？"皇后一脸的冷淡端庄。

汝阳王妃冷冷一笑，指着她身旁道："老身今日就是为了这个小贱人来的！"

"王妃慎言！"皇后冷声道，"少商在予身边数月，素来温良恭俭，仁善豁达，从未有何不妥之处。叔母今日一来就气势汹汹，未免过了。"

少商头越发低了。她自来被人数落惯了，难得受这样凶猛的夸奖，不免有些脸红。

汝阳王妃用力拍膝："老身说得句句属实。昨日，凌侯夫人好心好意去程府拜访，赠予田地侍婢，不但没落着半句好话，还被这贱婢羞辱一番！皇后，你今日若不处罚这贱婢，恕老身不能服气！"

老妇声量响亮，几乎震动殿宇，淳于氏很配合地在后面抽泣几声。

少商心中轻蔑，想：你服不服气关我什么事啊。

皇后侧瞥了少商一眼，才道："我素信少商，想来她不至于如此……"

"娘娘！老身敢对天起誓！"老王妃声嘶力竭，口沫横飞。

此时人们对鬼神之事甚是笃信，皇后一时气弱，思绪一转，便道："这等家事还是请越妃一道来参详……"

"皇后！"汝阳王妃刻意一字一句道，"你是六宫之主，责罚晚辈这等区区小事，难道还要过问一个妃嫔？！"

翟媪忍不住了，开口道："娘娘想请谁就请谁，王妃未免手伸得太长了吧？"

"贱婆子放肆！"老王妃大喝，凶狠异常，"贵人说话，也轮得到你一个奴仆插嘴，皇后就是这样放纵，这等奴婢就该狠狠掌嘴！"

老太婆气势惊人，少商却在心中暗暗给她鼓劲，盼她继续作死。

皇后面如冰霜,只有略快的气息显示她心中恼怒。她忽道:"少商,你有什么话,当着王妃和凌侯夫人的面,尽可放言。"

此言一出,少商眼睛都亮了。

淳于氏脸色一变,她领教过少商的胡搅蛮缠,汝阳王妃却犹自嘶叫:"皇后,老身都带了苦主来了,你赶紧责罚她就是,还让一个小辈来和老身对嘴不成?!"

"哟,老王妃可真霸气呀!这知道的说您气急攻心,不择口舌;这不知道的,还以为您才是这天下之主,六宫领袖呢。"少商慢吞吞地走前几步,跪坐到皇后右前方。

"你个小贱人说什么呢?!"老王妃指着她骂道。

少商道:"娘娘想宣越妃娘娘,您不让;娘娘想多问两句,您就要她立刻责罚我。哟,您可比陛下厉害多啦,陛下和娘娘都是有商有量的,哪有您这么威风啊。今日下午有一位博学的老儒生要来给我接着讲礼数,回头我就问问她,老王妃这副做派,不知合不合礼数啊?!"

汝阳王妃立刻涨红了脸。

"哦,我忘了说,这位老儒生有位从弟是在御史大夫手下当差的。"少商盯着那张猪血色的老脸皮,心中异常快慰。

今天之事往小了说只是皇族家事,但倘若抖到朝堂上去,那立刻会引来一群犹如嗅到血污气息的蝇虫。汝阳王妃再自恃年长尊贵,也不愿意撞上这口钟。

"都是妾身不好。"一直扭着素帕抽泣的淳于氏忽然开口,"老王妃是为了替妾身张目,才激愤至口不择言,万望娘娘原宥!"说着便连连磕头,不时额头便红肿起来。

皇后侧首避开,只好道:"恕你无罪。"

汝阳王妃淬毒的眼神扫向少商:"好厉害的嘴,果然是狡诈多端,长舌利口,凌侯夫人叫你羞辱了一番,你可知罪?!"

"知什么罪?我从未说过羞辱凌侯夫人之言。"少商道。

"老身敢起誓……"

"您起誓有什么用啊,您又不在当场,没看见没听见,都是凭凌侯夫人一面之词。说不得,您也是受了蒙骗呢。"这等程度的辩词,少商简直连脑子都不用过。

汝阳王妃一时语塞,淳于氏立刻扑上前道:"妾身也敢起誓,妾身以性命起誓，那日程少商确对妾身百般羞辱，污言秽语……"

"你的誓言切不可信。"少商轻飘飘，"像你这般品性之人，自不会将神明放在心上。"

淳于氏一口气堵在喉头，她不愿就自己的品性话题说下去，只能向皇后大喊道，"当时妾身还带有两婢，她们可以为证！"

少商笑起来了："哎哟，夫人您行行好，那两个侍婢是您花钱买来的，还不是您说什么就是什么。若是如此，我也可以从程府找些奴仆来，说您那日意图不轨，让我在凌大人饮食中下些不干不净的东西，好叫他无后而终，将来凌大人偌大的家底还不都归了您膝下之子吗？别说两婢，就是二十个婢女，我也给您找出来做证，如何？"

如此一番天马行空、狗屁不通的诡辩说将出来，别说汝阳老王妃有些傻，淳于氏气得几乎满腔气息要蒸腾而出，却只能指着她："你，你这……你这个狡言欺诈的……"

好容易顺过一口气，她立刻流泪跪告："皇后娘娘，程娘子这番诛心之论妾身断断不敢领受。这话非但不能说，妾身连想都不曾想过。倘若这些话有丝毫流了出去，妾身再难立足人前啊！请娘娘明鉴，若是不能还妾身一个清白，妾身宁肯一死！"

皇后面有难色，正要张嘴说些缓和话，少商迅速地对着汝阳王妃道："王妃明鉴，倘若我也敢起誓，说凌侯夫人确有谋害凌大人之心，您是否会主持公道，也狠狠责罚凌侯夫人？"

汝阳王妃不由得一缩。当年之事她扪心自问，也不敢说淳于氏没有半分私心，是以这个包票她还真不敢打，只能顾左右而言他："你起什么誓？适才凌侯夫人也起了誓，你怎么就不肯认！"喘了一口气，她放柔口气，"你只是个小小孩儿，偶然口误也是有的，长辈怎么会和你计较呢。好好认了错，这件事就揭过了，好不好？"

少商冷笑，心想你哄三岁孩子呢，一旦她认了错，后面的责罚还不得由她们起哄。

她道："王妃此言差矣。我可是老老实实听长辈吩咐定亲的，不敢比凌侯夫人这等自己张罗婚事的。更何况，她吃霍家的，喝霍家的，寄居霍夫人身旁多年，扭头就趁人家不测顶了她的位置。所以呀，我发的誓可信，她发的誓，不可信！老王妃，您是不是年纪大糊涂了啊，这点子事都想不明白？难道"

她忽然变了口气，挤眉弄眼道："老王妃您当初也和凌侯夫人一样的……啊？"

"休得胡言！"

"不可造次。"

——汝阳王妃和皇后齐齐出声。

前者脸色紫红的险些要扑过去殴打少商，后者拧着眉心，又想笑又是叹息不已。

淳于氏瘫软地向后坐倒，满心气恼。来了，又来了，她就知道只要一让这小女娘开口，无论什么事都会变成对她过去的讨伐。不过，事已至此，她不得不为自己辩白几句。

"当年之事，妾身虽有过错，可君华阿姊也是逼人太甚了。早些她是为侯爷纳过妾的呀，为何就不能容下妾身。"她声声泣泪。

汝阳王妃立刻来摇旗呐喊："正是正是，不过区区一名妾侍，霍君华都不能容忍，这是何等忌妒恶毒啊……"

当着皇后的面，少商可不敢说什么床榻不床榻的，便道："霍夫人是如何想的，我是不知道。不过霍夫人就是这么一副脾气，大家也不是第一日知道的，当年既然逼到这份儿上了，凌侯夫人为何不让一让？毕竟，人家夫妻是近十年的情分啊，凌侯夫人您就算在霍夫人母子一失踪就与凌侯，嗯那个……那个，发生了情愫……满打满算也不过一年左右罢了。此处不留人，自有留人处，反正是做妾，哪儿不能做啊，对吧？难道……夫人您其实和凌侯也有好些年的情分啦？"最后一句，她几乎要笑出来了。

淳于氏脸色渐渐发白，浑身发抖。

她这几十年来也受过刁难，但从未遇过少商这样的对手。盖因不要脸的没自己身份高，不敢来发难；身份比她高的，不至于撕破脸皮。

汝阳老王妃也呆了，这是哪里来的刁钻女子，简直就是个不要脸皮的小泼妇！

淳于氏脸色惨白，向皇后恭敬道："娘娘，妾虽出身卑贱，但也容不得这程少商如此羞辱诋毁，娘娘若不发话，妾身只能一死了之了。"

"唉，夫人壮烈，不甘受辱，真是令小女子赞叹佩服。若是十来年前夫人肯去死一死，霍夫人也不会愤而绝婚了，今日许多事恐怕就不一样了。"少商又幽幽地来插嘴，淳于氏目中怒火熊熊，恨不能上去活活掐死这小贱嘴皮子。

"这样吧。"少商捏拳捶掌，一副恍然大悟的样子，"你我不妨一齐起誓。

夫人若不敢死，就当我什么都没说，夫人若真去死了，就叫……"

汝阳王妃和淳于氏虽然都没打这个赌的意思，但此时都提起了一颗心。

"……就叫凌大人一生纳不了姬妾！"少商一口气说完，"如何，这个誓言够毒辣了吧。"她简直越说越欢快。

皇后赶紧侧首轻咳，翟媪直接扑哧出来，结果被口水呛到了，连连咳嗽。

淳于氏惨白的脸又被气红了，指甲几乎抠破掌心。

汝阳王妃到底年纪大了，一个憋气不过就直直往后倒去，淳于氏连忙上前接住。

这时，殿外忽而传来几段隐约的笑声，众人连忙回头看去，只见越妃迈着娇滴滴的小步子轻快地进殿来，后面跟着双手负背的皇帝——两个人进来时，越妃嘴角含笑，看了看少商，道一句"原来子晟新妇是这样的"，皇帝则没好气地白了她一眼。

再后面进殿的，则是一身正装的老不正经汝阳王，他手中揪着一位身着朱红官服的中年男子，拉拉扯扯地将人拖进殿内，大长秋曹成跟在一旁连声劝说老王爷放手。

最后面一人，竟是凌不疑。他缓步进来，似笑非笑地看了一眼少商，没有说话。

少商这下萎了，迅速缩到皇后身后，端正地跪好，一脸老实又巴交。

淳于氏十分机敏，看到这么一长串人进殿后，立刻察觉到情况不妙，今日之事怕不能善了了，当下再不敢讨要什么公道，惶恐地跪到侧边，腾出空路让帝妃经过。

只有汝阳王妃犹自不知死活，嚷嚷着："陛下，你适才可听见了？这小贱婢满口胡言乱语，简直有辱体面，你可要好好责罚……"

"叔母！"越妃连坐都不坐了，上来就开腔，"上回宫筵时我怎么说的来着？您要对淳于氏怎么样我管不着，您若是觉得自己脸面够，自去行事即可。你若是想到宫里来指手画脚，却是不能够！"

汝阳王妃对上越妃，气势都弱了几分，不由得放缓了语气："我何曾指手画脚，可这程少商终归是小辈，难道我这做长辈的连问一句都不能了吗？！难道恳求长辈疼爱，不是小辈应有之责吗？！"

越妃呵呵假笑几声："叔母还真是说话不嫌口气大。难道少商是因为你喜欢，子晟才去求亲的？女莹你倒是喜欢了，可子晟不喜欢，她嫁过去了吗？"

"不许拿女莹说事！"汝阳王妃大怒，又朝丈夫大吼道，"你是死人吗？看着孙女叫她编派也不吭声！"

"老媪闭嘴，轮不到你来教训老子！若不是你整日鼓动女莹，我早给她择一个好郎婿再嫁了！"汝阳王的嗓门也不是一般大。

皇后揉了揉被震得发麻的耳朵，轻声道："叔父，您先和虞侯坐下，有话慢慢说。子晟别愣着，扶老王爷坐呀。"

凌不疑依言行事，让老王爷和虞侯坐下后，很自觉地挪步到少商身旁坐下。

少商小心地侧头，以口形道"对不住，我可能又闯祸了"。

凌不疑飞快地捏了一下她软软的小耳朵，也以口形道"你不闯祸才是怪事"，想了想，又道"放心，有我呢"。

少商放下心来，正想再说两句俏皮话，皇后忽回头横了他们一人一眼，他们只好噤声。

"……霍君华是什么人，当初你也恨得跟什么似的，为何今日却为她说话！还不是有意和老身过不去！"汝阳老王妃团团看了一圈，发现唯一可能的友军居然只有越妃。

"叔母，我自小什么脾气，你是知道的。"越妃沉着脸，"霍君华和我的恩怨是一回事，可她从来没对不起凌家过，更没对不起她儿子凌不疑！"

"她对凌益情深义重，从头到脚帮扶凌家。可凌益呢，妻儿生死未知还没一年呢，就跟淳于氏不清不楚，他对得起霍家吗？至于十一郎，当年兵荒马乱，缺衣少食，他们母子流离失所。霍君华把皮裘裹在儿子身上，省下口粮给儿子吃，这才熬了下去。那个时候凌益在哪里？哦，他正张罗着要迎娶继妻呢！"

她刻意嘲弄："霍君华寻回来时，瘦得皮包骨头，连我都认不出了。她再品行不堪，也是个好母亲。她没有对不住儿子，那么凌不疑也不能对不住她，去讨好什么淳于氏！就是凌益发话也不行！今日我把话放这儿了，回去我就向陛下、皇后请奏，淳于氏以后非召不得入宫！"

淳于氏低头听着，难堪至极，几乎跪坐不住。她此时深恨自己沉不住气，今日来寻程少商的晦气，结果自讨苦吃。

汝阳老王妃脸上又青又红，巡视一圈众人："好好，你们今日是故意来打我脸来了！"

说着她忽拔下头上数根发笄，用力颠簸晃动几下，披散下一头保养得极好的头发，对着皇帝撒起泼来："陛下，淳于氏再不好，也对我有救命之恩，今日你们羞辱她,就是羞辱我!皇帝今日若不给我一个说法,我就一头撞死在这长秋宫中,看看天下人怎么说!"

"你要去死?"汝阳王捂着胸口,不禁又惊又喜。

老王妃立刻反口,大叫道:"死前我先到外面去叫屈喊冤,看看陛下如何对待庇护他们兄妹几个长大的叔母,看看他的好名声还保不保得住?!"

皇帝面色不悦,汝阳王则去揪虞侯的衣襟,吼叫道:"你看你看,她就是这么一个疯妇,一有不如意就要死要活地撒泼。当初我要休妻,是你说什么糟糠之妻不下堂,还给我出了个馊主意,说什么'分居不休妻',让我去城外做什么修士,我连《道德经》都没读明白,却去修什么道,真是苦也!好好,我不休妻了,我现在绝婚行不行,我要绝婚!"

虞侯哭笑不得,连连唉声。

"你敢?!"汝阳王妃立刻冲过去,揪扯丈夫的衣袖,又打又捶,哭哭啼啼地痛骂起来,"我为你生儿育女,操持家事,没有功劳也有苦劳!我还有两个儿子为陛下打仗死了,你们居然敢这样待我!"

汝阳王用力掰扯开老妻,也骂回去:"打仗哪有不死人的,他们虞家没死人吗?!那也是我的儿子,难道我不心疼?只有你一天到晚到处念叨,简直不可理喻!"

说罢,他转头对虞侯号道:"就是囚徒也有个刑期啊,我实是受不了了。家产、儿女我都和这老媪一人一半还不行吗?家财都给她也行啊,我可再也受不住她了!总有一日,全家都叫她给害死了……"

老王爷虽言语夸张,但言下之意人人都知道。

虞侯苦笑道:"并非晚辈有意为难老王爷,可陛下如今兴盛儒学,老王爷若开了这个口子,休弃了糟糠之妻,那群儒生还不定如何议论呢……"严重点,还可能牵扯到皇帝对一干功臣的态度问题上。

这时,越妃忽开口道:"叔父最爱热闹,修什么劳什子的道法,照我看啊,应该叫叔母去那三才观里修身养性才是。"

虞侯拊掌笑道:"娘娘说的是,这倒是两全之法。"其实他也有这个意思,就是做臣子的不好张口而已。

话说到这份儿上,众人一齐以目光请皇帝示下。

皇帝缓缓道:"老王妃年迈昏聩,时有疯癫之举,致使君前失仪,就送去三才观好好休养吧。曹成,你从宫里调拨些人手去三才观……好好照看叔母,不要让外人前去打扰。"

汝阳王妃无力地瘫软在地，满心惶惑，似乎还未明白发生了什么。

淳于氏更是惊恐无比，僵在原地丝毫不敢动弹。

少商看了看她两人，忽凑到凌不疑耳边："陛下想收拾掉汝阳王妃多久了？"——皇帝这是计划多久了啊，她不过想提前隔离继婆母而已，相比之下，皇帝可志向远大多啦。

凌不疑目如深潭，也看了她一会儿，微笑着轻道："就在那日宫宴之后。"

第二十五回 婚约战争

既然大佬都为今日这场恶性事件定调了，一群身强力壮、手法娴熟的宦者立刻分别"控制"住了汝阳王妃和淳于氏。前者被利落地押上宫车，而后送往城外三才观，汝阳王插嘴表示不用回家了，他会帮老婆收拾细软送去的；后者被简单粗暴地逐出宫门，除去门籍。

办完了这件大事，少商敏锐地发现，殿内众人，从皇帝到虞侯仿佛都有一种松口气的感觉。虞侯还文绉绉地说了句："非善亲不从，乃君主颜面，关乎国体尔。"

汝阳王眉开眼笑地一掌打在他背心："说得好！果然从小到大没白读那么多书。前阵子孤刚得了几坛野果酿的酒，甘香醇烈，今日孤定要与你痛快地饮一场！"

虞侯一把年纪，位极人臣了，还被打了个趔趄，险些扑到阶下，只能摇头苦笑，然后被分手快乐的老王爷拉着一起告退出去。

越妃略略打了个哈欠："我困了，要去午憩了。陛下、娘娘，妾这就告退了……"说着向帝后行了个礼，然后摇摇晃晃地向殿外走去。

"哎呀，你午膳还没用呢，睡什么睡！"皇帝追着她的背影喊道。

越妃道："妾又不用上山打虎下田耕种，从早到晚，闲坐无事，想何时吃就何时吃。"

皇帝只能无奈地看她离去，然后转头拉皇后去用午膳："不管她，我们去用膳，走走。"

皇后恍若无事，依旧端庄地低声应诺。

少商看到这一幕，免不了又想表述一番"皇后对妃嫔也不能没有丝毫威严"的观点，却被凌不疑一把拉走，一直走出庭院来到无人空旷处，才道：

"陛下真是的，既然早想收拾那张牙舞爪的老老，老……"她想追随韦香主喊一声老浑蛋，奈何胆量不够，"老媪，为何不早些下手？无端叫皇后受了一顿欺侮！"

"你以为汝阳王妃是能随意除掉的？"凌不疑道。

"难道不是？"那位穿龙袍的老伯是正儿八经的皇帝，难道不是雷霆雨露均是君恩吗？

凌不疑四下看了看，笑着拉女孩往一旁的僻静处走去："汝阳王妃嚣张跋扈，其依仗有二，一者，陛下年幼失怙，与兄弟姊妹几个一道养在叔父叔母家中。当了十几年的子侄小辈，汝阳王妃召唤差遣陛下几位，早是习以为常了。你将心比心，倘若是你家中筑讴两位幼弟，自小在你身旁逗弄玩闹，一朝一夕间你能立刻视其为君父主上，毕恭毕敬吗？"

少商想起家中那两个流鼻涕的小破孩，顿觉汝阳王妃情有可原了："……可是，就算当时无法转圜，陛下登基都多少年了，她还摆着个臭架子，被收拾也不冤了。"

凌不疑点了点头，看远处有几名宦者要过来，挥手叫退："这话不错，不过汝阳王妃还有其二。她虽脾气暴躁，心胸狭隘，但也不是一直都这样老迈糊涂的。当年陛下起事之时，她即便满心不愿，但依旧鼎力相助，四处借钱借人，还召集众臣家的女眷缝补袍服，筹措军辎，更别说连失二子，不能说没有丁点功劳。"

少商叹气道："有功劳也不能这样显摆呀，到底君臣有别，时移世易，老王妃也不能把宫闱当自己家里吧。"

"淳于氏区区小人，掀不起风浪，不足挂齿。可是老王妃不一样，当年她还能时常荐官。后来，先是陛下渐渐冷了这位长辈，所求之事多不允，所荐之人多不用，数年后老王爷又与她别居，终是声势大减，她如今才只能纠缠这些婚嫁之事。"

"这个'后来'，是从令堂与令尊绝婚开始的吗？"少商小心发问。

凌不疑低头一笑，眉如青山蹙起："不，是从母亲'病了'开始的。"

少商心中咯噔一声。要说萧主任的确有两把刷子，所料之事十有八九能中，难怪程老爹能从十不存一的乱世淘汰赛中活下来。

"当时陛下势力不盛，所占之地不过这座都城及周围少许城郭。老王妃是陛下家中最年长的女君，不但是叔母，还有养育之恩。这些年陛下收了不少人，有乡邻，有降将，还有慕名来投的豪杰大族……"

"万伯父和我阿父就是慕名来投的。"少商连忙插嘴。

凌不疑笑了："我怎么听说程家叔父那些年满地找寻明主？"像万、程这样带着军队到处扑腾，一门心思找个好老大的也不多见。

少商用力打了他一下，笑骂道："不知道看破不说破吗？"

凌不疑笑过，又道："好，你设身处地，如万太守和令尊这般，在乱世中找寻可托身之主却屡次不如意，听闻陛下令叔父休弃抚养自己长大的叔母，在不知其中缘故的情形下，会作何之想？"

"这这……恐怕有些凉薄吧。"

"你们还好，那些降将，大多与陛下的将领们有血仇，不少人还富有部曲财帛，本就惶惶不可终日，相信陛下为人忠厚愿意宽宥他们才肯放下兵械，倘有人挑拨一二，事情就不好说了。"

"而如今……"少商忽道，"天下之地陛下已占四之其三，名声势力都非往日可比，再无当初那些顾忌了。"这才是主要原因吧。

凌不疑迟疑片刻，才道："也是老王妃欺侮皇后太过了。"

少商撇撇嘴，冷嘲热讽："难怪上回越妃说老王妃对淳于夫人情意动天，这可真是了……"

"呵呵，那倒也不见得。"凌不疑露出奇特的笑意，"就是个小小县丞，十几年下来，县内势力也是盘根错节，何况老王妃这等身份之人，身边总有一二拥趸。当年她和老王爷闹翻时，不少人出来做和事佬，老王爷不能甩脱她，只能自请城外修行。倘若她连淳于氏这样的救命恩人都护不住，那就无人不知其大势已去矣。"

"什么大势，"少商满脸迷茫，"不就是在宫里呼呼喝喝嘛，我始终不明白老王妃干吗这么跋扈……"

"傻孩子，"凌不疑揉揉女孩的头，满脸爱怜，"在你看来老王妃只是声量高些，在有心人看来，却是无数财帛，无边权势啊。"

少商看了凌不疑好一会儿，才道："……汝阳王去城外修行，不是为了避开泼辣蛮横的老妻，而是为了跟她撇清关系。"难怪嘛，一个并不懦弱的大老爷们儿怎么会因为害怕妻子就离家呢。

"因为这样一来，老王妃这些年不论做了何事，就都与他毫无干系了。因为，他是一力主张休妻的，是为了顾全大局才忍下来的。"她眼前浮现起老王爷那张乐呵呵、热乎乎、毫无城府的面孔。

"倒也不致如此不堪，不过嘛……"凌不疑双手负背，眼望不远处的长秋宫那高高挑起的飞檐，身上一袭月华色的直裾长袍迎着秋风吹拂，英姿飒然，"有些人，就算自己没有贪念，可儿女、后嗣、部曲、心腹，如何忍心不加照拂？"

"我懂了。"少商点点头，"陛下本想让老王妃慢慢退隐就算了，反正她也插手不上要紧的事，到底是亲叔母，非必要陛下也不愿再行追究，谁知老王妃非要自寻死路。唉，皇后就看不清这一点，是以才对那老媪处处忍让，她就该像越妃娘娘一样……"

"是我谏言皇后莫要插手老王妃之事的。"凌不疑忽道。

少商张口结舌。

凌不疑看她这副傻样，微微一笑："我让皇后遇上老王妃后暂且忍让，陛下耳清目明，亏是不会白吃的。"

"那越妃娘娘为何敢，敢敢……"少商结巴了。

"皇后不可说之事，越妃可以说。因为越家子弟死得比老王妃的儿子多，立下的功勋比老王爷大，越妃自己就几次历险，奋死追随陛下。在越妃娘娘面前，老王妃如何有底气谈论昔年往事？"

少商胸膛起伏，张嘴时觉得口舌生涩："……反过来说，皇后娘娘的宣家，既未立下多少功勋，也无多少子弟为陛下而死？"

凌不疑背阳而立，目光深邃地看着她："宣家人丁单薄，过几日是娘娘的千秋，到时你就能看见娘娘胞弟宣侯了，他每回进宫都要带好些珠翠宝器，估计会给你留一大份。"

少商揣摩了一遍，才道："所以，宣侯也不是一位有才干之人。"

"你要往好处想。"凌不疑笑道，"你当初不是对楼垚发下豪言壮语，说什么'满眼荒芜才能大展拳脚，若是满眼繁华去干甚'，怎么，如今看皇后这边势弱，你就气馁了？"

少商恨恨地瞪了他一眼："才不会！要那么厉害的皇后娘家干什么，跟陛下分庭抗礼吗？陛下既然立了皇后，就自有他的主张，我才不怕！再说了，不是，不是还有凌大人您吗……"

"去掉最后一句，这话就很有气势了。"凌不疑笑笑。

少商想想，不由得笑了出来。她也觉得适才实是色厉内荏。

她本想拉凌不疑回长秋宫与帝后一道用午膳，凌不疑却说要去寻羽林卫的几位领军说皇后千秋设宴的护卫之事，回头再来找她。两个人只好分别。

回到长秋宫，皇帝已经用完膳在饮果酒，少商一看龙目扫过来，心肝一颤，立刻抢在前头，说是凌不疑自己非要走的，不是她不贤惠没给未婚夫留饭。然而，皇帝要训人，总是能找出由头的。

皇帝道："你以为子晟和你一样清闲，整日吃吃喝喝、无忧无愁？看看你，昨日高枕痴睡足足一日后脸都圆了。可是子晟呢，入秋后又见清瘦……"

少商觉得满腹冤屈，很想说"既然你这么关心，干吗不少给他布置些工作"，可嘴上只能大声道："陛下圣明！妾也知道凌大人辛劳，是以已备下数份秋冬进补的食谱，正预备给凌大人好好补养呢！哦，还有皇后的，妾也想好了。"

皇帝哼哼了几声："这还像话。"

皇后无奈地在旁叹气："行了，你也下去用膳吧。午睡后再到我这儿来。"

少商如蒙大赦，飞也似的溜走了。在侧殿内，翟媪早为她留好了饭食，少商边吃边吐槽："陛下对我还是不满意啊。"

翟媪却笑道："陛下其实喜欢你，真是厌恶之人，他哪有那么多话。"

少商苦着脸问道："翟媪，我的脸真的圆了吗？其实我昨日……"她忽地一惊，止住了言语；仿佛心底深处被细细的针尖刺了一下，不会出血，但是钝钝地发疼。

翟媪连声劝慰小姑娘一点没胖，又说了许多宽慰的好话，可不知不觉间气氛冷了下来，她觉得奇怪，便问少商怎么不说话，只闷头吃饭。

少商勉强地笑了笑："无甚。不过今日出了这么一件大事，适才还不觉得，这会儿身上乏力得很。"

翟媪想想也是，便让她吃完快去歇息。

用膳后少商回到自己的宫室，凭窗而坐，良久后觉得室内气闷，托言去剪几枝秋菊装点内寝，走去庭院透透气，宫婢都知少商受帝后宠爱，自不会阻拦。

少商站在枝叶繁茂四下无人之处，静下心神缓缓修剪起赘枝。不知过了多久，忽听一个熟悉的声音——"少商，你怎么在这里？叫我好找。"

她缓缓地转过身来，定定地看着那背光而来的男人，他似是饮了些许酒，英俊的面庞上泛着动人的淡淡潮红。

"……平日这个时候，你是万事不动要歇午觉，怎么今日出来乱逛了？"

青年笑得温煦，哪怕是这无人之时，酒气微醺之际，他依旧举止得体，步伐不疾不徐。

凌不疑将手搭在女孩肩上，少商隔着衣裳都能感觉到那修长有力的手指，只要稍微用力，就能生生将她的肩胛骨捏碎。

他柔声道："怎么了，睡不着吗？"

少商不动声色地将自己的肩头挣脱他的手掌，将铜剪缓缓放下："你为何不问我送口信给袁慎所为何事？"

凌不疑纹丝不动，只有那双深褐色的眸子迅速缩了一下，但脸上已不复笑意了。

少商看在眼里，终于在这最后一刻确定了。

"……今日你们做的一场好戏，要将虞侯与汝阳王凑齐，又恰好能在老王妃对皇后发难时赶到，天下哪有那么巧的事？老王妃并不经常进宫，更别说从她进宫到你们赶至，顶天了也才半个时辰。若说虞侯是恰好在尚书台与陛下议事，那城外三才观的老王爷呢，他已有数年都只在正旦那日进宫了吧。

"这位设局之人，定是昨日看见淳于夫人满脸愤怒地从我家出来，随后又尾随她，得知她去汝阳王府找老王妃哭诉，这才料定老王妃今日会进宫来寻我麻烦。我本来以为这是陛下所为——这倒不奇怪，做君主想探查臣子行踪也没人说什么。可适才陛下却说我'昨日痴睡一整日'，若陛下真在探查我家行踪，怎么知道下午来访的淳于夫人，却不知道我上午在万府足足玩耍了两个时辰？

"凌大人，是你吧？你设了这个局。陛下应该只是风闻程家有事时才着人探查一二，而你，你才是一直窥探，事无巨细吧！"少商胸膛剧烈起伏，强忍着没去摸那把铜剪——虽然摸了应该也没什么用。

凌不疑淡淡道："……陛下的确有意让老王妃安度晚年。"

"那也是你搭的戏台子！"少商握着拳头，低低喊了出来，"这也无妨，就像文修君说的，你就是皇帝的鹰犬！可是……"

"不要拿那个愚蠢的女人说的话来刺我。"凌不疑神情冷漠，"皇后说得没错，你的嘴是该管管了。"

少商被这威严凛冽的语气震得缩了一下。

"这世上有的是人想为陛下鞍前马后，就是你父兄，你的万伯父，难道不是心心念念为陛下效力？我是鹰犬，满朝文武谁不是，谁又不想？真清高的，何不学那位严神仙，辞官归隐，自去逍遥？南宫论政殿，北宫尚书台，讲经堂内的儒生，演武场上的将士，谁不想成为陛下心腹之人？！"

少商被他气势所迫，竟一时说不出话来，用力喘好几息才顺出气来："好，你有理。那你为何监视我？这和陛下，和朝政，总没有关系了吧？"

"若非我时时看着你，能在三公主手下护住你？能恰时给你送钱花？"凌不疑对这指控不屑一顾。

"在宫里你监视我，我从无异议啊，毕竟宫闱变化莫测，我还很感激你呢！"少商着急道，"可昨日是在我自己家里啊！在家里我能有什么不测，你还盯着我做什么？！你你你……你连我全家都一齐监视了……"

"我不是盯你全家，我是盯着你。"凌不疑忽道，"程校尉虽才具不俗，但还不值得我费那么大力气。"

少商连连冷笑："好好，我懂了，既然如此，你也知道我为何送口信给袁慎了吧。"

"这也不难猜。"凌不疑分花拂枝，缓缓走到女孩跟前，绕着她走了半圈，高大的身影盖顶般压下，少商被罩得铺天盖地，全靠一腔倔强撑着背脊，不肯示弱。

"你在街上看见了楼垚，见他垂头丧气，形容不好，便生了怜惜之心。可萧夫人行事谨慎，断不会允许你再联络他。那么你该如何得知他的近况呢？你不敢找父兄，不敢自行打听，于是自作聪明之下就想到了袁慎。他是楼垚兄长的同窗好友，还与你有些'交情'……"

"不是不是！"少商几乎瞬间就知道他意指什么，慌忙道，"我与他绝没有什么不清不楚的事情，那不是羞辱你吗？我不会这样的！是之前他找我给皇甫夫子向我叔母传话时，他说欠我一回，我想索性就让他帮这个忙，也算了结了！"

"你有我，为何还要找旁人帮忙？"凌不疑似乎缓了些语气，"天底下有什么事，是我做不到而袁慎能做到的？！你不是想知道楼垚的近况吗？我来告诉你。"

"楼垚与何昭君隔阂甚深，虽然两个人都有意好好做夫妻，可一旦有变故，就会立刻撕破之前的和睦。楼二公子回都城后为胞弟谋得一处外放，楼垚自是欣悦，何昭君却顾念弟弟年幼，不愿离开都城，也不肯让楼垚去。好了，现在你知道楼垚为何郁郁不快了，你意欲何为？莫非还想去抚慰一二？"说到最后一句，凌不疑几乎冷笑起来。

少商语噎气堵。

为何人们会觉得凌不疑有古君子之风呢？这人如果想活活气死你，就绝不会只把你气得半死，所以古君子都是些气死人不偿命的家伙吗？

少商觉得自己应该改变战术，出其不意，攻其不备，便深吸一口气，道："楼垚之事暂且放一边……"

"哦，现在暂且放一边了，之前不是牵肠挂肚吗？"凌不疑目色阴郁，语气怪异。

少商默念十遍"小不忍乱大谋"，忍气道："我们好好说话。楼垚反正也不是第一天受何昭君的气了，想来一时半刻也死不了……"

凌不疑神色稍霁。

"可你一天到晚监视我是怎么回事啊？！你又不是看管我的狱卒！"少商几乎要压抑不住喊出来，"若是我喋喋不休追问你每日见了谁做了什么，难道你会高兴吗？！"

"男女有别，这如何能一样？"有时皇帝的旨意的确不能让人知道，凌不疑对女孩的激烈反应十分不解，"我不过想知道你的情形，你究竟为何不快？"

少商几乎仰天长啸，然后郑重道："我不喜你找人盯着我，你赶紧让他们撤了。"

"不行。"凌不疑断然道，随即又疑惑道，"你有何事不能叫我知道？"

"你……好！你若不撤了盯着我的人，我以后绝不理睬你！"少商忍不住跺脚，恼怒地低喊。

"请便。"

凌不疑已不愿听她说下去了，利落地背过身，拂袖而去。

秋日融融，隔着茂密的花叶落下斑驳的阴影，少商站在枝叶夹杂的阴影中，捏拳僵立，犹如一只愤怒奓毛的小小狸花猫，绒毛根根立起。

这是一场实力悬殊的战争，不见硝烟，可是步步杀机。

和凌不疑吵完架，少商满心混乱，一时想着如何摆脱那些盯梢的，一时又柔肠百转，想到凌不疑也是一番好意，自己适才不该那么厉害，应该软乎着来。

谁知不到下班时刻，皇帝身边的黄门令便来传口谕，让少商自即日起就长住长秋宫，不必回家了，一者可加倍熟习礼仪，二者可帮着筹备皇后的千秋宴。

总而言之，日夜陪伴着端庄贤淑的皇后，能让少商耳濡目染，近朱者赤——显然皇帝没考虑到还有近墨者黑。

少商当时就软了，如遭晴天霹雳，又像被当头泼了一桶过期的泡菜水，浑身僵硬得茫然一阵后才醒过神来。前脚吵架，后脚就留堂，事情还有什么不清楚的吗？！

她肚里大骂一万遍凌不疑王八羔子，老娘一没败你家产，二没坏你前程，三没让你的头顶绿成呼伦贝尔大草原，明媒正娶被你演绎出拦路打劫的后现代行为主义风格，也算你品位独特了，总之老娘跟你仇深似海、不死不休！

"这位内官大人，妾领了陛下的旨意，也明白陛下的好意，不过……"少商垂死挣扎道，"能不能叫我今日先回家去收拾收拾随身物件呢？我明日一早进宫就是，一点不会耽搁。"她要回家向程老爹和萧主任谦虚请教怎么修理姓凌的那个王八蛋！

谁知那位黄门令满脸堆笑："程娘子莫急，凌大人早为您备好啦。过会儿他身边的人就会将您所需之物送来。凌大人办事您放心，他自十四岁起为陛下效力，诸事妥帖，滴水不漏。"

少商头晕目眩，顿时有走火入魔之感。

果不其然，晚膳时分未到，只见梁邱飞领着一行负重累累的宦者和婢女，鱼贯将一应起居物件往皇后新指给少商的居室里搬，而少商只能看着忙忙碌碌的众人在室内归置东西。

四架一人高的成套漆木柜靠墙挨个放好；八盏高大的黄铜宫灯坐落四角——分别是四盏飞燕形，两盏宫婢形，两盏连枝形，前六盏皆可藏烟气于内。

簇新的绣花锦文床帐六套，两套软绸的，两套薄纱的，还有透气的苎丝和厚重的锦缎。

三张桌案，一张方形梳妆案，一张长条书案，还有一张小巧的圆形小几，可供摆放零食花卉。

妆案上摆放着一大一小两只奁器，大的是双层彩绘首饰匣，小的是九子连套脂粉香膏妆盒，看其沉甸甸的样子，两只奁器中应该都填满了东西。

一旁并排码放了七八把便面，竹编的、漆木的，甚至还有花缎绷上去的……

少商一回头间，漆木柜中已被填入满满堆堆五光十色的丝缎细麻，从外裳内衣到披帛斗篷，甚至贴身小衣，一应俱全。

她不由得叹道："飞侍卫，你家少主公行事可真是迅疾无比啊。"这么快就置办齐全了，不会是早早存在家里的吧？思及此处，她心中略软，决定稍微原谅凌不疑一滴滴。

梁邱飞远远站在廊外，嘴唇嚅动几下，一旁的小黄门抢着笑答："程娘子有所不知，本来凌大人要回府去取的，后来陛下直接开了宫库让大人自去选用。"

少商咽下一肚皮紊乱的真气，强笑道："我说呢，怎么这么快就办妥了。"好吧，是她没见识，现在她一滴滴也不原谅了！

"……不过那些衣裳，倒是凌大人差人回府去取的。"小黄门继续道。

少商：您能一口气说完吗？

"你们大人还有什么要你转达的吗？"看小黄门十分殷勤地跑去屋内指挥宫婢干活，她故作高傲地问道。

梁邱飞仿佛知道些什么，苦着脸："大人说，就依您的意思，人手都撤了，您若有事可以自去找他。"

这些话旁人听不懂，少商却心里清楚，当下惊喜道："他答应了？那，那我可以回家了吗？"知错能改，善莫大焉，她又决定原谅他几滴了。

"……您还不能回家。"梁邱飞声音愈低，"大人说，要么人手都在，要么人手都撤了。这几日您自己好好想想。"

少商将这话来回想了几遍，才明白过来，当下便冷笑道："你们大人不会以为我没了他，就在这宫里活不下去吧？"

梁邱飞连头都不敢抬，过半晌才鼓足勇气："女公子，我家大人都，都是为了您好，才……"话还未说话，就被勃然大怒的女孩打断："难道我会为了我自己不好吗？！只有他才是为了我好吗？！"

吼完这句，眼见险些将左右宦者和侍婢们引过来，少商只能跺脚离去。

梁邱飞再不敢张嘴，飞也似的逃出长秋宫，边跑边发誓回去后一定要向拥有四位红颜知己的兄长讨教如何跟女娘说话。

少商径直回了之前的临时居室，在一支竹简上挥笔写下数语，再以布袋火漆封好了让宫婢转托宫外送去程家。谁知那宫婢为难地表示，没有"门路"，宫内的消息是送不出去的，她如果随意找宫外的侍卫传信会被杖毙，罪名是"私相授受，擅传宫禁内事"。

少商深吸一口气，护住三寸丹田，大力拍下案几，扭头去找皇后讨救兵。

结果皇后似乎全不知情，略带惊讶道："送信？不用了，子晟说他会替你跟家里说好的，他没和你说吗？你愿意留在宫中与我做伴，我自是十分高兴，就是怕你觉得孤寂。"

少商看着皇后微笑愉悦的面庞，忍住内伤，再度铩羽而归。

接下来几日，少商仿佛被隔绝在现实世界之外，每日只是学习饮食歇息，陪着皇后去散步消遣说八卦。身处头顶四方的宫墙中，时间过得尤其缓慢，连铜壶中的滴漏都似老电影慢放镜头一般，每一滴久久才能落下。

留在宫中的第二日，少商就数清了那只宫婢养的狸花猫有几根胡须几根睫毛，第三日她就数清了从长秋宫的宫门到廊下有几块青石。现在她终于知道皇后为何那么博学了，因为每日闲来无事，只有捧卷慢读聊以自慰。

凌不疑倒是每日都来，但少商很坚定地不和他说话，连眼光都不和他对一下。不过看样子，凌不疑也没要跟她说话对视的意思，依旧那样礼貌温和，举止端方，凝莹如春夜之月，飒爽如秋日清风。从他踏进长秋宫门那一刻起，阖宫的女婢们满目都是喜悦的亮光。

少商不能跟任何人说他们吵架了，只能自己憋个半死。

不过，即便他们二人举止如常，才短短三日皇后就看出了端倪。

当夜皇帝宿在长秋宫中时，她免不了向皇帝问出了疑惑。皇帝先是假作懵懂，一问三不知，皇后捶着凤榻低声道："……他们装得什么事也没有，可言语行止不复之前亲昵了。"

"子晟居然当着你的面和少商亲热？"皇帝有些激动。

皇后不捶凤榻改捶皇帝了："我说的是亲昵，亲昵！不是亲热！陛下听到哪里去了！在以前，有时花叶落在少商头上，子晟会给她拨去；走路时两个人会手拉手，有说有笑；还有两个人互看的目光……唉，这几日全变了。陛下，他们是不是吵架了？"她觉得皇帝老公很不正经。

皇帝道："不过是拌了几句嘴，没什么要紧的。"

皇后低头思忖片刻，明了道："陛下，少商留在宫中不是她自己的意思吧，是不是子晟逼迫她留下的？"

"说什么逼迫呢。"皇帝故作淡然，"年轻男女吵吵架，都是耍花枪，闹着玩的。"

皇后急道："陛下，这几日少商无精打采的，看着好生可怜哪。她是自在惯了的性子，哪里受得住宫里的约束，这可不行！"

"子晟也很可怜哪！"皇帝立刻出言反驳，"这几日他又瘦了一圈。"

"在陛下眼里，子晟天天都在瘦。"皇后罕见地回了一句嘴。

皇帝看皇后生了气,揽过她的肩头搂在身侧躺下,哄道:"你不知道,所谓是,无怨不成夫妻,不吵架怎结连理?他们以前和和气气的,朕总觉得少了些什么。吵架好,时不时吵一架不是坏事,等再和好时两人就没隔阂了。再说了,他们这样只是吵文架……"

皇后惊道:"吵文架?难道还有吵武架?莫不是打起来才算数!"

皇帝失笑出来:"神谙莫骇。真打了起来,那就不是吵架了,叫作'帐内殴'。吵武架是像汝阳王叔和老王妃那样,吵得人尽皆知,脸面都不要了。他们俩这才到哪儿呢。"

听皇帝说得愉悦顺畅,仿佛十分熟稔,皇后有些郁郁,过了会儿,她轻声道:"那他们要是不和好呢,就这么僵持着?"

皇帝似是想起了往事,叹道:"怎会一直僵持呢?唉,这世间哪有永远僵持的爱侣。吵架后,要么和好,要么就劳燕分飞啦。不过……"他又笑道,"你放心,子晟和少商不会如此的,有朕呢,他们会和和美美过下去的……"

皇后沉默了许久,枕着皇帝的胳膊,既认真又温柔地请求道:"陛下,少商虽偶有不懂事,可秉性淳厚,她的心地是干净的。她待臣妾又是十二分的诚意孝顺。您就卖臣妾一个面子,让少商每日回家透透气吧。"

皇帝笑叹:"要说这小女娘倒有几分讨人喜欢的本事。好吧,看在神谙的分儿上,就到你生辰筵为止。等你生辰过后,不论他们和没和好,朕都放人。不过你可不能将这事告诉少商,不然她就不慌不忙地数日子等回家了!"

看皇帝都让步了,皇后只能勉强同意。

深宫里的日子精致而清冷,少商觉得自己似乎连眼珠转动都变慢了,言行间无端增添了几分优雅,哪怕对着铜漏壶发呆也能托个香腮拧个纤腰,郁郁凝视间犹如一幅浓淡适宜的水墨仕女图。

然而,无论她说话多么悠缓,眼神多么迷茫,发呆多么投入,都不能阻止她脑袋里的坏水奔腾汹涌,源源不绝,随取随有。

因这几年皇后身体不好,近来国事又顺畅,皇帝便想大事操办皇后这回的生辰。皇后几次婉拒,皇帝均不肯听,于是这日皇后打算正装前去尚书台劝谏。

少商一看不对,堵在内殿门口问皇后打算怎么劝谏。

皇后便道:"所谓上有所好,下必从焉。陛下既然力倡节俭,就不该因一己之私人一人所好而前功尽弃。身处至尊之位,哪怕只动一个小小的念头,驱役的也可能是成千上万的民众，到时候送进宫里的无数贡献，还不知有多少来自民脂民膏……"

"且慢且慢。"少商赶紧打断这些长篇大论，调侃道，"娘娘，妾觉得吧，那些个朝臣大人也挺不容易的，要么皓首穷经才获得陛下青睐，要么尸山血海拼杀出一官半职，咱们还是别抢人家的营生了。"

皇后目光一梭，嘴角微弯："予说得不好？"

少商一副佞臣嘴脸："娘娘，您先是陛下的妻室，其次才是臣下，那些大道理不妨先放放，不过劝谏不要大办寿辰也对。娘娘啊，妾有一议。您见了陛下就说，'自古夫妻是一体，没有做丈夫的吃糠咽菜，妻子却珍馐美味的道理，陛下什么时候自己好好过一回生辰，再来大事操办妾的千秋不迟'。娘娘还要说，若是陛下自己那么清苦，您就是将生辰过得像西昆仑王母一样气派，心里也是疼痛难当。就当陛下是体恤娘娘，莫要让娘娘心痛了。然后娘娘不妨再说些心疼陛下节俭自苦的话，口气要温柔些，可怜些，目光不要直视陛下，别跟诤臣犯颜直谏似的……"

"你小小年纪，说的什么浑话呢！"皇后玉面飞红。

少商叹道："娘娘，我要是有您的相貌，还会落到这个地步吗？哪怕什么都不说，凌大人也会都听我的，哪会如现下关在宫里一步不得出去。您这是身在宝山而不自知啊！"

皇后自小矜持谨慎，皇帝亦非口甜舌滑之人，可只要是女人哪有不爱听人夸耀美貌的？哪怕她再端庄自持，此时也不禁乐得金钗微颤。

"……谁叫你一句软话都不肯说！"她含笑假嗔，"服个软又如何？"

少商不愿讲自己和凌不疑的事，便叹道："娘娘，我才薄智浅，不提也罢。如今我就指望您了，您早日迷倒陛下，让陛下发话放我回家，那谁还惧怕凌某人啊，那时才是善莫大焉矣！娘娘，我可全靠您啦！"

"我才不帮你这个忙呢！子晟也是在我宫里长大的，我帮他还差不多！"皇后美目一转，潋滟顽皮，竟似回到无忧无虑的儿时。

少商对着皇后离开内室的背影，还小声喊了一句："千万要温柔呀，要心疼难当，还可以晕一晕，不过最好倒在陛下身上……"

皇后一个踉跄，回头用力瞪了少商一下，脸上却抑制不住笑意。

一旁的翟媪忍笑到肚皮痛，心想程娘子虽不喜留在宫中，可于皇后，有这样花样百出、淘气喜悦的小女娘伴在身旁，是再好不过了。

皇后如此这般跟皇帝一演，虽然少商不知是否祭出"晕倒"绝招，但果然既打消了皇帝要大操大办的念头，又令其龙颜大悦，连着数日都歇在长秋宫，最后还是皇后推着皇帝去了越妃那里。少商大惑不解，皇后道："越妃和陛下是青梅竹马的情意，她若要哄得陛下高兴，比我容易百倍千倍，可她从不擅宠。少商啊，我们都这么多年了，这样就很好。"

少商似懂非懂。

如此匆匆数日，终于迎来了皇后的生辰，宫婢和宦者四处洒扫结彩，皇帝大开宫库颁下赏赐，诸位皇子公主都开始例行预备起了寿礼，连骆济通都回宫来帮忙贺寿。许久不见的五公主尤其出挑，居然领了十几个素日围在她身旁玩耍的官宦女儿进宫，说要给皇后献舞。

"女儿的身体发肤封邑权势，俱是双亲所赐。不论哪里搜罗来的贵重礼物，说到底还不是借了父皇母后的势。"五公主的痘疤消退了不少，从满天星斗变成了抠门老板的芝麻烧饼，摊平了横眉怒目的嚣张表情，笑起来居然还甜甜的。

"这段舞是女儿请了坊间行舞大家特意为庆贺母后芳辰编排的，又在女儿府中练了好久，到献舞那日，就算有不足之处，万请母后也当作看不见，多多喝彩就是。"

皇后满是笑意，连声称好。虽说小女儿为人自私骄纵，行事常叫她失望，但此时她也如全天下的慈母一般，只盼着孩儿长大了就会懂事。

"好好好，你的孝心母亲领下了，你能知道情意抵万金的道理，为娘比什么都高兴……可是，我怎么听说你在弘农郡那儿圈了上万亩的田地给自己做庄园？这是真的吗？"

少商本来听这番母慈女孝有些昏昏欲睡，但是听到这个陡然清醒，心想做公主真好，她就是衰运，当初若是穿成个公主，看哪个姓零姓幺的敢关她在宫里学规矩！

五公主神情一僵，随即撒娇道："哎呀母后，那都是些荒地，又干又硬的石头滩，丢出去都没有人要。我圈起来让人开渠沤地，再容留流民开垦耕种，既能产粮还能安抚民生，说起来父皇还得嘉奖我呢！"

皇后无奈，不置可否地叹口气。

五公主侧眼瞥见陪坐在旁的太子妃，笑道："母后您别老说我呀，前阵子太子妃也圈了好多土地呢，嗯，少说也有七八千亩，您怎么不说她呀？"

少商艳羡的目光立刻投射向太子妃，心道：太子妃真是人不可貌相，平日看起来斯文安静，人家说她一句她眼眶要红两天，居然手也伸这么长，可真看不出来啊。

太子妃满脸委屈道："母后不知，太子殿下平日里办事用人都要钱，花费甚大，手上若是没些能活动的金银，好些事都没那么顺当了……"

"胡说！"五公主愤然道，"父皇赐了太子兄长多少食邑矿产呀，金山银山都不为过，哪里会花费不够？明明是太子听了门下谏言，不让你碰东宫的财事，你才自己动了心思……"

"好了！"皇后一拍案几，沉下面庞，"太子妃是储妃，太子用钱的地方多，她用钱的地方也不少，你做妹妹的怎么这样跟长嫂说话？"

五公主满脸不平地咬住嘴唇，太子妃见状，连忙伏倒拜谢皇后体谅，又道："我虽薄有些田产，但也一样将人丁田亩登录在当地府衙的鱼鳞册中，一点没少。五妹却不一样，明明食邑丰厚，还圈了那么大的田地，结果只向官府录了二十丁……"

少商倒吸一口气，按照如今的农耕水平，上万亩土地哪里是二十个人能开垦出来的！这五公主分明是隐丁逃税！随后少商又迅速看了太子妃一眼，心想这位小嫂子未免有些不上道，皇后都明摆着偏帮她了，她就该顺坡下驴一笑而过。

何况，就算五公主有过错，太子妃也该私下跟皇后说，而不是当着自己与翟媪甚至这许多宫婢的面说出来。她两位属姑嫂，年岁也差了不少，太子妃现在还没登上凤位呢，就对小姑这样刻薄不留情，帝后将来还能指望她照拂其余弟妹吗？

真蠢货也！

皇后再无笑意了，不冷不热道："哦，是吗？我回头着人去查一查。行了，今日就到这儿吧，我乏了，你们都退出去吧。"

太子妃还欲再说，翟媪已经让宫婢开门送客了，五公主怨毒地瞪了太子妃一眼，愤愤地大踏步离去。

少商心中怜悯皇后，但牢记自己身份，人家一个儿媳一个女儿，她算哪根葱？

皇后扶着靠手静坐半晌，道："少商，你说五公主的那些田地，真是荒地吗?"

少商本想赔笑两声,却看见皇后落寞的神情,沉吟一下,低声道:"妾愚昧,可也知道弘农自古富饶,人口繁密,还是最早被皇帝收服的州郡之一。照理说,那儿应该像年前的青州一样,派人肃清匪贼后赶紧开荒耕种了,怎么还有那么大的无主荒地?"

皇后幽幽道:"是呀。不过太子妃却没指出这些,只敢拿人丁说事,想来她那些田地的来历也没干净到哪里去,少商,你说呢……"

少商心中惴惴,觉得快要踩到话题禁区了,只能故作得意道:"在我家,从庄园到铺面,什么钱都是阿母管的;我三叔父,那是一个五铢钱都要交到叔母手上的;就是凌大人,那也是多少都肯给我……"

她察觉皇后兴味的目光,不免尴尬,打了个哈哈,转而道:"再说我自己也能生财。妾以为,太子妃应当先行自省,缘何太子殿下不愿将财帛托付啊?"

公主吃的是爷娘饭,做错了打骂一顿就是;太子妃吃的是老公饭,要么就像她一样无欲无求,打算将来自行创新生财,要么就老老实实地讨好太子才是上策嘛。

皇后轻叹一声,这番话真是说到她心坎里去了,但她也不好在少商面前多说太子妃的不是,只能道:"……素闻萧夫人贤才博学,勤勉节俭。这几个月,我观你用度行止都颇有汝母之风,这样很好。"

少商听出这话中苦涩之意,其实皇后也很清俭,偏偏养出来的儿女都一言难尽;她倒有些好奇对面越妃那边的皇子公主都是什么画风。

很快皇后就给了她这个机会,遣她去送一幅锦帛书函给越妃。

因为目前本朝没有太后,所以越妃直接住到了宽敞宁静的永乐宫里。

到了对头的地盘上,少商简直笑得又萌又可爱,活像只萌版包子妹,圆滚滚软嘟嘟。本来值殿的大宫女对她这位"十一郎的未婚妻"颇有些目光审视,硬是被少商笑软了嘴角。

另一位大宫女忧心道:"娘娘这会儿正在……不如让程娘子先等等?"

前头的大宫女道:"别替娘娘拿主意了,等里头的回信就是了。"

这时从里面匆匆奔来一个小宫婢,喘气道:"娘娘叫程娘子进去呢。"闻言,前头那位大宫女得意地看了另一位大宫女一眼,轻哼一声。

少商努力低头,坚决不掺和。

将两名随行的长秋宫小宫女留在殿门口，少商随着引路的宫婢往里走去，穿过两道回廊拐进内殿，远远就听见内室里越妃的声音——

"……脑子拎不清，居然去肖想十一郎！想一想也就罢了，还敢去为难人家新妇！怎么，今日进宫你这么犟头倔脑，莫非还觉得委屈？我说你有什么呀，有样貌还是有才学，人家凭什么看上你？你又能给他什么，是财帛权势，还是君父的宠信？这三样子晟一色不缺，还样样比你多！"

少商立刻知道越妃在对谁说话了，她尴尬地驻足门口，不敢进去，可惜宫婢已经往里传报了，她只好跟着低头进入。一进内室，发现除了快把头低到地上的三公主，二公主居然也在，而且她们两位看起来比自己还尴尬。

内室中唯一不尴尬的越妃朝少商招招手，示意让她坐下，然后继续训女儿："……你要是实在闲得慌，也学学你二姊写个小曲儿跳个舞，再叫那群读书人吹吹牛皮，也让你父皇面上有光，显得我们也是诗书蕴藉之家，不是光会舞刀弄剑，就算你尽了孝心，你说呢……你来做什么？"

最后一句是问少商的，她原本正听得起劲，闻言一震，赶紧道出来意，然后双手捧上锦帛卷轴。越妃展开卷轴一看，失笑道："献舞？一定又是她那帮门客献的计，也对，这寿礼既别致又省钱，那帮门客也没算白养。"

她利落地一拢卷轴，冲少商道："那群献舞的小女娘你都见过吗？"

少商道："匆匆见过一遍。"

"模样都生得如何？"越妃一脸无所畏惧，"莫非小五要向她父皇献美？"

"母妃！"二公主几乎要尖叫起来。

"不是不是不是！绝无此事，娘娘明鉴！"少商连连摆手，额头都冒出汗来。

"就算要献美，难道五妹会挑在皇后娘娘的芳辰吗？"有这样的亲妈，二公主再有艺术气质也不免暴出几根青筋，少商颇有几分同情。

"正是正是！再说那些阿姊我都见过，一个个都像破藤编成的簸箕似的，哪怕有那么一两个齐整的，也不过是豁牙簸箕与平口簸箕之差啊！"虽然她也不喜欢五公主，但到底是皇后的女儿，好歹要帮的。

不过这话总算博了越妃一笑："簸箕？呵呵，你这人倒逗趣。行了，你回去就跟皇后说我答应了。就让她们住到这里东侧的园子里，我会'照看'好她们的。"

少商这才知道，原来皇后是将五公主带进宫来的那些女孩托付给越妃了。

"……不过我听说小五近来缺钱啊,居然在外头圈地,有没有这回事?"越妃话锋一转,直吓得少商哑口无言,面色如土。

越妃看她脸色,笑道:"看你这副模样,看来皇后也知道了。唉,养门客花钱哪,养游侠儿更花钱,养俊俏的游侠儿更是举火……行了,小二你别咳了,我不说下去就是。程氏,你先回去吧,顺便问皇后,要不要把五公主也送我这儿来,我替她……嗯,替她晓之以理……"说这四个字时,二公主一脸苦笑,三公主一脸感同身受,再无当初趾高气扬之意。

少商笑道:"这,这就不用了吧。妾观五公主这回似是懂事许多了。"皇后的女儿让妃子来训,那长秋宫众人以后不出门了。

越妃不置可否地扬扬眉:"那好,就赶紧让那班小女娘过来吧,不要在宫里乱逛,免得惹出事来。"

少商一呆:"不,不至于如此吧……"哪那么快的。

越妃懒得理她,挥手让她回去,继续对上自己的两个女儿:"对了,适才我说到哪儿了?哦,对,尽孝心。我把话跟你们先撂下了,皇后这回生辰别给我惹事,不然我们母女缘分就算尽了。民间贫苦人家的女儿,不但小小年纪就要劳作,年景不好时还要被爹娘卖了。你们命生得好,穿金戴银,有吃有喝,从头到脚有人伺候,也不会被卖掉。为娘对你们没别的指望,安分待着,明白吗?!这几日老实待我宫里,出一点岔子,你们就给我滚去自己的封国,别回来了!"

少商往外走时,还听见三公主似乎低低地应了一声诺;她暗自叹息,皇后就是太心软了,若有越妃一半的泼辣就好了。

她沿着宫廊走时,看见从越妃内室出来的几位大宫女已经风风火火地去张罗隔壁园子的居住环境了,不免暗笑越妃这也太有受害者意识了,也不知她当年和霍夫人的斗法是何等激烈。唉,那群小女娘昨日才入的宫,才在外庭凑合着睡了一夜,连歇脚之处都没安顿好,哪会跟赶投胎似的去做坏事啊……

她心里这么想着,然而仅仅过了一刻钟,当她泡在凉凉的湖水中,她就知道自己果然见识短浅——回长秋宫途中,穿过皇家庭院时,她被游园的几位小女娘假作不当心推下了池塘。

那七八个小女娘似是出来闲逛的,她们站在岸上,对着池中的少商笑得花枝乱颤,还拖住了随行跟着她的两名小宫婢,不许她们相救。

"哟,我在外面常听人夸这位程娘子有才能又贤淑,说得天上有地上无的，今日怎么做了水鸭子了呀……"

"我看长得也不怎么样，定是会谄媚巴结，喂喂，你倒是说两句好话，我们高兴了，就拉你上来啊……"

"我们还是将她拉上来吧，若是出了事，我们担当不起啊。"

"少废话，适才那一脚不是你勾的吗？"

……

少商轻轻踩水，看着岸上那群扭腰摆脑袋的小女娘，内心毫无波动。

浮水这种事说穿了毫不稀奇，其实人体的胸腔有相当一部分是空的，落水后哪怕什么都不做，只要努力保持仰面向上，躯干部分自然会浮起来，到时尽量抬高下巴，将口鼻露在水面上即可呼吸无碍。会在平静的水中溺亡之人多是慌乱导致。何况她是南方人，自幼会水，来了这里后也常在澡桶里踢腿摆手，适应身体感觉。

过了会儿，岸上的女孩看少商在水中镇定自若，竟打算向她投掷小石子取乐。少商哪会等着被扔，何况秋末冬初，池水寒冷，她当下松开腰带和吸饱了水的曲裾，犹如一尾灵活的小鱼摆动身躯，三下五除二地游至另一边岸上。

虽然她不介意只着中衣走回长秋宫，但瑟瑟寒风吹到湿漉漉的身上还是让她打了个喷嚏。那两名小宫婢赶紧飞奔而至，一个脱下外裳给她披上，另一个掏出巾帕给她擦拭。

少商冷冷地看了那七八个小女娘一眼，一言不发，转身就走。

鉴于她活跃的脑细胞和丰富的"受害"经验，短短从池中游到岸上这么点工夫，她已经想出了五六个复仇点子，个个又贱又辣，保证既不见血，还让她们永生难忘。

对岸七八个女孩渐生慌乱之意，七嘴八舌起来。

"她不会向皇后去告状吧？"

"怕她做什么？此处又没人看见，我们咬定了不认就是！公主会为我们撑腰的！"

"对对，再说她又没伤着一点，能有什么了不得？大不了挨一顿打！"

……

回到长秋宫，翟媪看见少商这副模样大吃一惊，忙叫人煮姜汤烧暖炉，还弄了 大盆热水给她洗个热水澡。冰冷的肌肤在热气腾腾的澡盆里慢慢恢复了血色，少商长舒一口气。

翟媪一边帮女孩擦干身子,一边愤怒道:"梳洗后,咱们赶紧去告诉娘娘!"

谁知少商却道:"欸,不急。"

"小女公子别怕,娘娘喜欢你,一定会为你做主的。"

"唉,就是因为娘娘待我好,怎么也要等过了明日的寿宴啊。"

"不趁这会儿去,回头那些小贱婢必然要抵赖的!"其实不洗热水澡直接去告状效果最好,不过翟媪担心女孩会受寒。

"我要的就是她们抵赖。"少商笑眯眯道,似乎一点也不生气,居然还有几分怀念。不就是被人欺负吗?谁还没受过啊,她老有经验了。

翟媪慢下给她擦拭头发的动作,叹着:"你若是肯告诉十一郎,天大的仇他都替你报了。"

少商对着镜中的自己,沉默了一会儿,轻声道:"阿媪,你说皇后娘娘现在喜欢我,究竟是因为我将来要嫁给凌大人,还是因为我自己呢?"

翟媪道:"不瞒你说,起初是因为十一郎。可这几个月下来,娘娘是真喜欢你了,有你陪着,她可比以前快活多了。"

少商摸摸自己濡湿柔软的头发,点点头:"我家叔母以前老说我天真,爱钻牛角尖。因为我若有仇人,我一定暗暗瞒下,然后自己收拾;若有难关,我亦希望自己绞尽脑汁去渡过。哪怕将来上了刑场,最好也是我自己犯了滔天大罪,而不是受别人的牵连……"

"这种浑话怎能乱说?!"翟媪连忙打断。

"娘娘能喜欢我,真是太好了。"少商拿起精雕镂金的木梳慢慢梳着头,"你和娘娘不用担心我和凌大人,因为我其实一点也不气他,我知道他是一片好意。再说他不知多少次地救过我帮过我,我哪能那么忘恩负义啊。我不是不能服软,也不是不能哄他高兴,可是哄人能哄一辈子吗?夫妻哪能这么做。"

翟媪有些听懂了:"说起来,你家阿父阿母,还有叔父叔母,可是有名的恩爱夫妻。唉,若十一郎和你也能那样,陛下和娘娘不知有多高兴哪。"

少商咂巴一下嘴,无奈道:"好吧,这个盼头很好,不过这种事可遇不可求。话说回来,正因为凌大人待我好,我也必须待之以诚,我要让他知道我这副讨人厌的性情……嗯,说不准,他后悔还来得及。"能不能像父辈那两对另说,起码得互敬互重吧。

翟媪扑哧笑了出来:"行,你慢慢做梦去吧。"

两个人同时对镜而笑,正在此时,忽有小宫婢慌慌张张地闯进来:"程娘子,程娘子,娘娘叫你去呢!快快……"

翟媪皱眉道:"你慌什么?!不会好好说话啊,平日怎么教你们的。究竟出了何事?"

小宫婢结巴道:"……五公主带了一位娘子,是为娘娘献舞的其中一人,她说,她她说……"

"她说什么?!"翟媪不满道。

"她说,昨夜凌大人摸进了外庭,欺侮了她,现在要向娘娘讨个公道!天哪……"

少商霍地立起。

"什么?!"翟媪大惊失色,"这怎么可能?!"待她回过头时,顿时气不打一处来,"你你你,你听见未婚郎婿出了这种事,为何如此高兴?!"

少商摸摸自己的脸,不自觉地笑道:"我,我看起来很高兴吗?"

"你自己拿镜子照照!"翟媪又想训斥又想笑,快被她气死了。

"现在哪有工夫照镜子啊!"少商连忙去找外裳来穿,一边用无法隐藏的喜悦语气说道,"快快,来帮我梳头更衣,我要去看……咯咯,去为凌大人讨回清白名声!"

翟媪:活得长了,果然什么都能见到。

第二十六回 偃旗息鼓

大约是因为此事不好声张，皇后将人聚到了内殿。待更衣梳妆完毕，少商与翟媪匆匆赶到时，只见原告、被告、证人、法官、陪审都已到齐。

皇后坐于上方正中，皱眉凝神，凌不疑端坐其右侧下方，神情冷漠，目不斜视；坐在他对面的是五公主，她身旁靠后些是两名十六七岁的女孩，身形略丰腴的那个低头不语，瓜子脸的轻轻抽泣抹泪。

五公主故作不在意，实则有一瞟没一瞟地在偷瞧凌不疑，谁知凌不疑恍若不察，只在少商进殿时抬头看去。两人目光交汇，然后与前些日子一样，少商率先将头别过去，有几次还会高傲地哼一声，凌不疑亦一如既往，面无表情地收回目光。

——少商自己也承认，这种行为很小孩子气，然而她高兴！

她自认为与凌不疑是在憋气冷战，可这番眼神来往看在五公主眼里别有一番意味，她重重地冷哼一声，倒引得少商侧看她一眼。

原先少商还以为是五公主授意那群小女娘将她推下池塘，可如今看来应当是小女娘们自由发挥的结果，不然真把她淹死了凌不疑发疯还来不及，五公主这出大戏又摆给谁看。

给皇后行礼后，少商立刻虚虚掩面，挨到那名瓜子脸的女孩身旁，满脸真诚道："这位阿姊好生叫人怜惜，想昨夜惨遭侮辱，真是叫天天不应，叫地地不灵啊……"

无论语气表情甚至袖子的运用，少商都认为无懈可击。

不过这话一出，皇后身子一歪，凌不疑神情一僵，五公主眼睛瞪得比嘴大，除了翟媪在场的所有人都表情古怪。

瓜子脸女孩羞恼难言，她也不抽泣了，急忙辩白道："不不，不是我，我没有被……是她……"她指向那丰腴女孩。

"这么说你没受侮辱,那你哭什么?"少商不悦了,白瞎了她适才那么好的发挥!演技讲究的是那一瞬间的爆发好吗?感觉,重要的是感觉!

瓜子脸女孩脸涨通红,咿呀几声说不出个所以然,不过她到底是五公主的心腹,素以机智受宠,随即哀声道:"我们姊妹一场,昨夜她受了侮辱,我也为她心痛……"

"痛什么痛啊,你再痛能痛过真受了侮辱的啊!"少商哪会跟她客气,"喧宾夺主你知不知道!人家是正主,你哭得比受了侮辱的还惨,不知道的人一看,岂不以为昨夜那歹人宵衣旰食一气侮辱了俩呢!"

"你你你,你这是什么话,简直辱没斯文!"那女孩直接把脸气成了酱油瓜子,身子抖若筛糠。

五公主瞪着眼,开口训斥道:"程娘子,你这大呼小叫是何意思?长秋宫什么时候由你做主了?你……"

"长秋宫也不是由你做主的,把嘴闭上!"皇后忽地打断,"昨夜你睡在我宫里,外庭出了什么事你就知道了?你若再开口,这事你就不要插手了。"

五公主深知母亲虽然性情温柔和善,不过一旦认真起来也是说得出做得到的,她只好愤愤地闭上嘴,同时又以眼神示意那两个女孩依计行事。

不过不等五公主的助手们反应,少商已经再一次酝酿好感情,用同样的姿势挨到那丰腴女孩身旁:"这位阿姊好生叫人怜惜,想昨夜惨遭侮辱,真是叫天天不应,叫地地不灵啊……"

五公主和两助手:……

皇后和凌不疑无语望屋顶。

"昨夜真是凌大人侮辱了你吗?"少商一双大眼睛亮晶晶的,真诚得不行。

丰腴女孩顶着五公主的目光,咬牙道:"正是!我便是出身低微,也是清清白白的好女儿,凌大人再位高权重也不能这样羞辱……"

"你说得一点也没错!"少商心里兴高采烈,然而还得端着满脸的同情,"王子犯法与庶民同罪嘛,这句话的意思,就是凌大人侮辱你跟庶民侮辱你是一样的,不能因为侮辱阿姊你的人不一样,就姑息了他!啊,我不是说庶民也侮辱了你,我只是打个比方!"

丰腴女孩气也不是恼也不是。五公主和瓜子脸女孩都傻了,凌不疑还算镇定。

皇后慢慢托住脑门。她心想，其实自己一点也不奇怪，真的，准确地说，她还有些暗暗期待。

"这位阿姊啊，昨夜除了侮辱，他可还打你了？像您这样冰清玉洁的阿姊，遇上歹人，一定是拼死抵抗，快快，快叫我看看，哎呀呀，一定都是伤，你别害羞啊，就看看袖子里的胳膊……"少商热情如火扑了上去。

听闻此言，瓜子脸女孩心头一惊。丰腴少女同样惊慌，连声道："不不，我没有伤，因为因为……"她目光瞟过五公主，"因为，因为我晕了！"

"晕倒了？"少商缓缓放下拉扯对方的袖子，立刻换了一副挑剔怀疑的可恨嘴脸，"阿姊啊，您都晕倒了，如何知道侮辱您的人是凌大人啊？"

丰腴女孩一时呆滞，随即又道："……可是弄晕我的人是凌大人啊！"

"那可难说得很，有些嗜好奇特的人啊，就爱打晕女孩后扬长而去，万一有人见阿姊晕倒，然后捡漏了呢？"

"这怎么可能？！"丰腴女孩凌乱了。

"程娘子好厉害的口舌，三言两语就给凌大人洗脱了罪责。"瓜子脸女孩沉声道，"寻常小女娘遇上这种事，既慌乱又惊怕，哪里能说得清这许多前因后果？！"

少商微微一笑，根本不跟她讲道理："您别生气啊，其实我觉得您更为美貌，我若是凌大人，一定先侮辱您。这歹人真没眼光！"

瓜子脸女孩险些气歪了鼻子。

凌不疑忽道："你就是来看热闹的吧？"

少商一脸惊讶："这怎么会？我是来替凌大人您，嗯，缓和一二……"

"你打算如何缓和？"

少商从袖中掏出一个又圆又红的拳头大小的果子，扭头对丰腴女孩温柔一笑："阿姊您别害怕，先吃个紫柰，这可是昨日皇后娘娘刚赐给我的，我都舍不得吃呢，你尝尝，哎呀，别客气嘛……"

紫柰的确是稀罕物，丰腴女孩哆哆嗦嗦地接了过去，稀里糊涂地咬了一口。

"事已至此，阿姊打算以后怎么办啊？"

丰腴少女眼眶一红，悲戚道："我能有什么打算，还不是听天由命。"话虽这么说，可她一双水汪汪的大眼睛不住地去瞟凌不疑。

"嗯，听天由命，陛下是天子，若是陛下许你许多财帛后让你另行嫁人呢？"

"这怎么可以？"丰腴女孩十分激动。

"为何不可以？寡妇改嫁、新妇绝婚都不是稀奇事，你不过是受了欺侮，另行嫁人又有何难？"少商说得轻描淡写。

丰腴女孩眼珠一转，立刻伏地哭道："妾虽卑贱，父兄也有官秩名声，如何能辱没家声？妾已将身付与凌大人，万万不能觍着脸另嫁啊！"

少商一拍地板："阿姊好生贞洁！好吧，既然是凌大人做下的错事，怎么也不能让阿姊你一人受罪，自然得迎你过门啊。"

此言一出，五公主和瓜子脸女孩齐齐惊讶，两个人都没料到事情会这样顺利；瓜子脸女孩更是咬唇暗悔。

"你你你，你愿意容下我？"丰腴女孩也始料未及。

少商道："为何是我容你？应是凌大人容你啊。我生来悍妒，容不下什么姬妾。你不愿另嫁，那就让我另嫁吧。我退婚另嫁，如何？"

凌不疑起先安静地听着，听到"悍妒"之词甚至微露笑意，谁知听到后面他脸色铁黑。

至此，丰腴女孩终于可以用上之前商讨好的说辞，只听她痛哭一声："求程娘子容我！若因妾之故叫程娘子与凌大人分离，妾万死难赎其罪！"说着连连磕头。

少商微笑得无所谓："叫你另嫁你不肯，我去另嫁你又不肯。我没有强你所难，你倒来强我所难。说到底，又不是我侮辱的你，为何要叫我受罪？算了，我可不管了。"

瓜子脸女孩怒道："既然程娘子不管这事，那说了问了这许多是做什么？！"

"难道你们一开始不是冲我来的吗？"少商淡淡道。

瓜子脸女孩一噎。

"这件事虽在凌大人身上，你们却是冲我来的。我不论管不管，最后都会扯到我身上来，索性我自己先说了，我最好忌妒，不容姬妾，你们爱在外面传我什么坏话就传去吧。反正，每回最后，吃亏的总是我……"她看向凌不疑，目光挑衅而坦率。

凌不疑定定地看了她一会儿，转头问一旁的宫婢："时候差不多了，让他们将五皇子领上来。"

少商一愣，心想找五皇子做什么？她疑惑地抬头去看众人，只见皇后、五公主甚至那瓜子脸女孩也是满脸的迷茫不解，只有那丰腴女孩目光闪烁，似有惊惧之意。

很快，两名身强力壮的宦者"搀扶"着哎哟连天的五皇子上殿来，然后很巧妙地把他"甩"在凌不疑面前。

五皇子似是从筵席上被抓来的，脸上酒气未散，趴在地上哎哟地叫喊起来："母后救命，十一郎又要欺凌我啦！这几日我可什么都没做啊，母后救命！"

皇后道："子晟，你将五皇子请来作甚？"

少商暗哂一声，皇后您这偏心也太明晃晃了，五皇子这会儿还瘫在地上起不来呢，有这么"请"的吗？

凌不疑也不啰唆，起身拖起五皇子，用力将他衣襟向外一扯，露出一侧白花花的肩背。

众人抬目看去，只见五皇子的肩背上有几道指甲抓出来的血痕，以及一个极其明显的牙齿咬痕。大家齐齐发出吸气的声音——这是男女亲热时，女子抓咬出来的痕迹，而且伤痕犹新，显然刚弄出来不久。

只有少商反应慢了一拍，呆呆道："欸，五皇子被人咬了。"

皇后含笑看了她一眼，再看自己女儿，目光瞬时冷淡下去了；又去看脸色尴尬的五皇子，她心里基本有数了。

凌不疑大步上前，捡起适才那丰腴女孩惊吓时掉在地上的紫柰——上面正好有一圈牙印，然后拿到五皇子的咬痕边比对。

"欸，五皇子被这位阿姊咬了。"少商笑道，她觉得自己看懂了这比对的意思，不过几秒后才反应过来这意味着什么。尽管她的体位知识不够丰富，但能咬在衣服下面的这个地方，显然不会是碰巧。

五公主和瓜子脸女孩的脸色非常难看，她们自是知道丰腴女孩早有相好，不然也不会挑中她，不过没想到竟是五皇子！

五皇子捂着肩背，向皇后连连赔笑："母后，呵呵，母后您别生气，儿臣早与她相识，呵呵呵，昨夜才……不是有意在宫里乱来的……"

凌不疑放开五皇子的衣襟，又满脸厌恶地丢开那个紫柰："这位娘子昨夜的确快活了一番，不过不是与凌某人，而是与五殿下。"

丰腴女孩羞愧难当，已经趴到地上哀求恕罪了。

五皇子惊道："啊，自然是与我，为何又扯上你？啊！你你你……"他忽然明白了，指着丰腴女孩怒骂道，"你这贱婢，是不是贪图十一郎的荣华富贵，故意攀扯他的！我还打算分府后纳你进门呢！"

丰腴女孩咬唇暗恨，心道：若非你不得宠，迟迟无法分府，我也不至于向五公主自告奋勇接下这差事。

瓜子脸女孩一看情形不妙，悄悄在五公主腿上戳了一下。

五公主会意，大声道："都是女儿的不是，女儿也是被蒙骗了，万请母后见谅。都是女儿耳根软，听信了这贱婢的胡言乱语，回头女儿自会慢慢审问这贱婢……"

"这就不用了。"皇后满心失望，看也不看五公主一眼，"来人啊，将这狡言诬陷的贱婢一道送去越娘娘那园子里看管起来，随后再发落吧。"

五公主心头一冷，在越妃那里她可不能像在宫里其他地方一样自由行动了。

皇后转过身去，语气冷淡："……你就是这样来给我贺寿的。好了，你们都回去吧。"

丰腴女孩知道自己这回定要受罚了，大呼小叫地抱着五皇子的腿，求他看在往日情分上救她一回；五皇子哪里会理她，一脚踢开她后愤然离去。还是五公主离去前，安慰地看了她一眼，丰腴女孩这才稍微定心。

少商静静地站起身，看这一场闹剧潦草收场，再看背向而坐的皇后那落寞的身影，心中忽起了一阵凄凉之意。怀着满腹心事，她缓缓走出殿门，正要往自己居室拐去时，冷不防从后面伸出一只有力的大手，一把将她拉进一间空置的宫室。还不等少商尖叫出声，就被反手拉转，看清了来人的样子。

她不挣扎了，也不用尖叫了。

凌不疑看着她："今日见我无端受了一番羞辱，你痛快了？"

少商想了想，幸灾乐祸道："是挺痛快的。"

凌不疑看了她一会儿："你看见五皇子肩背上的那个咬痕了吗？"

"看见了啊。"这男人越来越变化无常了，这话怎么转的。

"那就好。"凌不疑颔首，随即迅速抓住她的双臂，将女孩背向往自己怀中压去，单臂箍住女孩娇小的身子，另一手作势去扯她衣领，"我若也在同样位置咬你一口呢？"

少商整个人都僵住了，青年那锻铁般坚硬的臂膀犹如铜墙铁壁，她丝毫挣不开，侧头往后看时，只见他形状优美的淡红色嘴唇已经张开了，露出白森森的牙齿。

她秒怂了——

"别别别，我错了，我不该看你笑话的，有话好说，有话好说嘛！"

"人之初，狗不叫，干吗要咬人啊？！"

"君子动口不动……口也别动啊！"

"冷静，千万冷静！不要冲动！"

"咱们好好说话吧……"

凌不疑将少商轻巧地提至自己肩高，犹如用手指捏着一只幼猫细腻柔弱的后颈，不费吹灰之力。女孩双脚离地，身家安全尽数寄托在他两手松紧之间，顿时大呼小叫、惊恐不已。此时此刻，强弱分明。可是凌不疑自问，提起来之后呢，难道真的将她一把摔死？

他想，打是不能打的，若是打上一顿就能解决问题，那他一定是全天下最有"道理"的人之一。然后，他也不能和她逗口舌之利，因为这女孩有一套诡异却能自洽圆满的歪理，真吵起来，鹿死谁手还未可知。

既然打不得骂不得，那么只剩"吓"之一途，他双臂略使劲，将女孩提得更高些，打算将她抛上一抛，接住后挑个地方咬上一口，先出口恶气再说……

与此同时，少商虽被提在半空中，但耳清目明，一眼看见凌不疑面无表情，但目色沉沉，阴晦不善，显是要收拾自己的样子，立刻大声叫起来——

"你有工夫与我计较，不如先担忧一下皇后娘娘吧！"

凌不疑手上一停，顺势将女孩柔软纤细的腰身搭在自己肩上。

少商头下脚上地悬挂在他身上，双手一顿乱刨，顺着他宽阔的背脊爬上他另一端肩头才算缓口气，随即连忙说道："今日娘娘说五公主在外圈地隐丁，上万亩呢，才报了二十丁口，这可不是小事！谁知越娘娘也知道了，这要是叫陛下知道了……"

"陛下自然知道，因为这本就是陛下告诉皇后的。"适才被女孩一顿乱摸，凌不疑只觉触身轻软，又一手掐着女孩的腰身，哪怕隔着衣衫，掌下的肌肤都是滑腻难言，柔不见骨。于是，他不急着吓她了。

少商被这消息惊得一时忘了挣扎："陛下早就知道了？"嗯，那么越妃那里肯定也是皇帝告知的，这老伯可真真是重度晚期的天秤座！

凌不疑侧头看女孩，兴味道："为何你会觉得深宫后妃都知道的事，陛下会不知道？你是不是还暗暗埋怨，这样大的过错，皇后对五公主居然也未有责罚，轻轻放过？你放心，待皇后寿辰过后，五公主会发现她辛苦筹谋的田地庄园乃至钱财，早被陛下罚没入库。数年心血，一朝成空。至于当初撺掇她犯下贪暴之罪的数名门客，也已尽数被擒拿后处死了。"

少商张大了嘴巴，回不过气来，一时之间竟还有些可怜五公主："……

这，这，皇后已经知道陛下动手了？"难怪她都懒得责骂女儿。

凌不疑的笑中略带几分嘲意："有人向陛下谏言，不如将公主门下那几名首恶的头颅送给五公主，以示小惩大戒。不过陛下顾念皇后，就给留了全尸。后日，五公主会看见自己昔日宠信的门客的尸首被码放成一列，摆在家中正堂，恭候她回府。好了，东拉西扯拖延也够了，如今可说说你我之事了……"说到此处，他语气变沉。

就在此时，少商趁他神思另分之际，赶紧伸手去挠他腰侧，期待猛虎疏忽神龙怕痒，好让她侥幸逃脱魔掌，只要溜出这间宫室，她就不信凌不疑会当着众人的面来捉拿她！

不过凌不疑何等身手，身上的每束肌肉都机敏强劲，反应尤比思绪更快，当即左手一松，侧身一个反手擒拿，将女孩像陀螺般在空中一捻，随后一掌将其拍覆在地板上。

虽说他并未用力，然而少商依旧觉得浑身麻痛，头晕目眩，眼前飞过一片五光十色。男人镶嵌着夜明珠的玉带，散着淡淡沉香的织金衣襟，晃着幽幽宝石绿光的腕扣，最后落在她视线中的是他垂下袍裾的金银纹绣。

她此时好像一只四脚着地的小乌龟，龟壳上压着凌不疑的一对十指山，她连喘气都艰难，用尽力气大喊："有本事你只用一只手！"蛮劲上涌，她满心都是悍勇之气，当年她打架也没输过人的好吗？！

凌不疑单腿跪于她身旁，闻言一哼，松开右手负于身后。

少商努力挣扎一番，依旧翻身无望，她只好厚着脸皮又喊："有本事你别用手！"

凌不疑嘴角弯起，也不争辩，当下双手负背，屈起跪着的那条腿，以膝头压在女孩的肩背之上，因他腿形极长，即使屈腿对折也比女孩肩背长。

少商再度努力妄图翻讨五指山，然而依旧徒劳，她索性连脸皮都不要了："有本事你手脚都别用！"

凌不疑忍笑，照她说的收了腿。少商才感到身上一轻，还不及喜悦立刻被泰山压顶般盖住了——凌不疑的确手脚都不用了，他直接整个人压到她身上了。

男子身高体健，更兼骨骼修长有力，肌肉紧致结实，这般一压几乎直接挤去了少商大半腔子的气，这回她连叫嚣的力气都没了，只能两只小手啪嗒啪嗒嗒地拍打地板。

凌不疑略略挪开些体重，少商赶紧深吸一口气，憋闷的胸腔终得解救，没力气叫喊,只能回头用力瞪他一眼,表示满腔的不满——谁知凌不疑的脸正悬在她左肩上方,怔怔地看她。

女孩皮肤莹透,白如初雪,因剧烈挣扎而使面颊绯红,更映衬的双瞳乌黑如漆,情绪多变,一忽儿愤恨,一忽儿懊悔,又一忽儿害怕。当真眼波盈然,绚丽无双。

他的思绪忽然飞去了多年前。

那年他十四岁,在皇帝艰难的赞成下,随崔祐乔装成商队远走西城雪域。崔祐虽无继父名亦无继父实,却怀了一颗岩浆般热忱的继父心,一路上将他照顾得周周到到。他们足足走了几个月,才看见高耸天际的雪岭。

在那里,他见到一只小小的雪貂,冰雪晶莹的皮毛,翠玉剔透的眼眸,左前足呈墨色,体形娇小,不过两掌大。他第一眼看见就喜欢得不行,它颠颠啃食榛果时他觉得可爱,它摆动短小的身子咬自己尾巴时他觉得可爱,甚至连冲他咆哮嘶叫时他也觉得可爱。

不过这只小雪貂一点也不友善,不但暴躁狡狯,牙齿尖利,细爪上甚至还有微微的毒性。但彼时他少年气十足,在崔侯的无条件纵容下,他张罗人手细细筹谋,布下天罗地网,终于活捉了这只小雪貂。

起初他还担心小雪貂桀骜难养,谁知仅仅过了一日,它就乖乖吃他投喂的食物,让他抚摸它光滑柔软的皮毛,甚至在他研磨写字时会乖乖趴在书案上,歪着小脑袋看他——他满心柔软。连崔侯都说这小东西看来挺乖巧的,可以收作爱宠。

于是他放松了警惕,解开小雪貂脚腕上的银扣,结果次日它就逃之夭夭,再无踪影。

后来他自我开解——这种天地间的生灵,自由自在,灵活机变,哪怕山民再贪图它们的皮毛也很难捕捉,完全可以好好活下去,自己干吗非要捉它呢?

待回程时,他们再次路过那座雪岭,他与山民闲聊时才知道,原来许久之前雪山上还有不少雪貂,谁知后来迁来一窝雪岭朱额吊睛虎,不但凶猛异常,还机智果决,正是这种雪貂的天敌,短短数十年它们就消亡殆尽。

山民们已有七八年不曾见过雪貂踪迹了,言语之间,众人都说他上回捉到过的那只小雪貂可能是那支种族的最后一只了。

正在少年怔怔之际,一名老猎户忽说他见过那只小雪貂。

那日他本是去猎虎的,将自己掩盖在雪堆中埋伏时,恰好看见一头顾盼雄伟的猛虎缓缓经过，口中正叼着一只父祖辈说起过形貌的雪貂。小小的身子僵硬无力，肚腹血肉绽裂，皮毛上满是血污，纤细娇小的左前足呈墨色——算算日子，正是从他处逃走不久。

少年难过了很久，回了都城依旧终日郁郁不欢。崔侯偷偷将此事告知皇帝，皇帝赶紧跑来对他说了一顿'子非鱼安知鱼之乐'的道理以图开解。

这道理他都懂，可他完全不赞成。

若真是这样的话，父母何必约束儿女？夫子何必管教学生？让他们去自得其乐好了。随手在太学里抡一遍，能找出三成之数真正热爱读书乐在其中的儒生算他输！

什么子非鱼，那也要看是什么鱼，如果是条不懂事的小小傻鱼，当然要捉起来好好教养耐心说服，不然被大鱼吃了怎么办，那还乐什么？！

还什么不懂事的孩儿出去跌个鼻青脸肿就知道天高地厚了，若是那些浑蛋高门子弟，各个皮实得很，等闲吃不了亏；可若像那只小雪貂，皮薄命脆，稍一蹦跶就没命了怎么办？

凌不疑回过神来，看看压在自己身下的女孩，稚弱愤慨，桀骜美丽，以及……不知死活。

哼，还想和楼垚走到山高皇帝远的地方去大展身手，她恐怕根本不知道穷山恶水之处的可怕，没领教过宿族世家在地方上的经营之深。

前几年有两名平民出身的儒生凭着一腔热血，自告奋勇要去那最难管束之地。陛下拗不过就点了他们去做地方官，可怜连侍卫家将都没有，凑了几个护卫保镖就上任了。

结果一个死在了任上，据说是开解山民斗殴时被误伤致死；另一个行事还算谨慎柔和，可惜他那美貌温柔的妻子被当地权族之首看中了，也不知怎么使了手段，硬是逼着她绝婚改嫁。就楼垚那副直不笼统的肚肠，除非到任后不争不闹不作为，不然，哪怕楼、程两家给足了护卫家将，那些地头蛇真要算计，那也是三更五更之差。到那时，她程少商又该如何？

想到这里，凌不疑目色发深，少商被他看得发慌，攒出一小口气道："……你要压我到何时啊？"要换未婚妻直说即可，不用压死她吧。

凌不疑森森道："看我被那贱婢羞辱诬陷，你倒笑得高兴。今日若是楼垚受这般对待，你还能坐得住吗？"

"不不不，我替你报仇了啊！"少商赶紧道，"我在那枚紫柰上动了手脚，若她全吃了必然叫她上吐下泻，欲仙欲死！不过……"她笑得尴尬，"你找来了五皇子做证，那紫柰她只咬了一口，就不知效用如何了。"

凌不疑面色稍霁，语气略缓："就知道做些见不得人的伎俩。"随后左掌一撑，翻身坐在地板上，右手顺带将趴在地上的女孩捞到自己怀中。

少商终于逃出五指山，一手推着他的肩，一手拍着自己的胸膛，大口吸气。

凌不疑也伸手到她背上顺气，含笑道："居然还敢跟我动手。我真动起手来，十个你也捏死了。"

少商终于喘匀了气："总要试一试，难道束手就擒啊？"她就不是坐以待毙的人！还有，程少宫教的防身术一点用也没有，说到底，找神棍教习武艺算她傻！

"……你若是想习武，我来教你。"女孩已经呼吸正常了，然而他的手掌并未离开她的背，反而顺着那条纤细的脊椎一节一节摸下去，直至细若柔柳的小小腰肢。

少商被他搂得浑身不自在，更别说腰上那只紧紧扣着的手掌。她挣扎着想挪开些，不料却被凌不疑的手臂箍得更紧了，满身笼罩着他冷峻的男子气息，她板起略红的脸："你不要动手动脚的，我们还没和好呢！"

凌不疑低头微笑，手指顺着她袖口的花卉绣纹，轻轻抚摸她小小的手腕，内侧细肌嫩如稚羔："嗯，和好，是以之前……我们'好'过？"

少商几欲吐血，幸亏她混过道，不然就被调戏去了。她一边夺回自己被摸得发麻的手腕，一边脸红结巴但义正词严地回击："以前通通不论！要紧的是以后！至于以后好不好，要看凌大人今后如何行事了。"

"那你倒是说说看，我以后该如何行事？"凌不疑微笑道。

少商将下巴高高抬起，装出一副倨傲的模样——不管成不成，气势要端足了："很简单，以后凌大人若有关于我的决议，务必要我点头。不能你背着替我决定了什么我都不知道吧！就像这回，你叫人盯着我多久了，我竟然一概不知！"

"这很难。"凌不疑语气坚定，"一者，有时需要事急从权；二者，有时你不明白其中的要紧，我就得替你决定了。"

"事急从权也就罢了，什么叫作'我不明白其中的要紧'，我是蠢材吗？我亦不是不讲道理之人，我只是想知道你要对我做什么，这并不逾越吧？"

"妇人眼界！"凌不疑冷冷道，"我与你来打个比方。倘若有人溺水，你欲相救，可我手下的人拦着不让你救，你待如何？"

"呵呵，不救就不救，这有何难？"少商浑不在意，她自认自己不是好人。

"倘若水里之人是你家人、亲友呢？"

少商立刻勃然大怒："你不会打个好点的比方啊？！"

"好，若水里之人是一荏弱孩童呢？"

少商僵住了。

过了半晌，她看着那双深褐色的俊目，满心真诚，艰难道："凌大人，难道看见无辜孩童活活溺死，却袖手旁观？我知道，你不是这样的人。"

凌不疑久久凝视女孩，冷峻的眉眼忽地温柔起来："我知道你也不是这样的人。"

少商回以嫣然一笑，这许多日来她都没这么真诚地笑了。

"……可如果那是对头使侏儒假扮的孩童，欲行刺杀之计呢？"凌不疑揉揉她的额发。

少商一呆。

"就算那是真的孩童，倘若救了之后就会坏去全盘计划，并且害死许多人的性命呢？"

少商继续呆。

"有些事很难抉择，见了伤心，想了伤情。真遇上这种事，还不如就让我手下人瞒着你——你说听见水边传来呼救声，他们说你听错了，这样不是很好？"凌不疑缓缓道。

乍听起来这逻辑很有道理，可少商隐隐觉得哪里不对，只能含糊道："……我，我得想想……"

凌不疑对她的动摇表示满意，手指绕着她柔滑的垂发，闲闲地问道："娘娘的千秋，不知你备了什么贺礼？"

他不说还好，一说少商一肚子气："你将我困在宫里，我能筹办什么贺礼？！你知道我这些日子有多着急吗？我看你是安心看我出丑！"可恨的是事起突然，她连那副精铁工具都没带，不然做两个小摆件糊弄一下也不是不可以。

"无妨，我替你备了贺礼。"凌不疑笑道。

"不劳您费心了。"少商一脸骄矜，得意扬扬，"我已经备好贺礼了。"说着她从袖中抽出心爱的青竹短笛，在凌不疑面前晃了晃，犹如小孩子在大人跟前炫耀。

"我要为皇后吹奏一曲……你别皱眉头,也别嫌礼轻了。月前我叔父叔母终于将新曲谱完了,将曲谱寄给我,我在家中演练了许久,真是好曲子啊!不是我自夸,称得上是清扬婉兮,雅致不俗,阖都城都没听过的好曲子!到时我在御前吹奏,曲毕即告诉陛下这是我家叔父叔母的大作。他们夫妻恩爱,同心同德,方得此妙曲!怎样怎样,这份贺礼不俗吧?"说起来,这还是五公主献舞给她的灵感。

凌不疑静静地听女孩吹嘘了一通,忽问:"这支曲子既是你叔父叔母所谱,想来原先应是琴箫合奏吧?"

少商一愣:"呃,是呀,不过短笛也可以吹的,略改动几处就成了,虽然意境差了点,不过也很好听的。"笛箫也没差很多吧,她又不是用唢呐吹。

凌不疑点点头,又问:"那如果陛下问,既然原曲是琴箫合奏,你为何独自一人吹笛,而不是找我合奏呢?"

少商张大了嘴巴,做梦也想不到还有这一出。她人都傻了。饶她机变百出,也绕不过自家未婚夫奇诡曲折的思路,她又急又慌道:"……为,为什么陛下要问这种问题啊?他为何要问这么刁钻的问题啊……"——这种问题一般人想不出的好不好?!

凌不疑重重地将女孩推开,冷着脸站起身,道:"我亦会抚琴。"

说完,他就抬步走出宫室,只留少商一人呆坐在地板上。

——所以,她不但要对他的物质生活嘘寒问暖,还要关怀他的精神生活对吗?可他们还在吵架,在冷战啊!需不需要这么计较啊!

呆坐半晌,少商才拙拙地从地上爬起来,宫婢和小黄门们见她衣衫略略不整,头发略略散乱地从宫室里出来,联想适才凌不疑也从这屋出来,俱是闪烁的眼神和微妙的笑容。

少商很想说,真不是你们想的那样,真的。

回屋后,她将适才的武打戏份挑要紧的与翟媪说了,其中隐去五公主部分,翟媪听了笑得直打跌,笑够了才抹泪道:"可惜我没亲眼见到……唉,十一郎自小老成稳重,出了名的有定性,读书写字能坐一整日,射箭钉靶不到胳膊抬不起来都不挪地方。可是呀,从他到娘娘身边起,我就没见过他如寻常孩童般嬉笑打闹。"说到这里,她脸上露出怅然的神情。

少商面无表情地想,看来凌不疑是将失落的童年都补到老娘头上了。过了一刻，她又好奇道："那凌大人若是遇上了可恨可气之人，会如何收拾人家呢？"不是说二皇子曾欺负过他吗？手欠的应该不止二皇子一个吧？难道凌不疑会退一步海阔天空？

翟媪一边给她重新梳头，一边抿嘴笑道："十一郎又不是泥性之人，哪会打不还手？被他收拾过的人多半不会有下次了。哪像少商君这般，三天两头闹上一次还能全身而退；换作别人早打半死了！"

"若将我打个半死，那陛下该重新为凌大人择妇了。"少商嘟囔着，随即又道，"阿媪您是看着凌大人长大的，这么多年他就没有一二……嗯，红颜知己？"整座宫廷都是女人，凌不疑也不是铁打的，青春期是怎么过来的？

忆及往事，翟媪手上停了停，笑叹道："说来好笑。十一郎刚来娘娘身边时，又瘦弱又白净，真像个文静的小女娘。后来陛下教他习武强身，又一滚身成了只顽皮的泥猴，每日弄得满身尘土，洗都洗不干净……"

少商笑道："阿媪你露馅了，适才你还说他自小老成稳重呢，结果他就滚泥巴了……"

"不要插嘴。"翟媪拍了她一下，翻白眼道，"十一郎又不是去泥堆里玩闹的，他是在习武。那时他心里没有别的念头，只顾着读书习武，谁知……"

她抬头望向窗外："谁知到了他十四岁，也不知怎么的，仿佛一夜间受了日月之光华和神仙之点化……嗯，我记得，那会儿三公主才嫁了一年，是……是在裕昌郡主和郎婿成婚次日来宫中拜见的筵席上。十一郎换了娘娘给他新做的衣裳——还是我选的料子呢，绯红衣袍黄金带，他就那么安安静静地站在宫廊下，个子又高容貌又美，就像从天边云彩下飘来，满室的烛火珠玉都被他盖过去了，大家伙儿的眼珠都挪不开啦……"她至今还记得二公主和裕昌郡主脸上的神情，用既惊又悔都不足表述其精彩。

这时代风气开放，便是老媪也热衷欣赏美男，翟媪的语气既怀念又惆怅："……也是在那一年，十一郎先是跟崔侯出了一趟远门，回来后就在陛下跟前领了差事，还在外面开府另居了。"言下之意，宫廷的女人前半段是有眼不识金镶玉，不知泥猴底下是大圣；后半段是鞭长莫及遥不可及追悔莫及，凌不疑已逃出盘丝洞了。

少商点点头，她早就好奇皇帝既然这么疼爱凌不疑，那为何不招做驸马，本朝又没有驸马不得从政掌权的规矩，如今听了翟媪这话，她大概都明白了。

皇老伯的前二位公主全比凌不疑年长，哪怕最年少的侄女裕昌郡主也比他大一岁。女孩本就比男孩成熟得早,十八娇妻三岁郎,君玩泥巴我发育,她们议亲时凌不疑还是个小毛孩,自不会生出什么心思,而等她们起心思的时候,已经一个萝卜一个坑,都有丈夫了。

至于四、五两位公主,哪怕如少商这般政治不敏锐,也隐约察觉出她俩的婚事已经涉及朝政了,根本不在小儿女欢不欢喜的范畴里了。

收拾完火山遗迹,翟媪使宫婢抬来铺满吃喝的食案,拖着少商补上误点的午膳。少商吃着吃着,忽叹道:"也不知凌大人有没有用午膳,他怒气冲冲地跑出长秋宫,憋了一肚子气,别是什么都没吃吧……"

翟媪重重拍了一下她的肩:"这就对了,总算知道惦记人啦!"

饭后午憩,将将睡不到半个时辰,少商就被翟媪摇醒,满心不情愿地被拉去上工,理由是宣侯夫妇以及车骑将军父女前来觐见。一路行至内殿门前,听里面传来阵阵说话声,少商连忙收起嘟嘴皱眉,摆出一副温顺恭谨的鹌鹑样儿,配上楚楚可怜的长相,活脱脱小白菜地里黄。翟媪用食指点点她,几不可闻地笑骂一句。

二人进得殿中,少商飞快地用目光一巡,只见皇后右下首冷冷清清,只坐了一对安静的中年夫妇,左下首热热闹闹,分别是五公主、骆济通、王姈,以及一名自己不认识的中年男子。五公主正与中年男子说得兴高采烈:"……我长兄最听您的话了,那批骏马就托付给你啦!你记住了,要一样的毛色和个头,马蹄也要一色的!"

这名中年男子生得高大英俊,相貌不俗,身着一袭华贵的金红色直裾,可惜面皮发油,肚皮隆起,掩不住一股酒色之气。他笑道:"好说好说……"

"这事似是不妥。"皇后出言打断,"那批骏马是配给东宫骁卫的,五儿你张嘴就要七八匹,岂不是……"

"哎呀,娘娘不用担心!"那中年男子大手一挥,"给公主的骏马就算在我府里,不与东宫相干。公主难得开一回口,我们做长辈的怎么好回绝。"

五公主眉开眼笑,嗔道:"就是,母后太谨慎了!"又转头对那中年男子道,"说起来,偌大的东宫,连部将带门客,您要操一半的心,我们和兄长都信重您呢。"

"哪里哪里,我不过仰赖陛下的威严英武,薄有家业,实则年老德薄,不值一提……"

"您过谦啦！如今父皇还在外面用兵，马匹、铁器都是朝廷管控的，就是有钱也未必能弄到那么好的马。跟母后说吧，她就跟我说一堆大道理，想跟父皇说吧，几匹马的事也拉不上台面，想找太子兄长吧，我不耐烦见太子妃。可每每出行，人家随行的护卫都有骏马，连四姊都从越家那儿弄到了四匹乌云盖雪，我可不能落了下乘……"

"这倒是，公主虽然年少，但也已经立府了，人要脸树要皮，怎么能让公主失了威风？！"

五公主和那中年男子越说越高兴，皇后却皱起了眉头。少商见状，心念一动，这时翟媪正拉她跪下见礼，她向皇后和公主行礼后，抢在翟媪前面朝那名中年男子躬身大声道："见过宣侯大人，宣侯大人有礼了。"

听她这一喊，殿中诸人俱是一愣，旁人尚不明所以，但皇后内中聪慧，立刻明白其用意，目中闪过一抹笑意。骆济通慢了一拍，也似有所觉，掩袖轻笑："少商你弄错啦，这位是车骑将军王淳大人，是王姈妹妹的父亲。"又指向对面，"这才是宣侯及夫人。"

翟媪抹抹额头上的汗，装笑道："就是就是，你这冒失孩儿，真是的！"

少商故作惊慌道："哎哟，原来是这样，臣女大错，万请恕罪，恕罪……"说着就向殿内众人连连告罪，又装模作样道，"我见五公主和王将军这般亲近，还当您是公主的嫡亲舅父，而不是外姑父呢！"

王淳面上一僵，宣侯夫妇越发将头低下，只有五公主毫不所觉，斥骂道："你个没有见识的小……小女子……既然不认得人，喊得这么快做什么？！"

皇后淡淡道："怪不得少商，不知道的人见了，怕都会这么以为……少商，还不过来，愣在那里作甚？"

王淳讪讪笑着不说话了，五公主气恼不语，少商拉着翟媪低头小步走到皇后身后坐好。皇后指着她，向宣侯夫妇道："这就是子晟将来的新妇，你们叫她少商就是了。"

宣侯夫妇抬起头来，少商这才看清他们的长相。宣侯面貌不俗，眉眼与皇后有几分相像，然而气质木讷憨厚，肉眼可见的不善言辞。宣侯夫人年少时可能十分俏丽，但几十年下来……已和宣侯一脸夫妻相了。

宣侯先是拘谨地笑笑，再看向少商，才道："早，早听闻程娘子。十一郎终于肯成亲，我们都替陛下和皇后高兴。头回见面，也没什么好送的，略备薄礼，算是对你和十一郎的一份心意吧……"

宣侯夫人赶紧将堆在身旁的两口尺余宽的漆木小箱向前推了推，一旁的宫婢上前抬上阶陛，皇后对少商微笑道："打开看看吧，你定然喜欢。"

宫婢们依言打开两口箱子，瞬时珠光宝气闪花了少商的眼——只见一箱是整齐码放的麟趾金，每列三十枚，每层四列，目测少说也有四层；另一箱铺满了深红色的锦缎，上面小心地摆放了几十颗拇指大的海珠和五六块手掌大的白玉璧，海珠滚圆明净，玉璧纯润无瑕，也不加什么金银配饰，就这么简单粗暴地摆在那里，莹莹生辉，令人不敢直视。

一时间，殿内众人皆惊，旁人尚能遮掩，五公主却是满脸惊愕，目露凶光。

少商眼花气促，连笑声都结巴了："这，这怎么好意思呢……"

宣侯夫人笑得羞涩："这些年来，子晟不知帮过我们多少忙，平日也没什么可谢他的，如今给了你也是一样的。"

听见凌不疑的名字，少商略清醒了些，带着希冀的目光去看皇后，小声道："娘娘，这也太贵重了，我能收吗？回头陛下不会说我受贿吧？"皇老伯没事还训她半天呢，若碰上由头还不训成连续剧。

皇后含笑道："收下吧，陛下来了我给你挡着。"又转头向弟弟道，"只此一次，下不为例。不然，我先算你俩行贿。"

宣侯夫妇满脸笑容，躬身称诺。少商心肝颤颤地看着宫婢将两口金光闪闪的箱子合上后抬了下去，心潮澎湃，久久不能平复。

五公主又妒又恨，冷笑一声："舅父舅母是该将礼备得重一些，去年有人弹劾舅父占了皇陵旁的土地，若非凌不疑帮忙奔走周旋，舅父怕是要廷尉府走一遭了。"

坐在她身后的骆济通叹道："后来不是查清了吗？那都是诬告。就是去了廷尉府，陛下明知灼见，也会将宣侯放出来的。"

"就算是诬告，也得有人澄清啊。"五公主昂首道，"母后娘家人丁单薄，舅父又没什么才干，要紧时还要靠凌不疑！"

骆济通紧张道："凌大人是娘娘养大的，都是一家人，分什么彼此啊。"

"说到底，还不是靠母后。"五公主得意道。

宣侯低下头，唯唯应了几声诺。宣侯夫人也没好到哪里去，只会反复说："公主说得是，多亏了子晟，多亏了娘娘……"

骆济通无声叹息，少商朝她笑了笑，她只能回以摇头苦笑。

五公主傲慢一笑，道："还有前年外兄在外郡闯了祸，被人扣住了索要钱财，也是凌不疑连夜过去把事情摆平了……"

骆济通无力道："那是歹人听说宣侯家豪富，特意设局陷害宣侯公子的。"

"那也是外兄无能又鲁钝，虞侯家也豪富啊，怎么歹人不去陷害他家公子？借他们十个胆也不敢！就是看舅父秉性柔弱好欺，吃了亏也会忍下藏到肚子里！"

皇后心里有气，紧抿嘴唇不说话，只重重地将便面拍放在案几上，殿内众人俱是静默。不过宣侯夫妇和王氏父女是不敢张嘴，少商和翟媪是不愿张嘴，并在心中程度不同地希望皇后臭骂五公主一顿。

骆济通看着皇后的脸色，只好继续救火，笑道："宣侯一家是出了名的诚恳和善，陛下几次夸奖，屡有赏赐，您都忘了吗？"

五公主嘟嘴道："诚恳和善又不是好欺负，就是因为舅父这副样子，难怪父皇只是不断地赏赐金银田土，却不委以官职责权，可四姊的舅父们却大权在握……"

"殿下，适才您不是要问姈娘子的婚事吗？"骆济通努力去扯五公主的衣袖，却被五公主一把挥开："你别岔开话题，我还没说完呢。"

五公主扯回自己的袖子，继续道："舅父，前阵子我还听说外兄又叫人坑了，一只斗鸡被人要去了两万钱，那鸡是金子做的啊？母后，您别瞪我，我也是为了舅父舅母好，难道看着他们受欺负也当没看见呀？"

"殿下，咱们说些旁的吧……"骆济通快要以头抢地了，她实在不知如何制止五公主。若说她胡说八道吧，她说得又句句属实；若说她倨傲无礼吧，她又打着关怀舅家的幌子。

"公主殿下，"少商忽然开了口，"您不用这样为宣侯担忧，其实陛下早有布置了。"

五公主冷笑道："什么布置？你若说不出个缘由，看我治不治你的罪！"

少商捂着胸口，一脸害怕道："殿下适才还说凌大人养在娘娘跟前，是一家人呢，如今一言不合，这就要治我的罪啦。"

五公主一时语噎，张口结舌。

皇后侧头莞尔，再度拿起案几上的便面，悠闲地摇晃着透气："陛下究竟有何布置，你倒是说说……说错了也无妨。"

五公主见母亲包庇程少商，气愤地闭上嘴。

少商朝皇后投去一个明媚可爱的微笑，回头朝向五公主，道："我在宫里这些日子，常听说四公主沉稳能干，理财有道。上回我花光了凌大人给我的钱，陛下还拿四公主为例训斥我呢。陛下说呀，他这许多儿女中，就数四公主最会当家，断不会受人蒙骗，破财丢人。所以呀，您瞧，陛下将四公主许配给了宣侯公子，这正是适才善用，您还担心什么呀？若将我这样的嫁去宣家，那可真是米缸漏底，穷得可以！"

宣侯夫妇正被五公主数落得面上无光，王淳适才眼见皇后脸色越来越难看，也觉不妙，翟媪和骆济通是苦于无计可施，此时听闻少商这一顿，俱是扑哧笑了出来。

王淳更是大声附和："程娘子说得好！"心想难怪自家女儿斗不过人家，如果他是凌不疑，也会喜欢这样活色生香、有胆有智的小美人。

少商薄嗔带笑，一副小儿女模样："王将军真不厚道，我说自己不会持家，你还说我说得好，回头我告诉凌大人去！"

王淳朗声大笑："好好好，是我说错了话，回头我也备份大礼向你赔罪。"又向皇后道，"这孩儿讨人喜欢，难怪娘娘和子晟都喜欢她！"

皇后终于露出笑容，笑瞪了少商一眼："就你会说话！"

五公主见无人帮自己，气得脸色发青，冷声道："四姊好福气，舅父舅母和善，外兄又是老实人，宣家富甲天下，我就没她这样好的……"

少商笑眯眯地打断道："五公主将来嫁去越家也很好啊，以后想要骏马就不用麻烦王将军了，别说乌云盖雪，就是白云盖砚台都有！"

此言一出，就是端庄的皇后都忍俊不禁，王淳咧开两排后槽牙哈哈大笑，翟媪笑倒在皇后身后，始终愁眉深锁的王姈此时都笑了出来："……白云盖砚台，哪有这种马啊？"

五公主大怒："你能嫁得好郎婿，自然高兴了，几位阿姊都嫁得不坏，只有我……"

"公主！"骆济通用力拉五公主的胳膊，眼露警告，"殿下的婚事是陛下定的，您要和陛下理论吗？"

五公主骤然清醒，气呼呼地扭过身子不再言语。皇后看女儿这样，眼神复杂，既不忍又不悦，最终没有说话。

王淳在岳丈乾安王事败后还能混到今时今日，也是乖觉之人，眼见殿内气氛不好，赶紧出来打圆场："哈哈，言归正传，娘娘，臣今日带着阿姈进宫，一是随宣侯和夫人提前为您贺寿，二是替犬女向娘娘道谢。说起来，若非娘娘在陛下跟前美言，江夏那里人生地不熟，仓促间臣还真找不到好郎婿呢。多亏了娘娘，容臣多些时日择婿，今日特来禀告娘娘，亲事有眉目啦！"

皇后微笑道："哦，是哪家郎婿啊？"

"回禀娘娘，是荆州望族蔡氏。"

皇后一顿，佯恼道："我问是郎婿人选，你们男人就知道看门第。"——少商微微侧头看了皇后一眼，随即回头。

王淳拱手告饶，笑道："娘娘责备得是。不过娘娘放心，臣就阿绎一个女儿，也舍不得委屈她。已遣人细细打听了，未来郎婿是蔡氏族长的幺儿，虽受父母疼爱，但小小年纪就上了白鹿山读书，几月前刚下山……书读得怎么样不算，到底是有上进之心的。"

皇后看了眼一旁低头的王绎，点头道："白鹿山门下的，不会差到哪里去。"

王绎忽抬起头，泪眼汪汪道："娘娘，我真不想离开都城啊。您能不能跟陛下再说说，就让我留下吧。我再不会在外胡言乱语了，少商，我也求求你，以前是我对不住你，是我狭隘刻薄，你去求求陛下……"

"孽障，胡说什么呢？！"王淳扭头低斥女儿，又回头笑道，"娘娘，你别理她，她就是在都城里待惯了，看哪里都是乡野蛮荒之地，实则江夏也算富饶了……"

皇后叹息着摇摇头，其实王绎也是她看着长大的，不过皇帝亲自发话要王淳将女儿快快外嫁，就是立意给养子做脸，杀鸡给猴看——别说程少商是官宦人家的女儿，父母以军功立门；哪怕是个平民女子，只要凌不疑想娶，皇帝就不容旁人啰唆。

果然，这几个月来，都城中再无人敢质疑程少商。

王绎咬咬嘴唇，直愣愣地看向少商："其实，我阿父这回得来的骏马是次一等的，最好的是月前凌大人得的那批。当时五公主向他讨要，他没答应，可转头就亲自挑出六匹给你！"

此言一出，五公主倏然直起身子，用一种令人心惊的目光看向少商。

王淳心道不妙，飞快地朝女儿甩了一个巴掌，怒吼道："孽障，你说什么呢？！"随即又向皇后告饶，"都是臣的不是，是臣口风不严，在家顺嘴说出去的！都是臣的过错！"说着连连磕头。

王绎忍着泪，捂脸朝皇后磕头告退。

少商惊得不能言语，良久才道："王绎阿姊胡说，明明才两匹！"就算是真的，数量也不能错。

翟媪忍不住翻了个白眼给她。

王淳苦笑道："的确是六匹，这我还能不知道吗？两匹送去程府，两匹送去徐郡给了万老兄，还有两匹送去你叔父任上，连专司饲养的马奴都一道送去了。唉，那才是日行千里迅疾如风的好马呀，哪怕是被千军万马包围，都能逃得性命，行伍之人的心头肉啊……"

五公主再听不下去了，怒气冲冲地一下起身，愤愤地向少商踏去几步，骆济通见势不妙，一把抓住她，连声赔笑："公主，公主您不是一直惦念要一头猎鹰，这回西北那儿送来的聘礼里头，就有一头极雄伟高阔的，已经训好了，逮狼扑虎都不在话下。我让春笤带进宫了，就在林园里，咱们去看看，去看看……娘娘，妾与五公主先告退了啊……"一边说着，一边使出浑身力气将五公主拖出殿外。

宣侯夫妇已经被吓傻了，还是王淳看他们不知所措的可怜样儿，告退时顺手拉上他俩。皇后看着弟弟、娣妇这副老实巴交的样子，心里也是不胜烦扰，挥手准了他们告退。

呆子发呆不稀奇，皇后转头间，却看见素来伶俐的少商也在发呆。

她伸指推了推女孩，少商才幽幽道："……我之前跟他说过，万伯父腿脚不好，却总爱四下乱走；三叔父治下的那个县也不算太平，偶有暴民作乱。若出了事故，也不知他们能不能利索地跑回城门里。"

"他什么都没告诉我。"

他固然没告诉她他的决断，可也没告诉她他对她的好。

第二十七回 皇后寿宴

皇后看女孩低头沉思,将手伸给她:"你扶我回内寝吧,我有些疲惫。"少商依言行事,轻轻托着皇后的胳膊往里走去。

皇后的内寝宛如其人,布置得清淡幽丽,疏落雅致。哪怕少商硬是端来一尊彩绘着迤逦飞凤的双耳陶瓶,再插上明媚浓烈的桃花枝,谁知皇后随手摆弄修剪两下后,顿时一股悠然淡泊之意迎面扑来——少商觉得自己已经努力过了。

皇后疲倦地躺到胡床上,挥手屏退留侍在内寝的宫婢,只留少商一人在身边,才道:"我身边养过好些孩儿,不只我亲生的,还有越妃生的。那些年她随陛下东征西讨,生下孩儿就送到我处,直到陛下无须御驾亲征了,她才将孩儿从我这儿领走……"

少商双目炯炯:"哇,越娘娘心挺大的呀。"

皇后笑笑:"我知道你最不爱听'你以后就知道了'这句话,可一个人哪是几句言语就能断定的。有人可以既忠诚又凉薄,也有人可以既奸佞又孝顺,你要学会自己去看。"

少商想了想,点点头。这种课程以前没人教过她。

"不过,这许多孩儿中,我最心疼子晟。"皇后叹道,"旁人都说我于他有养育深恩,可我心里清楚,这些年来,他为我做的,为太子做的,早就远远报答了。"顿了顿,她又道,"你既和子晟打了一架,五公主的事自然都知道了……"

"没有打架,没有打架!"少商连忙道,"哪有的事?!"

皇后忍笑:"你俩都快将我的宫室拆了,还不算打架?"

"娘娘冤枉啊,是凌大人先动的手,哦,他还想动嘴,后面一路压着我打,我哪有还手之力啊!就算拆了宫室,那也是他一人所为!"少商觉得自己冤死了！

皇后忍笑得腹痛，柔柔道："程娘子过谦，你也不遑多让，将子晟气得不行，他出去时遇上了裕昌郡主，也不知说了什么，郡主是哭着跑出去的。唉，这些年，女莹为子晟可流了不少眼泪啊……"

"……"少商，"其实吧，时不时哭哭，对身体好。"

皇后终于忍不住，笑着敲了女孩的额头一记——这个动作在她几十年斯文端庄的言行史上几可大书一笔了。

少商抱着脑门："娘娘，您别扯远了，接着说凌大人呀，咱们别东拉西扯了啊……"

"都是你东拉西扯，还敢说我东拉西扯！"

皇后笑着瞪她，顺过一口气，才沉声道，"其实五公主这事，原是有心人刻意隐瞒，等事情闹大了，将来好拿到太子面前。看他处不处置胞妹。多亏了子晟及早发觉，先一步禀告了陛下，才叫太子脱了干系。"

少商先是点点头，又觉得疑惑："可不是还有太子妃的庄园……"

皇后摇了摇左手："太子妃那事不打紧，子晟早就囫囵周全了，拿不住把柄的。"

少商挨着胡床抱膝而坐，看看皇后，欲言又止。

皇后道："想说什么就说吧。"

"妾奉娘娘令常去越妃娘娘处，不止一次听见她训斥皇子公主。四公主和五公主一样已在外建府，可她依旧常住宫中，尽孝越妃膝下。说实话，我觉得四公主未必是自愿的，不过是不敢违逆越妃娘娘而已。娘娘啊，您怎么不……"少商没说下去。

皇后看看她，道："你想说，我为何不学越妃那样，时不时敲打儿女一番？"

少商傻笑数声，这个疑问她藏好久了。

"越妃性情明朗爽利，坐立起行，叫人见之生羡。可一人有一人的活法，我做不成她，她也做不成我。"皇后转回头，看向床尾处悬挂的一副绢帛。

"年幼时，我常看阿父阿母凑在一处诗文做伴，形影不离。我们宣氏原籍是个好地方，春日采薇，夏夜烤鱼，秋有肥粟，冬雪莹莹。那时，我以为日子能这样天长日久下去，却不知外面已经乱象四起了。"

少商叹道："娘娘是生在好人家了，家产丰厚，父母恩爱，长辈温厚，又无须照管庶务。像我阿父阿母，就常说他们年少时天下就开始不太平了。"

"生于忧患死于安乐，总好过反过来。"皇后略自嘲地笑了笑。

"我不到十岁阿父就病故了，好在当年阿父将全副家产让给叔父后……"

"什么什么！"少商原本满心怅然地听着，此刻陡然惊醒，"宣太公将全部家产让给娘娘的叔父了？！那什么……我记得翟媪说太公是嫡长子呀……"这是什么宅斗操作？！

皇后掩口轻笑，似乎觉得女孩这副样子尤其有趣："你呀你，就跟夺了你的家产似的。这有什么？孝悌乃为人之本。再说先父不善经营操持，只爱读书交友，亡母也是一般性情，索性将家产让给叔父，由他好好管理，岂不甚好？"

"那也不用让出去呀，让叔父大人管就好了嘛！"少商觉得心口发痛，决定待会儿去数数宣侯送的金银财宝恢复一下情绪。

皇后正色道："不在其位不谋其政。操持一份家业，管束宣氏一族几百口，何其辛苦。让有才干的叔父殚精竭虑，费尽心血，然后父亲坐享其成，这岂是仁义所为？"

少商无话可说了："那……也行。那后来呢，宣太公过世了，娘娘的叔父待你们好吗？"

皇后看到女孩关怀的目光，笑道："你别老把人往坏处想，不论父亲身前身后，叔父待我们都不是一般好。实则父亲过世后，他还想将家产让回给阿弟呢，还是阿母严词婉拒，说不能堕了父亲的名声。"

"嗯，那样大一笔家产说让就让了，宣太公的名声自是好得不行。"对这种行为，少商也不知道该敬佩还是嘲讽。

"可天下终究是乱起来了。那些自称英雄好汉的路过了，动辄勒索钱粮人丁。叔父左支右绌，仅能守成。舅父心疼阿母，就遣人将我们接过去了。"皇后幽幽叹道。

少商道："是呀是呀，听说那时还有索要人家美貌女儿的，说什么结秦晋之好，将来给乡老做靠山，呸，他们也配，真是可恶极了！阿父说，他聚集乡勇练兵的最初因由，也只是为了保护乡里不受侵害。"其实萧主任那位当三老的爹当年也是这样做的，可惜遇上歹毒的贼人，弄得身死家败，还好有个厉害的女儿重振家业。

皇后看女孩一脸自豪地趴在床沿，一双大眼亮晶晶的，便笑道："程校尉是一条好汉，英雄了得。"

"哪里哪里，区区小事，不足挂齿！"少商傻笑着谦虚了几句，追问道，

"去了乾安王府之后呢，乾安王待娘娘一家好吗？王府里的其他人呢？"

皇后沉默片刻，满目惆怅："这几年，看着诸位皇子公主，我总想起以前的日子。舅父虽将我们护在羽翼下，可究竟是寄人篱下。然而我们一家三口彼此体贴，过得融洽满足，无有不足。骨肉至亲之间，有时连话都无须说，只要母亲责备地看我们一眼，我和阿弟就羞愧得无地自容，自省过错。"

少商似有所悟。

"……我记得，有一年，阿母大费周章托人从家乡弄来些野菜肉脯——那是阿父在世时家里常做的。我和阿弟欢喜极了，分做好几顿才舍得吃完。阿弟还偷藏了一小块在枕头下，想日后拿出来孝敬阿母。谁知后来霉坏了，不能吃了，他还哭了许久。无论乡里还是王府里，无论阿母能不能为我们姐弟谋得什么，我们都一样地敬爱她，心疼她。

"可你看看五公主，金羹银莼犹自不足。还有大公主，可比她妹妹聪明多了，在我面前恭谨守礼，可每每'孝敬'过后，总有几桩提请。还有皇子们，生于宫闱长于权势，稍稍长大些，就都有自己的心思了……

"有时候，我都不知道他们到底是在孝敬我，还是在孝敬我手中的权势，我的位置。"

少商静静地看着皇后——难怪皇后总这样不开心，在她内心深处，追求的是一种纯粹的情感，像她父母一样纯粹的夫妻之情，像他们母子一样纯粹的亲子关系。不论富贵贫贱，权势荣辱，始终干净无瑕。

想起往事，皇后目中隐隐泛起水光，少商轻轻递去一块雪白的绢帕，轻声道："即便在王府中有些不如意，娘娘也从未抱怨过。"

"为何要抱怨？又不是王府刻意亏待我们。舅父姬妾众多，舅母忙着周旋还来不及，她也是尽力了。"皇后接过绢帕，轻拭眼角。

"一路走来，我遇到的都是好人。阿父阿母是好人，叔父叔母是好人，舅父舅母也是好人……陛下和越妃，更是好人。想想留在家乡的几位堂妹，再想想王府里的外姊妹们，不是四散分离，不知死活，就是所嫁非人，仓皇度日。如今只剩下文修君一人，还得以时常相见。烽火连天的年月里，能活命且不容易，我已是命最好的了……"

少商帮皇后捋捋鬓发，轻轻抽出她背后的隐囊，服侍她缓缓躺平，低声道："娘娘，你别说了，过去的事越想越伤怀的。我以后不会再说不懂事的话了……您歇歇吧。"

正因为皇后遇到的都是好人，几十年来犹如置身温软的海绵中，是以从无机会养成尖利刻薄的性情，也不知是幸还是不幸。

"不，你说的话，其实我自己也想过。"皇后侧过身子，躺着看向少商，"我艳羡过越妃的性情。她总能旁若无人，自得其乐。前些年她和汝阳老王妃闹得更凶，可不论当面说过多难听的话，转个身，她就能若无其事地说笑，把老王妃气个半死，看得我好生解气。"

"可我不成。我若和人撕破了脸皮，我就再难跟他共处一室了。我若厌恨了一个人，我是一辈子都不愿再见他了。可是，我往往又下不了那样决绝的心意……"

皇后幽幽道："孝顺父母，礼待尊长——哪怕是无权无势的尊长，这么简单的道理，难道五公主的傅母、夫子，还有许多曾去劝她的人没说吗？能听进去早听进去了，听不进去多说也无益。算了，这回圈地的事陛下已经有了处罚，等她回去就知道了。反正我说什么，她也是阳奉阴违的……"

"适才你说四公主不情愿留在宫里，越妃难道不知？我觉得儿女大了，强留有什么意思，可她不管这些，唉，其实这样才活得痛快……"皇后声音越发低了。

少商看见皇后眼睛渐渐合上了，端庄柔美的面庞满是疲惫，心中生出几分怜意——皇后要的是心甘情愿，越妃却是说不服你，打也要将你打服，反正我儿女多，废掉几个也无妨。

这世间，总是心硬的人更能成事；心软的人，不但往往一事无成，还容易落得满身埋怨。若是以前的程少商，作为丛林法则的信奉者，她必然对皇后这种人嗤之以鼻。可就像皇后说的，一个人不是三言两语可以评断的，要自己去看，去想。

少商深知，这几月来皇后是多么耐心温和地包容自己。自己时不时出言无状、暴躁、没耐性，林林总总的许多不足，换个容嬷嬷都可以戳断两打钢针了，换成越妃估计已被讽刺成筛子了。可自己在长秋宫一直过得很安全、很舒适。

少商拉来被褥给皇后盖好，纤细的手指轻轻按压其头部，皇后闭着眼睛发出惬意的叹息，很快就沉沉睡去了。

次日一早，阖宫都忙碌起来，张灯结彩，驱虫熏香，庖厨那片更是人行川流不息，炉灶烟气如柱。骆济通被皇后指派去盯牢五公主，大长秋曹成忙得脚不沾地，少商和翟嫽上午陪着皇后接见了一堆前来贺寿的命妇贵妻。

从亲王妃到公侯夫人，足足站满了整间正殿，虽是娇声细气，然齐声贺寿的声音仍可传至半里开外，还收了一屋子大大小小的贵重礼物。翟媪指挥宦者搬运至内殿，少商则在旁摇着笔杆子将诸如海珠、珊瑚树、犀角香、玉玲珑之类的珍稀一一记入账册。

她此时终于明白了皇后不愿意大肆铺张过生辰的用意了。好吧，不铺张她都抄得她眼花手酸了，若是铺张一些，她估计得装义肢了。

饱饱睡过午觉后，得知皇后被皇帝召去前殿接受几位心腹朝臣的贺寿，少商与翟媪终于清闲下来，对坐着饮果露，吃点心，悠闲地说八卦。

上辈子初高中的图书室管理员都是鸡汤文爱好者，收齐了几百册《知音》《读者》《故事会》，少商改邪归正后和道上的姐妹断了关系，在校内也没什么朋友，闲来无事就泡在图书馆，如今讲起这类狗血故事简直信手拈来，云霞满天。

——翟媪尤其爱听，可她没有这么庞大的故事储备，为了投桃报李，只能将早年旧事趣闻陆陆续续抖出来，以示礼尚往来。

这日少商要结束一个已经连载了七日的虐心酸爽故事——"妻子为照料瘫痪丈夫，坏心婆母含泪改嫁，然后同屋共度人生"。

时间跨度前后三十年，人物涉及了近四十人，其中包括女主与前夫的孩子，女主与后夫的孩子，后夫与前妻的孩子，前夫初恋当年珠胎暗结的孩子，前夫初恋结婚后的孩子，后夫前妻再嫁后的孩子，后夫前妻现夫与他前妻的孩子……

翟媪听完大结局，抽抽着赞美："真是荡气回肠，催人泪下。"少商喝口果露润润嗓子，看看周围聚了一圈的听众，各个如痴如醉，不能自拔，对效果表示满意。话说，才这点程度就把她们感动成这样，若她祭出古代版《意难忘》，长秋宫还不泪流成河啊。

正在众人央求少商在说书业继续发光发热之时，骆济通的贴身侍婢春笞过来找她，说有事相商，少商不疑有他，宛如天王巨星般微笑挥手告别忠实听众，然后潇洒地起身出门。

两人是旧识，边走边聊，少商很八卦地问："……济通阿姊的嫁妆都收拾好了吗？"

春笞是个身形略高壮的女孩，笑起来却很机灵："程娘子您是问着了，这几日家里忙得饭都顾不上吃。要去西北那么远的地方，女君唯恐我们女公子不便，恨不能将碗箸、夜壶都带上呢！"

少商哈哈大笑:"说实话,我满心同情你们女公子,都致仕还乡了,谁知娘娘怕五公主在这几日有什么不当,活活又将济通阿姊捉回来做事。欸,对了,春笱,你也要去西北吗?"

春笱小小地叹了口气:"听说西北都是沙子,谁都不想去,可女公子待我那么好,我怎能不去?女君也说了,我身板好,有力气,去西北最好了。"

少商想想也是,看看四周:"怎么还没到啊?我以为就在宫外说两句呢。"

春笱眼神略有闪避:"快到了,就是前面的湖畔亭。"她手指向前方人迹罕至的镜心湖。

少商脚步微微慢了一下,随即又迅速跟上:"哦,那我们走快些。"随即又继续打趣道,"济通阿姊未来的郎婿,你们见过吗?"

春笱似乎松了一口气,赶紧笑道:"唉,别说我们了,就是女君都没见过。只有我们女公子,前年去西北时见过,偏那次我病了,没跟去。嗯,听说未来的郎婿生得还不错。"

少商故作不满地笑道:"你怎么这么肤浅,要紧的是人品。喂,那人品性如何?"

春笱慢慢放下戒备,笑着摇头说不知。

这时少商忽打了一个喷嚏,然后又连打两个:"哎哟,快入冬了,我出来时没披风兜,还是先回去拿吧。"说着就要回头。

春笱急了,连忙拦住她。

少商叉腰瞪眼:"我身体如何你是知道的,你家女公子更知道,回头我受寒生病了,你们赔啊!"

秋末冬初的傍晚,寒气渐浓,春笱的额头生生急出汗来,只牢牢地抓住少商不让她回去。

"真是要紧事,女公子吩咐一定要和您说……"春笱神情慌张地压低声音说。

少商听了这话,无奈地点点头,谁知此时又打了两个喷嚏,便无论如何也不肯继续走了,最后提议自己在原处等着让春笱回去取,春笱体力好腿脚快,快去快回不耽误事。

春笱看看少商毫无防备的娇弱面庞,咬咬牙答应了,迅速回头跑去。

少商微笑着挥手送春笱离开,直至她背影不见了才冷下面孔,然后果断地转身离去。

——不论春笱有没有问题,哪怕是自己多心了,但小心驶得万年船。湖畔亭她是决计不去的，还要赶紧去人多的地方。

她迅速绕过镜心湖，从西侧的圣光湖边一气走回长秋宫，谁知迎面撞上一队嘻嘻哈哈的华服公子，当头一个正是昨日刚被凌不疑捉去做证的五皇子。

五皇子一看是她，顿时眉开眼笑："哎哟哟，这是谁呀？！"

少商懒得搭理这纨绔，本想扭头就走，忽地心头一动停住脚步。她转过身子，看了五皇子半天，然后笑了起来。

五皇子看看自己身旁一大帮人，再看看对面女孩形单影只，无形中底气足了几倍，油腔滑调道："这不是我们盖世英勇、天纵奇才的凌大人未来的新妇吗？！哟，程娘子您今日怎么一个人晃悠啊？"

事实证明翟媪说得没错，五皇子脑子的确不大好使。他不说少商的身份还好，后面那帮公子哥儿正一个个用轻浮油滑的目光吃豆腐，以为少商也属那位与五皇子有肌肤之亲的丰腴女孩之流，虽家里有官身，但力量不值一提。结果五皇子一说少商是凌不疑的未婚妻，那群公子哥儿的脸色和目光齐刷刷变了。

有八卦者窃窃私语——"这就是凌不疑要娶的小娘子，相貌倒是不错""我看不怎么样，身量都未足""你真俗气，身量可以慢慢长，脸蛋标不标志才要紧""你不俗气，你盯着人家身上看半天了"……

有好事者蠢蠢欲动——"好嘞，今天有好戏看了""姓凌的平素不可一世，哼哼，也有他吃闷亏的时候""就是就是，反正都算在五皇子头上，咱们看好戏就是"……

有警醒者立觉不妙——"待会儿五皇子要为难她，咱们帮一把手吧""正是，别闹得不可开交，我们也落不了好""凌子晟发作起来，说不定会牵连我等"……

有胆小者已开始挪动脚步了——"我们还是别掺和了，凌不疑不好惹啊""可是五皇子……""凌不疑和五皇子，你愿意得罪哪个""趁无人注意咱们先避了吧"……

少商已经看见这帮公子哥儿各异的举止，可惜背身的五皇子毫无所觉，犹自油嘴滑舌道："有一美人兮，见之不忘；一日不见兮，思之如狂；无奈佳人兮，不在东墙；何日见许兮，慰我彷徨……"

少商皱眉道："这不是司马夫子的赋嘛，殿下是不是少背了两句啊。'思之如狂'后面不是'凤飞翱翔'吗？"

后面传来嗤嗤数声轻笑，就是想溜之大吉的也暂停了脚步。

五皇子涨红了脸："你知道什么，我这是借咏，借咏！"——这回倒不是五皇子背漏了书，其确是时下流行的一种修辞方式，可惜遇上个不读书的半文盲。

"原来如此。"少商低下声音，"是妾缺少见识了，请殿下继续诵读吧。"

五皇子被打断了一下，哪里还朗诵得下去，只好酝酿情绪，轻佻一笑："程娘子别来无恙，数月不见，容色倒更见秀美了……"

"数月不见？昨日我们不是才见过吗？"少商又十分"热心"地打断，"殿下忘记了吗？就在长秋宫中，那时您正被……"像条死狗一样被提溜着进去问话。

"不要说下去了！"五皇子厉声喝止，又羞又恼，倒将身后那群不知情的公子哥儿吓了一跳，浑不知究竟为何。

少商蠙首低垂，一脸温顺无辜："是妾多言了。妾容颜鄙陋，愧不敢当殿下适才之谬赞。殿下请接着赞……哦不，请接着说吧。"

五皇子深吸几口气，觉得自己肝都被气颤了，偏又无从发作。顺了几口气后，他冷冷一笑："你原来家世单薄，不过裨吏之女。可自打攀上了凌不疑，整日趾高气扬，全不将我看在眼里，没想到今日会撞到我跟前吧！"一边说，一边阴恻恻地冷笑几声，以加重威吓气势。

后面那群公子哥儿俱想，就算撞上又如何？你顶多嘴上调戏两句，难道还真敢在凌不疑头上栽绿荫不成？！不过殿下您若真干了，兄弟们会敬您是条汉子，然后逢年过节燃几炷土香，也算尽了酒肉共乐的情分。

少商没有回嘴，只是神情越发低落，郁郁不欢："……有来必有去，有因必有果，当初之喜，今日之苦。老天爷总不会白白让你得了好处的。"

五皇子见她这副模样，不由得缓了语气："你有凌不疑撑腰，谁还能欺负你不成？装出这副样子给谁看？！"

少商不说话，楚楚可怜地看了他一眼，然后垂下长长的睫毛，一言不发。

五皇子怔了怔，莫名语气就软了："呃，这个，还真有人欺负你啊，你怎么不告诉凌不疑？他会替你出气的，不然就告诉本皇子……"

少商依旧不语，只是更加忧郁伤感地看了他一眼。

五皇子灵光一闪："啊，莫非，莫非欺负你的正是凌不疑……"这一说，他顿觉程少商看起来比数月前瘦了许多，神情也比昨日憔悴。

在柔弱无依的漂亮女孩面前，多数男人都会想象力过剩，五皇子正是这多数派中的一员。因此，即使女孩不驯名声在外，即使他也见识过女孩的牙尖嘴利，但此时此刻，他非常顺畅地将思路往自己希望的方向捋下去——

条件一：凌不疑面冷心冷，待人冷漠残酷。
条件二：女孩只是看着厉害的窝里横，其实面对凌不疑的欺侮毫无还手之力。
结论：凌不疑欺负程少商了。

少商缓缓抬起头，目中似有水光闪过，道是无情却有情——其实是某人自作多情。

五皇子咽了口口水："有什么……难过之事，你不妨跟本皇子说说……"

少商轻侧一下头，若有似无地朝后面那群公子哥儿瞟了一眼，旁人没看见这眼神，正对面的五皇子却看了个透彻。他这时骨头不但软了，简直都酥了，滚油炸过嘎嘣脆的那种。他本就与凌不疑不睦，何况程少商的长相还是他喜欢的类型。

于是他立刻回头让那些玩伴先走，并义正词严地表示自己和程小娘子有话说。

后面那群公子哥儿你看看我，我看看你，面上神情各异。有些迫不及待想走，有些见猎心喜想留着看八卦，还有些忧心忡忡，担心回头闹出不堪之事来。

不过凌不疑凶名在外，加上五皇子主动要求他们走，算是将责任都担去了，于是众人犹豫片刻后，迅速走了个干净——本质上，会和既无宠又无权的五皇子玩在一处的就不是什么有责任心的正经人，多是各勋贵家中的闲散子弟或宠溺幺儿。

见四周无人，五皇子立刻上前几步要去拉女孩，少商乘势轻轻转身，轻启莲步往前方湖边走去。五皇子就如被吊了根胡萝卜在额头前的傻驴，就这么跟了过去。

他边走还边絮叨着："凌不疑欺负你了是不是？我就知道他平日那副风光月霁的样子都是装出来的！哼，却骗得父皇母后还有诸位大人都信了他！不过他骗得了别人却骗不了我！我以前就受过他的欺负，最清楚他为人了……阴险狡诈，睚眦必报，用心歹毒，不择手段！他怎么欺负你的？你都告诉我！他骂你啦？他私底下有风流账？他……他打你啦？"

想到凌不疑居然是人面兽心欺侮弱女子的败类，五皇子整个人都激动起来了，脑门油亮，心口滚热，恨不能立刻做一回锄强扶弱的大英雄。谁知女孩始终不言不语，只郁郁地低头往林荫深处缓步走去。

湖边栽满了一种不知名的细竹，叶如柳絮，随风飘扬。此时金乌没入天际，暮色渐沉，湖畔竹影摇曳，水声柔柔，加上佳人如玉，即使如五皇子这样没半分风雅根骨的少年，也不由自主地矜持文致起来。

"凌不疑究竟如何待你的？"五皇子柔声问道。

少商眼神茫然，望向远方，只见波光激滟的湖中，建有一座淡金色的湖心亭。

女孩的声音带着几分缥缈："殿下，您看那座亭子。我头一回见时，觉得真是金碧辉煌，美不胜收。谁知，后来皇后说，那座亭子从屋顶到柱子都被蛀坏了，远远看着还不错，实则已是摇摇欲坠了。娘娘叫我千万别进去，谁知会不会塌了砸到我。陛下节俭，一直犹豫到底是拆了算了，还是找能工巧匠来修缮……"

五皇子竖着耳朵用心听，急速调动全副精神思考起来，脑中闪过各种明喻、暗喻、借物、拟人等的修辞手法，然后恍然大悟，热情而理解道："程娘子，你，你受苦了……"

女孩似有所感，缓缓走到湖边，拍上来的水波盖过边缘处的几块光滑的大石头，她就立在上头，五皇子不由自主地追了上去，也立于石上。

少商低着头："殿下，您今日不计前嫌来宽慰小女子，足见心地仁厚。我以前年纪小，不懂事，好人坏人分不清。当初的不敬，您别往心里去……"

五皇子热血沸腾，觉得自己身形都伟岸了几分，大声道："大丈夫立于人世间，心胸要能立山存海，和你区区几句口角，算得了什么？！"

"殿下是心胸宽阔的伟丈夫，妾感佩万分。不过，妾有时胡思乱想，倘若今日妾与您有了些什么，妾与凌大人的亲事，是不是就不成了？"

五皇子脸上的笑意一僵，忽觉女孩回望过来的眼神全变了，不见半分柔弱，反而满是犀利冷静，犹如看着一只落入陷阱的猎物。

他忽生出一股不安，很没出息地用手拢了拢领口，干笑两声："你，你别乱想！先定定神，定定神。你们的婚事究竟是父皇做的主……"同时心里暗骂自己，一个小女娘而已，个子没他高，力气没他大，他怕什么啊？

女孩的眼神似乎又柔和了几分："那妾自己去跟陛下说，好不好？只要殿下给妾做个证，再说一遍适才的话，就是您说凌大人阴险狡诈什么的……"

"不行，不行，不行！"五皇子吓得倒吸一口凉气，两手连连乱摆，同时连退两步，正巧退到一块耸起的大石上——他只是想扯扯凌不疑的后腿，给他添些堵而已，若真坏了凌不疑的婚事，父皇一定活剥了他的皮！

"你再仔细想想，其实凌不疑人挺好的！长得好，位高权重，比我这无权无势的皇子强多了！小娘子你别一时冲动，将来后悔莫及啊！"

少商上前两步，双手捂脸，抽泣道："我就知道没人能帮我，殿下也怕受牵连！"

五皇子大概是尴尬，此时进也不是退也不是，正打算伸手去拉女孩，并忽悠两句，谁知他忽觉膝弯处一麻，被重重地踹了一脚，伸出去的双手被女孩顺势向前一带，然后女孩敏捷地往下一蹲，翻臂用力推他的腰背。只闻"扑通"一声，五皇子哎哟连声地摔入湖水中。

说时迟，那时快，少商立刻捡起地上一根两三丈的竹竿，用力顶向刚从水中浮起的五皇子的肩头，生生将眼看手臂要碰到岸石的五皇子顶了开去。

五皇子满身锦袍浸水，又兼吓得半死，前够不着岸边，后不会游水，只能紧紧抓住竹竿，然后破口大骂"小贱婢贼妇人你疯了吗？我不识水性你要谋害皇子啊"云云。

少商也不去理他，岸上有一尊兽形的石灯台，她十分利落地将竹竿嵌入中间的雕刻缝隙中，一端自己两手握住，另一端顶着湖中的五皇子，看着湖中人艰难地扑腾，顿觉意气风发，往日风采再现。

五皇子抱着竹竿一端浮在水中，四下环顾一圈，不住骂自己真是蠢笨如猪。

适才程少商不就是从这里走出去的嘛，她必是早看好了此处地势，也记得地上有一根长竹竿，这才引自己来上当。他有心大喊，可此处林荫茂密，无人经过，适才的伴当们又都走远了，这下真是叫天天不应叫地地不灵了！

他尚存一线希望，强笑着哄骗道："程，程娘子，凌不疑欺侮你，你若真不愿意和凌不疑成婚，那就直说嘛，这事包在我身上了，我一定……"

"哈哈哈哈，殿下这话好生奇怪，我何时说凌大人欺侮我了？又何时说不愿和凌大人成婚啦？"少商此刻心中畅快，笑得心肺舒服。

"你，你你……你适才不是说……"五皇子说不下去了，欸，这小贱婢似乎什么都没说。

"我说什么了？我只是说有因必有果，以及那亭子蛀空了而已。"少商弯起明媚的大眼睛，"倒是殿下说了好些凌大人的坏话，什么阴险啦，狡诈啦，反正我隔三岔五就会见到陛下，回头我跟他老人家好好学学。"

五皇子脑中一阵轰鸣，嘶声大骂道："你你你，你这小贱婢，竟敢戏耍于我，我杀了你！来人哪，来人，我要将你喂狗，喂狼……咕嘟，咕嘟……"

少商将手中的竹竿往上一抬，根据杠杆原理，另一端的竹竿就往下压，五皇子立刻被按入水中喝了几口水，然后才慢慢放松竹竿，让五皇子犹如一只皮球般浮起来。

五皇子抱着竹竿，艰难地呛着水："你你个小……"他咬牙忍下"贱婢"二字，"你倒有胆量，就不怕我事后回禀父皇母后治你的罪吗？！"

少商略一颔首："殿下说得对，既然如此，我还是一不做二不休，让殿下永远没法禀奏得好。"说着，作势又要抬竹竿。

五皇子心惊胆战："别别别，有话好说！我不告还不行吗？真的，我真的不告，男子汉大丈夫，怎么会和小女娘一般见识！"

少商挑了挑眉，笑道："殿下不必哄骗我，一来就凭殿下的本事还骗不倒我；二来，我也不怕殿下去告状。到时我就说殿下意欲轻薄我，今日偶然相逢，殿下纠缠不休，两人追逐推搡间殿下意外落水，然后殿下越扑腾漂得越远，还是我千辛万苦用竹竿将殿下拉上岸。殿下您说，大家会信谁？"

"你放屁！"五皇子眼膜充血，"我是皇子，将来要享一等爵，你是什么东西，靠着凌不疑装腔作势的小贱婢，别人会信你却不信我？！"

少商二话不说，再次将竹竿抬起，又请五皇子喝了几口水，待他好容易浮起来，她才气定神闲道："真算起来，凌大人在宫里只待了五年多，你就马不停蹄地陷害了他六回。头两年只是什么贵重器皿打坏了，打架时推倒了来宫里授课的夫子，后两年就有调戏宫婢，殴伤年幼皇子……差不多一年一回吧，殿下真是其诚可嘉啊。"

她哈哈一笑，讥诮道："可惜了，每回都被陛下识破，还都是人赃并获。凌大人毫发无损，你却不是罚跪皇祠就是挨打休养小半年。五殿下，您说，这回陛下会信谁多一些呢？"

五皇子原本被湖水冻得脸色发白，此刻又发红了："凌不疑的嘴可够快的！我不过跟他开开玩笑，再说他何曾饶过我了？那些年，都是父皇罚完了他还再要来收拾我一顿……"

少商：废话，他也没饶过我啊。

五皇子似对凌不疑怨念颇深，不顾泡在水中喘气艰难，努力将凌不疑臭骂一顿，从打架被按进泥潭到读书被衬托得犹如智障，简直罄竹难书。骂完一圈，他上气不接下气道："你怎么不问问，我为何从一开始就看凌不疑不顺眼啊？！"

少商轻笑一声："这有何可问的？殿下非最年长，亦非最年幼；非皇后所生，亦非越娘娘所出；文不成武不就，连闯祸都闯不出别具一格来。若不时时闹出些动静，陛下怕都记不得殿下了吧？"

这番话不可谓不刻薄，五皇子脸色气得紫红，大怒道："你你你，你和凌不疑真是天生的一对，凉薄尖刻，唇舌可杀人！我不敢跟几位皇兄比，可凌不疑算老几？父皇手把手教文习武，却懒得看我一眼……"

"倘若殿下父母双亡，亲眷死伤殆尽，以此换得陛下看重，想必殿下定是乐意的咯？"少商冷不防说道。

五皇子噎住了，一会儿后才不平地嘟囔道："凌不疑也没父母双亡。"虽然有父母等于没父母，但到底没死嘛。

少商继续道："其实殿下心里很清楚，有没有凌大人，陛下待殿下都不会有什么差别，可这……不是为人子女可以置喙的。"这就要追溯到徐美人的怀孕方式上了。

五皇子沉默了。

"……你将我诓到这里，究竟是为了什么？"五皇子感到手脚越来越冷，决定暂且将老冤家放下，先逃命要紧。

少商微微一笑："殿下和凌大人一处长大，可今日看来，殿下知凌大人远不如凌大人知殿下。徐美人疼爱殿下，好些事都不许殿下沾身。是以，殿下至今不会游水，至今不曾入林狩猎，至今只会几招三脚猫功夫——哪怕以我这点微末的防身伎俩，也可与殿下一搏。瞧，凌大人对殿下一清二楚吧。"

五皇子被揭穿了老底，眼泪都快被气出来了，大吼道："凌不疑欺人太甚！他自己无所不能，就到处宣扬我的短处，我我……"

"殿下别急，凌大人也不全说了这些。"少商笑笑，"凌大人还说，殿下您虽四体不勤，不过书却读得不错，常有独到的见解。您不喜那些儒生的典籍经文，偏好异域风土之说，上古苗裔神祇。可惜您胆子小，不敢亲身履及那些偏远荒蛮之地，是以只能在老旧的竹简陶片中翻查故事，或是抬着头等再有如博望侯一般的英雄豪杰，跋山涉水带回奇闻趣事。"

五皇子脸上一阵青一阵红，也不知是冻的还是气的，抑或是感动的。他一直以为凌不疑看不起自己，认为自己一事无成，没想到……

"我喜欢的这些东西，既不能经世济国，也不能著书立说，父皇全然瞧不上，有什么用？"他嗫嚅道。

少商朗声道："五皇子此话不妥。妾以为，读书莫过于乐在其中，不问得失，纯由内心而发。倘只是为了经济仕途做一块敲门砖，读书再高明又如何？不过是为势所需罢了。五皇子明知自己所爱既无用于朝堂又不为陛下待见，却依旧孜孜以求，称得上一片赤子之心。别人赞赏如何，不赞赏又如何？别人知道如何，无人知晓又如何？只要自己读得高兴，虽千万人吾往矣。"煲鸡汤谁不会，换她家团支书来煽情，当天就能和五皇子八拜之交了；何况做皇子又不愁饿死，说不定兄弟们越这样，将来太子登基了越高兴呢。

五皇子生平从未有人和他说过这样的话，一时间心潮澎湃，感怀万千，差点忘了自己如今正身在冷湖之中，还是被眼前这狠心狡猾的小女娘活活推下来的。

他呼出一口浊气，大声道："看在你今日说的这番话的分儿上，我也不与你计较什么了，快将我拉上去，我定不去告你的状！"

"此时还不行。"少商道。

五皇子憋屈得大喊："那你究竟还要怎样啊？！"做皇子做到他这份儿上也是丢人现眼了，被人推下冷水还要保证不计较，她居然还不肯罢休？！

少商笑眯眯道："妾只是想与殿下交个朋友。"

五皇子霎时眼如铜铃，几乎不敢相信自己的耳朵，龇着牙道："你，你把我按在水里，居然还敢说是为了交朋友！你这是哪来的规矩啊？！"

少商正色道："不错，我的确是想交五皇子这个朋友，不过此事说来话长……"

"我还在水里呢，你就长话短说吧！"五皇子觉得自己今日若真死了，一定不是冻死或溺死的，而是被气死的。

少商将手中的竹竿略压了压，好让那头的五皇子在水里浮得轻松些，才道："其实这几日，我与凌大人吵架了……小事而已，过几日就会和好的。殿下莫要将嘴咧这么大吧……我们吵了一架，然后凌大人就不肯放我出宫了。

"妾的意思是，妾与凌大人将来还会闹气，要是凌大人又来这一招呢？何况到现在陛下也没说放我回家，看来我是要在这宫里长住了。如此看来，我便需要个把朋友，不能一出了长秋宫就眼前一黑，既不认得什么人，也不知道该找谁求助。"

像今天，她摆脱春笞后，一路行来竟一个人也不认识，那些路过的侍卫、宫婢、宦者，她一个都不能相信。五皇子别的帮不上，不过他好歹是宫里长大的，算是半条地头蛇，哪怕就当个土地公用用呢。

五皇子似有些懂了，不过他生来一张贱嘴皮子，禀性难移："哼，我乃天潢贵胄，皇子之尊，你算哪张牌面上的人物，也敢与我称兄道弟？！"

少商道："殿下，您多久见陛下一回？"

五皇子：……

少商微笑道："不算宫筵时齐聚一堂，您两三个月才得陛下召见一回吧，还是与其他年幼的皇子一道。"

五皇子脸色酱青酱青，好像发了霉的酱菜。

"妾几乎隔日就能面圣，不敢说为殿下赴汤蹈火，转危为安，不过趋吉避凶却是不难的。凡此种种，难道殿下不认为我这个朋友很值得交吗？"

五皇子大是心动，脸色一阵变幻，最后大喝道："好！我就应了你！此前你我龃龉就此了结，我绝不再提半个字！"

少商满意地笑笑，此时远处隐隐传来缑钟敲响的声音，表示即将开筵。她抬头望天，只见浅白色的月儿不知何时已悄悄挂上枝头，当下赶紧将五皇子拉了上来，并提议先去长秋宫沐浴更衣喝姜汤。

五皇子在水中泡得手脚无力，连去掐这臭小娘一把的力气都没有，只能愤慨地嚷道："去什么长秋宫，还嫌我不够丢人的吗？！我要回母妃那儿去！"

少商笑嘻嘻地去扶他，顺手还替他拧了拧滴答淌水的衣袍："面子名声都是浮云，过眼云烟尔，身体康健才是最要紧的。这里离长秋宫才半炷香路程，回徐美人那儿要大半个时辰。这么一路走去，再冷风一吹，殿下还要不要命啦？"

五皇子对女孩热络的口气感到匪夷所思："你是不是忘了是谁害我至如此境地的？"

"殿下是不是忘了刚才说过要前嫌尽消，绝不再提半个字？"

五皇子：……

"再说，无论忘没忘都是去长秋宫更近些，殿下您可要以身体为重啊。"

五皇子长叹一口气："好吧，就去长秋宫。"

叹气间，他忽觉今日过得十分心酸，仿佛一日千年，沧海桑田，连生平最爱的吵架都无甚情绪了。他只能疲惫地坐在石台上，倒出两只短靴中的水，然后一脚高一脚低地由少商扶着往长秋宫去了，还时不时传来两声喷嚏——

"你可真狠啊，让我在水中泡这么久，若我有好歹，哪怕有凌不疑撑腰呢，父皇也不会饶你的！"

"凌大人说殿下只是看着文弱，其实身体好得很，就是徐美人太过担忧了。有一回几位皇子骑马过山涧，一阵山风吹过，众皇子全掉入水中，只您没得风寒呢。"

"……凌不疑怎么记性这么好呢？呃，那他知不知道你这副面孔啊？"

"我哪副面孔？"

"算了，当我白问。他若不知你的真面目，那苦的就是你，因为你得一辈子装下去；他若知道你的真面目，那苦的就是他自己，因为他得一辈子忍下去！"

"殿下……"

"怎么啦！我哪里说错了？！"

"泡完湖水后，殿下脑子清楚多了，也许您以后该多泡泡湖水。"

"……我怎么觉得你欺负人这么顺手呢，连吓带骗一气呵成的，以前常干吧？"

"哪有的事，我自小被看管得严严的，再老实不过了。"

——这回这货终于猜对了，可惜啊，她昔日的风采一遇上凌不疑，就荡然无存了。

两人互相嫌弃着往前走，一路上嘴皮子没闲过。好容易颠颠地回到长秋宫中，翟媪看见浑身湿透的五皇子吓了一跳，连忙张罗热水和干衣。少商顶着五皇子的白眼，现场编了一段"五皇子失足落水，小娘子见义勇为"的故事。翟媪深信不疑。

当第三遍飨钟敲响时，遣去徐美人处拿衣裳的宦者还没回来，翟媪只得将凌不疑少年时的衣裳给五皇子换上。五皇子几乎落下眼泪："我为今日的寿宴备了一身十分精美的衣裳，没想到却用不上。"不穿得醒目些父皇更加不会注意他了。

少商抚着自己身上漂亮的新衣，露出幼儿园老师般慈爱的微笑："往好处想，说不准陛下会觉得殿下特别节俭呢。"

"往坏处想，父皇说不定会觉得我怠慢母后的寿辰呢！"若真那样，他定将程少商卖了！

西时三刻，少商和五皇子由一群宫婢宦者簇拥着前去宣明殿，一路上满园的各色花灯如霓虹闪耀，照得人影斑驳如花卉般。

临近前方灯火通明的大殿，只见高高的阶陛上站了一个高挑颀长的身影，哪怕此间阶陛上下人行如梭，他依旧醒目得无可遮掩，犹如远古神话中神祇为指点海上迷途船只而建造的辉煌灯塔，一动不动地矗立于惊涛骇浪拍打的黑暗海岸。

凌不疑微微上前半步，他已经看见少商和五皇子了。

少商和五皇子不约而同地放慢了脚步，犹如看到共同天敌的小兽。少商低声道："你放心，我只说你不小心落水后我救了你，旁的一概不提。"

五皇子却叹道："看在朋友半场的分儿上，我奉告你一句——说实话得好。"

少商尚自不解，五皇子已轻巧飞快地挪离她身侧，向远远站在殿门口的太子夫妇奔去。她只好独自向前走去，离登上阶陛还有两阶时，凌不疑朝她伸出修长宽阔的手掌，少商犹豫了一瞬，随即将自己的小手放了上去。

凌不疑牵着她左右打量，霓虹灯彩之下，女孩白嫩嫩的面庞被映得花花绿绿，连身上浅绯色的裙袍都看不清绣纹了。她看着凌不疑，低着头，捏捏自己的袖口，仿佛不知该说什么好，这样一来，就更像一个弄洒了画彩在身上而手足无措的小女孩了。

凌不疑也不说话，拉着她的手就往殿内走去，谁知路过的大公主在旁见了，调笑道："到底是新人情热，走这么一段都要手牵手。"大驸马过来，也笑道："唉，年少多情嘛，待成婚后，整日的儿女琐事缠身，便不会如此了。"大公主道："谁说不是……"

话音未落，只见二公主和二驸马举止亲密地从另一头阶陛上来。二人都身着鹤氅羽袍，长长的袍袖下垂，盖住二人的手臂，细看去才发觉他们手指交缠，紧紧相握。

——大驸马有些尴尬，大公主脸色不好地哼了一声，扭身就跨步进殿，大驸马清清嗓子也跟了进去。

二公主夫妇见状，面面相觑，不知所以。

少商忍不住扑哧一声笑了出来，扭头去看凌不疑，却发现他也在看她。四目相对，彼此都觉得对方目中犹如星辰闪耀，美不胜收。少商看着凌不疑深褐色的琉璃目，似乎读懂其中含义，用力点点头。

凌不疑问道："你点什么头？"

"我觉得你想得对。"

"我想什么了？"

"你知道的。"——你希望，我们将来也像二公主与驸马这样。

凌不疑目中含笑，轻捏了捏女孩的小手，忽将她拉到一旁无人处，低声道："那，你为何与五皇子一道过来？"

少商跟跄地跟了两步，赶紧答道："……适才五皇子不慎落水，我将他拉了上来，因为小镜湖离长秋宫较近，这就请他去长秋宫更衣喝姜汤了嘛。"

凌不疑脸上的笑意缓缓退去："五皇子不会游水，素来不肯靠近水边，好端端的他为何要到湖边去？还有，你为何会离开长秋宫去小镜湖？"

少商有几分凝滞，结巴道："呃，这，这是因为，因为……"

凌不疑看了女孩全身一遍，缓缓道："我不知你为何离开长秋宫，但你应是在路上偶遇五皇子一行人。他对你出言不逊，你就使计引他离开众人，直至湖边再陷其落水——不用奇怪，若只有五皇子一人，你不用引去湖边也能收拾了他。我说得是也不是？"

少商微张着嘴巴，心头升起一股很熟悉的惊讶感——宛如亲见般的猜测，行云如水的推算，她觉得自己最好尽快适应，因为未来可能会常常感受到。

"你为什么这么爱推诿扯谎，就不能好好说实话吗？"凌不疑皱眉道。

少商重重甩开他的手，闷声道："我自己的仇我自己会报，五皇子嘴巴臭，我已经教训他了，用不着你来教训我！"说着，便疾步向殿内走去。

进殿后，宫婢引着少商在预定的席次落座后，她犹自闷闷生气——至于气什么，她自己也不知道。究竟是因为伎俩被戳穿，还是被指责爱扯谎，哪个更叫她生气些呢？她依旧不知道。

过了片刻，凌不疑由宦者服侍着脱履进殿，缓缓走到她身旁坐下。

"我不是要责备你说话不实，也不是怪你自行其是。我只是想教你知道，你不是茕茕一身，你还有我。

"我总是会护着你的。

"你不用一遇到事情就想着自己一人应付。

"你有我，你要记住。"

他没有转头，而是低头看着案几上的漆木纹路，侧面轮廓清俊高挺。少商忽觉得心口一阵发热，有一种张皇无措的烦躁。两人就这样默默地坐着，直到开筵。

寿宴规模不大，除了酒菜丰盛，歌舞助兴，只比平素的皇宫家筵多了十几位亲贵大臣及其家眷——少商只认识一个虞侯，一个崔侯，外加一个姓吴的大胡子将军。

今夜越妃显得格外贤惠低调，从头到尾低眉顺眼，活像刚进门的小媳妇，羞答答的，连头都不敢抬。帝后似乎对这种扮相很熟悉，既无奈又好笑。若说皇后是光华四射的深海明珠，雍容华贵，冷艳端庄；越妃就是白露为霜的河畔佳人，美得沁人心脾，辗转反侧。

少商低下头去捡掉落的鬓钗时，正看见越妃趋身过去向帝后敬酒，皇帝在食案下偷着拉她裙角，然后被越妃重重一掌拍开。

少商暗自叹气。她并不责怪皇帝，在九五至尊这个位置上，哪怕皇帝每年换个十几岁的如花似玉的小姑娘来宠爱都没人会说什么，可皇帝只守着两个四张奔五的妻妾度日，过得比寻常公侯富贾都清心寡欲，恰是因为他本是重情之人。

家国之巅的位置，宫闱深处的人们，各有各的无奈，最需要的就是妥协与善意，没人有资格较真。

一通祝酒，一通庆贺，外加一通商业吹捧，其后就是各献寿礼了。众大臣和皇子公主们各花心思，或珍贵，或新奇，或美不胜收，或闻所未闻——

太子夫妇叫人抬上来一尊尺余高的玉麒麟，通体润白，晶莹剔透。二皇子当时脸都绿了，因为他的贺礼也是一尊差不多大小的麒麟像，不过是纯金的。兄弟俩加起来，恰是雅俗共赏，蛮好，蛮好。

太子妃见状，浅浅地讥讽一笑。

二皇子妃产后不久，脸上浮肿未退，此时她正用无奈的表情表示这坨金子绝不是她的审美。

大公主夫妇的贺礼也十分贵重，不过看来不像是送给皇后的。

一尊白玉镂纹高脚酒杯——可惜皇后日常不饮酒；一件薄如蝉翼的单素纱衣——可惜皇后畏寒不畏暑，大夏天都能穿牢整套曲裾深衣，倒是皇帝怕热得很。

越妃正低着头扮老实，看不见表情；皇帝没注意此中细节，于是满脸笑容地夸奖长女和女婿费心；皇后淡淡笑了下，只有少商能看出其中不乏自嘲之意。

凌不疑敬献的是一卷陈旧的竹简，皇后翻开一看，顿时泪意上涌——原来这是宣太公当年的手稿。宣太公性喜诗文，常将自己所著之文赠予好友，而非敝帚自珍，是以宣家反而未存多少文卷。之后就是多年的烽火战乱，宣太公的手卷早不得寻了，如今却被凌不疑不知如何找到了。

皇帝见皇后又惊又喜的模样，深觉养子给自己长脸，办什么都妥善熨帖，合心合意，当下更是连声道好。若非最近实在没有名目，他几乎又想赏赐些什么了。

三皇子以下的越妃一脉所敬献的寿礼大多中规中矩，只有二公主夫妇颇有新意，呈上一幅真人大小的画像——乃皇后翩然起舞之姿，惟妙惟肖，纯用工笔细描，连裙边的绣花都清晰可见，足足花了夫妇俩数月之功。

一旁的人公主撇撇嘴，面露不屑之意；大驸马却看帝后满脸喜爱之情，比之前受礼时真心多了，顿觉老二两口子有心计。

最引人注目的就是五公主所领的贺寿群舞。可惜乍看声势浩大，实则不过寥寥，舞步搭配既无新意，步伐也多有错落，其中用心多寡，一看即知。越妃几次想张嘴都忍了下来，皇后神色淡淡，皇帝眼神沉沉。帝、后、妃三人均不发一言。

少商见此情形，暗道五公主且等着吧，等回家就有"惊喜"啦！

待全部献礼结束，皇帝见皇后依旧心绪不快，便笑问二公主可否即兴献舞，二公主笑而应令。二驸马持箫在旁，道："陛下，独箫未免单薄，尚需琴音为辅，儿臣恳请子晟相助。"

皇帝眼睛瞟过去，笑道："说起来，子晟可是许久不曾抚琴了。"

这种场合，凌不疑自不会落了他们的面子，便含笑上前。

皇帝对一旁的外臣道："朕的这些孩儿中，要说琴律，还数子晟最佳。"一旁的外臣和家眷们自然连声应和，赞誉如涌。

皇帝满意地呵呵笑，眼角触及一边静坐的少商，凑到皇后耳边："回头你也教少商些才艺。这小女娘，已然文辞寥寥了，乐理书画也不怎么通晓，多委屈子晟啊。"

皇后失笑，复叹道："其实少商会吹短笛，我听过几回，虽技艺不甚娴熟，但灵气逼人。假以时日，想来能成大器。"

皇帝不置可否："神谙太宽容了。"

此时，殿中三人已商议妥帖，随着琴箫和声响起，二公主边舞边唱。众人一听，正是千古绝唱《采薇》，当下先有人鼓起掌来。

二公主垂袖弓腰，莲步轻挪，摆动间腰肢袅袅，滑动时如踩在云端之上，身形蹁跹仿佛投林雨燕。箫声婉约，琴声清扬，配以清越的女子歌声"……昔我往矣，杨柳依依。今我来思，雨雪霏霏"，席间众人立时又是一阵喝彩叫好。

才至曲半，席间的皇亲重臣们已纷纷放下架子，趁着酒酣兴浓陆续加入唱和，皇帝高兴至极，亲自下场击筑高歌，于是众人越发凑兴起来了。

二公主不愧为一代舞蹈大家，舞姿轻灵却不失端庄，巧笑倩兮却堂皇无邪，看得少商目瞪口呆，她从不知道古典舞蹈能这样美丽。

看不多时，她的目光渐渐移到端坐在一旁抚琴的男子身上。

如此浓烈热闹的场面，人人都满身酒气地笑着，唱着，还有手舞足蹈者，歌功颂德者。只他一人，虽身处殿中最热闹的中心，仿若置身事外，依旧清隽安静。

今日他穿了一身浅色曲裾，外罩浅金色素纱，右肩上绣有一头张牙舞爪的金褐色狻猊，尖牙于右胸。一只前爪搭在领口，恰好衬着他修长的脖颈与清晰的喉结；另一只前爪随着交领没入腰带，长尾顺着强壮的腰腹垂至下摆，威武凶猛，却又安静肃穆。

少商不禁疑问，我们大抵为什么会因为别人的喜欢而感到高兴呢？

在她短暂的人生中，有过一次暗恋，一次被暗恋，可两次经历都不曾让她特别高兴，甚至还有些不屑。以她功利式的思维看来，所谓暗恋，说到底是无能。若有能耐，她早拿下隔壁大哥哥了，咸鱼社长也早拿下自己了，又何须暗暗的恋？

所以，仅仅是因为虚荣吗？

少商嗤之以鼻。

如果，有那么一个人，原本不应存在于你的人生规划中，那你还会因为他的喜欢而高兴吗？

回到原来的问题，我们为什么会因为别人的喜欢而感到高兴？

并非虚荣，无关利用，甚至还会妨碍你的规划，掣肘你的习惯，拘束你的自由，那你为什么还会觉得高兴呢？

不知是不是酒意上涌，少商觉得脸颊发热，低头扯松领口时，看见凌不疑的酒卮就放在近前，里面还有浅浅的一圈酒。

她看了半晌，然后端起那只酒卮，对着他喝过的那边将剩下的酒水一饮而尽。

凌不疑一直时不时望过来，此时恰好看见这幕，恍惚间差点漏拨一弦。

曲罢后，连同皇帝在内的众人还在高歌笑闹，他却推开琴案匆匆回席。

坐定后,他盯着女孩问:"你为何饮我的酒?"

少商低着头,闷闷道:"你的酒比我的好喝。"

凌不疑满目笑意:"你适才又为何盯着我看?旁人都在看陛下和二公主。"

少商抬起头,望向身旁这位如切如琢、美如玉璧的男子,只是这样看着他,她心中都会生出一股隐秘的欢喜,不但不为人所知,而且连自己都不甚清楚。在她惨淡而贫乏的年少生命中,她很少纯粹地去欣赏美,很少不带任何功利目的发自肺腑地去快慰。

然后,她一手撑着案几直起上半身,迅速地亲了男人一下——她本想亲嘴的,可惜微醺之下身手迟钝,结果重重地亲在他的喉结上。

凌不疑面上闪过一抹不可置信的表情,大大的手掌紧紧抓住女孩,却见她面色绯红滚烫,目光躲闪。凌不疑眼中深浓如墨,温柔地看了女孩半刻,少商觉得那目光缠绵如丝,绕回无尽,喜悦而深邃。

他低下头,轻轻吻了一下女孩嫣红的小嘴。

少商顿时头晕目眩,觉得吊在殿顶的连枝灯好像旋转起来,光影徘徊,满目金辉。

以后,
等我们都很老很老了,
老到头发都白了,
当我想起你待我的好时,
我一定不会忘了今日!